JAMES CAMERON'S STORY OF SCIENCE FICTION

詹姆斯·卡梅隆的科幻故事

[美] 兰德尔·弗雷克斯 等 著　潘志剑 译

新星出版社　NEW STAR PRESS

© 2019 AMC Network Entertainment LLC. James Cameron's Story of Science Fiction.All Rights Reserved.Published by Insight Editions, San Rafael, California, in 2019.No part of this book may be reproduced in any form without written permission from the publisher. James Cameron's personal art courtesy of James Cameron. Simplified Chinese copyright ©2019 by Beijing Hongyue Scientific and Technical Co.,Ltd.

Insight Editions would like to extend special thanks to James Cameron, Maria Wilhelm, and Kim Butts for their help and guidance in bringing this project to fruition. We would also like to thank Guillermo del Toro, George Lucas, Christopher Nolan, Arnold Schwarzenegger, Ridley Scott, and Steven Spielberg. Special thanks also to Yoel Flohr, Madhu Goel Southworth, Hubert Smith, Andrea Glanz, Eliot Goldberg, Kelly Nash, Theresa Beyer, Kristen Chung, Daniel Ketchell, Connie Wethington, Vera Meyer, Andy Thompson, Lauren Elliott, Terri De Paolo, Kassandra Arko, Michael Coleman, and Nate Jackson.

图书在版编目（CIP）数据

詹姆斯·卡梅隆的科幻故事 ／（美）兰德尔·弗雷克斯等著；潘志剑译．－－ 北京：新星出版社，2019.12
ISBN 978－7－5133－3595－9

Ⅰ．①詹… Ⅱ．①兰… ②潘… Ⅲ．①访问记－作品集－美国－现代 Ⅳ．① I712.55

中国版本图书馆 CIP 数据核字 (2019) 第 119143 号

詹姆斯·卡梅隆的科幻故事

[美] 兰德尔·弗雷克斯 等 著　潘志剑 译

责任编辑：汪　欣
责任印制：李珊珊

出版发行：新星出版社
出 版 人：马汝军
社　　址：北京市西城区车公庄大街丙3号楼　100044
网　　址：www.newstarpress.com
电　　话：010-88310888
传　　真：010-65270449
法律顾问：北京市岳成律师事务所

读者服务：010-88310811　service@newstarpress.com
邮购地址：北京市西城区车公庄大街丙 3 号楼　100044

印　　刷：北京美图印务有限公司
开　　本：787mm×1092mm　1/16
印　　张：14
字　　数：212千
版　　次：2019年12月第一版　2019年12月第一次印刷
书　　号：ISBN 978-7-5133-3595-9
定　　价：178.00元

版权专有，侵权必究；如有质量问题，请与印刷厂联系调换。

次元书馆

出版统筹：贾　骥　宋　凯
出版监制：张泰亚
策划编辑：李　懿
特约编辑：曹　婷
美术编辑：张　慧　李秀珠　张恺珈

特别感谢"电子骑士"严蓬对本书出版提供的帮助。

目录

序
6

《詹姆斯·卡梅隆的科幻故事》经典推荐
10

前言
13

兰德尔·弗雷克斯对话詹姆斯·卡梅隆
19

外星生命
50

詹姆斯·卡梅隆对话史蒂文·斯皮尔伯格
58

外太空
84

詹姆斯·卡梅隆对话乔治·卢卡斯
91

时间旅行
120

詹姆斯·卡梅隆对话克里斯托弗·诺兰
126

怪物
150

詹姆斯·卡梅隆对话吉尔莫·德尔·托罗
158

黑暗未来
176

詹姆斯·卡梅隆对话雷德利·斯科特
182

智能机器
198

詹姆斯·卡梅隆对话阿诺德·施瓦辛格
205

后记
222

序

詹姆斯·卡梅隆

科幻总是在问一些宏大而深奥的问题：人类是什么？在万物的宏伟蓝图中我们的位置又在哪里？我们是浩瀚宇宙中的唯一存在，还是某个庞大群落的一分子？而这一切又都意味着什么？将来会发生什么？我们是注定毁灭，还是必将成就伟业？科幻，是一种不惧未知、对深不见底的哲学深渊积极进行探求的一种文学体裁。十几岁的我被这种主题深深地迷住了，而在之前的童年时代，我时常为亮闪闪的机器人和淌口水的怪物所诱惑。我开始变成了一个科幻小说和科幻影视的狂热消费者。我四处搜罗任何一本封面上有宇宙飞船和机器人的廉价平装小说和杂志（通常封面上还会安排一个性感撩人的艳丽女郎，衣不遮体、楚楚可怜地出现在太空或外星世界那险象环生的环境中……）。每个周五晚上，我总要熬到凌晨收看"怪物恐怖电影剧场"，也正因如此，20 世纪 50 年代的 B 级黑白电影我都耳熟能详。如此，我见识了形形色色的外星人入侵的策略——无论它们通过豆荚、孢子，还是借着流星以黏黏的一坨的形式来到我们中间；我熟知每一种创造怪物的方法，不管是通过实验室事故、核试验，还是把尸体缝缀在一起使用电流激活。那时，我在邻近一个城市上中学，每天乘坐公交车单程要花上一个小时。在这段通勤时间里，我每天看一本科幻小说（不过，《沙丘》花了我好几天时间）——从 20 世纪 30 年代和 40 年代的那些廉价小说到布拉德伯里（Bradbury）、克拉克（Clarke）、海因莱因（Heinlein）和阿西莫夫（Asimov）这些大师的作品，再到 20 世纪 60 年代后期颠覆传统的新浪潮科幻，可以说我都看遍了。

第 3 页图　电视系列短片《詹姆斯·卡梅隆的科幻故事》中的一个"终结者"机器人金属骨架全尺寸的复制品。

第 4 页图　詹姆斯·卡梅隆为他早期没有拍成的科幻故事片《异种移植》（*Xenogenesis*）所设计的主题概念。这幅概念图中所包含的若干种元素定义了他的后期作品，包括图中左下方人物的机械手臂，以及右下方那个有履带的机器人，两者都会令人联系到《终结者》（*The Terminator* 1984）中的一些元素。中间靠右的蓝皮肤外星人则是《阿凡达》（*Avatar* 2009）中纳美族人的前身。

第 8-9 页图　詹姆斯·卡梅隆为《异种移植》所设计的概念图。在这幅创作于 1978 年的概念图中描绘出了鲨鱼状的"风鲨"，它们本来出现在《阿凡达》的早期剧本大纲中，但后来经过了重新处理，最终演变成了电影中看到的飞翔的斑溪兽的样子。

直到上了大学我才意识到，其实还有其他类型小说的存在，于是我又开始了更为宽泛的阅读，所接触电影的艺术形式也更广了，但骨子里已经定型了，我已经从基因层面把自己的大脑塑造成了一个科幻故事讲述者的大脑。

当终于轮到我施展拳脚的时候，我所写的第一批剧本都是太空歌剧和外星人入侵的故事，第一个被拍成电影的是 1984 年的《终结者》。当我紧赶慢赶拍完了这部电影后，我与猎户座影业（Orion Pictures）市场营销的头儿，也就是这部电影的发行人见了面。我把我的一些想法告诉了他，说我们该如何把这部电影作为一个科幻故事来卖。他说："这不是一部科幻电影。这样做是在误导。"一部关于时间旅行和机器人杀手的影片不是科幻电影？他的话令我目瞪口呆，过了一段时间后我才意识到，在他的理解中，只有《星球大战》（*Star Wars*）这样的电影才算是科幻电影。也就是在乔治·卢卡斯的新神话史诗剧横空出世之后，科幻题材的电影才在好莱坞高层人物的心中进入主流。在这之前，科幻一直是一种很偏门的电影类型——是商业电影中的"后娘养的熊孩子"——低预算的 B 级片，就是直奔着汽车影院去拍的，叫好不叫座（直到 1968 年，《2001：太空漫游》[*2001:A Space Odyssey*] 的问世才改变了如此状况）。而凄凉的反乌托邦故事以及末日启示录般的未来世界这样的主题，太过悲观，一直以来是无法让观众排长队去观影的。

恰好就在《终结者》问世前的几年时间里，这种类型的影片成功地打入了主流电影的行列。在 1977 年，《星球大战》莫名其妙地——难以置信地——变成了史上最卖座的电影。接着，《E.T. 外星人》（*E.T. the Extra-Terrestrial*）又在 1982 年续写了这种不可思议的壮举。在当今时代，科幻大片的成功不再是昙花一现，而是成为占据着票房排行榜榜单的主流。要是算上漫威（Marvel）的电影——那里面的主人公要么穿着智能的金属铠甲（钢铁侠），要么被实验室中的伽马射线轰击过（绿巨人），又或者是被辐射变异的蜘蛛咬过（猜猜他是谁）——以及《变形金刚》（[*Transformers*]，这里面的主角和反派都是外星机器人），那么长时间占据票房排行榜前 12 位的电影中，就有 11 部是科幻电影。这些电影用科学时代的术语，而不是迷信和幻想来讲述新神话故事。它们不仅仅是科学幻想，也是世界上最为盈利的娱乐形式。科幻电影不再是少数派了，如今它已成为主角。

当然，科幻并不一直都是称雄天下。在20世纪的大部分时间里，它都在挣扎着期待被人们接纳，但却时常遭人嫌弃、被边缘化，受到奚落嘲笑更是常有的事。但在那些当代经典科幻电影、电视剧出现之前，早在20世纪60年代，就曾有过一些领先于时代的剧集：《星际迷航》（Star Trek）、《阴阳魔界》（The Twilight Zone）、《迷离档案》（The Outer Limits）、《迷失太空》（Lost in Space），而在那之前，是20世纪50年代的B级电影和20世纪30年代的廉价杂志和漫画，再往前就要数两位伟大的科幻文学先驱了——儒勒·凡尔纳（Jules Verne）和H.G.威尔斯（H. G. Wells）。我之所以着手制作这套AMC发行的电视系列片《詹姆斯·卡梅隆的科幻故事》（James Cameron's Story of Science Fiction），是因为我相信，我们需要向这些早期的作家和艺术家表示敬意，今天的流行文化——这个经济利益巨头就是站在他们的肩膀上的。我想让每一个"浑然不觉"的科幻迷明白，我们承恩于这些早期的先驱者，我想带大家去追溯那些创意的源头。那些疯狂的概念最早是谁先想出来的？其他的创意又是怎样与它们融合并将其发扬光大的？而这些创意又是怎样成就了那些为全世界观众所欢呼喝彩的经典电影的？《星球大战》不是从石头缝里蹦出来的，它是继承了一笔丰厚的遗产后才产生的，这笔遗产来自数十年间的科幻文学、漫画和电影中的创意和想象。我想挖掘并梳理出这些具有历史意义的文化脉络，并讴歌这个流派中的那些影响深远的作家和艺术家。

我还想展示一下，科幻是如何带领我们前往充满希望的未来之梦，又如何驱除当今附在我们身上的种种焦虑的恶魔。在这个前途未卜的时代里，核战争、社会动荡和生态灾难等种种的恐惧始终阴魂不散，而科幻允许我们去探究，探究我们对未来最深的恐惧和最乐观的希望。它也允许我们去应对，应对我们与科技威力之间难以调和的关系，我们对宇宙的了解逐渐深入，更揭示出我们在其中的位置可能微不足道。科幻是我们面对这些恐惧的自有之道。

在《詹姆斯·卡梅隆的科幻故事》中，我们大致将科幻分为6个主题：黑暗未来（Dark Futures）、怪物（Monsters）、时间旅行（Time Travel）、智能机器（Intelligent Machines）、外太空（Outer Space）和外星生命（Alien Life），并分别进行了深入的探讨，揭示它们是如何随着科学发展和人类对自然世界的了解逐步出现的，以及它们是如何从这个时代的焦虑和偏执中浮现出来的。

为了获得更为广泛的视角，我在电视节目中亲自采访了科幻电影从业者中的6位巨擘：吉尔莫·德尔·托罗（Guillermo del Toro）、乔治·卢卡斯（George Lucas）、克里斯托弗·诺兰（Christopher Nolan）、阿诺德·施瓦辛格（Arnold Schwarzenegger）、雷德利·斯科特（Ridley Scott）和史蒂文·斯皮尔伯格（Steven Spielberg）。本书全文收录了这些内容广博而生动的谈话，以及对科幻的深刻洞见，它们都来自科幻影史上最著名作品背后的创造性头脑。专题短文是由几位科幻专家就节目中探讨过的关键话题所撰写的文章。这些文章中附加了一些历史背景，以便读者能更深入地了解科幻类型中的一些关键元素。

科幻绝不仅是怪物和火箭飞船，科幻总是直指人心。它探究的是一群会用工具的猿猴是怎样掌管了这个世界、建立起人类世（Anthropocene）[1]纪元，好坏姑且不论。人类就像是夜间行驶在蜿蜒高速公路上的一辆汽车，每一个弯道都面临着打滑的危险，科技是驱使我们向前的动力，它既能让我们生存也可以令我们毁灭。科幻则是我们的车灯，通过它我们才能看清前方的道路，使我们在每一个弯道处能及时转弯。同时，它也能让我们瞥见没有转弯会产生的后果。理解一代又一代科幻创作者留给我们的那些叹为观止的杰作，是我们这个物种向着掌控自己命运的方向前进的一个阶梯。

这就是关于科幻的故事，我们得去掌控结局。

---

[1] 荷兰化学家、诺贝尔奖得主保罗·克鲁岑（Paul·Crutzen）所提出的一个新概念。他认为地质年代中的全新世（Holecene）已经结束了，鉴于人类活动对地球的巨大影响，应该用人类世（Anthropocene）这个新纪元来命名当今这个时期。——译者注

《詹姆斯·卡梅隆的科幻故事》经典推荐

以下名录不分先后：

电影

《2001：太空漫游》(*2001: A Space Odyssey*, 1968)
导演：斯坦利·库布里克 (Stanley Kubrick)
《大都会》(*Metropolis*, 1927)
导演：弗里茨·朗 (Fritz Lang)
《银翼杀手》(*Blade Runner*, 1982)
导演：雷德利·斯科特
《第三类接触》(*Close Encounters of the Third Kind*, 1977)
导演：史蒂文·斯皮尔伯格
《异形》(*Alien*, 1979)
导演：雷德利·斯科特
《禁忌星球》(*Forbidden Planet*, 1956)
导演：弗雷德·M.威尔科克斯 (Fred M. Wilcox)
《发条橙》(*A Clockwork Orange*, 1971)
导演：斯坦利·库布里克
《疯狂麦克斯2：公路战士)》(*Mad Max : The Road Warrior*, 1981)
导演：乔治·米勒 (George Miller)
《人猿星球》(*Planet of the Apes*, 1968)
导演：富兰克林·J.沙夫纳 (Franklin J. Schaffner)
《地球停转之日》(*The Day the Earth Stood Still*, 1951)
导演：罗伯特·怀斯 (Robert Wise)
《黑客帝国》(*The Matrix*, 1999)
导演：沃卓斯基姐妹 (The Wachowskis)
《星球大战》(*Star Wars*, 1977)
导演：乔治·卢卡斯

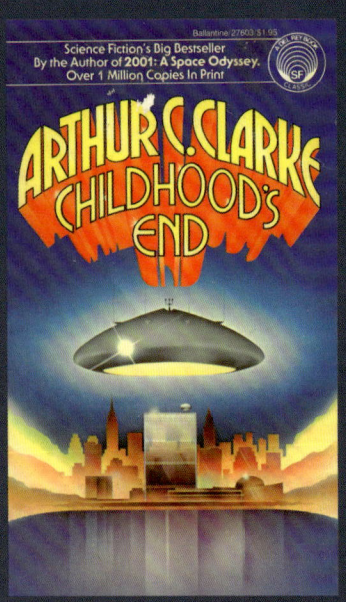

图书

《华氏451》(*Fahrenheit 451*, 1953)
作者：雷·布拉德伯里
《童年的终结》(*Childhood's End*, 1953)
作者：阿瑟·C.克拉克
《沙丘》(*Dune*, 1965)
作者：弗兰克·赫伯特 (Frank Herbert)
海伯利安四部曲 (The Hyperion Cantos)：
《海伯利安》(*Hyperion*, 1989)、《海伯利安的陨落》(*The Fall of Hyperion*, 1990)、
《安迪密恩》(*Endymion*, 1996)、《安迪密恩的觉醒》(*The Rise of Endymion*, 1997)
作者：丹·西蒙斯 (Dan Simmons)
《神经漫游者》(*Neuromancer*, 1984)
作者：威廉·吉布森 (William Gibson)
《千年战争》(*The Forever War*, 1974)
作者：乔·霍尔德曼 (Joe Haldeman)
《群星，我的归宿》(*The Stars My Destination*, 1957)
作者：阿尔弗雷德·贝斯特 (Alfred Bester)
《严厉的月亮》(*The Moon Is a Harsh Mistress*, 1966)
作者：罗伯特·A.海因莱因
《星船伞兵》(*Starship Troopers*, 1959)
作者：罗伯特·A.海因莱因
《索拉里斯星》(*Solaris*, 1961)
作者：斯塔尼斯拉夫·莱姆 (Stanislaw Lem)
《时间机器》(*The Time Machine*, 1895)
作者：H.G.威尔斯
《环形世界》(*Ringworld*, 1970)
作者：拉里·尼文 (Larry Niven)

前言

兰德尔·弗雷克斯

我第一次遇见詹姆斯·卡梅隆是在1972年，那时我俩都是位于加利福尼亚州奥兰治县的富勒顿学院的学生。我当时在修戏剧课程，他则在学习物理学、心理学和神话的本源。但对科幻共同的强烈爱好在我俩之间建立起了终身的友谊，我们都喜欢那些大师的作品，比如罗伯特·A.海因莱因、乔·霍尔德曼、阿瑟·C.克拉克、阿尔弗雷德·贝斯特、斯塔尼斯拉夫·莱姆、拉里·尼文，还有两位现代科幻的奠基人——H.G.威尔斯和儒勒·凡尔纳。

吉姆和我都是阅读"老饕"——也可以比作是吸血鬼，不过吸食的不是鲜血而是文字。（吉姆每天都读一本书。）科幻天地里的广阔视野和壮丽奇景，以及那些伟大思想所带来的不羁的想象和它们所展现的无限可能性，把我俩都给迷住了。我们当然也不会放过科幻电视剧。我们会一起嘲笑那些有悖常理的剧集，对那些大胆而有创意的电视剧则大加赞美。《迷离档案》（1963—1965）是我俩最喜欢的电视剧之一，这是一部充满了各种奇特创意的系列剧，在它的激励下，许多科幻迷都转而成为了科幻故事的讲述者。

吉姆十几岁时，就受所看过故事的启发开始创作他自己的科幻。他的才华和雄心人们不难看出，但你很少会看到一个十八岁的青年为了自己想要讲的故事，竟有着那样毫不妥协的远见。吉姆有一个工程师父亲和一个艺术家母亲，而他看世界的方式是先将它分解，审视它的各个组成部分，然后把它们重新拼装成迷人的、超现实的虚构作品。电影、小说或电视剧中的创意往往会使他兴奋不已，在原创作者的基础之上，他会将这些创意运用得更大胆，发挥得更臻极致，所用的方法极富远见，不仅令人叹服，而且总能让人有意想不到的惊喜。

吉姆的东西我最早读过的是《史前坟场》（*Necropolis*）的前面五章，这本后启示录小说是他用铅笔写在一个拍纸簿上的。他的行文语言平实近人，仿佛是受到本能的驱使在进行写作，那充满活力的创意随着紧张的戏剧情节跃出了纸面。虽然我是坐在他那间位于偏远郊区的小出租屋里，但人似乎已被传送到了一个鲜活的不同时空里，之前从未遇到过的大量新奇概念疯狂涌来。

早些时候，吉姆曾告诉过我，大部分的科幻小说和电影都是与受众脱节的，因为这些小说和电影把精力都放在了创作技巧上，而在打动人心、引发情感共鸣方面却往往做得不够。吉姆一边学习神话，一边阅读J.G.弗雷泽（James George Frazer）的《金枝》（*The Golden Bough*，1890）和约瑟夫·坎贝尔（Joseph Campbell）

对页图 詹姆斯·卡梅隆早期的一幅作品，作为一位年轻的科幻艺术家，他当时正在探索这种超自然的、启示录式的主题。在图中，从某个遥远空间或时间归来的一对超凡的伴侣穿过了一个次元之门，他们所带来的启示吓坏了那些还未开化的人类。

右图 詹姆斯·卡梅隆为兰德尔·弗雷克斯绘制的肖像。

的《千面英雄》（Hero with a Thousand Faces，1949）；他有一个使命，找出能承载他科幻理念的普世故事，某种能与所有观众心有灵犀的东西。由于深受克拉克和莱姆等一些作家所推广的那种硬科幻的影响，吉姆想让那些烧脑的概念既能被普通大众理解，同时又能保持它们原有的力量和冲击力。

吉姆还能够把个人生活中的一些元素融入他的科幻作品中去，使这些故事有了更广泛的人性基础。当他80年代早期写《终结者》剧本的时候，他的室友是一位做女招待的姑娘。听这位姑娘每天讲她的工作经历，吉姆把从她身上观察到、感受到的东西写入了他的剧本。这个故事中的女主人公萨拉·康纳于是便成了一位女招待，一个让人可信的"平凡人"，当她发现自己被人造的杀人机器追杀时，这个难以置信的消息所带来的反应就完全合乎情理了。

终结者系列电影中有一个最让人难以忘怀的设定：对科技的滥用把人类带到了核战末日的边缘——换句话说，就是制造出了如今众所周知的邪恶人工智能"天网"（Skynet）。尽管这个系列的电影对未来似乎持有一种黑暗的视角，吉姆却总会把一些希望的光芒铺洒到他的这些科幻故事中去。在他于1991年拍摄的续集《终结者2：审判日》（Terminator 2: Judgment Day）中，萨拉·康纳决定炸掉天网诞生的公司，通过此举来改变历史进程，进而毁灭天网，而这个策略又恰恰是她从那个邪恶的人工智能那里借鉴来的。在吉姆的世界里，尽管人类制造出了麻烦，但人类也能通过利用科学、战略思考和纯粹的胆识解决这个麻烦。因此，吉姆在尖锐地鞭答人性中的邪恶面的同时，也不忘褒扬人性中光明的一面。尤其要说的是，他给他的角色赋予了这样一种理念，同时也把它传递给了观众：如果难题是我们制造出来的，那我们就一定能解决掉它。他的科幻故事把人们往正确的方向引导，号召人们承担起对自己周围世界的责任，鼓励大家站在历史正确的一边：去探索世界，而不是去榨取它；去奉献，而不是索取。

吉姆一直都相信这样一个观点，观众拥有对科幻主题回应的潜力，这些主题会激励人类现实生活的发展。雷德利·斯科特的影片《异形》（1979）是吉姆最喜欢的电影之一，随着由他自己执导的该电影的续集《异形2》（1986）的问世，他切身体验了这个观点是多么的正确。为设计女主角蕾普莉在片中操控的，与巨大的反派异形女王搏斗的装卸机器人，卡梅隆投入了大量精力，影片上映后，吉姆接到一家从事液压机生产的大型企业打来的电话，这家公司正在在计划制造一款商业版工程机器人，他们并没意识到那个工程机器人只是电影中精心制作的特效。吉姆在影片中成功地虚构了一些看起来可能存在或者现实中本该存在的东西，直到今天，机器人专家仍在继续研究类似的机器人外骨骼，以作为一种人为提高人类能力的手段。

吉姆的另一部电影：深海背景下的科幻史诗剧《深渊》（The Abyss，1989），又一次将他想象中的世界渗透进了现实生活中。吉姆不仅为这部电影制造出真实的潜水装置和全功能的水下遥控机器人（ROVs）——这些创造又构成了"机器人"的基础——后来他会用这些"机器人"来勘查泰坦尼克号——而且他在这部影片中所设想出的科幻元素，实际上又将电影技术向前推进了一大

右图 詹姆斯·卡梅隆早期为《异形2》中的工程机器人绘制的一幅草图。卡梅隆把操控机械臂的控制装置设想成类似手握垒球棒那样的装置，他画出的这幅草图使他向《异形2》剧组的工作人员简明地展示了自己的创意。

左图 扮演蕾普莉的西格妮·韦弗在《异形2》中操纵的就是这个最终版本的工程机器人。

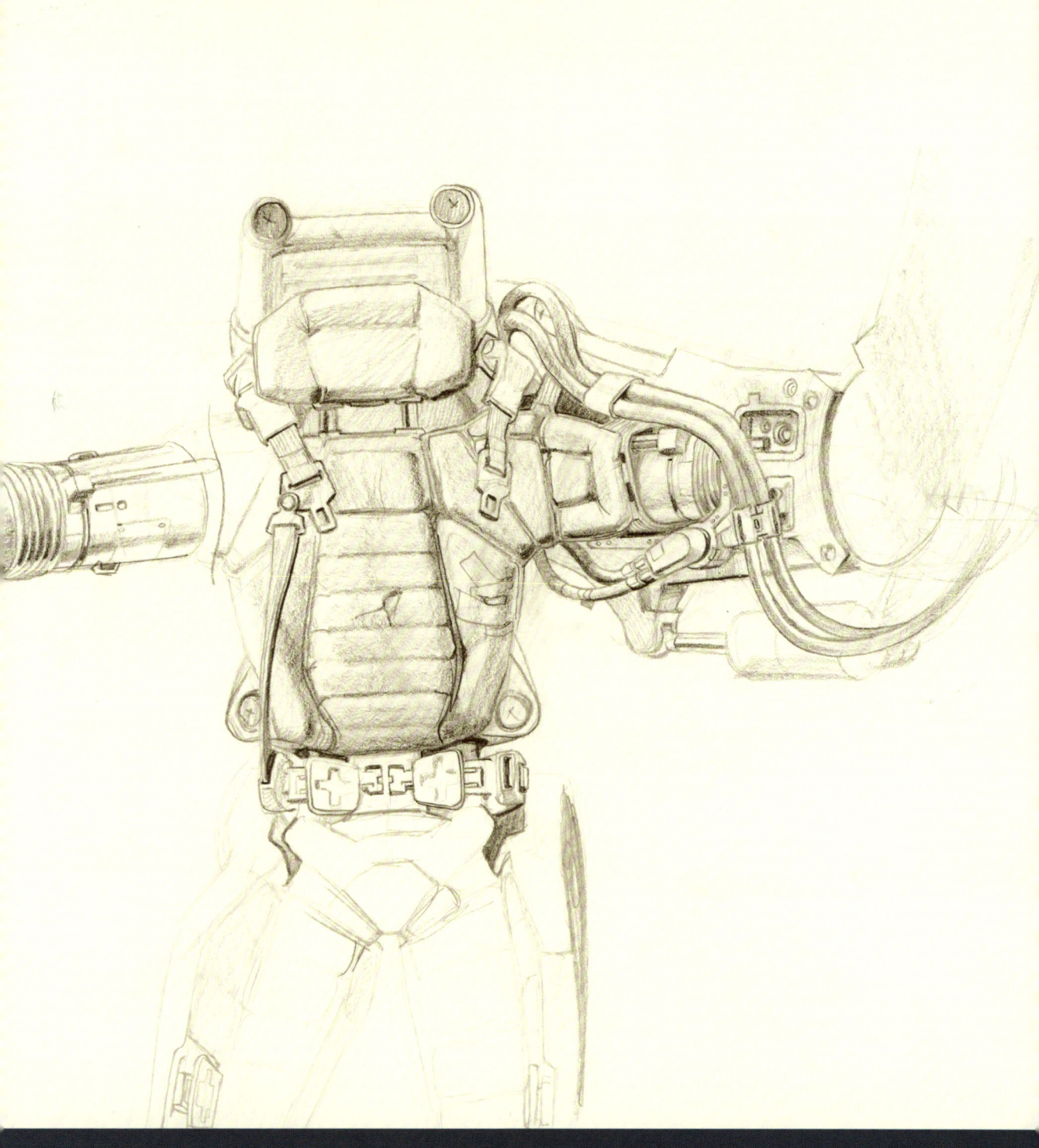

步。在影片中，吉姆想要表现深海外星文明是能够利用海水来作为交流工具的，但传统的视觉特效方法却无法实现。为了解决这个难题，吉姆与工业光魔（Industrial Light & Magic）视觉效果公司合作，一起创造出了"水触手"。在1989年，这种数码生成的栩栩如生的生物效果对观众来说还是全新的，可谓前所未见。直到两年后，在影片《终结者2》中，吉姆在他的角色液体金属T-1000机器人的身上将此技术提升至全新的水平，观众才有所了解。吉姆对科幻电影贡献的一个持久的关键点是，为了展现自己那天马行空的想象力，他能突破现实世界中可能存在的极限，这种品质既愉悦了他的观众，也让整个电影工业受益无穷。一旦他把心思投入一个项目中，其最终结果一定会拓宽我们的视野，并驱使技术实现巨大飞跃。

吉姆在新技术方面的投资，包括新的拍摄方法和3D摄像系统，对于创作《阿凡达》来说是必要的。《阿凡达》是一部史诗级的科幻电影，详尽描绘了一个十分逼真的外星世界——对于一个从小对星际旅行和与异世界种族接触故事耳濡目染的科幻迷来说，这就是终极的梦想。潘多拉（Pandora），一个类地卫星，它将是一个生态平衡、物种繁茂的世界。吉姆为它上面的所有生物、它的技术和生物圈打造了一个无懈可击的科学基础，没有任何违反物理学定律的东西，潘多拉成为一个真的可以存在于宇宙某处的地方。

记得在某一天深夜，我去拍摄《阿凡达》数字部分的动作捕捉舞台找吉姆。除了吉姆，其他人都已经下班回家了。在宽大的舞台中间，吉姆就坐在一柱明亮的灯光笼罩着的凳子上，正摆弄着虚拟摄像机的控制装置。他给我展示了他是如何操控场景中的数字图像的，镜头中，影片的男主角杰克·萨利触碰了一株像蘑菇一样的植物，这株植物突然像伞一样合拢了，露出后面一头正打算向他进攻的锤

对页图 詹姆斯·卡梅隆为影片《阿凡达》中的闪雷兽（Thanator）绘制的一幅概念草图。

下图《阿凡达》中闪雷兽的最后造型。

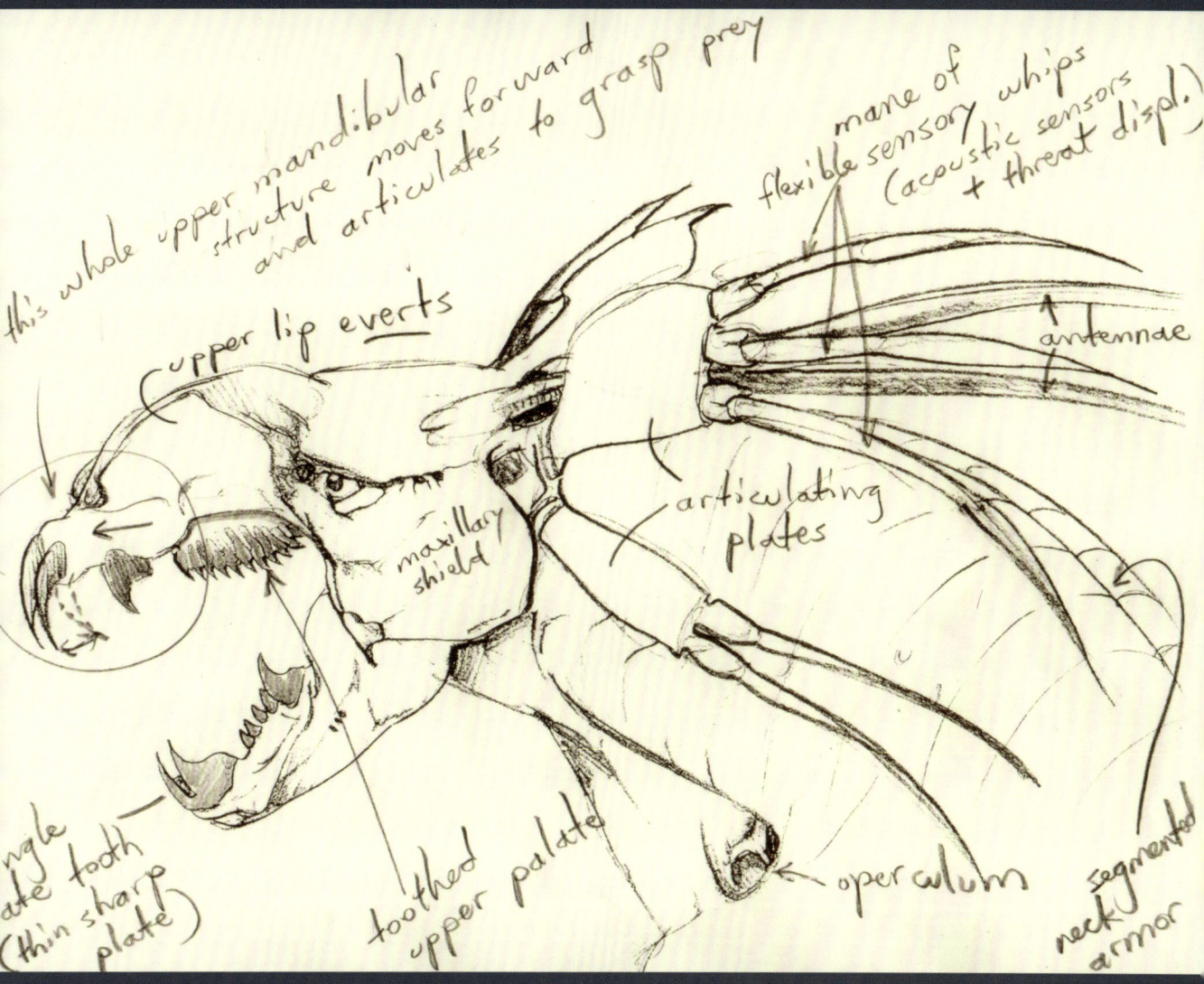

头雷兽。吉姆正在调整这株植物合拢的速度，为的是让它看起来既像是真实的物理现象，同时又具有令人印象深刻的冲击效果。他已经把技术推进到了可以实时拍摄虚拟世界的地步，演员的动作捕捉表演能即刻在数字设备上变成外星纳美人角色的表演预览画面。在这个虚拟的潘多拉世界里，他能控制取景框和光线的方向，甚至能操控植物和其他元素。

在《阿凡达》中，吉姆构想了一个崭新的世界，他利用数字技术将这个世界生动演绎出来，小到最微小的细节都按照他那套严谨的规范来操控处理。我回想起与他初次会面时的情景，当时他正在那本拍纸簿上飞快地写着《阿凡达》的故事……现在想来，他经历了一段多么不可思议的旅程。他有勇气构想出一个个奇幻又美妙的世界，并把它们变成真实的画面，而这一切激励着所有人去冲破艺术和技术上那看似难以逾越的边界，勇往直前。

兰德尔·弗雷克斯对话

詹姆斯·卡梅隆

兰德尔·弗雷克斯：作为一名有抱负的青年作家和电影制作人，当时哪些科幻小说或电影真正激发了你的创作灵感？

詹姆斯·卡梅隆：嗯，这个问题本身有一个瑕疵，因为从我还是个幼童的时候开始，到进入青春期之前，再到我变成十几岁的青少年，我自始至终都是一个超级科幻迷。而当我成为一个有抱负的电影人时，却读了大量非科幻的书籍，写的东西里科幻也不占多数。可以说，我经历了从"输入"到"输出"的蜕变。

"输入"阶段是从我孩提时代开始的，最早的来源是电视，是电视里播放的每一部 B 级科幻电影、B 级怪兽电影，再加上一部分 A 级片里的电影。《奇异的旅程》（Fantastic Voyage，1966）上映时我应该只有 12 岁，几年后有了《人猿星球》（1968），当时我感觉再没有比看电影更让我喜欢的事了——再没有比看一部奇幻或科幻电影更让我喜欢的事了。所以不管是《辛巴达七航妖岛》（The 7th Voyage of Sinbad，1958）还是《伊阿宋与阿尔戈英雄》（Jason and the Argonauts，1963），或是在电视上反复播出的哈里豪森（Harryhausen）的《飞碟入侵地球》（Earth vs. the Flying Saucers，1956）、《金星怪兽》（20 Million Miles to Earth，1957）等电影，只要是太空主题的，不管是电影院里放映的还是在电视上播出的，我都会看，百看不厌。这也影响了我开始阅读科幻小说，而一旦开始读科幻小说，我就像进入了"超音速"，接着就是终极的"高超音速"。等我上了中学以后，我上下学要各乘一个小时的公交车，所以我每天有两个小时的时间是在公交车上。我会把我的书藏在数学课本的后面，在课堂上的所有时间里——你明白的，弓着腰藏在课本后。我大概每天能读一本书，

对页图　詹姆斯·卡梅隆在电视系列片《詹姆斯·卡梅隆的科幻故事》中。图片来源：迈克尔·莫里亚蒂斯/AMC

上图　1970年左右，还在上11年级的詹姆斯·卡梅隆创作的一幅插画，画中是一个穿着宇航服的人物在一个巨大的外星森林中穿行。这可能是与阿凡达有关的最早的一幅图片，阿凡达的最早雏形。

如果那本书很厚的话，就得多花上几天。

弗雷克斯：那你是追着某个作家，比如艾萨克·阿西莫夫的作品看呢，还是谁的作品都看？

卡梅隆：谁的作品我都看。对我来说，这取决于平装本的封面多有意思。

弗雷克斯：那你一定读过"双重王牌"丛书里的不少作品。

卡梅隆：对，我读过"双重王牌"丛书里的不少作品，几乎每本都读过了。我发现，阅读总是要经过那么一个阶段才会明白，有些作家就是比其他作家写得好，像阿瑟·C.克拉克和雷·布拉德伯里这个水平的作家的作品往往会编纂成集，这时候，你便开始关注作者。而我一旦判定某个作家的作品值得去读，我就会拜读这位作家的全部作品，并且深入研究每一处内容。但你知道，那时候可没有亚马逊的网购这样方便，有些想读的书还不一定买得到。我读的一般都是我家附近的A&P商店上架的书。

弗雷克斯：你会定期读科幻杂志吗？

卡梅隆：呃，我从来就没有读过太多杂志，可能就买过几本《类比》（Analogs）和这类型的杂志。我主要还是买小说和合集，水平高的低的都买。对我来说，它们之间并没有非常大的区别。更确切地说，我

下图 詹姆斯·卡梅隆为《异种移植》中的一艘宇宙飞船绘制的概念图。利用超高温的黑体辐射器组建引擎的创意，后来被应用到《阿凡达》中的ISV创业之星（ISV Venture Star）母舰上。

对页图 詹姆斯·卡梅隆在某次长时间通话时的随手涂鸦。

明白克拉克写得要更出色一些,也更睿智一些,他的创意包罗万象,与"双重王牌"系列的作者相比,他的主题要宏大得多;但这丝毫不影响我喜欢"双重王牌"丛书,它们很棒、很迷人。有些作品非常吸引我——当时还没有专门的青少年幻想文学类别,但那些东西却是专为青少年读者写的,比如安德烈·诺顿(Andre Norton)的作品。

弗雷克斯:还有《破晓》(Daybreak)。

卡梅隆:没错。《破晓——公元2250》(Daybreak——2250A.D.,1952),你知道,这些故事讲的都是一个带着太空猫的家伙,以及诸如此类的东西,还有海因莱因的《穿上航天服去旅行》(Have Space Suit——Will Travel,1958)。在有分级制度之前,这些书就已经属于青少年科幻了。

弗雷克斯:你那时就喜欢电影,也是常去影院看电影,那么,当你看奇幻或科幻电影时,你会有特别的兴奋感吗?

卡梅隆:绝对有。

弗雷克斯:你认为这种兴奋感是出于什么?是这种影片中的什么,使你产生的快乐要远超过其他类型的影片?

卡梅隆:我不知道。如果你生下来就有一种超强的视觉想象力,那么其他艺术家的想象力就会激发你,对我来说那是最富有想象力的东西。你知道,《虎胆妙算》(Mission: Impossible,1966—1973)非常酷,但整部电视剧基本上都是一帮人在聊天。而《迷离档案》(1963—1965)呢,那可是部有趣的电视剧。里面有一种石头,融化后变成能控制人的思想的寄生生物,还有其他各种各样的疯狂玩意……我以前甚至喜欢过《迷失太空》(Lost in Space,1965—1968)这部剧,可惜后来的剧情越来越蠢了。我对愚蠢的忍耐度非常低。所以,当机器人来回甩着双臂、史密斯博士不停捻着他的胡子,我终于对这部剧兴味索然,不再看它了。

弗雷克斯:因为你希望科幻作品得到严肃对待?

卡梅隆:当我还是个孩子的时候,我就对类型片的分界十分较真,不是因为我是某个影迷团体的一员,或者我要与其他孩子去讨论这些东西。在我的心目中,《迷离档案》属于硬科幻,它与《阴阳魔界》(1959—1964)之间的区别是非常明显的。后者是异想天开的奇幻,一定角度上说还属于恐怖奇幻,而《迷离档案》往往会多少回避开奇幻的主题。但《阴阳魔界》曾算得上风靡全国了,直至现在,喜欢《阴阳魔界》的普通观众也多过喜欢《迷离档案》的,而且《迷离档案》在播出了几季之后就被停掉了,但我真的想象不出还有比它更好的电视剧,我还收集过它的卡牌。你可能不信,我还真有《迷离档案》的集换卡,不过集换卡上总是出现描述错误。当时,我怎么都不能理解,这么粗制滥造的东西也会被发行出来,尤其还印在集换卡这类玩意儿上,他们会为《迷离档案》里的外星人胡乱编造一些愚蠢透顶的描述,而这些内容与剧集一点关系都没有,对此我感觉怒不可遏。

弗雷克斯:从社会学和历史的角度来看,为什么

你觉得现在是讲科幻故事的合适时机？斯皮尔伯格说过，科幻在过去常被当作饭后的甜点，但如今它是正餐牛排。

卡梅隆：对，我认为他指的是科幻影片已经毫无争议地成为最商业化的类型片了。近几年最热的影片几乎都是科幻或奇幻电影。像《指环王》（Lord of the Rings）、《变形金刚》（Transformers）……

弗雷克斯：转折点是什么呢？

卡梅隆：是《星球大战》（1977）逆转了科幻影片在商业回报上一直下滑的趋势，而在当时这种趋势已经持续了20年之久。那时的科幻片越发走向反乌托邦的极端，《星球大战》可谓惊雷一声平地起，它颠覆了每个人对科幻片的既定看法。虽然在艺术上它仍未能给科幻影片一个"合法"地位，我的意思是，直到现在我们也还在努力做这方面的工作，让科幻类型片的边界更清晰。但在科幻片是否能赚钱这个问题上，它的确把每个人的想法来了个180度的扭转。我想这才是斯皮尔伯格所说的"它如今是主菜中的牛排"这句话的真正含义。但我所思考的是，对当今人类的生存来说，科幻的及时性和价值又在哪里，我们如今生活在这样一个时代，要想预言下一年抑或未来我们的技术将会衍生出什么结果几乎是不可能的。也因此，所有科幻故事都在探索，如果我们制造出一种能将半数人类消灭掉的病原体，将会发生什么？如果我们制造出一种强大的人工智能，而它竟要与我们争夺这个星球的统治权，又将会发生什么？如果这样，如果那样，将会怎样？现在在科幻框架内讨论这些问题，本身就是一种展望未来的方式，展望在未来10年、20年或30年内可能会发生什么。

从以往情况来看，科幻在准确预测将来会发生什么这个问题上一直都是相当糟糕。我们设想在2001年就向木星发射载人飞船，但至今还没实现；我们本不应该有一个全球互联网，我们应该有的是一个能把世界各地的人们都联结起来的全球电子神经网络；

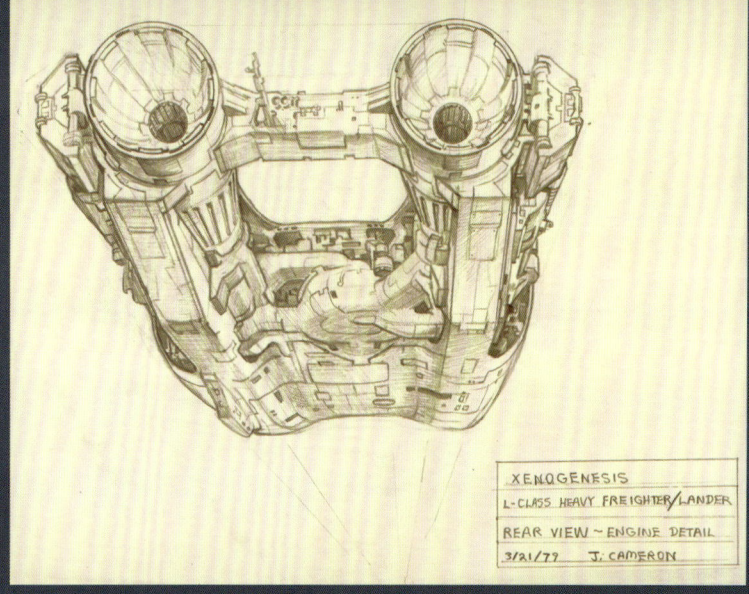

甚至在互联网的初创时期，很多科幻作家谈论的还都是大型主机，没人谈论个人电脑。而个人电脑时代很快就并入了互联网的时代——也就是几年的时间——但个人电脑在科幻预言和讨论中却没存在过。无论是外星人的、人类的，还是未来人的电脑，总之不论是谁的，在科幻作品中电脑总是一个巨大的集中管理主机。事实证明，虽然我们有了这样一个真正使人类文明与文化发生了革命性变化，并且彻底改变了我们这个有意识的物种发展轨迹的东西，而科幻却始终没有预言出它。

弗雷克斯：有些人认为科幻的主要目的就是预言未来，但这是个误解，对吗？

卡梅隆：是的。科幻从来都不预言未来，但如果我们聆听并注意它了，它能阻止某种未来的发生。

弗雷克斯：那为什么科幻电影制作变得如此受欢迎，主要是因为怪咖们的逆袭吗？

卡梅隆：不是。科幻很长时间以来都非常书呆子气，它几乎全部由美国白人男性的书呆子所写，读者群也是这些人。这种情况占主要部分，其中也有一些

对页图 詹姆斯·卡梅隆为《异种移植》绘制的概念图。左侧像坦克一样的自动机械后来成了《终结者》中猎杀者坦克的造型设计雏形。
上图 卡梅隆为《异种移植》中的"L级重型运输机／着陆舱"绘制的概念草图。

女性作家，但她们大多都顶着一个像"安德烈·诺顿"这样模糊性别的名字，以至于大家都觉得作者是个男的。或者她们会起一个笔名，或者索性就用她们姓名的缩写，比如 D.C. 丰塔纳（D. C. Fontana）——当她给《星际迷航》做编剧的时候，人人都以为她是个男的。那个时候，科幻还没有为女性做好准备，因此它所描写的都是男性向的、技术主宰的世界或宇宙——征服太空、征服原子能、与机器人搏斗，都是非常男性化的幻想。而一些非常优秀的女性作家一直就存在，但都被遮蔽在阴影之中。直到 20 世纪 60 年代或 70 年代，她们才走到了幕前，此时的科幻从性别的角度上才变得平等多了，无论是它的主题、作者的人数，还是读者人数均是如此。也因此，比起我成长时期以及更早的年代来说科幻变得主流、开放得多了。

弗雷克斯：那算是好事吗？

卡梅隆：当然，我认为《星际迷航》也帮了很大的忙。它向人们展示了科幻不仅仅只是一些宏大创意和硬科学一类的玩意，科幻还有可能讲述社会学方面的故事。

弗雷克斯：能感动那些电视剧观众的故事。

卡梅隆：对，可以是关于种族的，可以是关于性别的，也可以是关于那些在社会中被禁止和被压制的事情。我想对于很多人来说，绝对是大开眼界。

弗雷克斯：科幻所能做的其中一件事就是，利用外星人和外星飞船的外壳，发表社会评论和社会批判，否则这些评论和批判会引起人们的反感。

卡梅隆：没错，而每当一个外星人是你的朋友，或你的爱人，或是某个对你很重要的人，某个你愿意为他去死的人的时候，那么这人看起来像什么就完全不重要了。于是忽然之间，你对这个人的认识，就不再局限于外貌、性别、肤色，那不正是《星际迷航》所做的事情吗？《星际迷航》还向人们展示了一种对未来的展望，这不是反乌托邦的未来，而是充满希望和英雄主义的未来，我认为 20 世纪 60 年代的人们需要这个。

弗雷克斯：是写一个有着积极未来的科幻故事容易呢？还是写一个有着消极版本未来的反乌托邦的小说容易？你认为哪一种更容易让人们接受？

卡梅隆：我认为不管朝哪个方向写，都很容易。你既可以展示新发展是多么使人兴奋，又可以展示它怎样把我们卷入某种始料不及的社会变革之中。但要从受欢迎度方面来考虑，观众总想先有个卡珊德拉（Cassandran）[1] 式的警告，因为他们想要有一个悲惨、可怕的境遇。动作、张力和剧情都是出自某种悲惨境遇的，我想那就是为什么很多作家都趋向于描写某种更黑暗版本的未来的原因。

弗雷克斯：那里是一个冲突点吗？

卡梅隆：是的，不过让我再来补充一点细节吧，因为一直存在一种充满希望的观点：我们将会拥有能和人类一样进行交谈的机器人，我们将会拥有能飞到其他行星去的宇宙飞船。文明的车轮将持续转动、前进，我们有足够的时间能实现所有那些酷炫的玩意儿，

下图 伦纳德·尼莫伊（Leonard Nimoy）在《星际迷航》原初系列中扮演的史巴克（Spock）先生。

对页图 詹姆斯·卡梅隆的这幅《异种移植》的概念图给了风鲨一个较近的特写。尽管风鲨是《阿凡达》中斑溪兽的设计前身，但最后保留下来的仅有的细节是可伸缩的锋利的牙齿。

[1] 卡珊德拉（Cassandra）是希腊神话中的人物，她在文学中的形象总是一名不被听信的女先知。——译者注

并记录完成一个冒险故事。可当我们写这个冒险故事的时候，我们又是一副愤世嫉俗和冷嘲热讽的态度，觉得事事都何其糟糕，这就是我想说的在科幻文学中最流行的一种文化。你把所有那些闪亮的新奇玩意儿攒在一起，就组成了一个世界。这个世界中处处充满了与生俱来的希望，它表明我们会一直存在，我们会不断发明和持续创新。但另一方面，我们又会把这个世界搞成一团糟，使它变得既危险又不适合居住，我们还在其中安排了很多阴暗的人物，所以，我们是用同一双手在同时施与和剥夺。但这一切又与《莱博维茨的赞歌》（ A Canticle for Leibowitz，1959）中的凄凉有所不同。那本书中说我们在将来并没有进步，而是倒退到了一个黑暗世纪，未来人类的思想状态将崩溃陷入教条主义，我们现在所拥有的一切东西都将被彻底地一扫而空。对我来说这种未来太恐怖了，在某些《神经漫游者》式的未来中，尽管在偏僻的巷子里或许会有穷凶极恶的怪兽，但还是有天生乐观主义的存在的，比如我们将来会拥有互联网，我们将来会拥有先进的人工智能系统等等。在我看来，当人类的思想开始变得反进步、反革新和反科学了，世界就真的步入黑暗了。而这种情况正在发生，此刻在我们的世界中，这种情况就正在发生。

弗雷克斯：恐惧统治着当今。

卡梅隆：我认为需要有更多探讨信仰与科学之间的固有冲突的科幻作品，因为在我看来，信仰是迷信，而科学是通往真理之路，仅仅作为个人观点。我不一定非得把我的个人观点都表现到我的作品中，除了在《阿凡达》中西格妮·韦弗所扮演的格雷丝身上，我比较明显地表现了一种积极正面的科学素养。我们会仅仅因为宇宙过于浩瀚而无法给出我们简单的答案，就索性依赖我们对这个世界已经产生的认知上吗？我认为这将是针对人类意识的终极测试，就像一个试验。我们总想把宇宙折叠成类似某种生活手册之类的简单东西，就像你刚买了一个新的割草机，你就想学会如何让它干活。你将会得到一个生活手册，它也会告诉你你需要知道的每一件事，而且你永远没必要去做任何研究和革新，也没必要去展望宇宙，因为所有的答案都在那里了。而如果人类真就这样安于现状了，那么我们也就真的劫数难逃了，全人类的试验也不过是在浪费时间，这是我个人的思索。我能不能把它写成科幻作品呢？如果我的首要身份是科幻作家，一个文学创作者，我就会把这该死的主题写出来。它肯定会

下图　卡梅隆早期为《终结者》绘制的概念草图，表现的是在影片的最后场景中，主角机器人已遭受到了致命的破坏。在电影成品中，剧中角色挥舞的那把刀子被去掉了。

对页上图　一幅前异种移植的铅笔素描，这是卡梅隆在1977年绘制的具有那个时代典型特点的分镜脚本中的一幅。就像延续了《异种移植》中猎杀者式坦克和蜘蛛车辆这样的铺垫元素一样，这种像螳臂一样的机器人手臂后来在卡梅隆设计的《异形2》中的异形女王身上得到了重现。

对页下图　卡梅隆打电话时的涂鸦。

成为我作品中占支配地位的主题,贯穿于我的整个成年生活,这一点我可以保证。

弗雷克斯:在你早期的很多作品中,这似乎已经成为一种次主题了。比如在《终结者2》中,终结者机器人对约翰·康纳说:"自我毁灭就是你们人类的天性。"

卡梅隆:我认为我们的天性是获得权力和保护我们的小圈子。可问题是,我们囊括这个自己小圈子的网究竟有多大?如今为了生存,我们抛出的这个网得是全球范围的,自己人也就是整个人类。可人们并不知道该怎样去做,我想虽然有一些开明的人在这其中,但全人类在这方面做得真是糟透了。人们制造出一些我们根本不需要的隔阂,"我的团队来自我的城市,它要比来自你那个'狗屎'城市的'狗屎'团队好得多……"这些令我难堪和无语,难道我们都才12岁?

弗雷克斯:这其中是不是有很多是被政治动机所驱使的呢?

卡梅隆:嗯,但政治动机又被人类心智中的一些先天方面驱动着。人们有部落主义的倾向,我们的部落是好的,你们的部落是坏的——除非你们拥有我们愿意为之交换的某些东西,在这种情况下,我们就会容忍你们。人类就是这么进化来的,几十万年、几百万年都是这样过来的——带着一种部落的视角。也因此,人们一直都在谋求部落制,这就是人们为何以体育运动队伍来互相结盟的原因。这也是人们为何要用一些理由、一些原则,或者更大程度上,用宗教信仰来结盟的原因。小圈子和外来者就这样形成了。

弗雷克斯:那么科幻能从概念上打破这个僵局吗?

卡梅隆:完全可以,科幻作品正是从这个层面来挑战你的思维窠臼。它也许不能迫使你的想法就此不

同,但它可以提供一些方法,使你透过不同的镜头来看事物;可以提供一种不同的视角。你刚刚遭遇了一种具有潜在威胁的外星文明,并且他们对宇宙的看法也与你不同,如果你能不受部落主义影响对待他们,那么对于那些与你对世界有不同看法的人,你又何尝不能做到这一点呢?

弗雷克斯:吉尔莫·德尔·托罗的新电影《水形物语》(*The Shape of Water*)就是一个例子,它主要讲的就是人类与非人类之间的关系。

卡梅隆:它讲的是爱情发生于有爱之处。曾经有一个科幻故事——要是我能想起它的名字就好了——那还是我小时候看过的,是关于同性恋的。记得故事中有这样一句话:"爱如闪电而至。"我想,吉尔莫所表达的就是这个意思,这也正是他把女主角最好的朋友设定为一个同性恋的原因,因为这个故事想要说的正是——恋爱中的人拥有恋爱的自由,他人无权评判。

上图 詹姆斯·卡梅隆为那部没有出品的项目《异种移植》所绘制的概念草图。背景中那个像树一样的构造被设想成是可伸缩的，这个创意后来被应用在《阿凡达》中的那颗叫作螺旋藤红叶（helicoradium）的螺旋形植物身上。

对页图 电视片《詹姆斯·卡梅隆的科幻故事》中卡梅隆正在采访斯皮尔伯格。图片来源：迈克尔·莫里亚蒂斯/AMC

弗雷克斯：当我还是个孩子时，科幻作品吸引我的是它蕴藏着的一种感性，或者说一种心态——你想怎么称呼它都行——在感知着不公、失衡以及我们周边文化中那些行不通的事物的同时，总在提醒着我们："是的，你是对的，然后这里是一些可能的补救……"

卡梅隆：或者如果我们任由事态继续这样发展，"这里将是情况变糟的样子"。但说到底，你可以凭空想来做这事，你可以利用一部社会科幻作品实现它。硬科幻更多地趋向于探讨我们人类与技术的关系，而人类是无法摆脱自身的技术的。在这个星球上我们居于统治地位，凌驾于动物界，以及所有我们取得的所有成就，最起码从控制环境这方面来看——我们的食物供给、能源等等——这一切都来源于技术。同时，也来源于我们与自身的技术共同进化的能力。直立行走使我们的双手除了用于行进以外还能做点其他事情：我们可以凿出燧石碎片，把它们的边缘打磨锋利，并随身携带着它们，在需要时用作工具，以弥补我们天生没有尖牙利爪的不足；我们能杀死别的东西，并且随时把它带在身边；我们能捡起某样东西把它带在

身边，挖出来的东西，例如地里的块茎，也能带在身边，这一切都因为我们是两足动物。而人类后代的整个历史都是关于技术影响我们身体的物理进化的，也就是说我们的大脑逐步进化，脑容量变大，随后又在一个正反馈回路中影响了技术发展，最终以一种滑稽的方式，不可避免地导致我们衍变到现在所处的位置。

所以说，科幻小说真的是人类最包罗万象的虚构作品，因为它涉及我们与我们的技术，论述了我们是怎样与技术共同进化的，互相促进，相辅相成。这已经发生了足有100万年或者更久的时间，最早的石器至少可以追溯到150万年前，或许还要早到200万年前。那么这就持续了很长一段时间，走过一条长长的曲线，发展速度越来越快，你知道吗？1万年以前，我们有了绳子和编织筐，但我认为我们还没有真正发明轮子。之后又过了5000年我们才有了金属，我们正处在一条漫长的曲线上，这条曲线正在呈现陡升态势，我们甚至无法预料哪怕仅仅20年后的科技是什么样子。

弗雷克斯：如你所说，去读科幻小说，或许才能有所了解。

卡梅隆：嗯，科幻创作者总是在超前那么一点的地方徜徉，试图弄明白这一切都意味着什么。然而这一切都已经被彻底瓦解了，硅谷最新发布的产品竟超越了科幻作品的想象，甚至是尚未付诸笔端的构思。所以，现在的问题是，随着时代的发展，你想象出的未来与你正生活于其中的未来之间的差距正持续不断地缩小着。然而，早在20世纪40年代、50年代、60年代，以及再往后推，在科幻小说中那些已经被广为接受的事情——星际旅行、超光速旅行——那一切，却依然距离现实很遥远。因此，已经怒放的是我们与技术之间的那种近期的、日积月累的共同进化，而科幻小说中那些关于征服银河系之类的古老而宏大的主题，却依然无法企及。早在20世纪30年代，雨果·根斯巴克（Hugo Gernsback）和约翰·W. 坎贝尔（John W. Campbell）就已设想过征服银河系的计

划,而到了今天,我们距离那个目标依然还是那么遥远。在20世纪60年代和70年代,我们去过几次地球的公转轨道,我们上过几次月球,但从那以后就再没去过。自1972年以来,也再没有人离开地球去过别的行星。因此,说来也挺滑稽,我们曾到达过一个高度,然后又掉下来了。如今我们只是派机器人往外飞,并且完成一些了不起的事情。我们让机器人飞到了太阳系的边缘,如果你们要算上旅行者号冲破日球层顶(heliopause)等事迹的话,机器人实际上已经远远飞离了太阳系。

弗雷克斯:你在电视片《詹姆斯·卡梅隆的科幻故事》中亲自采访了六个人:吉尔莫·德尔·托罗、乔治·卢卡斯、克里斯托弗·诺兰、阿诺德·施瓦辛格、雷德利·斯科特和史蒂文·斯皮尔伯格。为什么你要挑这几位?

卡梅隆:我们很幸运能采访到这几位流行文化中的顶级科幻从业者……在我看来,要找几位电影人并对给他们带来巨大成功的类型片进行评论和回馈的话,显而易见的人选就是卢卡斯、斯皮尔伯格、吉尔莫,以及名单上其他的那几位。这就好比在说:"伙计们,我们都浸淫于科幻电影领域多年,把它当作了我们职业生涯中一个重要组成部分,当然大家做的电影不全都是科幻片,但总的来说,在这种电影类型中我们肯定是付出了不少,而且拍出了一些里程碑式的电影,也靠它们赚了不少钱。现在,让我们来和大家分享一下,我们是怎样走上这一步的,当我们还是个孩子时,它又是怎么吸引我们的。当我们还是个孩童或青少年,并有变成艺术家的苗头的时候,使我们入迷的那些主题究竟是什么?为什么这些理念对我们的意义如此重大?"……访谈自会回答这些问题,你真的能在这些人身上看到共通的地方,像卢卡斯与斯皮尔伯格,以及其他所有人——他们可不是随便涉足、浅尝辄止,他们更像是身不由己——那些理念和那些想象在他们的思想中喷薄欲出,他们不得不将其释放出来。

弗雷克斯:他们拥有异于常人的眼界,一种艺术家独有的眼界。

卡梅隆：没错。那是他们想与全世界人分享的东西，那些想法就在他们的脑海中，作为电影制作人他们需要把它呈现出来。作家也是一样，有些作家的创作方式视觉感十足，他们在作品中清晰地勾勒出的某个瞬间，能让你在脑海中想象出来那个画面。也许过了好多年，当你看到作品被改编成的电影时，你会说："哈哈，那正是我在脑中所看到的样子。"又或者，像我16岁的女儿克莱尔说的："我是不会去看那部电影的，它根本不对。它不会是我想象中的样子。"

弗雷克斯：在AMC拍的这部电视系列片中，很多谈话是关于界定科幻片与其他类型片之间的差异的，例如奇幻电影。做这种区分为什么如此重要？相比其他类型片，科幻电影能提供哪些其他电影所不能提供的东西？

上图 詹姆斯·惠尔（James Whale）执导的经典版《弗兰肯斯坦》（1931）的电影海报。

卡梅隆：嗯，首先我认为，假设你正在读一本书或是正在看一部电影，而且特别喜欢它，那么把它归到哪个类型或者哪个子类型其实并不重要。但我认为，对于普通观众来说，弄明白科幻片与恐怖片之间的区别还是很重要的，尽管这两者之间时常互有重叠，但差别还是很明显的。电影可以既科幻又恐怖，《异形》就是其中一个很棒的例子，但我还是首先会把它归到科幻片中去。这个故事发生在一艘宇宙飞船上，又在外太空中，在我心目中这就一下子界定清楚了，这是一部科幻电影。但这很重要吗？不，我不这么认为。只要你真正喜欢，类型无关紧要。《变形金刚》是科幻还是幻想，谁在乎呢？它是《变形金刚》啊！

弗雷克斯：在我看来，就罗伊·巴蒂（Roy Batty）这个角色来看，《银翼杀手》（1982）就是《弗兰肯斯坦》（Frankenstein）的科幻变体，尤其是——

卡梅隆：对，在很多讲生化人和人造人的故事中，人造人总是要比它的创造者更魅力超凡，也更有意思。我一直觉得，在《弗兰肯斯坦》的原作故事中，那个怪物要比维克多·弗兰斯坦（Victor Frankenstein）有趣得多。而在这个故事的很多不同化身中，这种现象也一直都存在。

弗雷克斯：它就是终极问题"什么是人类"的活化身。

卡梅隆：这绝对是科幻中最基础的主题之一：什么是人类？我认为科幻作家定义这个的方法是，相信自己是人类，你就是人类。哪怕你只是一台机器，哪怕你只是一只有智慧的狗！问题在于，什么是人类？一种拥有与人类一样甚至超过人类的情感意识的生物又算是什么？它难道不该得到与人类一样的权利、尊重和尊严吗？但说到底，我认为大多数情况下，科幻作家们并不是在写我们与外星种族相遇时的实际情形，因为这多少与我们当前的生活不太相干。真正的问题是如何讲述一个与外星人相遇，然后学着理解他们、接纳他们并与他们互动的故事。不妨假设一下，接触一个我们并不了解的文明，这将会怎样影响我们的文明演进？

弗雷克斯：就像《降临》（Arrival）那部电影。

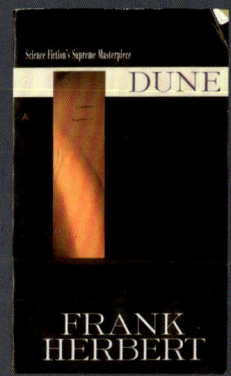

顶图 凯尔·麦克拉克伦（Kyle MacLachlan）在大卫·林奇（David Lynch）执导的电影《沙丘》(1984)中饰演保罗·厄崔迪。

上图 弗兰克·赫伯特的小说《沙丘》的封面，王牌图书出版。

卡梅隆：一点没错。那么，我们所不了解的文明都是什么？我们的确是不理解"9·11"袭击背后的那些极端教条的恐怖主义宗教文化，否则我们早就可以预测出攻击的可能性，而已经阻止它了，而现实就像被外星人攻击了一样猝不及防。事件发生的第二天，我有两个反应：一个是我想把他们全都炸没影儿；另一个是我想去学阿拉伯语，真的就像我把正在做的电影创作工作全都停掉了那样，然后试着站在他们的角度来理解这个世界，因为我感觉这是阻止此类事情再次成为必然的唯一途径。然后我才意识到，我们根本就不了解这些人，我想我们现在对他们的了解要多些了。这个"他们"如今显然已严重分裂成太多的相互对立的派系，这就更需要坚持不懈的努力，我们要不断去了解其中的那些集团、教派和宗派，以及诸如此类的东西之间的个体差异。但我认为对于大多数美国公众来说，对此几乎是一无所知的。如今你读像《沙丘》这样的书，你会发现所有这一切都早已经在书里了。弗兰克·赫伯特（Frank Herbert）或许是在写圣战者组织（mujahideen）以及他们与苏联之间的斗争——我不知道时间是否能恰好对上——但书中的确写了发生在19世纪和20世纪的一系列的事件，这个时期也是游牧的贝都因人的阿拉伯文化与帝国军队之间龃龉不断的时期，那是不是在写大英帝国呢？你明白的，谁都有可能。

弗雷克斯：《沙丘》中的"香料"对应的就是石油。

卡梅隆：《阿拉伯的劳伦斯》(Lawrence of Arabia)，对吧？原来它最终变成了是在讲石油。所以，香料就是对应了石油。赫伯特或许是在批评美国人和英国佬强行划分整个美索不达米亚平原的做法。不按宗教派别和部落边界，随意就把这个地区划分成为不同的国家，于是就导致我们如今所面临的所有问题，因为划界的人根本不了解当地的那些文化。可是赫伯特用《沙丘》就把这事给讲明白了。他所讲的弗雷曼人（Fremen）就是圣战组织，弗雷曼人在某种程度上就是阿富汗的那些军阀，或者当今社会的那些恐怖分子。如果你今天再读《沙丘》，你又会产生出完全不同的观点。我们再来看看《星球大战》，一群来自沙漠的家伙，一帮争强好斗的反叛者与一个拥有特种武器的大帝国为敌。这不就是圣战者组织与苏联之间的对立情形吗？在当时这应该是一个参考点。顺便说，我敢肯定《星球大战》从《沙丘》里借鉴了不少东西，可是扪心自问，我们怎么能给《星球大战》里的那些叛军欢呼呢？明明就是为帝国一方效力的呀。因为你是一个美国人，那么你就正在为帝国效力，事情就这么简单。你或许并没穿着帝国暴风军（Stormtrooper）的白色铠甲，也不是真正的死星上的守卫者，可是你要知道，你在为帝国效力。

弗雷克斯：那或许就是科幻作为一种体裁最为重要的一面，它教会我们用外星人观察人类的方式来审视我们自身。

卡梅隆：说得对。因此，《星球大战》中那些炸掉死星的好斗的反叛者可以与任何人联系起来。但我认为局限在于它在你面前，但共鸣并没有产生。因为如果你不能联系自己的生活去解读它，那说到底你不过是读了一则令人愉快的传说故事，或看了一部有意思的电影而已。我认为能与之产生共鸣的观众所占的百分比不会太大。"哎呀，照这样子看来我是个坏蛋喽。"能发出如此感慨的观众真是少之又少。

弗雷克斯：如果你看的是《星球大战》前传三部曲，这一点就变得尤为明显。

卡梅隆：说得很对。"这就是民主是怎样伴着雷鸣般的掌声——永远离我们而去的。"

弗雷克斯：对。

卡梅隆：我觉得我们是一年前才看的那电影。

弗雷克斯：你是不是感悟到了编导的这样一种意义，它能激发全人类作为一个整体向着更好的自身跃进，以及能指出通往这种改良的可能途径？

卡梅隆：不言而喻，显然这就是我正在做的事。《阿凡达》以及它的续作就是因这种意义而拍摄的。而更重要的问题是，这样真能奏效吗？我不知道。就《阿凡达》而言，对某些观众它是奏效的，而我认为90%的观众只是欣赏到了其中的美丽、奇遇，以及其他类似的东西。仅有10%的观众把它当作一种行动呼吁而诚心接纳了，最起码把它看作是一记警钟，警醒我们看到彼此间的不宽容，看到我们缺乏对自然界的尊重等等一些问题——正是这些问题，如今正从根本上毒害着我们的文明，威胁着我们的生存。

就看过影片的观众来讲，《阿凡达》好比织了一张四处延伸的大网，每个观众身上哪怕只发生那么一丁点的变化，全球就一定会产生出可察觉的改变，因为看过这部影片的观众超过数千万人次了。所以，或许它只是一粒沙子，不得不掺入其他众多的沙粒之中，但它使人们改变了他们看世界的方式，改变了他们的视角，使他们变得更加宽容了，或许投票的时候不再那么不假思索了，那么，也算是做了好事。我认为一部影片是否真的起到了好作用，是无法衡量的，但作为一名艺术家，你必须去尝试。

另一个方面，过于注重社会效果，喋喋不休地进行说教，也可能把艺术效果扼杀在摇篮里。在《阿凡达》第一部中，人们没有看到这种说教出现。它就是一幅巨大的、光彩照人、多姿多彩的奇景，充满了绚丽的东西。续集也将会有专人把关，以免直接出现那些激进的、过于环保主义的主题。我敢断定特朗普将会为此发推特的。

弗雷克斯：那就是成功的尺度。

卡梅隆：所以，它的效果也有可能不够好，因为它也不完全符合这种成功尺度，第一次尝试的时候，感觉有点像使用特洛伊木马。我们拭目以待，我不会缩手缩脚，但同样也不会做过了头，而把某种信息填鸭式地硬塞给观众。我会试着讲出一个好的故事，这

对页图 詹姆斯·卡梅隆为《阿凡达》中的人物妮特丽（Neytiri）所做的概念设计，其中已确定的猫一样的鼻子和美洲豹式的观感全部保留在角色最后的外形中。

个故事被限制在一个主题框架之中，观众既可以接受这个主题也可以完全不买账，即使他们不买账，也不妨碍他们欣赏这个故事。我并不信奉唐·柯里昂（Don Corleone）的价值观，但我仍然喜爱《教父》（The Godfather）这部电影。因此，并不是非得认同了一个角色的价值观你才能追随这个角色、关心他，并与他一起嬉笑怒骂。

弗雷克斯：一个科幻作家是不是得有这样一种道德责任感，一方面要匡扶科学的正义，另一方面要去反映现实世界中的一些话题？

卡梅隆：要我说，与匡扶科学正义的道义责任相比，透过娱乐的镜头来评论我们这个时代，批评当今政治形势与社会环境的道义责任要来得更重要一些。或者，至少要让这个镜头四处挪动一下，并带着那么一点质疑，好让人们能用一个全新的视角来看事物。在这个我们自以为更加开明的时代，我们确实看到人们都带着难以置信的偏见，墨守成规教条。纵观当前全世界的民粹主义和孤立主义的规模，在这方面我们实际上是在倒退。或者，退一万步来讲，根深蒂固的教条主义观点赤裸裸地表明，我们正处在自由的泡沫之中，或许自由一直就是一种虚幻的泡沫，因此，在某种程度上，我们的社会革命和社会启蒙之路并没有我们所想的那样卓有成效。这基本上意味着我们得付出双倍的努力才行，因为无论要取得何种进步，我们多少都得仰仗于那些能打破成见的人，而这些人却是在这种成见中长大的，或者被灌输过这些成见，要么是他们从学校里学来的，要么来自他们父母的耳濡目染。科幻对这种社会的进化所做的贡献一直都是非常大的，它提醒并要求人们冲破自身所困的泡沫，超越所处的现实，把目光放得更长远一些。

弗雷克斯：是的，在我看来卡尔·萨根（Carl Sagan）把普及科学知识作为他的毕生的使命，就是为了使人们能认识到科学在人们日常生活中的价值。科幻作家也在做一样的事情：让科学家喻户晓。

卡梅隆：呃，我认为卡尔·萨根是在给广大观众努力普及科学知识，使宇宙从大众心理上成为可接受的东西，从知识上成为可理解的东西，但我想如今我们所处的时代已经不同了。他那个时代正是人们目睹"海盗号"（Viking）登上火星，"旅行者号"（Voyager）飞往木星（Jupiter）的时代。我们如今处在一个不同的时代里，虽然仍有很多人还热衷于太空，但我们所处的时代也有不少开倒车的声音，对科学的不信任甚嚣尘上，还有大量资金流入向科学发起主动攻击的造谣机构。在当今这个后真相时代，科学受到来自多个方面的攻击，到处都是各式各样的谎言和假新闻。科学的处境已经岌岌可危，从社会的整体层面而言，我们对科学方法没有了足够的尊重，我们开始相信以前的那些迷信，相信那些超自然的胡言乱语。麻烦在于，我们所生活的这科学时代要面临的危机越来越多，这些危机必须由懂科学的人来解决，气候改变就是一个绝佳的例子。如果我们不理解它，不尊重我们的那些信息来源和科学分析，那我们就不可能在全球层面上做出正确的决策进而制定出有效政策，以防止气候变化会产生的最坏结果。当前我们在社会、心理和政治层面上都没做好应对这种威胁的准备，原因就是我们对科学没有投入足够的信心。

所以，要寻求对科学的某种理解和尊重，对普通人来说，接触科幻作品是一个方法。不幸的是，科幻作品变得越是流行，却反倒与它所恪守的科学原则离得越远。如今你看到的基本都是科学玄幻，宇宙飞船一扭头，就能在几小时或几分钟之内到达另一个星球，甚至是一瞬间——丝毫不顾及任何物理定律。太空旅行就是"万金油"，可以用到你所能想象的任何一种冒险幻想故事中，哪怕它本质上就是一部武士电影、西部片，或魔法故事。科幻小说里的科学已经所剩无几，近年来几个引人注目之作例外，比如广受欢迎的《火星救援》。按照影片主人公的说法，为了活下去他必须实施"科学使其成为可能"行动，他这样做了，而且观众也被这个故事迷住了，以至于这部电影票房大卖。这不是一种隐喻，这就是我们的处境。我

上图 詹姆斯·卡梅隆之前的一幅《异形2》素描，图中基本确立了异形女王的头部和上半身的造型，随后的设计完善了腿部的细节。

们必须让科学使其成为可能。我们必须开始质疑，胡乱修补基因组意味着什么，制造能消灭全人类的病原体意味着什么，改变全球气候，使原本主要局限在一个地区的病原体蔓延到其他地区又意味着什么。一个地区濒临消亡的植物物种迁移到了另一个地区，动物要么跟着迁徙要么灭绝，我们本质上是在向这个星球自然史上的第六次物种大灭绝冲刺。我们实际上已经创立了一个新的地质年代，科学家们如今已经有所意识，并称之为人类世。因此，我们需要明白，是科技让我们陷入了这种境地，而将来使我们摆脱这种境地的，也只能是科技。

弗雷克斯：正统科幻真的也在与科学渐行渐远吗？你不认为在媒体中我们还是能看到很多对科学的敬意吗？

卡梅隆：对于科学的尊重，或者单纯就兴趣来讲，各个作家程度不一，作品类型之间也存在差异。我认为大部分是对科技感兴趣，尤其是科技周边的那些分支，如人工智能、互联网、虚拟现实等。我认为现在很少有汤姆·戈德温的《冷酷的方程式》(1954)这一类的硬科幻，更别说阿瑟·C.克拉克的硬科幻，但也有引人注目的例外，如《火星救援》和《星际穿越》。我不相信《星际穿越》是根据一部文学作品改编的，但它是流行文化的一个典范。

弗雷克斯：好，我们来稍稍谈一下怪物的话题吧。在你看来，一部真正伟大的科幻怪物电影是怎样造就的？

卡梅隆：嗯，我认为严格来说，一部真正伟大的科幻怪物电影必须包含一只科幻的怪物，而它必然来自我们对科技的滥用或我们对科学和自然规律的误解，以及我们的狂妄自大——自以为可以像上帝一样无所不能，制造出超级人类；或者自以为能控制自己毫不了解的超级物种，并且擅自将它投放到这个世界上。当我们把某种像转基因食物这样的东西带入真实的世界，并根据推断对它给予肯定，但万一我们胡乱

摆弄基因组而致使结果适得其反呢？实验室里可能会产生出什么样的可怕东西来呢？结果经常会给人类的错误或人类的傲慢一记耳光，当然了，追溯到源头就是《弗兰肯斯坦》，那个最早的科幻怪物。可以说，它总是在强调人类的脆弱或者我们在理解上的无能，这在很大程度上一直都是科幻怪物的本性，我们实则缺乏真正理解未知的能力。

我认为《异形》（1979）中的异形生物也属于这个范畴。你会遭遇某种完全不可知的东西，这也许体现了人类意识或人类知识的局限。就这一点来说是非常有意思的，科幻经常讲的是用我们科学中的"外科手术工具"来更好地了解我们的宇宙，而探索过程中所产生的恐惧就是怪物的来源。当科学出了差错，怪物就从它对世界所产生的明显的负面影响中产生了，例如核武器。非常多的科幻怪物都是在20世纪40年代后期、20世纪50年代以及20世纪60年代早期出现的，而这全部是核恐惧所导致的结果。可以说，所有恐惧的核心是末日意识，而从根本上说末日意识的源头就是我们了解得太多、变得太强大，但缺少与之配套的睿智。人们经常说，这就像那个让一只黑猩猩举着一把机关枪的主意，与我们的社会发展、情感状态和精神进化相比，我们的科技已经发展得太过强大了。

弗雷克斯：你本人也曾牵头创作过几个标志性的怪物。在《异形2》中，你是如何把瑞士艺术家H.R.吉格尔所创作的标志性异形生物形象进行改编，

上图 卡梅隆最早为《异形2》中蕾普莉与异形女王之间那场生死搏斗所做的概念设计。这幅设计图创作于卡梅隆编写《异形2》剧本之前。

对页图 从这幅卡梅隆早期设计的异形女王概念图中可以看出，它的卵囊的位置与后来出现在电影中的非常不同，电影中卵囊的位置被提高了。

并创作出异形女王来的？

卡梅隆：显然，我受到了吉格尔的启发，但作为一个怪物和怪兽的爱好者，同时也做这方面的设计，我想给它加入我自己的设计想法。在《异形》中，这个生物被设计得带有极其明显的男性生殖象征，而我根据生物机理概念尝试了一个反转，试着让它转为女性象征。我把她的腿变得修长、优雅、上粗下细，脚部几乎有种自带高跟鞋的那种感觉，这样一来，她这样的生物就在非常危险的同时又不失美丽。原本的设计中，有太多的经典造型是吉格尔大胆想象创作出来的：怪物后背上伸出的那些管子，像阳具一样长长的头部以支在中点的颈部为轴转动，这使我感觉它有一点点像三角龙。所以我采用了三角龙头骨的后半部分，加上盔甲褶皱，然后把它和吉格尔的生物机械设计混合在一起。它可不是我偶然梦到的某种东西，它是一步一步创造出来的，它后背上的那一串串脊突形成了一种威慑式的构造，但这纯粹是从吉格尔的异形后背上那些管子衍生出来的，我把他称作"异形战士"。

我不得不为异形创造一个基本合理的社会或一种等级关系，重塑了它们的生命周期，关于异形女王是否像白蚁后那样有一个巨大的卵囊和产卵器，所有的卵都是她产出来的，这一点雷德利·斯科特和吉格尔在上一部电影中从来都没交代——事实上，他们对此曾做过交代，但后来又从电影中剪掉了。它们本来有一种奇怪的生命周期，它们会把一些人类宿主包裹在茧中，然后把卵产在里面，抱脸虫最后会从这些宿主身体里钻出来，但这对我来说根本就讲不通。我琢磨把它拿掉是个明智的做法，因为他们并没把它放到电影里。所以这个创意是这样的：它是一种像昆虫一样的寄生生物，就像掘地蜂，它们会麻痹毛虫或其他一些宿主，并把卵产入这些宿主的身体中，然后这些卵会孵化。然而异形有不同的生命周期，它的生命周期应该有两个部分，因为卵会孵化出一只抱脸虫，而抱脸虫又会把第二种卵产入宿主体内。所以那个大的卵里面是抱脸虫。然后抱脸虫又把它自己的卵注入一

上图 卡梅隆绘制的异形女王的素描图，图中的卵囊的位置被提高了，这个设计最后被用到了电影中。

个宿主体内，以寄生方式繁殖后代——非常像掘地蜂的幼虫在一只死毛虫的身体内孵化出来——最后出来的是一只真正的异形，它将长成一只成体。假设一下，当它们需要一个女王时，某个地方就会出现一个，这与蜜蜂的情形相同，当蜂群需要一个蜂王时，它们能通过外激素或其他的某种信号刺激产生出一只新蜂王。给生命周期再加一层的想法我想雷德利和吉格尔并没有真正考虑过，但在我看来这才能讲得通。而且我还把异形女王的尾巴设计成一种毒刺，它可以用来麻痹猎物。

接下来又有了另外一个问题：它为什么会有那样一个分成两部分的生命周期？答案就是适应。掘地蜂的幼虫并不适应宿主体内的环境，但它下一阶段的成蜂却能有效地攻击那种毛虫。所以，我的关于两部分生命周期的想法是，当抱脸虫把它的卵或胚胎产入宿主体内时，一个适应的过程也就此开始了，而最后破腹而出的那个生物将会带有一部分宿主的特征。就异形来说，它出生时长着手和手指，还有腿和带有肘关节的胳膊，实际从身体构造上来看，它完全就是普通人类的样子，只有头部的发育完全是非人类的。我知道这个创意被用到后来的一些电影中变成了狗版的外星人，我想甚至一度还有一个牛版的外星人。因此，这种发生在代际或代内生命周期里的变态发育是适应环境的结果。理论上说，这种生物要么是基因工程改造的结果，要么是为了适应任何地方的宿主而自然进化的结果。所以，如果你在考虑如何能掌管一个星系，这就是你可用的方法。你必须能够适应任何目标宿主种群的化学成分和生命形态，而如果你打算从一个星球去往另一个星球，那些宿主将会是你从未见过或之前从没接触过的有机体。要是生命周期中不包含那个变态发育的阶段，你是不可能完美适应环境，并捕猎那种宿主种群的。我所说的就是这样一个概念。

弗雷克斯：嗯，你的回答完美地说明了你与其他科幻电影创作者的不同之处：你很清楚自己的科学。你已经做了研究，并把常识应用到了这些学问中。

卡梅隆：是的，这是基于对科学的认识和对生物学的了解形成的常识，也是我从科幻文学中得到的启示。我想说的是在文学中这些都算不上新想法，对于没经受过科幻文学熏陶的普通观众来说，这些想法好像多数都能带给他们一些启发。但对科幻文学爱好者来说，这显得十分啰嗦。

弗雷克斯：你带给科幻的不只是科学，还有好的叙事方式。我想就《终结者》和《异形2》两部影片中都存在的对立统一做一个简短的总结。你让《异形2》中的两个主要角色之间建立了令人难以置信的对立统一关系，异形女王和西格妮·韦弗扮演的女主角，她俩都是要保卫自己后代的母亲，相信再找不到比这更强烈的对立统一关系了。而在《终结者》中，一位怀孕的妇女为了保住自己的性命和她未出生孩子的性命，与一个象征着死亡的终结者机器杀手之间的搏斗，也是一种对立统一。

卡梅隆：是的，一点没错。他是一具机械骨架，一个典型的死神形象；而到了电影结尾，她成为一位孕育未来的母亲。所以，这两部电影都有母性主题，都把母亲作为一种生命或生命保卫者的化身，与死亡象征进行对抗。还有比终结者或异形更冷酷无情的死神吗？这种残酷性是它们共有的。异形身上还多了一种不可知所带来的效果——未知因素，这种东西极度异化，我们只可能在人类世界以外的地方碰到它。他在某种程度上是我们人类的反面，是我们探索先进杀戮技术的结果。所以，还有比一具机械骨架更好的象征吗？在雷德利的电影中，至少有一种与众不同的对立统一。与异形最终决战的是一位女性，而且她获胜了，但她不是一个母亲形象，她是一位不折不扣的女战士。而异形是那种雄性的、有男性生殖特征的、符合弗洛伊德性学说的入侵者，在潜意识里，它代表的实际上是我们对强奸、侵害和受孕的恐惧。那么这就完全可以讲通了，第一部《异形》中本身就有一种非常出色的对立统一。我注意到了所有这些东西，但我选择了一个稍微不同的领域，那就是偏重讲述两个母亲都是在为自己的生命原则而战斗，这与强奸或侵害等事情就毫无关系了。这只是一种不同的选择，我的意思是，你总不能把相同的电影拍两遍吧。

弗雷克斯：你对我说过，宇宙中最凶猛的力量就是母性的本能。

卡梅隆：对，没错。因为一个母亲在保护她的小孩时宁愿牺牲自己的性命。她会利用身体里的每一丁点能量，每一种防御技能，哪怕靠手撕嘴咬，为了保护自己的孩子她会耗尽自己一直到死——这正是母亲们在整个进化过程中被固化的本能。而男人们会为其他理由战斗：有时候是为了自尊；有时候是为了领地；有时候是为了统治权。而且如果损伤严重，他们都会停下来。

弗雷克斯：我们来谈谈黑暗未来的话题吧。作为一个作家和电影创作者，反乌托邦小说的题材里你能探讨哪些话题？还有你认为反乌托邦小说对整个科幻小说流派的意义是什么？

卡梅隆：我认为反乌托邦小说一直都是科幻文学的一个重要的组成部分。它从来都是这个文学体裁的一部分，如果你回想一下那些最早的科幻作品，它们都包含一些对未来的警告。H.G. 威尔斯在他的很多小说里向我们发出对未来的警告，他警告我们要留心社会心理学的发展趋势和对技术的滥用。《星球大战》的出现在当时算是不守常规，因为在20世纪60年代和20世纪70年代，反乌托邦科幻作品一直都是主流，出自那个时期的一些我们所喜欢的反乌托邦科幻电影，谁都能列举上一大堆，其中不乏后启示录电影。然后《星球大战》跳出来，我们别再讲那种故事了，那不好玩。让我们进行一场新神话式的西部大冒险，这里面有公主、光剑、瞬时旅行，让它成为一个积极向上和乐观主义的故事吧,尽管我们在其中的对手是一个暴虐的帝国。这部充满了健康趣味的影片一下子成为电影史上最重量级的电影,然后,主流媒体也出乎意料地对科幻片完全改变了看法。从那以后持续了大概有二十来年,反乌托邦电影都没有一点翻身的机会。

一方面,乔治·卢卡斯为视觉效果和科幻故事情节做了大量工作,但他完全明白自己在做什么,他在做一部太空歌剧。他当时已经拍过一部反乌托邦科幻电影,《五百年后》(*THX 1138*),但这部片没赚到任何钱。所以他当时说:我再也不拍这种题材的电影了。我想,《星球大战》为科幻电影打入主流流行文化做出了巨大的贡献,但同时它也多少造成了一些伤害,它削弱了科幻电影对当前社会弊病的关注,而这正是反乌托邦科幻电影的关注点。反乌托邦科幻片想要说的是,如果这种趋势一直持续下去会是什么结果?如果机器窥探我们的趋势一直持续下去会是什么结果?如果武器研制的趋势一直持续下去会是什么结果?如果监控和基因操纵的趋势一直持续下去会是什么结果?结果就是《美丽新世界》(*Brave New World*),就是《一九八四》(*1984*)。如果核武器与其他武器系统失控式发展的趋势一直持续下去会是什么结果?结果就是《海滨》(*On the Beach*),以及其他一些核战后、浩劫后的故事。

弗雷克斯: 如果我们与其他星球的生命发生了接触,你认为他们会是接近《阿凡达》中纳美人的样子呢,还是会更像《异形2》中的异形生物,抑或是《深渊》里的那些友好的地外生命?

卡梅隆: 我认为他们与以上的任何一种都不像。他们也许是殖民者,也许是一群帝国主义者,他们也许拿走他们想要的东西,他们也许比我们发达。如果他们有理由来地球,那理由可能不会是我们,我们可能只是他们的绊脚石。

弗雷克斯: 那么,防御这种可能的最好措施是什么呢?

卡梅隆: 不要广播,在我们强大到能保卫自己之前,不要让他们知道我们在这儿。我不会去担心像异形那样的无智慧、无技术的怪物,而纳美人在他们的丛林中也乐得其所,他们没理由四处漫游和掠夺。但在地球上的文明接触史中,往往是技术落后的文明落得悲惨的结局。他们的文化可能更加优越,他们的精神可能更加高贵,他们也许是适应性更强的人类,但如果对手是一帮牙齿稀疏、坏血病缠身的葡萄牙人,当他们亮出大炮、铠甲、坚船和火药,那他们就居于支配地位了,不是因为他们优秀,只是因为他们拥有技术,而十有八九这技术还不是他们自己发明的。人们一直有这样一种认识,只要外星人现身了,那他们就已经聪明到能打造出自己的星际技术,那些驾驶飞船的家伙就是那些有能力打造这些技术的家伙,但情况并不见得如此。这些技术可能是某些温和的文明早在一万年前发明出来的,然后被某些贪婪成性的武力征服者夺走了。看看古罗马人便知,罗马人并没有发明出数学、几何、哲学等等,这些是他们从古希腊人那里抢来的。事实上,他们只是攻入古希腊城邦并肆意掠夺。他们俘获了一帮哲学家、数学家和发明家,并且把这些人押回了罗马,然后为了达成他们的意愿,不惜折磨他们。

弗雷克斯: 与二战后我们对德国科学家所做的事情差不多。

卡梅隆: 认为拥有先进技术的外星人一定拥有与之匹配的社会学、哲学和精神生活上的高度发展,这种想法是很荒谬的。这些家伙的技术多半是从别处抢来的,这就好比是某个毛头小子偷了他爸爸的汽车钥匙。只凭某个人从一艘宇宙飞船中走了出来,你根本弄不清你将要接触的对象是什么。联系实际生活,开车的人或许知道车是怎样工作的,但很多人并不知道。多数人不知道手机是如何工作的,多数人弄不懂基础的电子学,但这不妨碍他们整天使用这类东西。这么做不见得会把他们都变成更优秀的人,通常情况下,

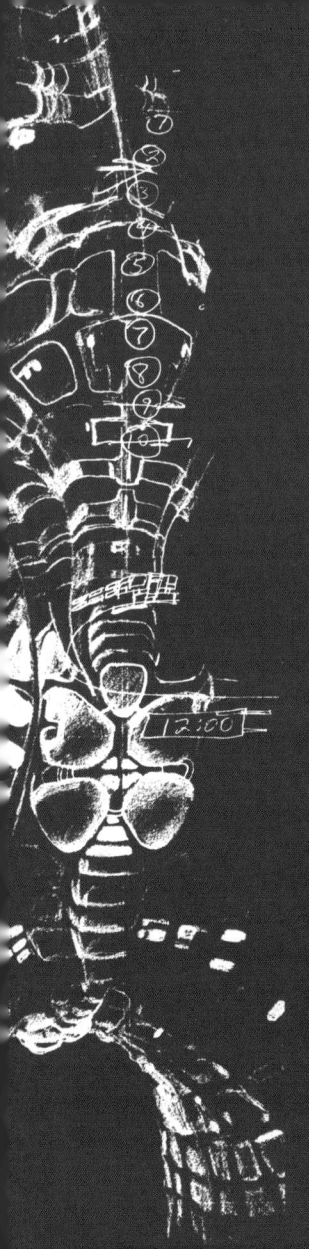

上图 卡梅隆打电话时的涂鸦。

对页图 企鹅图书出品的乔治·奥威尔的《一九八四》和阿道司·赫胥黎的《美丽新世界》两本书的封面。

这反倒把他们变成了更差劲的人。

弗雷克斯：回到《终结者》中所提到的技术。你知道为了让实验战斗机上的瞄准误差达到最小化，美国军事机构如今把他们的系统命名为"终结者综合征"了吗？

卡梅隆：知道，"天网综合征"和"终结者综合征"是如今正被讨论得热火朝天的东西。早在1982年我写《终结者》的时候，DARPA（美国国防高级研究计划局）和美国国防部还在为这事是不是纯科幻而纠缠不清呢。如今问题已迫在眉睫，你会给一台自动机器人赋予一种不受约束的杀戮能力吗？比如一架无人机或一艘无人潜艇，你会赋予它杀人权吗？现在有很多的无人设备可能会让我们的军方、他国的军方，或者恐怖分子都大叫一声"该死"。因为在某些状况下，指挥与控制链或许会被严重削弱，或者你有可能与机器失去了联系，又或者你可能正处于无线电静默状态，那么你所想要的就是放掉它，让它自己去干。你可能想要研发出一种武器，去对抗你所认为北朝鲜和俄罗斯正在研发的武器。你是不是认为俄罗斯人还在问他们自己是否应该那样做呢？我不这样认为。普京已经公开宣称，"首先研发出强大的人工智能的国家将会统治世界"。原话如此。所以，这甚至都不是你想不想去研发它的问题，而是为了能与其他那些家伙竞争，你必须去研发它。因此，每一个好点子、每一条新技术一经问世，只要它有被用来制造武器的可能，它总会被用来制造武器，这一点完全不可避免。

弗雷克斯：就在你写那个剧本的时候，你曾想过你的创意会对现实世界产生影响吗？

卡梅隆：是指他们竟然会使用"天网"一词和"终结者"一词的事实吗？没有，而且对此我是一万个不乐意。

弗雷克斯：或者你电影中的情节将在现实生活中实现的念头有过吗？

卡梅隆：这就自然引出了这样一个问题，有什么事情是这个世界本未打算做，却因为一部新"终结者"电影而做了的呢？有意思的是，过去常被我们认为是科幻的一些领域，世界如今正变得离它越来越近，但反过来说，这些领域还是离我们一如既往的遥远。我们离星际旅行的距离不见得比雨果·根斯巴克那个时代的人们更近。但我们离《终结者》的距离却近的令人发指。

弗雷克斯：你认为我们注定会自造出一个末世吗？还是说，没有注定的命运，我们缔造命运？

卡梅隆：嗯，没有命运，我们创造命运。但问题是，命运是什么？科幻有时既能颂扬人类最优秀的品德，同时又能揭露我们最恶的品质。那么，我们最优秀的品质是什么？我们善于发明创造，我们能用科学解决问题，我们能用发明解决问题。我们有这个能耐，我们有同理心，我们富有同情心，这是我们的一部分，是我们进化出的能力。我们有聚在一起作为一个整体进行社会化运作的能力，而这个能力对于我们在这个星球上的崛起一直有着至关重要的作用。因为大脑在变大的进化方向上遇到了瓶颈，那就是大脑的最大尺寸不能超过女性产道的尺寸。进化为这个难题筛选出了一个解决办法，那就是让大脑体积的发育在产后继续进行。除了我们，没有哪种动物可以这样，而一旦理解了这些，你就理解了关于人类这个物种的所有事情。我们必须学会凝聚成一个社会，这样我们才能哺育幼儿，好让他们的大脑能在子宫外完整地发育——相反的例子是幼鹿，它一生下来就得用自己的腿摇摇晃晃地站起来，然后在几个小时内就得跟上鹿群。人类幼童是在好几年后才渐渐跟上自己家人的，这之间有着天壤之别。因此，是那个难题迫使我们组成社会并凝聚在一起，使我们懂得利他、移情和富有同情心，进而有了司法、冲突调节，以及其他东西。唯一的问题是我们还没有进化到更高的层次，就是超越那种部

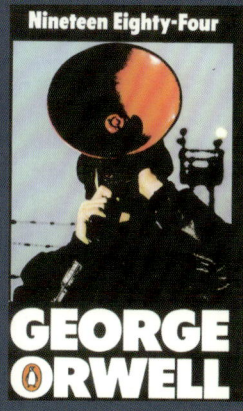

落内部凝聚力的层次。我们还没有进化出面向全人类的全面的包容性，要是我们今后破解不了这个密码，那我们就死定了。

弗雷克斯：那么你认为科幻能够帮我们缩小这个差距？

卡梅隆：我认为科幻会向我们展示那是怎样成为一种可能的，它能提醒我们希望还是有的。我认为我们天生就有做这件事的能力，我们天生就拥有做这件事的探索精神、求知欲，以及解决问题、分析问题的思维和意识。我们已不自觉地把利他主义和同情心融入了我们的欲望之中，甚至使其成为一种需要。但科幻也能告诉我们技术是怎样误入歧途的，是怎样被变成了武器，它掉过头来就反咬了我们一口。因此，我认为科幻作品能揭示出朝向未来的希望和恐惧，这方面它做得要比其他任何体裁都好。

弗雷克斯：在你几部终结者电影中，对你描绘时间旅行的方式影响最大的是什么？特别是凯尔·里斯（Kyle Reese）必须通过时间旅行回到过去，才能使他的战友、那位抵抗组织的领袖诞生的这种思路。

卡梅隆：我或许得说是海因莱因。海因莱因写过许多严谨的和不太严谨的时间旅行故事，都影响重大，包括《你们这些回魂尸》（All You Zombies，1959），这是一个终极的时间旅行故事。故事中的主人公通过时间循环变成了他自己的母亲，也变成了他自己的父亲，没有比这更棒的故事了。你得在一面大大的黑板上画出一个复杂的双向流程图，才能弄明白故事里所讲的一切都是怎样发生的。

不过我认为我在《终结者》中是用了一个经典的海因莱因-克拉克时间悖论来处理时间旅行。那就是，未来有个聪明透顶的家伙，一个强大到足以征服人类的人工智能，它认为为了自己的利益捣鼓一下时间流是一个可行的主意。于是这里面就有了一个有意识的前提，你永远遇不到天网，终结者机器人对时间旅行也没有太多的意见——他只是在执行一项任务，至于把他送往杀人现场的工具是直升机还是时间机器，他根本就不在乎。凯尔·里斯不懂技术性的玩意，而萨拉根本就是一头雾水。到了电影的结尾她还在苦思冥想，然后一筹莫展地说："唉，要是我不告诉你，那你就不会派凯尔来，那你也就永远不会存在了。老是去想这些个玩意儿真能把一个人逼疯。"

到此，算是给外祖父悖论这种提法做了一个简短的回应，最后她说："嗨，管它呢。我们没法弄懂这个，我们拿的工资可干不了这个。这会儿我们最该做的事情就是那些我们能弄明白的事情。"所以，我认为所有的时间旅行故事最终都归结为一件事情：自由意志是否存在？万事是否早已被注定？我认为万事没有被注定，但这是人类的幻想吗？这是个罩在我们头顶上的幻觉吗？那个让我们满意的答案会不会只是一种唱给我们的安眠曲，好让我们不要为它忧心忡忡？印度教相信一种终极的宿命，即万事皆被注定，直至宇宙的末日。那么这里面就没有什么你可做的了？我认为这也太不能令人满意了。因为这样你岂不就成了一部巨大的CG电影中的像素了。你没有任何选择，你只是这场表演中的一部分。那么，是谁创作了这场表演？它又是为了表演给谁看？还有，谁正在欣赏这么宏大的一项艺术工程？如果没有人，那这一切究竟还有什么意义？

弗雷克斯：呃，我们不想去思考这个，尤其是设计剧情的时候。

卡梅隆：嗯，对极了。所以，犹太教和基督教共同信奉着的亚伯拉罕的上帝神学的本质就是你可以选择。上帝给你选择，你有自由意志。如今，你可能就要把它搞砸了，因此你将可能走向地狱，但是你将会践行你的自由意志，你也将会为其结果付出代价。虽然这个概念有点深奥，但它伴随着我们长大，它给了我们一些安慰，如果哪天我们的自由意志被剥夺了，我们会突然感觉自己是在一个极权主义国家，而不是在一个民主体系内。

对页图 詹姆斯·卡梅隆早期为电影《终结者》的布景而绘制的概念图，前景中有电影的主人公萨拉·康纳和凯尔·里斯，背景中的机器人杀手正从烈焰中隐现。

REESE LEAPS INTO FRAME, STOPS FOR A MOMENT BEHIND A PIECE OF STANDING WALL AS A SEARCHLIGHT SWEEPS STRAIGHT TOWARD CAMERA.
AS SEARCHLIGHT PASSES, REESE DARTS FORWARD, EXITING LEFT
— NO EFFECTS

DOLLY W/ REESE AS HE PASSES WINDOW A MOMENT BEFORE SEARCHLIGHT BEAM STABS THROUGH.
REESE REACHES A BREAK IN THE WALL AND PAUSES FOR HIS TEAM-MATE TO CATCH UP.
— NO EFFECTS

上图和右图 詹姆斯·卡梅隆绘制的分镜表，描绘的是《终结者》中的一段未来战争。

弗雷克斯：就在我把《终结者》改写成小说的过程中，它让我产生过这样一个想法，你当时正创设着一个戏剧化的场景，命运和人的意志似乎在其中共舞。感觉它们正在彼此影响，而且其中的一个不见得会压倒另外一个。

卡梅隆：嗯，你看，在《终结者2》中有这样一个瞬间，萨拉在桌上刻完"没有命运"这几个字后，立即把刀子扎进了桌子里，这个瞬间就是她改头换面的时刻——从这一刻起，她便不再屈从自己的命运了。她的宿命是成为约翰的母亲，训练他并保证他的安全。那既是她的职责，也是她应该全身心去做的事情。但那一刻她把刀子插进了桌子，然后就去刺杀戴森（Dyson）了，她正在践行自由意志。她把一切都搞了个天翻地覆，在那个过程中，她实际上已经改变了世界。

弗雷克斯：在原来的影片中，有一个瞬间是她下了个决心，她想要与那个终结者机器人战斗，而不是没完没了地逃跑。故事的这一面在最后的电影中被剪掉了，但在小说中被保留下来了。

卡梅隆：对，并且它成为了第二部电影的核心。她去赛柏达公司（Cyberdyne）并试图那里炸掉的这整段剧情原本也是第一部电影的一部分。在第一部电影中，萨拉和凯尔无意中让一座电脑工厂成为结束战斗的地方，而终结者机器人的残骸也阴差阳错地落入了几个电脑专家的手中，他们又把它转交给了你在第二部电影中看到的那些家伙。但很显然，我们知道这里面还有更多的事情。她实际上是从一本电话簿中查到赛柏达电脑公司的,终结者机器人也用同样的方法查到了她的电话号码,这也正是他们制作那些土制炸弹的原因。她打算去赛柏达公司,打算把那个地方给炸掉,她要扭转局势以其人之道还治其人之身。也就是说,天网不是要阻止约翰·康纳的出生吗?我也要在天网出生之前就把你干掉。所以在这个故事中有一种对称性。但这样一来,我却完成不了它,我没有那么多预算。这个场景太花钱了,我们最终还是把这部分给拿掉了。随后我们编了一个简单得多的故事,我们让她在结尾时只勉强保持着生存状态,到那时她也不太明白该做些什么。但通过《终结者2》,我们看到她最终做出了正确的决定。

回到我刚才所说过的话,并且再修正一下,在《终结者2》的结尾,我们把她实际上已经成功阻止了审判日的这个事实给去掉了。所以影片在最后说的那些关于自由意志的话我们并不知道。审判日是否还存在,影片中也没有给出定论,但她有了希望。她有希望,不但是因为她自己践行了自由意志,还因为她看到那个终结者也践行了自由意志。如果一台机器能理解人的生命的价值,并且能因为这种信念而发生改变和做出行动,那么它就有了自由意志。我觉得这个地方非常有意思,因为在那之前终结者并没有自由意志。它本来有可能被派来杀约翰·康纳,而且干这样的事它本来连眼睛都不会眨一下。但是,约翰·康纳在未来把它给抓获了,并且把它的程序重写成了一个保护者。直到这会儿,它执行这项任务时也没带着任何特别的情感依恋。但它是一台学习型电脑,因为它一直在学习和模仿人类的言行,从哪一刻起这种模仿变成了它的本性,又是从哪一刻起终结者开始真正按照自己的意愿行事?那一刻就是他为绕开自己不能自我毁灭的程序,而创造出一个变通的方案的时候。当他把控制器交给萨拉,让她把自己送入熔化的钢水中时,他就从造反的天网那里挽救了整个人类。这一刻就是他反抗自己命运的一刻,我认为这个地方很深刻,最起码达到了一部电影应有的深度。

弗雷克斯：你是否认为，人工智能在科幻中表现得太过黑暗，可能会导致公众对人工智能以及它给人类的潜在好处产生过度的谨慎。

卡梅隆：我认为再怎么谨慎都不会过度。我们有不加对照组就进行那些规模庞大的社会实验的倾向。毕竟没有第二个地球——那里的人们没有研发人工智能，我们不行可以回那里去。我们就这样在自己身上做这些实验，而且甚至都不像是有哪个人在整体运作这事。那只是一帮公司在相互竞争，都在没头没脑地朝着前方可能是悬崖断壁的地方加速冲锋。谨慎无从谈起，也没有适当的控制机制，更没有哪个政府甘心情愿去勒住那些庞大的科技公司的缰绳，因为还得指望它们来拉动经济呢。我曾与一些研究人工智能的科学家交谈过，他们的口气与20世纪30年代的那些原子能科学家简直是如出一辙，那些人当时努力创造无限能源，为了解决人类的贫困、饥饿等问题。他们不会想到五年内，他们正研发的能量将被用来把人类化为灰烬。

弗雷克斯：你认为是该像《银翼杀手》（1982）中那样把机器人造得与真人一样呢，还是该把人造生命的外表做得更具功能性，使它们看起来不像人，以免人们认为它们真的有人性，而对他们产生情感联系？

卡梅隆：我认为如今已经有了为数不少的一批机器人专家，他们正致力于在机器身上模拟出人类的情绪和情感，如此一来，这些机器就能执行诸如照看老人和患者、照管孩子、开展教育等工作。机器将与我们变得一样，这是不可避免的事情，我们将来会照着自己的样子来制造它们，它们的智能会和人一样，也会有和人类一样的情感和情绪。因此，将来的机器人基本上就是人类，但它们将成为奴隶。我们想要的是一批可随意支配的、人格更低劣的人，我们想要奴隶，我们想要能控制的人类。这才是所有这一切的目的。我曾在一个非常高级别的闭门会议上与几个顶级的人工智能科学家对话，当时有人问了这样一个问题："你们的目标是什么？"其中一个科学家回答："我们的目标，简单来说，就是创造出一个人来。"于是我就举起了手，大家都知道我是那个创造"终结者"的家伙，所以，我举手的那一刹那，他们立刻爆发出一阵大笑。我说："是这样，我不想在这里成为带着成见的反对派，但我听到的是，你想创造出一台具备了人格的机器。一台不但具有分析意识，还有认同感的机器，一个有它自己权利的独立个体。那么我就想，你也已经申明了你的最低目标是要把它造得和我们有同样的智力，至少不比这个差。"而他说："完全正确。"我继续说："你如何阻止它背叛我们呢？"然后，当然了，大家都笑了。我说："别，我是认真的。你将如何阻止它形成它自己的动机，而这个动机又正好与我们自己的动机相抵触呢？"然后他说："这个非常简单。我们只要给它一些目标，一些我们想让它有的目标就行了。"我说："噢，得了，这算不上是什么新观念。这样的观念我们已经有了几千年了。我们为它起过名字。它被叫作奴隶制。你认为一台比我们智力高的机器将会甘心当我们的奴隶多长时间？"说真的，他们可听不进去这些。

弗雷克斯：我能想象。但那都是些好问题，这些问题就该有人问问他们。

卡梅隆：是啊，这是个好问题，尤其因为在这之前我的问题是关于情感的。我问："你们有没有想过让一台机器拥有自我意识、有生存意识和认同感，让它拥有情感是否有必要？"我又说："在你回答之前，让我把我问题的意思再特别说明一下。我们所拥有的情感并非缺陷。我们有了情感，那是因为情感自有它们的用处。大自然选择情感的理由是：建立紧密的社会联系、社会互动和相互之间的依赖，这些对我们都是有益处的。情感是适应的结果。是它们造就了我们，使我们成为在这个星球上有支配地位的一种意志。你认为你们能创造出这样一种意志来吗？如果没有情感，仅凭着认同感、目标感和生存的意愿，那它将来会不

上图《终结者》的电影海报。

会把自己关掉,或者变得有自杀或抑郁的倾向呢?"而他们的回答是:"是的,我们认为它必须有情感。"好了,这下人们就有了一个有感情的奴隶。你不但剥夺了它的自由,它自己也能感受到这种被奴役的滋味。

弗雷克斯:你有没有认真考虑过着手拍摄一部外太空探险题材的片子?

卡梅隆:当然考虑过。不过不是探险题材,而是我想过在近地轨道上的和平号空间站(Mir space station)拍一部电影。我曾为此下过一番工夫,跑去与俄罗斯的国有企业埃纳加(Energia)公司签了合同,这家公司当时就负责和平号空间站项目。我当时真的签了一份参加宇航员训练和去和平号空间站相关训练的合同。说来你可能不信,我本来打算带着我的 3D 摄像机做一次长时间的太空逗留了,甚至做一次 EVA(太空行走)。我当时说:"如果我去参加一次探险,我才不会花两个月的时间只坐在潜水船上,看着除我之外的所有人都跳入水中。我也要下水,我很习惯戴头盔。所以,做这事我没问题,只管训练我吧。我要钻进宇航服,我要来一次太空行走,我还要把它给拍下来。"他们都同意了,又在合同里附加了一笔数目不小的款项,我付完定金后就开始了我的宇航员训练。但后来,他们的资金全部用光了,和平号空间站也脱离了轨道,因为他们没有资金来支付任务的重启。

就这样,和平号坠毁了,但俄罗斯人依然还把美国航空航天局(NASA)绑得死死的,因为这两家仍在共同运作着的国际空间站(International Space Station)才建成了一半。所以埃纳加那帮家伙说:"嗨,没问题的,你上不了和平号,但你可以去国际空间站的我们那一边。"于是，我又直接去了美国航空航天局，然后说："嗨，我要上俄罗斯那边的空间站了。你们这些家伙就不想参与一下吗？我可是会拍出一部讲俄罗斯人是如何了不起的电影的。我更愿意拍一部讲这种国际合作是多么了不起的电影。可如果进不了通往你们那部分空间站的舱门，我做不了这个。"他们转过弯来了，然后说："哎，对呀，我们可以支持这个任务。你心里是怎么想的？"这件事一开始其实进行得非常顺利，只可惜 2003 年哥伦比亚号（Columbia）航天飞机失事，那时期每一家都在紧缩开支。这就像是橡皮筋啪的一声断了，所有关于平民进入太空的幻想都烟消云散了，不管是靠 NASA、俄罗斯人，还是靠别的什么人。再然后，你知道的，随着时间的抚慰作用，他们又开始飞向太空了，不过那时我已经开始着手拍《阿凡达》了，再也顾不上想这事。

弗雷克斯：除了拍电影，你还去深海潜水。你已经去过海洋中最深的地方马里亚纳海沟（Mariana Trench）了，但你也在深度比较浅的地方做轻装潜水。你曾经告诉过我，马里亚纳海沟是地球上你所能去的最接近探索外星星球的地方了。

卡梅隆：绝对如此。你只需要看着那些礁石，然后把那些生物尽量往大里想象，这样你就身处于一个外星世界了。我的意思是，你就在一个外星世界里。你甚至都不必把那些生物往大里想象。你看着一条乌贼，或一只多毛纲蠕虫，或一只圣诞树蠕虫，或者其中任何一种动物。它们数量惊人，它们令人惊异；它们用光来进行交流，它们都是发光生物；它们多姿多彩，并且肢体丰富；它们的行事与我们不同，它们生活在一种与我们不一样的介质里；它们的呼吸与我们不一样，但与我们生活在同一个世界里；而且它们要比我们古老得多，我们就是一群初来乍到者，呼吸着空气，在陆地上四处转悠。因此，在我看来，你能随时探索一个你想去的外星世界，只要屏住呼吸或套上一个潜水装置就行。

弗雷克斯：有些人提出，要成为一个讲故事的好手，你就必须得写出一手的经历："写你所知道的东西。"对科幻来说，这个很难但也并非不可能。举个例子，很多科幻作家实际上也是科学家，个别人甚至真的去过太空。写出好的科幻作品是要比写其他类型作品难吗？

卡梅隆：不，我不这么想。我认为写好的科幻作品的难度与写好的犯罪剧本或好的法律剧本的难度一样，即使你不懂你所写的东西，如今你不是非得当一个科学家才能懂科学。任何一个能订得起《科学美国人》（Scientific American）杂志的人都能变成一个懂科学的多才多艺的门外汉。实际上，我甚至同意这样一种观点，这个世界上大部分的重大决策都需要懂得科学，如果我们的立法机构不了解科学，我们作为公民也不了解科学，那我们的民主就岌岌可危了。因此，我们都必须懂点科学。也因此，要论前提条件，科幻作家仅需要懂稍微多一点的科学就够了，或者与广大读者所懂的不相上下就行，但有件事必须做好一点，那就是能从一种讲故事的角度把素材都组合起来，然后呈现给读者一种他们之前根本想象不到的东西。

但我认为另一个值得注意的地方是，有多少人因为受到科幻的影响而投身于科学事业。因为好奇心和推断意识能让你去想象，就像阿瑟·C. 克拉克当年那样，想象出地球同步卫星、太空电梯，或诸如此类的东西，这类思维也同样能让你想象出一种新的技术、一种特殊类型的分子或化学键、一个物理方程，还会使你熟知理论型科研。好奇心或许曾让你在孩提时代爱上了科幻小说，但是这种思维，它会使你成为一个优秀的实验科学家，或是一个只想到外面去探寻答案的探险科学家。他们是一群侦探，他们富有好奇心，他们想把所有线索都串起来，他们想带回一小片未知并把它展示给每一个人，然后说"我已经弄明白了"。因此，有这类头脑的人通常是在幼童或青少年时期就痴迷于读科幻小说，后来就真的被吸引到太空科学、

上图 这幅 19 岁的詹姆斯·卡梅隆绘制的早期概念图所描绘的发光类植物群和动物群使人联想到《阿凡达》。

天文学或其他这类科学领域中工作了。所以你与这些家伙们谈话，就会发现科幻里面的梗他们都知道。但他们言语中所透露出来的东西，更多的是乐观积极而非反乌托邦情绪。他们看不到科学的狂妄自大，也看不到科幻中不断出现的人类的傲慢，他们不理会那些卡珊德拉式的警告。科幻总是以一种精神分裂的方式在极度兴奋和极端乐观主义与铤而走险之间震荡，警告我们，我们都要完蛋了。通常还是在同一个故事里。

外星生命

加里·K.沃尔夫

从人类知道还有其他星球存在的那一刻起，就不断在猜测那里都生活着什么人或什么物种。古希腊和古罗马的哲学家伊壁鸠鲁、卢克莱修、普鲁塔克等人认为，除了地球外，有数不清的有人居住的星球存在，而早在公元2世纪，出生于叙利亚的希腊作家琉善（Lucian）就写了一本《真实的故事》（*A True History*），书中描写了一次人类去月球的旅行经历，讲述了人类与巨型三头秃鹫、蘑菇人和巨大的跳蚤之间的战斗，还讲到了月球王和太阳王之间的战争，这或许算得上是讲述星际战争的最早的故事了。这本书极像是最早的科幻作品，只不过以我们今天的认识看，那里面能称得上是科学的东西恐怕是太少了——那些探险者纯粹是被一阵旋风吹到月球上去的——而且整个故事就是一个笑话，是对那个时期的那些荒唐夸张的游历者传说的滑稽模仿。如果略去这本书的古典风格不谈，它完全就是一部古代版科幻喜剧，可与道格拉斯·亚当斯备受欢迎的《银河系漫游指南》[1]相媲美。

不过要论上算不得严谨和科学的推测，在一些说教的寓言故事里，月球上有生物的说法一直都存在着。天文学家约翰尼斯·开普勒在1608年写过一本关于此的书叫《梦境》（*Somnium*），法国作家西拉诺·德·贝热拉克在他的讽刺小说《另一个世界：月球世界里的各邦国和各帝国的滑稽史》（*The Other World: The Comical History of the States and Empires of the World of the Moon*）中也写到了，这本书在他去世两年后的1657年出版。在《月球上的第一批人》（*The First Men in the Moon*，1901）中，H.G.威尔斯让笔下的探险家们落入了一个外形类似昆虫的月球种族手里，这些月球人被称作赛来纳特人（Selenites），转年，在乔治·梅里爱（Georges Méliès）的电影《月球旅行记》（*A Trip to the Moon*，这可能算是最早的一部科幻电影，而且应该是受了儒勒·凡尔纳著于1865年的小说《从地球到月球》[*From the Earth to the Moon*]的启发，尽管它与H.G.威尔斯的作品存在更多相同之处）里的旅行者也遭受了同样的境遇。凡尔纳作品中的探险家实际上从来没登上过月球，但从他们的观测结果来推断，月球多半是一个没有生命的石头球。当然了，他们是对的。

幸好在几个世纪以前，天文学家哥白尼和伽利略就已经开始用与现代的科学认识相差无几的见解来描述其他行星和太阳系了，正是他们的努力使19世纪和20世纪的作家们有了可供把玩的全新天地。对当时的很多作家来说，第一个也是最有可能拥有生命的星球非火星莫属。正是这些早期的火星故事首先着手定义了外星人可能会是什么样子的现代观念，或至少在被拿来讲故事时，他们有什么作用被定义出来了。在一种极端的设想中，外星人成为吸血鬼一样的可怕怪物，不但想要征服我们，甚至还想吃了我们；而在另一个极端中，外星人则成为美丽纯真的代表，他们需要我们的帮助；其他绝大多数构想居于这两者之间。很有意思的是，这两个极端描述分别出现在两个非常流行的故事中，出版间隔仅15年。

关于外星人是征服者、恐怖怪物的描绘可以说是从H.G.威尔斯于1897年出版的小说《世界之战》（*The War of the Worlds*）开始的。它后来多次被改编成了电影（其中一部是史蒂文·斯皮尔伯格在2005年导演的），还曾被改编成广播剧，由奥森·威尔斯（Orson Welles）在1938年主播，那恐怕是有史以来最著名的广播剧了。在H.G.威尔斯的原作故事中，

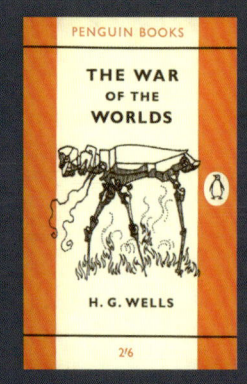

上图 企鹅图书1962年出品的H.G.威尔斯的《世界之战》一书的封面。

对页图 在史蒂文·斯皮尔伯格执导的影片《世界之战》中，汤姆·克鲁斯与恶毒残忍的外星生物来了一次面对面的接触。

---

[1] 又译作《银河系搭车客指南》，上海译文出版社，2011。——编者注

入侵者火星人拥有优越的技术——著名的巨型三脚造型和热射线——但他们的长相却着实丑陋：

> 只见它通体灰色，呈圆形，大小跟一头熊差不多。它缓慢而笨拙地从圆筒里挪了出来。在阳光的照耀下，犹如湿漉漉的皮子一般闪闪发亮。那家伙的两只又大又黑的眼睛死死地盯着我，眼睛所在的那团物件是圆形的，按照人类的五官划分，那应该算作脸了吧？眼睛的下面直接是嘴巴，但没有嘴唇。那类似于嘴的东西一边喘着粗气一边在颤抖，还不时地滴答着口水。这头怪物全身上下都在起伏，并且还痉挛似的跳动着。再看那两根细长的触手，一根在空中挥舞，另一根牢牢地抓着圆筒的边缘。

这有点像是恐怖故事里的设定，但在 H.G. 威尔斯塑造的这些怪物背后还蕴藏着众多深层含义。首先，他的小说的出现正值"入侵故事"这种传统类型临近消失的时候，这种体裁在威尔斯的祖国——英国曾拥有极高的受欢迎程度，源自乔治·切斯尼（George Chesney）在 1871 年创作的一本名为《多金战役》（The Battle of Dorking）的畅销书，书中英国被另外多个国家入侵了（英语中 alien 这个词既用来表示外国人，又用来表示来自外太空的外星生物并不是偶然的）。其次，H.G. 威尔斯既对英国把自己打造成一个殖民帝国在多大程度上是借助了先进的技术感兴趣，也好奇于如果局势被扭转了，它有可能变成什么样子。此外，他对达尔文进化论的兴趣在他的小说中也有体现，书中的讲述者指出，人类"只是位于进化的初始阶段，而火星人已经将它完成了。他们变得几乎就只剩个大脑了"。换句话说，威尔斯借用外星人作为发布社会评论的契机，而不是仅仅用于塑造恐怖效果。

15 年后，当美国作家埃德加·赖斯·巴勒斯（Edgar Rice Burroughs）在一本廉价杂志上连载他的故事《在火星的月亮下面》（Under the Moons of Mars，后来出版了单行本，名字改为《火星公主》[A Princess of Mars]，再后来被改编成了 2009 年的电影《异星战场》[John Carter]）时，他可没有半点发表社会评论的意图。巴勒斯的小说开场几乎就是一部西部片，主人公约翰·卡特（John Carter）为躲避阿帕奇人（Apaches）藏进了亚利桑那州（Arizona）的一个岩洞里，这时他发现自己竟神奇般地被运送到了火星上，火星当地人称故乡为巴松（Barsoom），那里较小的引力使他近乎有了超能力。他首先遇到的是高大而笨拙的绿火星人，身高近五米，生着四只胳膊，但不久他就与美若天仙的红火星人公主德佳·索丽斯（Dejah Thoris）坠入了爱河，公主看起来一点都不像个外星人——最起码在我们得知她下蛋之前不觉得像。德佳最终嫁给了卡特，而在巴勒斯获得巨大成功的火星系列的后几部书中，她也频频亮相，通常是衣着暴露，又经常落入致命的险境之中，为此卡特得一遍又一遍地去救她。事实上，她与 H.G. 威尔斯描绘的火星人形象完全相反——她是一个美丽的外星人，需要我们的帮助。

毋庸多言，H.G. 威尔斯版本的外星生命形象最终

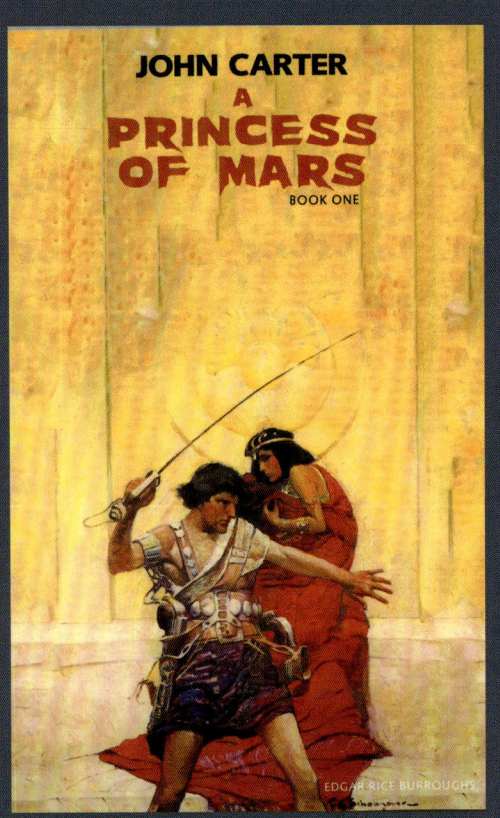

左图 鸵鸟图书出品的埃德加·赖斯·巴勒斯的冒险科幻经典《火星公主》的封面。

对页图 霍华德·霍克斯（Howard Hawks）执导的电影《怪人》（The Thing from Another World，1951）的电影海报。

在廉价杂志的封面上、漫画里，尤其是在 20 世纪 50 年代的 B 级怪物电影里大受欢迎。尽管美丽的外星公主这种创意也从来没有彻底退场，不过早在 20 世纪 30 年代，一些作家就已经逐渐对那些老套的模式产生厌倦，并且着手创造出种类更加丰富的外星人。斯坦利·温鲍姆（Stanley Weinbaum）发表于 1934 年的故事《火星奥德赛》（*A Martian Odyssey*）着实引发了一场讨论：他描写了火星上的各种生命形态，从常见的有触手的生物，到一种有智慧的与主人公交好的鸟形物种，再到形状像水桶的生物，甚至一些能排泄出砖头的生物（这表明它们的生命类型应该是硅基而不是碳基）。这个故事表明，有些外星人可能是友好的、乐于助人的，甚至是可爱的，有的外星人与人类大相径庭，既不像人类但也并非怪物——而有些外星人则对人类完全不感兴趣。

没过几年，颇具影响的编辑兼作家小约翰·W.坎贝尔就对与之相反的观点进行了深究：假使外星人看起来与我们确实很像，或者能变成我们所熟识的人的样子，该怎么办？《谁去了那儿？》（*Who Goes There?*）中所描绘的正是这样一种生物入侵了一座南极科考站，几乎使那里的科学家们无法分辨谁是本人谁又是冒名顶替者。这本书在 1938 年一经出版，就跻身于最著名的科幻恐怖小说的行列，而且后来被两次改编成电影：1951 年的《怪人》（*The Thing from Another World*）和 1982 年的《怪形》（*The Thing*），后者是导演约翰·卡朋特（John Carpenter）用这个故事呈现出的一个血腥、惊悚版。卡朋特这部电影的前传在 2011 年被推出，也被命名为《怪形》（中文名是《怪形前传》）。你本人或者你认识的某个人被一个有敌意的外星智慧生物冒充甚至是取代了，这种创意被证明是科幻里最经久不衰的隐喻之一。罗伯特·A.海因莱因 1951 年的小说《傀儡主人》（*The Puppet Masters*）——书中的入侵者是一种像鼻涕虫一样的生物，它们会黏附在受害者的脖子后面，并把他们都变成"傀儡"——显然影射了共产主义，20 世纪 50 年代初期，正值冷战刚刚开始，

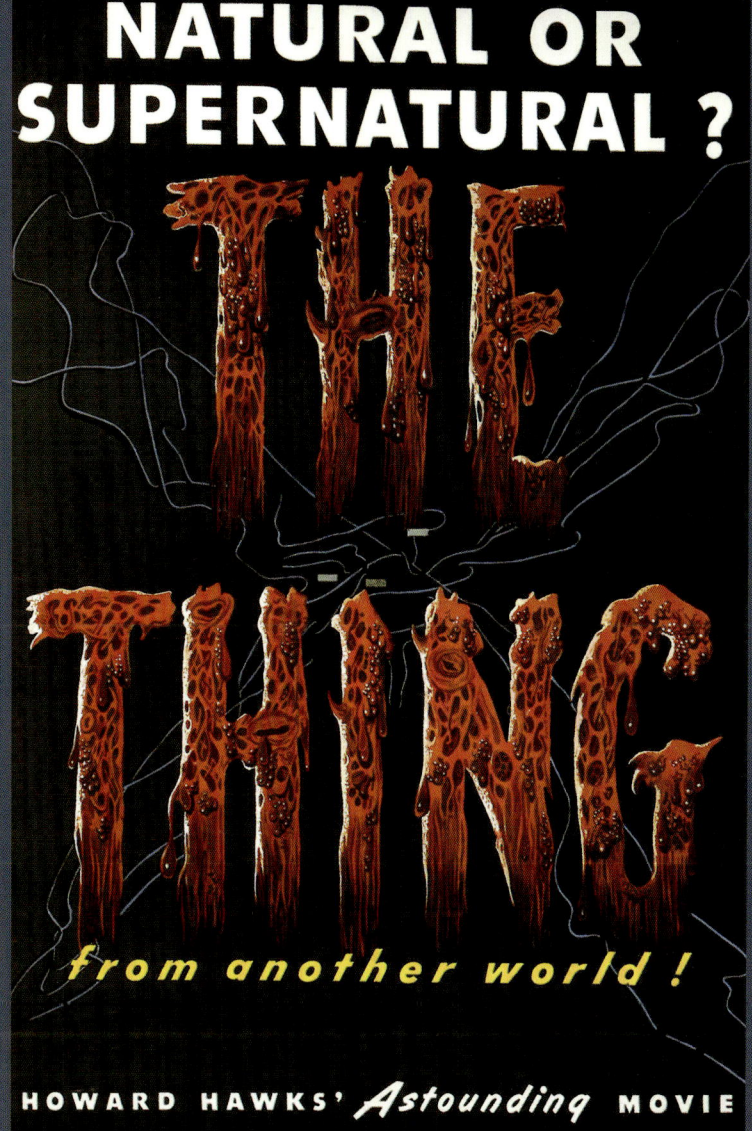

这种意识形态让当时的美国公众打心底里感到恐惧。杰克·芬尼（Jack Finney）的《致命拜访》（*The Body Snatchers*）一开始并不是刊登在一份廉价杂志上，而是在 1954 年就上了非常主流的《科利尔周刊》。故事讲述的是外星人"豆荚"飘落到了地球上，然后开始用一模一样的复制人来取代真人。它被改编成电影至少四次，其中 1956 年的第一版《天外魔花》（*Invasion of the Body Snatchers*）可以说是最好的一部，这个故事可以被视为对过度盲从行为的危险

的揭示。事实上,有些人认为外星"豆荚"代表了共产主义,而另一些人却认为它恰恰相反——是在批评麦卡锡时期的反共运动,在运动开展得如火如荼之际,有太多的人都在盲目从流。芬尼本人否认了任何一种政治指向,但这本书仍不失成为一个用科幻来进行社会批评的精彩范例。

与入侵地球这类故事一样,那些我们自己在其中扮演了入侵者、闯入者的大量故事也广受欢迎。例如《阿凡达》(2009)这样的影片,借用爱好和平的外星社会与贪婪人性对富饶环境的破坏,反映了人们对环境问题的关注。乔·霍尔德曼的《千年战争》(1974)和厄休拉·K.勒古恩(Ursula K. Le Guin)的《世界的词语是森林》(The Word for World is Forest)(1972)——这两部作品都涉及人类在理解外星文化方面所面临的鸿沟——它们的问世,在一定程度上是对越南战争的回应。但罗伯特·A.海因莱因1959年的小说《星船伞兵》(1997年被保罗·范霍文改编成电影)中的外星人却似乎远不值得同情;它们是巨大的蛛形类动物,被叫作虫子,而小说本身也只是在弘扬军备和军纪的重要性。奥森·斯科

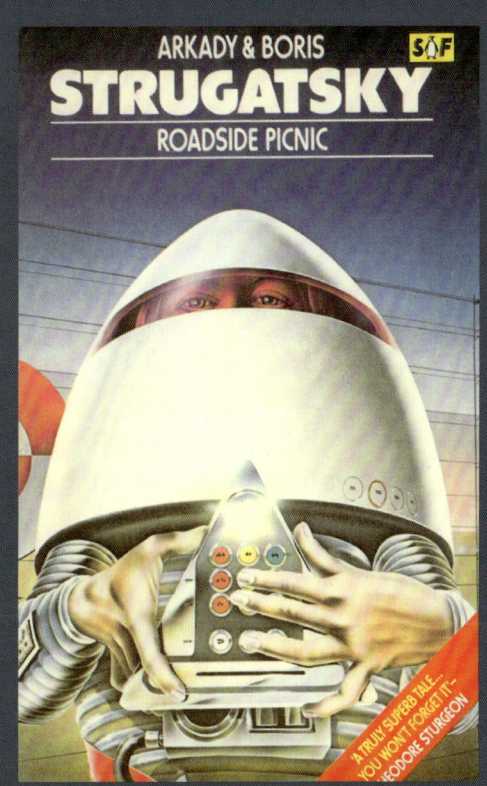

的外星人来过地球以后——所有人都一点没察觉——用一些看起来似乎有超自然力量的人工制品标定了一些神秘的"区域",但没人能理解这些东西,哪怕是最初步的;正如书中的一个人物解释说,"我们就像是昆虫和小鸟,即使竭尽全力,也难以理解人类遗留在路边的那些野餐垃圾:'苹果核、糖纸、燃过的篝火灰烬、罐头盒、空瓶子'"。在作家斯塔尼斯拉夫·莱姆的《索拉里斯星》(出版于 1961 年,1972 年被塔尔科夫斯基改编成电影,2002 年被史蒂文·索德伯格再次翻拍)中,外星智慧是整个一片海洋,几乎把索拉里斯星球全覆盖了。尽管进行了多年的研究,但人

对页左图 1956 年版《天外魔花》的电影海报。该电影由唐·希格尔(Don Siegel)执导。

对页右图和本页左图 两部经典科幻小说的封面:厄休拉·K.勒古恩的《世界的词语是森林》(由托尔出版公司出版)和斯特鲁加茨基兄弟的《路边野餐》(由企鹅图书出版)。

本页右图 《索拉里斯星》的波兰语电影海报。这部电影改编自斯塔尼斯拉夫·莱姆的同名小说,由安德烈·塔尔科夫斯基执导。

特·卡德(Orson Scott Card)的小说《安德的游戏》(*Ender's Game*,1985;2015 年被改编成电影)也描绘了一些像昆虫一样的"虫子人",它们的首次亮相颇有点传统的怪物入侵的味道,但小说的结尾使我们意识到(就像在《千午战争》中一样),这场战争纯粹是由一场误会所导致的,而把一个智慧物种彻底地扫清掉,从根本上说无异于一场种族大屠杀。看来,科幻作家们终于形成了这样一种认识,外星人也是人。

除非他们不是人。另一类科幻传统的主张是,我们可能永远都不能完全理解外星人的思想,原因很简单,它们都太——怎么说呢,太异类了。在诸多了不起的俄国科幻小说中,有一部由阿尔卡季·斯特鲁加茨基(Arkady Strugatsky)和鲍里斯·斯特鲁加茨基(Boris Strugatsky)合著的《路边野餐》(*Roadside Picnic*,出版于 1971 年,1979 年被苏联知名导演安德烈·塔尔科夫斯基[Andrei Tarkovsky]拍成了电影《潜行者》[*Stalker*]),书里

上图《异形》（1979）电影海报的特色是那条标志性的宣传语"在太空中没人能听得见你的尖叫"。

对页图《E.T.》（1982）电影海报，其艺术特色是受米开朗基罗的《创造亚当》的启发。

那种生物力学怪物的出色构想。但当我们把科幻看作是对宇宙提出问题的一种方式时，外星生物就变成了一个谜：它是怎样进化又是在何处进化的？它的那些牙齿是做什么用的？当它生活在自己的环境中时，作为一个有机体它又是如何运作的？哈尔·克莱蒙特（Hal Clement）这位作家经常在他的小说中创造出一些奇异的外星生物，并因此而闻名，就像他的《重力使命》（Mission of Gravity，1954）中所呈现的：他通常以描述一个想象中的星球作为开头，例如描述这个行星的运行轨道，它与它所围绕运行的恒星之间的距离，甚至包括它的形状，然后依照逻辑推测出那里可能会进化出什么样的生命。小说中麦斯科林星球上的那种像蜈蚣一样的外星人就符合这个创作思路，因为他们生活在一个每处都有不同重力的碟形星球上，为了在这种强重力的环境中生存下来，他们才进化成了那种样子。对于克莱蒙特和受他影响的众多作家来说，外星人既是一种异域生物，更是一种思想实验。

外星人之所以在故事讲述中的作用如此关键，那恐怕是其中一个重要的原因。一方面，他们引发我们思考的东西包罗万象，从生物界是如何运作的到我们的社会是如何对待那些我们中的异类的。另一方面，他们在大白天就能轻易地把我们吓个半死，反之，他们又能触发我们的柔软情感，就像史蒂文·斯皮尔伯格的《E.T.》等一些电影呈现的那样。不管是哪种方式，外星人都给科幻增添了一种最持久、最有力的异类形象，也给科幻电影增添了一个最富挑战性的问题：在宇宙中我们是否真的是唯一的存在。

类永远也无法理解这片海洋思考的机制及其行事的缘由。特德·姜（Ted Chiang）的小说《你一生的故事》（Story of Your Life，2016 年被改编成电影《降临》）中有一位语言学家，当她设法学会了一种外星人的语言后，却发现这种语言把她对现实和时间的认知全都改变了。即使如此，我们最后还是没能搞清这些外星人为什么会来，以及他们为什么又突然离开。

如今应该已经很明朗了，科幻是在利用外星人来评论社会问题、政治话题、哲学命题和心理状态，而就以上这些情况而言，这些外星物种基本代表的是一些思想。一部电影中的外星人要想让人印象深刻，主要在于它的暗示性设计，就像 H. R. 吉格尔在雷德利·斯科特导演的电影《异形》（1979）中所呈现的

但我们真的希望外星人存在吗？"两种可能都有。"伟大的科幻作家阿瑟·C. 克拉克如是说，"我们在宇宙中要么是孤独的，要么不是。这两者都一样吓人。"

詹姆斯·卡梅隆对话
史蒂文·斯皮尔伯格

史蒂文·斯皮尔伯格那无与伦比的职业生涯已跨过了50个年头，涵盖了你能想象到的每一种类型片，但唯有科幻片是这位导演最频繁光顾的一种电影类型，由他所打造出的引人入胜的现代经典有：《第三类接触》《E.T.》《侏罗纪公园》（Jurassic Park, 1993）及其续集《失落的世界》（The Lost World: Jurassic Park, 1997）、《人工智能》（A.I. Artificial Intelligence, 2001）、《少数派报告》（Minority Report, 2002），以及《世界之战》。他最新一部令人眼花缭乱的故事片，改编自欧内斯特·克莱因（Ernest Cline）的畅销小说《头号玩家》（Ready Player One），这部电影将会在大银幕上描绘出一个全新的虚拟世界——一个与我们的世界几乎一模一样的世界。在这场话题广泛的谈话中，斯皮尔伯格与詹姆斯·卡梅隆一起讨论了斯坦利·库布里克（恢宏巨制《2001：太空漫游》的电影创作者，后与斯皮尔伯格结为密友知己）所开创的传统，也谈到人工智能所带来的种种危险，以及从童年时代起就一直在激励着这位作家、导演、制片人产生无限想象能力的那些恐惧。

詹姆斯·卡梅隆：大部分我这个年纪还有比我年轻的电影人都会说，你是走在他们正前方的那个家伙，是你让他们热血澎湃，让他们产生了要做他们现在做着的事情的念头。你创建了一个电影的幻境，我认为这以前并没存在过。

史蒂文·斯皮尔伯格：总得有个家伙走在我们大伙前面吧。走在我前面的有一大群家伙呢。乔治·帕尔、斯坦利·库布里克、威利斯·奥布莱恩（Willis O'Brien）。我认为在我还是个小孩子的时候，激发我想象力的其实就是恐惧。我得做点什么来挡住那些让我害怕的东西，天黑以后，几乎没有什么不让我害怕的。

我的父母觉得电视——这得说回20世纪50年代早期了——对任何孩子来说都是一种最糟糕的影响。我不知道在马歇尔·麦克卢汉（Marshall McLuhan）发表相关研究成果之前，他们是如何知道这个的，可他们像是预知了一样，所以他们不让我看电视。我仅仅能看少数节目，比如，杰基·格黎森（Jackie Gleason）的电影《蜜月期》（The Honeymooners），或席德·西泽（Sid Caesar）的《你的秀中秀》（Your Show of Shows），但我不能看《法网》（Dragnet）或《M小组》，或当时那些非常酷的侦探连续剧中的任何一部。

卡梅隆：这么说，你从来没被《绿野仙踪》（The Wizard of Oz）里的那些飞猴子吓过喽？

斯皮尔伯格：有过，我被那东西吓过。我还被《小鹿斑比》（Bambi）里的森林大火给吓过，那场火带给我的惊吓要胜过《幻想曲》（Fantasia）中那个从山里跑出来的魔鬼。但我认为，我的父母在做他们认为是正确的事情的时候，我有点传媒营养不良了，也正因为如此，我开始想象我自己的节目。既然看不了电视，不如索性给自己虚构点什么东西出来，好让自己乐呵一下。

卡梅隆：于是你着手拍了一部电影短片？

斯皮尔伯格：哦，比那还要早很多，我就开始空想了。我画了不少的草图。都是些惨不忍睹的草图，不过我以前就经常画出很多吓人的图画。

卡梅隆：你是在对这个世界进行处理——使其以某种视觉形式的东西还原。

斯皮尔伯格：是啊。做这事的时候总是得用铅笔和纸，当然了，后来用到了8毫米电影摄影机。

卡梅隆：我还记得3年级的时候我看了那部《神秘岛》（Mysterious Island）。我连忙跑回家里，开始做我自己版本的《神秘岛》。我想那就是一种创作的冲动，你认可了某种东西，转回头就想做出你自己版本的这种东西。

对页图 史蒂文·斯皮尔伯格在电视系列片《詹姆斯·卡梅隆的科幻故事》中出镜。图片来源：迈克尔·莫里亚蒂斯/AMC

上图《怪兽王哥斯拉》(Godzilla, King of the Monsters! 1956) 的电影宣传海报。

右顶图 斯皮尔伯格的《第三类接触》(1977) 中，外星人母船抵达地球。

斯皮尔伯格：我想，对我来说是我第一次在电影院里看《飞碟入侵地球》(Earth vs. the Flying Saucers) 的时候，你看不清那些飞碟里的人，因为他们的脸上都罩着一个巨大的面具，并与他们身上的那套护甲连成了一体——在一个场景里，其中有一个士兵向着一个地外生物开了枪，然后他们摘掉了那个外星人的面具，我被我看到的那张脸给吓坏了。我也做了同样的事情，一回到家里，我就开始一遍又一遍地画那张脸——不是为了使自己平静下来，而是要把那张脸画得比那部电影里的还要吓人。我会把它画到吓到我的那个脸的样子更吓人。

卡梅隆：你的《大白鲨》(Jaws) 可是把每个人都吓得屁滚尿流的，不是吗？你了解怪物，而外星人有时就是怪物，但也不总是。在拍《第三类接触》的时候，你采用了另一种看外星人的视角。

斯皮尔伯格：我想这一切都开始于在广岛（Hiroshima）和长崎（Nagasaki）的那两次原子弹爆炸。

最先受到真正意义上影响的是日本人。东宝（Toho）出品的《哥斯拉》(Godzilla)（1954）当然是第一个真正利用了那种文化上和民族上的恐惧的电影，那种恐惧已经笼罩了那个国家。从核爆的那一刻起，不管任何东西，是从东京湾里钻出来的也好，还是从夜空中降落下来的也好，都是侵略性的、不怀好意的，而且是不留活口。我打小就给自己灌输这类东西，我看过所有的B级恐怖片，我看过所有的艺盟（Allied Artists）的恐怖片，我看过莫诺格雷姆[1]（Monogram）的恐怖片，我看过汉默[2]（Hammer）的电影。全都看过。然后我发现要找出一个正派的外星人，好让我能产生与他或她进行交往的想法，是根本不可能的。所有外星人都想方设法要毁灭人类。

卡梅隆：但在最后我们总能打败它们，这是在用我们的方式说，人类的聪明和勇气将会战胜那些由科学创造出来的怪物。这是我们把核战梦魇挡在门外的一种方式。

斯皮尔伯格：一点没错。那能够击败任何有敌意的威胁。你可以把50年代的大部分科幻片的结尾与40年代和50年代的约翰·韦恩（John Wayne）的大部分二战片画上等号。

卡梅隆：那是一种核毁灭与共产主义混杂在一起的东西，而且也得被彻底打败。

斯皮尔伯格：是必须得打败。因此，赤色威胁[3]

---

[1] 莫诺格雷姆电影公司 (Monogram Pictures Corporation) 成立于20世纪30年代早期，开始时主要出品低成本的剧情片。1946年，公司成立了一个新的单元艺盟制片 (Allied Artists Productions)，专门出品预算较高的电影。艺盟这个名字某种程度上是在抄袭联美 (United Artists)，为的是博得一个好印象。1953年，莫诺格雷姆电影公司改名为艺盟电影公司 (Allied Artists Pictures Corporation)。——译者注

[2] 英国汉默电影公司 (Hammer Film Productions)，起初以拍摄低成本恐怖片面闻名。——译者注

[3] 这里是在暗指一部名为《赤色威胁》(The Red Menace) 的电影，这是一部1949年拍成的反共电影。——译者注

（Red Menace）就是那颗狂暴的红色行星。然后火星突然就一下子变成了敌人——而不是一个奇观。我的父亲正是带我认识宇宙的领路人。是他用一套邮购来的爱特蒙特科学工具，制作了一架五厘米口径的反射式望远镜——用上了一个人们通常用来卷毯子的大硬纸筒。他把这台望远镜组装好以后，我观测到了木星的卫星，那是他指给我的第一个天体。我还看到了土星和土星光环。这些事前前后后发生的时候，我大概六七岁。

卡梅隆：你是不是花了很多时间来盯着天空？

斯皮尔伯格：是用了不少时间来观察天空。《E.T.》最初的暂定名称就叫作《仰望天空》。这多少是借用了电影《怪形》中的最后一句台词。我总仰望天空，这是受了我父亲的影响，他还说，从上边来的应该只有好东西。除了苏联（Soviet Union）发射的洲际导弹，也就剩下好东西才能克服我们的地心引力，从天空降临。

卡梅隆：他像一个梦想家。

斯皮尔伯格：在这方面他就是一个梦想家，他还一直在读《类比》杂志。是那些廉价本吧？还有《惊奇故事》（Amazing Stories），廉价本的那种。我以前常和他一起读那些杂志。有时，他会在晚上读那些书给我听，也会给我读那些小报。

卡梅隆：艾萨克·阿西莫夫、罗伯特·A.海因莱因，所有这些家伙的作品都是发行在这些廉价杂志上的。

斯皮尔伯格：他们的作品是都发行在这一类杂志上，而且很多作品都是乐观主义的。它们不总是在计算我们离毁灭还有多远，相反，它们总是在寻找打开视野、释放我们想象力的方法，它们让我们去梦想，让我们去探索，让我们牺牲小我成就大我。正是由于这些故事，再加上仰望天空，使我意识到，要是我什么时候有机会拍一部科幻电影，我要让那些家伙是为和平而来。

卡梅隆：然后你真的就这么做了。你父亲曾有一次带着你去看流星雨，是吗？

斯皮尔伯格：是的，那是一场狮子座流星雨。我能记得这么清楚，只因为之后过了好多年，我父亲还在不断提起，那次是狮子座流星雨！但我当时太小了。我们那时还住在新泽西州的卡姆登市（Camden），所以那就是说我当时是五岁左右。他半夜的时候叫醒了我——当时吓着我了，因为天还没亮，父亲突然走进卧室里，对

我说"跟我来"。如果你还是个孩子，这样的事总让你有点发毛！他带我来到新泽西某处的一面山坡上，那里有好几百人躺在他们铺着的野餐毯上。

卡梅隆：那一幕出现在了影片《第三类接触》中，同样的场景。

斯皮尔伯格：是的，一模一样，我把这个场景放进了《第三类接触》中。我俩靠着他的军用背包躺了下来，然后我们抬头看着天空。大概每过半分钟左右，就有一道灿烂的闪光划过夜空。有好几次，其中的几颗流星还爆成了三四片。

卡梅隆：你让一颗光点散开成了多个光点，然后掠过每个人身边……

斯皮尔伯格：在《第三类接触》里，没错。在你还很小的时候，所有这些东西会铭刻在你的脑子里，你自己也不想把它们给扔掉。我认为作为一个电影创作者，其中一件最重要的事情就是保持这种童心，最起码在讲那类能把我们吸引住的、令人惊叹和敬畏的故事时应该是这样。这在一定程度上意味着，当我们在领会每一样东西时，我们得不断与天性里的那种愤世嫉俗的冲动做斗争。那就是一场战斗。

上图《第三类接触》中的一个场景，外星人欢迎地球人登上他们的母船。

对页图 在《E.T.外星人》中，埃利奥特（亨利·托马斯饰）和E.T.竭力躲避凶恶的政府爪牙的追捕。

卡梅隆：在涉及与地外生命首次接触方面，你已经完成了两部影响深远、令人惊叹的电影。显然是《第三类接触》促成了《E.T.》的诞生，我认为它在某种程度上就是《第三类接触》的续集，但故事更加注重个人。

斯皮尔伯格：我正是这么考虑的，这就是为什么我起先把《E.T.》的剧本交给了哥伦比亚电影公司（Columbia Pictures）。我当时想在他们投资让我拍《第三类接触》之后，这部电影就算我还他们的人情。我当时认为，我是不会带着一个讲外星人的剧本跑去找环球制片厂（Universal Studios）的。所以，我带着剧本去了哥伦比亚，但他们拒绝了，我就转头把它交给了环球。

卡梅隆：像《E.T.》一样，你采用了很多第一类接触的主题，而且我得说，你恰到好处地把它处理成了以家庭为中心，或以孩子为中心的电影。

斯皮尔伯格：我原来没想过要把《E.T.》拍成一个讲外星人的电影，它原本是一个要讲我的父亲和母亲离婚的故事。我最初写的故事——本来不是一个剧本——所讲的内容大致就是你的父母分开了，然后他们分别搬到了不同的州去住。在创作《第三类接触》之前我就一直在写这个故事。当我在拍《第三类接触》中那个矮小的外星人普克（Puck），走出了母船并做着柯达伊手势[1]（Kodaly hand signs）的场景时，各种思路汇到了一起。我想，等一下！假如那个外星人没有转身回到飞船里去会怎样？假如他留下来了呢？或者假使他甚至迷了路，然后孤立无援地被困在这里了又会怎样？如果一个父母离异了的孩子，或者这个离了婚的家庭有一个需要填补的巨大空洞，而这孩子又拿他新认识的外星好朋友来填补这个空洞的话，又会发生什么事？《E.T.》的整个故事就这样与《第三类接触》的场景走到了一起。

卡梅隆：从《大白鲨》里的那个怪物，那个藏于水下你看不见的、巨大的未知恐惧，到像《第三类接触》中的那些天使般的东西——你实际上是创造出了另一种有替代性的灵性，或有替代性的宗教。这种观念认为，

[1] 柯达伊（zoltan kodaly，1882年—1967年）是一位匈牙利著名作曲家、哲学家和音乐教育家。柯达伊手势是柯达伊教学法的一个组成部分，它是借助7种不同手势来代表的7个不同的音高，使听觉转为视觉，来对学生进行音准训练的一种方法。但这组手势其实是英国人约翰·柯尔文首创的，柯达伊只是把它借鉴到了自己的音乐教育体系中。——译者注

高于我们的东西将不会来自传统上认为的地方,它将来自与一种无限优越的文明的接触。

斯皮尔伯格:是的。一种无限优越的文明将会找出你身上最好的东西,而你也会把自己最好的一面呈现出来,正如亚伯拉罕·林肯(Abraham Lincoln)所说的"你本性中的善良天使",这就是善的作用。善不会滋生出恶;善只会孕育出更伟大的善。而我认为这就是我心中最好的科幻作品的作用。

对我而言,《2001:太空漫游》给我的日常生活带来了深远的影响。那时我还在上大学,那是第一次真正意义上让我产生出了一种宗教体验感的观影经历,而我当时并不是喝醉了。我一不抽烟二不嗑药,滴酒不沾,我是一个挺洁身自好的人。周末首映时我去电影院第一次观看《2001:太空漫游》,两件事让我记忆犹新:第一,太空的景象并不像我之前所想象的那样浓黑;第二,画面的对比度不够。但你知道为什么画面的对比度不够吗?因为影院的每个人都在抽大麻,他们真是把空气和氛围都给毁了。

斯坦利要是看到了那种场景,他或许会疯掉的,在他看这部电影时,银幕上是不会缺少那种真实的亮黑的,因为他周围可没那么多的大麻烟雾。我在观影条件比较好的环境下又把它看了七八遍。但那个周末首映……我甚至认为他们回过头把营销策略都改了,称它是"销魂之旅",因为它招惹来了——毒品文化。

卡梅隆:那时的人们都沉迷于迷幻药中。在这部电影刚发行的头几年里,我把它看了足有18遍——这还是在家庭录像没出现的时候,全都是在电影院里。我见过观众对它的各式各样的反应,记得有个家伙跑到过道里,冲着银幕大声尖叫"这就是上帝!这就是上帝!"那一刻他真是这么想的。

斯皮尔伯格:我在电影院里看到有个家伙,他展开双臂走向了银幕,然后竟然从银幕中间穿过去了。后来才有人告诉我们,那银幕是一条一条的。它实际上并不是一整块白布。

卡梅隆:那一定把人们都惊呆了。

斯皮尔伯格:人们之所以感到震惊,是因为那人竟然消失在银幕里了!在星际之门出现时。

卡梅隆:我也对这部电影产生过这样一种强烈的生理反应。我仿佛体验到坠入星际之门的感受,坠入了那种通往无限的通道。我来到阳光灿烂的影院外面,走在人行道上——当时看的日场——然后大吐特吐。说实话,它对我有一种生理上的影响。但我明白自己

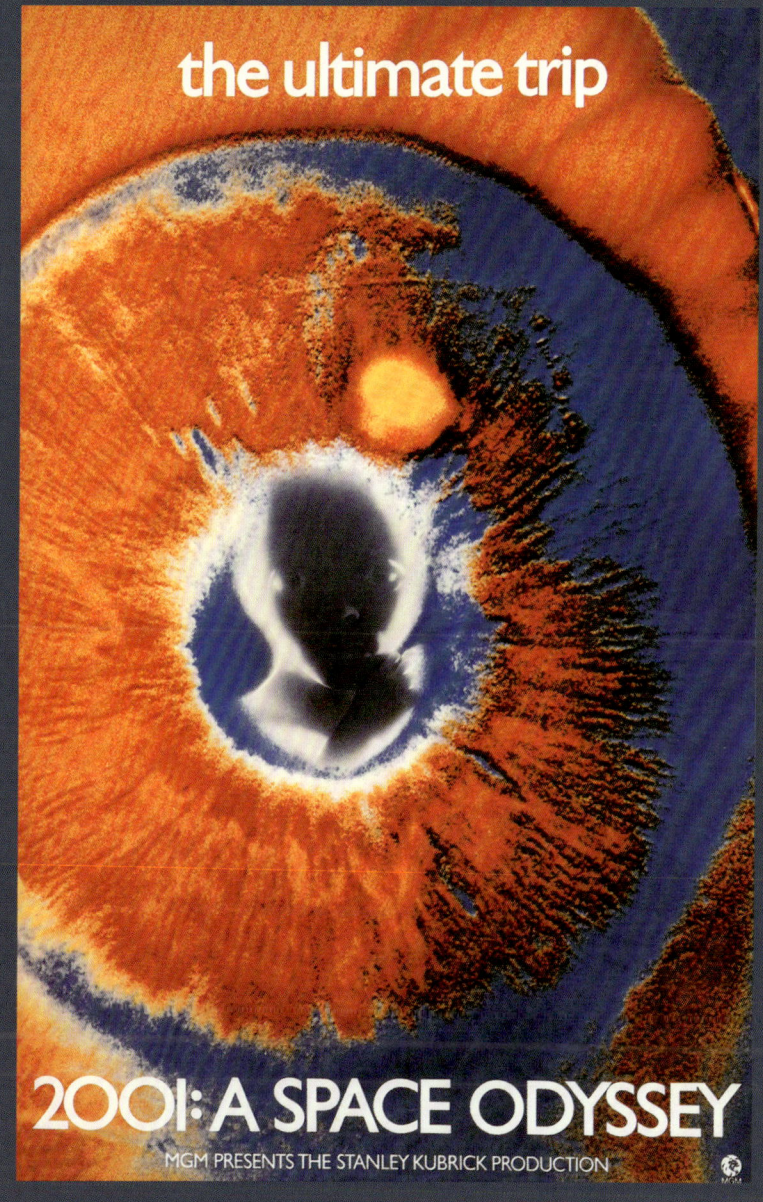

对页图 出自影片《E.T.》的标志性画面,一辆飞起的自行车在月亮背景下衬托出的剪影。它后来成了斯皮尔伯格的制片公司,安培林合伙人(Amblin Partners)的标识。

上图 斯坦利·库布里克执导的《2001:太空漫游》的电影海报,这幅海报利用上了它"电影迷幻药"的名声。

刚看了一部重要的杰作。14岁的我只能领会它其中的一部分，我能看懂骨头变成了宇宙飞船，我甚至能看懂结尾部分的那个星际婴儿，进化中的下一个阶段。但我没理解的是丽晶大酒店的房间。

斯皮尔伯格：那个地方也让我很费解。但我认为令我惊叹与折服的是，我竟如此迷恋阿瑟·C.克拉克和斯坦利·库布里克的深度思考，或者他们想要的无论哪种象征手法，或者他们在试图赋予的深刻内涵，因此，他们的创作使我望尘莫及倒更好。它使我看到的东西显然要多于我已经完全理解了的东西。

卡梅隆：它就像是一张罗夏墨迹图（Rorschach），你把自己完全陷进去了。

斯皮尔伯格：我落入他俩的电影创作和概念合作之间的裂缝里了，而落入这样的裂缝是一件美妙的事情。我所坠入的裂缝就是那个星际之门。我认为我们都曾掉进了这同一座星际之门，然后从另一头出来，开始创作电影。

卡梅隆：斯坦利避开了外星人可能会长成什么样子的这个麻烦，索性就不让他们亮相了。你在《第三类接触》中直面了这个挑战，但我认为在当时的技术条件下做到了这一点。

斯皮尔伯格：在当时，我真正想做的是给我的镜头前打上尽可能多的背景光，好让那些矮小的外星人变得几乎像剪影一样，这样他们就可能会显得更加表现主义。那时的服装材质非常差，他们看起来就像是老版电影《豹人》（Cat People）里的样子，后背上下都有拉链，在正面灯光下有些东西简直就没法拍。我认为，看到的东西越少，自己想象中的外星人形象就越丰富。我们可以把自己的面孔安上去。实际上我只允许亮出了一副外星人的面容，即普克的脸，那是特效美术师卡洛·兰巴尔迪（Carlo Rambaldi）的创作。

卡梅隆：你是从《大白鲨》中学会的这个吗？人们看到得越少，效果反倒更好。

上图 斯皮尔伯格执导的电影《世界之战》中的三脚怪物袭击。

斯皮尔伯格：是这样的。从《大白鲨》技术方面的手忙脚乱中——在真正的大西洋上拍这样一部电影是不可能的。头脑健全的人都会把它放到一个大铁箱中拍摄，而今天的人们可以用CG动画来处理它，他们会在一台计算机上来制作它。但我却喜欢在海上，我比较喜欢实景拍摄。然而那却是一次糟透了的经历，我当时正在断送掉自己的前程。人人都在告诉我这样做会断送掉自己的前程，我信他们，因为我每天只能拍一到两个镜头。

卡梅隆：但这对你有好处。

斯皮尔伯格：好处就是使我变得顽强了。我并不是要拿点什么来向别人证明，而是向我自己，不过我后来没被解雇，而且我也没搞砸。如果观众不买账的话，它或许会使我身败名裂，但我绝不会轻易放弃它。

卡梅隆：如此来说，你已经拍讨那种超然的、精神层面上的第一类接触了，那是对未知所能提供的东西的一场礼赞。后来，你又拍了《世界之战》。

斯皮尔伯格：我就知道你会提这壶！这是不是很糟糕？我三番五次走温情路线。要不是之前有过"9·11"事件，我是不可能完成《世界之战》的。因为《世界之战》就以"9·11"事件为原型，那是在美国历史和全球恐怖主义历史上的一件大事。美国不是一个习惯于受到袭击的国家，上次我们被袭击还得追溯到珍珠港事件。

卡梅隆：是的。两者中有那种被侵害的感觉，那种无助的感觉。但你想办法把它变成了一个家庭故事，用家庭把所有人都联系到了一起。

斯皮尔伯格：我和编剧大卫·凯普（David Koepp）一起做的这事。大卫对这个有他真实的感受，对这种家庭有感觉——这也与我的很多经历产生了呼应，唤起了我这个离婚家庭长大的孩子的很多创痛。我还记得当我与大卫聚到一起时，我跟他说："我们得把这个故事处理成在讲一个单身父亲，他实际上完全不关心自己的孩子，然而这次事件把他变成了一个关心自己的孩子胜过关心自己的人。"这个也成了《世界之战》的核心。这部影片的结尾并不令人满意，因为我怎么都没想出来该怎么样来结束那糟糕的事情。

卡梅隆：我想 H.G. 威尔斯也没能把它想出来。索性让一场普通感冒了结了那帮坏家伙。

斯皮尔伯格：我把它照搬过来了。我让摩根·弗里曼通过旁白帮我交代了。

卡梅隆：摩根·弗里曼的声音能让任何事都听起来有道理。

斯皮尔伯格：摩根总把任何事都变得顺耳。

卡梅隆：你忠实原著这点非常不错。因为在伴随我们长大的乔治·帕尔的那一版中，那些带着力场的非常酷的反重力战争机械是漂浮在空中的。

斯皮尔伯格：啊，那些东西真是太棒了！那些边缘闪着绿色光芒的飞船有点像是回飞镖。这部电影对我来说也非常震撼。出于对乔治·帕尔的《世界之战》的喜爱，我在《E.T.》中有一处向它致敬，《世界之战》有这样一个镜头，晚上他们待在一间农舍里，然后你看见了映在墙上的影子，突然，指端带着吸盘的三根手指碰了一下安·罗宾逊（Ann Robinson）的肩膀。这一刻被我放进了影片《E.T.》里，埃利奥特听见他窗户外面有声音，他很害怕并走到了窗户边，然后你就看到E.T.的手为了安慰他碰了他一下，这个安慰显然对他起了作用。

卡梅隆：但这是在完全不同的场景中。

斯皮尔伯格：一种完全不同的场景，没错。

卡梅隆：纵观你担任导演和制作人的所有作品，你已经拍过很多有关第一类接触或外星人入侵的影片，以及类似的主题——《劫持》（Taken，2002年的一部电视迷你剧）和《陨落星辰》（Falling Skies）。这是出自于你对第二次世界大战的关注吗？你已经拍过那么多的二战题材，而二战感觉就像是被外星人入侵。

斯皮尔伯格：这类题材很容易被拔高评价，但我不敢自夸崇高。我不得不承认推出《劫持》的初衷就是为了占领市场，努力抓住我所能吸引到的最大数量的观众——把那些外星人设定得阴险又充满敌意，他们能进入你的大脑，给你留下你的母亲被伤害的记忆，用这个办法迫使士兵扔掉他手中的武器，然后再把他重塑成一个无害的人。

卡梅隆：让我们从积极的角度来看这个问题吧。如果这是一个成功的策略，那它是因为，作为一个群体，我们渴望把我们的噩梦放大书写在大银幕或小荧屏上。在我来看，这似乎是科幻作品的一项重要本质。它是在利用我们早在两万年或五万年前就已经有的，对森林里的野兽的那种恐惧，然后让我们在一个安全的环境中重新来感受它。

斯皮尔伯格：即使在科幻作品还没有变得流行以前，我们还有格林童话故事。你要吓唬你的孩子去做正确的事情，吓唬他们不要犯错误。要是你咬手指甲，就会有一个家伙拿着大树篱剪跳过树篱丛，然后剪掉你的手指。记得在我8岁大的时候，在大人给我看的一本带插图的书里，有个画面就是被切断的手指在往外喷血。

卡梅隆：还有如果你轻信了黑心老太太，她就会把你放炉子里烤着吃了。要听父母的话，都是些警世的寓言故事。但在我看来，当我们进入了科技时代，这些警世寓言恰恰可以用来应对我们的恐惧和焦虑——我们对这一切正在往何处去这个巨大的人类实验的焦虑。

斯皮尔伯格：我们总是在这些问题上自寻烦恼，世界将去向何处？这个世界是不是就要毁灭了？不少科幻作品基本上都是在利用这样一些恐惧，通过电影创作和故事叙述来告诉我们，怎样才能阻止世界末日的发生呢？我们能否至少延缓一下世界末日的来临呢？最好的科幻故事都是警世寓言。

对页图 乔治·帕尔版《世界之战》的电影海报，电影发行于1953年。

右顶图 格蒂（德鲁·巴里摩尔饰）在亲吻可爱的外星人E.T.。

卡梅隆：有段时期样样东西都带着尾鳍。

斯皮尔伯格：《星球大战》，在乔治·卢卡斯的《星球大战前传2：克隆人的进攻》里，所有那些飞行器就都带有这种风格，跟《未来事物的样子》有点类似。

卡梅隆：他让我们一睹了那些正面未来世界的峥嵘，但其中也不乏法西斯军国主义的存在，这一点很有意思。你还拍过某个东西——我甚至都不知道该把它归到哪一种类型里——那就是《少数派报告》。它有那么一点儿像是个时间旅行故事，因为你预见到未来，但又依据未来的结果返回当前探寻成因，并对其进行干预。

斯皮尔伯格：我总认为《少数派报告》应该归到菲利普·马洛[1]（Philip Marlowe）或雷蒙德·钱德勒（Raymond Chandler）的那一类侦探故事里……萨姆·斯佩德[2]（Sam Spade），以及约翰·休斯顿（John Huston）所有的那些了不起的电影，例如《马耳他之鹰》（The Maltese Falcon）。但这部影片是一个通灵侦探故事。

卡梅隆：或许是你童心在作怪，但你也热衷技术。汤姆·克鲁斯（Tom Cruise）被迫从一辆正在组装的汽车里出来……

斯皮尔伯格：一点没错。当我坐下来画分镜表时，在处理那些草图的过程中，最好的创意就都出现了。这些点子事先没在剧本里，甚至都不在我之前的想象里，实际上就是在我绘图的过程中，它们一下子就出来了。我画得越多，这样的点子也就越多，我想《少数派报告》中的所有场景都来自我绘制分镜表的过程。我们原来的剧本中也有不少东西，但更多的是来自分镜表。

卡梅隆：你好像是被科幻中的奇观、神秘、梦幻和令人敬畏的东西给吸引住了，但吸引你的也有强烈的社

上图 1936年影片《笃定发生》（Things to Come）的电影海报，原著作者是科幻界的传奇人物H.G.威尔斯。

对页顶图 史蒂文·斯皮尔伯格的《少数派报告》的首张电影海报。

斯皮尔伯格：做得糟透了。

卡梅隆：谁都没预言出互联网。

斯皮尔伯格：还有《未来事物的样子》（The Shape of Things to Come）里长着尾鳍的身体。后来卡迪拉克汽车倒是带着尾鳍出厂了。

卡梅隆：讽刺的是，我发现科幻作品在预言未来方面实际做得并不怎么好。

---

[1] 菲利普·马洛是侦探小说作家雷蒙德·钱德勒（Raymond Chandler, 1888—1959）的作品《长眠不醒》中的人物，后来又出现在这一系列的其他作品里，这是一个精明强悍的私家侦探形象。——译者注

[2] 萨姆·斯佩德是侦探小说作家达希尔·哈米特（Dashiell Hammett, 1894—1961）的作品《马耳他之鹰》中的人物。《马耳他之鹰》1941年被改编成电影，由约翰·休斯顿（John Huston）执导，亨弗莱·鲍嘉（Humphrey Bogart）饰演侦探斯佩德。——译者注

会原因，以及一些体现社会重要性的事物。我好奇的是，为什么你从来没有把这两者结合起来，塑造一种反乌托邦的科幻未来，就像《一九八四》。

斯皮尔伯格：对我来说，去讲一个反乌托邦故事就意味着我得丢掉所有的希望，我就得花上半年到一年的时间让我的生活真正陷入一种消沉的状态。我目前正在制作《头号玩家》（Ready Player One），《头号玩家》中的真实世界就是一个 2045 年的反乌托邦未来。但那个绿洲（OASIS），实际上是个供人们享受网络生活的虚拟世界，是一个你想是谁就是谁，想做什么就做什么的地方，你可以过上你梦寐以求的生活，这是我所做过的最接近反乌托邦的设定了。我不认为《少数派报告》是在讲一个反乌托邦世界，《少数派报告》实际上是一个讲意外后果的故事。它是一个道德训诫，你在阻止未来的谋杀，然而证据却来自三个占卜师或先知的预言，那么对行凶者要施与什么样的裁决呢？把他们处以终身单独拘禁——影片中叫"沉睡"——是否合适呢？这也是一出巨大的道德剧。

卡梅隆：它是在探究技术发展的意外后果，或为适应技术而改变的社会的意外后果。我们此刻正生活于这样的一个世界。我认为我们正在与技术共同进化，我们正在改变它；它也在改变着我们，谁也不知道这场巨大的实验将把我们带往何处。

斯皮尔伯格：正是如此，我喜欢我们拨号打电话的那些日子。我不知道我是否怀念拨号电话，但我怀念人们真的还记得它的这个事实。我的孩子们或许会看看它，但不理解这物件是个什么东西。它要让你费点事才能与某个人交流。你必须坐到一台打字机前面，用手一个字母一个字母打出词句。你必须手写一封信，或者你必须真的拨出一串号码。要想做到与某个人通话和交流，就得费点工夫。而通信在今天几乎就是习以为常，不费吹灰之力。要不了多久，我们还会实现能绕开任何实体技术和平台技术的更先进的生物技术，那些旧的技术就没用了，每样东西都直接能与我们的大脑皮层进行连接。这都是近在眼前的事。

卡梅隆：嗯，的确非常近了。有意思的是，我们所挑选出的技术形式，通信技术形式，是打包定向传输，为的就是我们能修改我们所说出的话，而且也不用非得实时回复。对我的孩子们来说，对着话筒讲话是一种匪夷所思的概念，因为回头你得为你刚才所说的内容负责，你所做出的任何陈述的后果已经在你做陈述的过程中被分离出来了。这就是互联网以及所有那些先进的通信技术为我们带来的变化。在社会交际方面，我们也正在改变。我们实际上正生活在科幻中，而我们这些科幻电影创作者不得不跑着追赶这个现实世界。

斯皮尔伯格：我们甚至在绘图板上都没勾勒出的未来，微软和苹果就已经替我们想出了方案，相反的情况很难去想象。他们正在研发一些特别的产品，那些我们在荧幕上还没有被实现而仅存在于梦想中的东西。可以说，这直接导致了《人工智能》的诞生。

卡梅隆：你之所以能执导这部电影，是因为……

斯皮尔伯格：斯坦利·库布里克。我认识斯坦利是从我制作《夺宝奇兵》（Raiders of the Lost Ark）那时候开始的。我在《闪灵》（The Shining）的拍摄外景地遇到了他，那时他刚完成"远望酒店"的搭建工作，我们也正打算在那里搭建"灵魂之井"的外景。我去位于博勒姆伍德（Borehamwood）的埃尔斯特里制片厂（Elstree Studios）考察，他们告诉我说斯坦利·库布里克正在使用外景地，我不能再使用了，因为那里已经被封闭了。我问他们的制片人，我想那会儿是道格·特威弟（Doug Twiddy）吧。"我能见一下斯坦利·库布里克吗？"他非常热情，说，"可以，请过来吧。"我就在那天见到了斯坦利，然后当天晚上他又邀请我去了他家。那还是在80年代。我们19年的友谊就是从那时候开始的，顺便说下，多数时候都是通过电话联络。

卡梅隆：因为他不坐飞机。（库布里克有飞行恐惧症。）

斯皮尔伯格：而且我去英国的次数也不多。只要我在英国，我就会去看他，但主要还是在电话上联络。我们在电话上的那种马拉松式的谈话真能持续八到九个小时。毫不夸张，吃午饭和晚饭都不挂电话，就我俩一直说话。他从没邀请过我加入他的创作圈子里去，直到有一天他说，"我想让你看点东西"。这是何等的荣幸，这人可是拍过《2001：太空漫游》的，更别提还有《杀手》（The Killing）、《杀手之吻》（Killer's Kiss）、《奇爱博士》（Dr. Strangelove）、《洛丽塔》（Lolita），以及《巴里·林登》（Barry Lyndon）。现在这个家伙请我看他写出来的某个东西，因为他想让我去找一个作家，好把它改编成剧本形式。他给我寄来了布赖恩·奥尔迪斯写的短篇小说《整个夏天的超级玩具》（Super-Toys Last All Summer Long），斯坦利要求我在看这个故事之前，先看他和伊恩·沃森（Ian Watson）基于布赖恩·奥尔迪斯这个短篇小说所写的，一本长达79页的电影大纲。

卡梅隆：是你把它定名为《人工智能》，还是库布里克事先就已经想好了？我们都知道他拍过一部关于人工智能的经典巨作：《2001：太空漫游》。

斯皮尔伯格：他之前不同意把影片命名为《人工智能》，可还是……就这样定了。他接着要求我去伦敦看他做好的那3000张分镜表，我就立刻飞到了他的家里，然后花了一两天的时间与他一起把那些分镜表过了一遍。那时他提出了这样一个问题，他的原话是："我想这部电影现在的感觉更像是你的而不是我的，我正被其他的一些项目搞得有点心不在焉。"正是那个时候，他开始同意把这部电影叫作《人工智能》。他说："你有兴趣执导这部电影吗？我来做制片人。我会担任执行制片人的工作，而你来做导演。"

卡梅隆：据我所知，他从未和任何其他电影人有过这样的关系。

斯皮尔伯格：我想在这之前，他从未要求过任何人做类似这样的事情。不过斯坦利和我都认识特里·塞梅尔（Terry Semel）和鲍勃·戴利（Bob Daly），他俩那时是华纳兄弟（Warner Bros.）的负责人。我来导演，斯坦利做制片人是我们与华纳达成的协议。这段经历中的这一部分总让我忍俊不禁——斯坦利说："你是导演，我今后不会碍你的事。我们将来在一起就按着剧本来工作，而且我会是一个在英国工作的制片人，你只管在美国拍你的镜头。"他又补充道："你需要安装一台传真机，因为我将来会给你发好多笔记、图片和想法。而且传真机得安在你的卧室里。"

我问："为什么？"他回答："因为万一有人进来，看见了我写给你的东西怎么办？它必须安在一个私密的地方。你得向我保证它会安在卧室里。"就这样，我把传真放进了我的卧室。但你知道传真机的铃声有多响吗？它是普通座机电话铃声音量的10倍。而且在凌晨2点这东西突然发作时。我的老……

卡梅隆：他应该是刚起床，对吗？在英国？

斯皮尔伯格：凌晨2点，我这儿还是半夜呢，但他那儿是白天。那东西会在凌晨1点、3点、4点发作。这种情况持续了两个晚上，然后我的妻子，凯特·卡普肖（Kate Capshaw）把传真机从卧室里扔了出去，并且说："你必须对斯坦利实话实说。告诉他所发生的事。"我打电话给斯坦利，告诉他都发生了什么。

卡梅隆：但是除了这个，这应该是收获满满的一次合作吧？

斯皮尔伯格：这是一次棒极了的合作。我从斯坦利那里收到了那么多的笔记，那里面有关于镜头角度的笔记、有关于工艺的笔记，有页笔记写着："你打算怎样塑造大卫（大卫是电影中的主角机器人男孩）这个形象？我认为大卫应该是一个机器人，他不应该是一堆假体材料，他应该是台机器。"工业光魔（Industrial Light & Magic）公司的金牌特效师丹尼斯·穆伦（Dennis Muren）飞到英国，与斯坦利讨论了很久如何用电线做出一个真正能动的机器人男孩——就像 E.T. 和普克。我想，斯坦利曾为此做了一些试验，这都发生在我接手这个故事之前。斯坦利发现，要使用一个机械男孩的话这事就做不了，这还是在全计算机生成真实感动画角色首次出现在电影中之前，第一次出现是在《少年福尔摩斯》（Young Sherlock Holmes）中，更在《侏罗纪公园》之前。要是放在今天，斯坦利一定会把大卫做成一个实景背景中的数字角色，毫无疑问。

卡梅隆：那正是制作《阿丽塔：战斗天使》（Alita: Battle Angel，改编自同名人气漫画的电影，将由罗伯特·罗德里格斯 [Robert Rodriguez] 执导）使我感到兴奋的地方。不是为了塞点我自己的东西，而是对这样一种想法——如果你打算创作出人类的幻影那样的某个角色，用 CG 动画来实现它。我写这部电影的剧本时，那还是在 10 年前，我想着它永远都达不到十分完美，但我认为现在我们把它制作得最接近于完美。如今，这几乎是一个自掘坟墓式的观念，因为那时仍然存在"恐怖谷"（uncanny valley）[1]，当看到一个极其接近人类但某个地方还是有点走样的机器人或仿真人，人们会产生强烈的负面反应。

斯皮尔伯格：可是对于《人工智能》这样的影片来说，"恐怖谷"恰恰就是它最需要的东西。那是你竭力想得到的东西，你正努力找这种感觉，让这个小孩身上存在某种类似机械的属性，他也因此不是一个百分百的人类孩子。在影片中，海利·乔·奥斯蒙凭借其非凡的演技与定力——除了电影的最后一个镜头，他在影片中一次眼睛也没眨——仅仅化了一点妆、打了一点点粉，就能让我相信他是一个机器人小孩。

右图 在史蒂文·斯皮尔伯格的电影《人工智能》（2001）中，海利·乔·奥斯蒙（Haley Joel Osment）扮演机器人男孩大卫。

[1] 最早是在机器人、3D 电脑动画和计算机图形学（Computer Graphics，简称 CG）存在的一个假设。这个假设是由日本现代仿真机器人教父级人物森政弘（Masahiro Mori）于 1970 年提出：当仿真机器人的外表和动作像真实人类，但又不是完美拟合时，作为观察者的人类会产生厌恶反应。——译者注

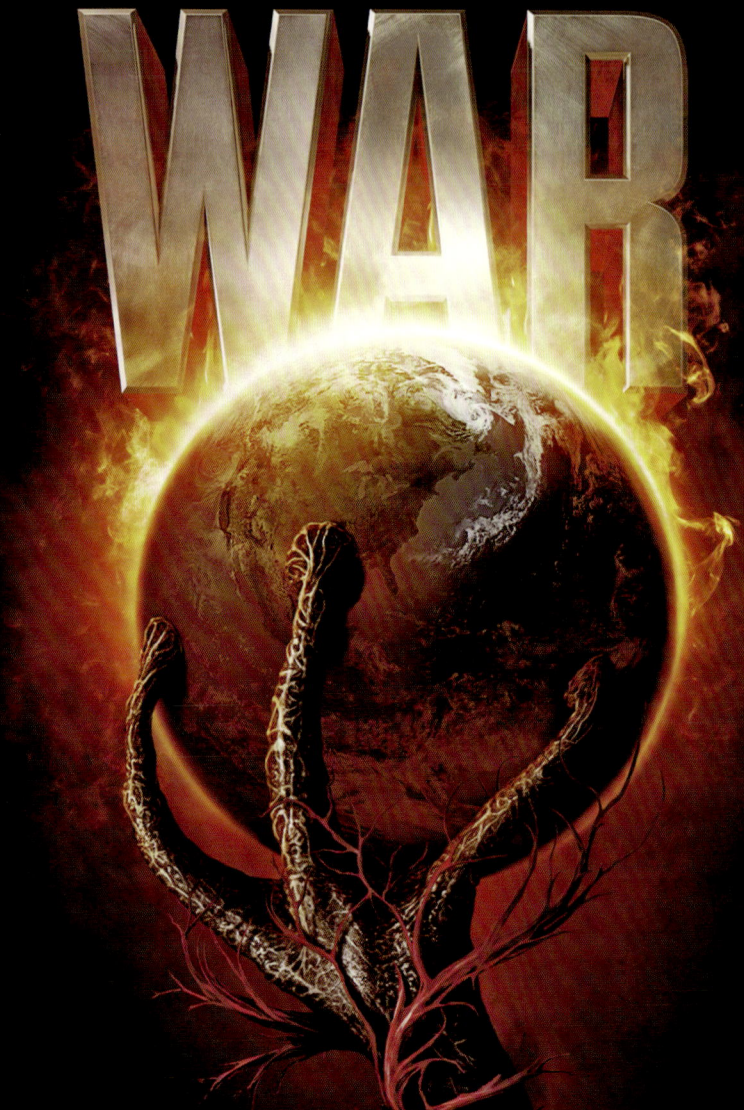

卡梅隆：的确非常令人信服。这么说，你那时正努力创造着"恐怖谷"。

斯皮尔伯格：我认为它如果不是"恐怖谷"，后面它就起不了作用。裘德·洛（Jude Law）也一样，裘德·洛必须看起来像个"恐怖谷"——部分是人类，也有某种合成的东西。或者说是一个幻影。

卡梅隆：但他们仍然是一些令人同情的角色。为什么会这样？我们为什么不仅给一台机器输入了意识，而且还输入了能让我们产生好感的东西？我们能赞同这样做吗？

斯皮尔伯格：为什么我们要同 Siri 交谈？我们几乎把任何东西都给人格化了。一般从孩童期开始——如果你是个小女孩，你就会有一些洋娃娃，如果你是个小男孩，你就会有好多小变形金刚和塑料大兵玩具。我总说每个小孩开始时都是讲故事能手，因为他们的想象力丰富得无边无际，而这种想象力能帮我们决定一种镜头角度。作为小孩子，我们会趴在地板上，让我们的视线尽可能与地面平齐，这样那些小玩具人就会看起来超真实。如果我们有电动火车，我们就把视线与铁轨平齐，然后让火车一圈一圈地跑。

这就是我开始拍电影的原因。我的第一部电影实际上是《火车大劫难》（The Great Train Wreck），在那里面我让一列火车从左向右跑，而让另一列火车从右向左跑。我让镜头正对着中间，让它们在我的 8 毫米柯达摄影机前相撞了。孩子们天生就有创造出不存在的世界的能力，在实践这种能力时他们就会做这样的事。我们一开始就是讲故事的好手，从某种程度上说，我们一开始就是电影创作者。

卡梅隆：因此，我们是在把我们自己投射到机器上，然后又将机器人格化了。不过目前有一种光明正大的努力正在进行，在大量资金的支持下，它正势不可当地向着创造人工意识的方向进军，这种人工意识要与我们自己的意识一样，也不排除远远比人类意识更高级的可能。我们此刻正生活在一个科幻世界里。我想说，《2001：太空漫游》中的电脑哈尔（HAL）可能将会在我们有生之年中出现。

斯皮尔伯格：我也这样认为。在《机器人启示录》（Robopocalyspe）这个作品上我已经花了很多年时间了。因为这个故事就是在讲一个有着最深刻知觉的人类染色体，从根本上他要比人类聪明得多，所以想从人类手中夺取控制权，掌管这个世界——有一点点像是《两只老鼠打天下》（Pinky and The Brain）的成人版本，但它比较吓人。埃隆·马斯克进一步预言，第三次世界大战不会是一场核毁灭，它将会是一种机械对地球的接管。

卡梅隆：史蒂芬·霍金（Stephen Hawking）也曾说过类似的话。弗拉基米尔·普京（Vladimir Putin）更是坦言，完善了人工智能的那个国家将统治世界。

斯皮尔伯格：这有点令人毛骨悚然，因为这几乎是在说，某样比我们聪明、并且下棋也能下过我们的东西，要把这个世界当成一个棋盘，而且还要将我们的军，使我们彻底灭亡。我不知道我对这种事的相信程度能否达到50%，因为我生来就不太相信这类事情。我总认为，不管用什么办法，我们将来一定会找到一条出路，摆脱掉我们给自己设定的每一个困局。我们都有同理心，尽管我们平时极少聆听它的声音，或者将它表现在外。但每个人都有这种能力，而正是这种能力，我相信，总会把我们从边缘上拉回来。

卡梅隆：我是对比着早期的原子能来思考人工智能的，它们都有着那种能量无限的愿景，它们都能推动这个世界，它们能创造出核能飞行器，它们能进入太空。可是，它们所做的第一件事是炸掉两座日本的城市。

最近和一些人工智能专家交谈时，他们真的让我想起了20世纪30年代的原子能科学家，那些人当时就相信，他们正在为未来创造一个无限的能量之源。这就好比，你没有意识到一旦你把牙膏从管子挤出来了，你还能把它给弄回去吗？

斯皮尔伯格：不能。而且一旦我们创造了核裂变，一旦我们分裂了原子，那我们就再也回不去了，不过它也可以被用在数不清的有益用途上。全世界都适用这样

对页图 斯皮尔伯格的《世界大战》的电影海报。

一个道理，我们想出来的任何东西，它的用途都有好坏之分。

卡梅隆：在影片《人工智能》中，你实际上表现了未来人类在向着机器人或机器基质的一种转变——甚至都不是真正的人类，只是这个星球上的我们的继承者。

斯皮尔伯格：是啊，超级机甲。机器实际上也在进化，机器造出更好的机器，然后这些机器再进化成更了不起的机器。

卡梅隆：可是它们好像和我们一样有人性，至少和我们一样有同理心和同情心。它们非常同情大卫。

斯皮尔伯格：但它们的同情心和同理心全部是建立在数学运算基础上的，是建立在假设上的，是建立在数学方程式的经验上的。我们的却是来自一个被称为灵魂的地方，来自一个无法形容的地方。我相信那个地方的事物超越了我们的知识，甚至超越了我们的理解力。有时，对我的孩子们说说这话还是挺有好处的——你们还是得有一点点信念。

卡梅隆：科幻作品倒是经常涉及信念以及灵性方面的话题，你不认为这很有趣吗？科幻是讲述科技及其对我们的影响的，结果发现科技也经常"撞南墙"，科学也存在一个局限。

斯皮尔伯格：说到这我们又得重提一下乔治·帕尔那一版的《世界之战》了。影片的结尾是在一座教堂里，女主角的神父向着那些已经降落的圆筒中的一个走去，他拿着一个十字架，他还拿着一本《圣经》，然后他被焚化了，他被彻底烧成了灰烬。

卡梅隆：作为一个无神论者，这个场景会让我大笑。但我想若是有人是信徒的话，他或许对此有他另外的一番看法。

斯皮尔伯格：如果你愿意，《世界之战》是能当成一本精神典籍来读的，这也许就是科幻的伟大之处。

但要记得，我们必须把科幻与奇幻分开来看。你知道的，我过去常去买福里斯特·J.阿克曼（Forrest J. Ackerman）的杂志《电影世界的著名怪物》（*Famous Monsters of Filmland*）。

卡梅隆：我们都爱福里斯特。

斯皮尔伯格：我们去过他家里，还看了他的那些了不起的收藏。

卡梅隆：他有最顶级的收藏品。

斯皮尔伯格：最顶级的收藏品！我们爱福里斯特。他在科幻和奇幻之间做了非常严格的界定。奇幻是《哈利·波特》（*Harry Potter*），而科幻是《星球大战》。

卡梅隆：我倒是倾向于这里面有个比较复杂的坐标范围，你可以把《火星救援》（*The Martian*）、《星际穿越》（*Interstellar*）和《2001：太空漫游》放在硬科幻、硬技术那一头的坐标范围里，然后可以把《星球大战》放到距离奇幻这一头比较近的坐标范围里，因为它里面有光剑和巫师诸如此类的东西，而科技框架只不过是它披着的一件外衣。如果你跨过了中间的那个坐标点，点那边就再也没有科学，完全只剩下魔法了，我认为这时你就进入《哈利·波特》和《指环王》（*The Lord of the Rings*）了。

斯皮尔伯格：你说得对。我想《星球大战》正位于《星际穿越》和《哈利·波特》之间。

卡梅隆：克里斯·诺兰对《星际穿越》所做的那些处理是咨询过专家的，他找到基普·索恩（Kip Thorne）这样的科学家，问"黑洞是什么？它实际看起来会是什么样子？我们想把这类东西给展示出来"。后来他又找很多航天推进和生命保障方面的专家进行交流，最后他制作出了看起来还算可信的航天飞行器和行星表面。他没有给那个行星安排许多有趣的外星人居住。那儿只有严峻的生存难题，它需要人们用智慧和知识去应对。但即使是诺兰，在电影的结尾处也变得有点超然和灵性了。

上图 在克里斯托弗·诺兰执导的影片《星际穿越》(2014)中，马修·麦康纳饰演了宇宙飞船飞行员库普。

斯皮尔伯格：是这样的。马修·麦康纳（Matthew McConaughey）变成了一个幽灵。他变成了一个有科学根据的幽灵。

卡梅隆：他利用科学创作出了某种有关来世的情节，这很有意思。

斯皮尔伯格：在我们讲这些故事时，我们一般会试着做点什么呢？我一般会先去试着触动人们的心灵，而不是直接给他们交代故事，我总是想先抓住人们的心。当然了，有时奔着心灵去的事情做得太多了，难免会被人诟病为多愁善感。对此我倒是不太在意，因为……有时我需要推进得稍过分一点，这样我对这个社会的影响才能稍稍深入一点。比起我年轻时初入影业的那个时期，当今这个社会的"多愁善感"有一点欠缺了。

卡梅隆：你的这种稍显过分的推进，与传奇的科幻作家兼编辑约翰·W. 坎贝尔对科幻作品的处理手法如出一辙，他把科幻从那些搞硬技术的书呆子那里向前推进了，之前，谁要想写点科幻内容，非得拿个博士头衔不可。原先故事里的那些随处可见的方程、数学、物理学内容也慢慢演变成了更多的直指人心的人性故事。在我小时候读过的那些科幻作品中，有能让我感兴趣的人物、能使我流眼泪的那些故事，它们的作者才是最好的科幻作家。我认为，即使在今天的好莱坞也仍然存在这样一种感觉：科幻片算不上真正主流的电影艺术形式，因为它所讲述的不完全是人与人之间的真实情感。我想这里面有一个天大的谬误，科幻是在讨论人类的境况，我们虽然生活在一个技术世界里，但我们还是要站在人的角度上来处理它。

斯皮尔伯格：确实如此。现在的科幻作品不可否认地成了一道主菜，尽管之前它曾是餐后的甜点。如今，你会先吃甜点。现在正在赚大钱的电影都是借助光学，让我们暂时放下怀疑，转而沉浸在蝙蝠侠、超人、神奇

女侠、托尔和复仇者联盟的世界里。我的确有种非常强烈的感受，这些都不是主菜，除非它能把人类境况、像你我一样真实鲜明的人物角色，以及生活在今天这个世界里的人们作为立足点。否则，它就只是你用数字工具制作出来的一道亮丽的风景，而不是你能用叙事做出来的东西。

卡梅隆：你我都与世界上最好的数码艺术家在一起合作，我们也都知道，目前还没有什么东西是我们能想象得出，而他们做不出来的。如此说来，这就变成了一个艺术家的选择问题。我做什么，以及我希望自己做什么，都总是在拼想象，仅凭思考是无法完成的。

斯皮尔伯格：我们的确只能这样做了。一直以来。在每一个项目上，这都是最难去做的一件事。要想出一个原创故事很难，同意这种看法的作家一定不在少数，想出原创故事是一件很难的事。想出某样东西，而这样东西又不能让人立刻把它拿来与他们之前看过的电影中的其他东西做比较，也不能带有一点点先例，这非常难，因为我们正站在以各式各样风格叙事的巨匠的肩膀上。

卡梅隆：我认为只借鉴其他电影的电影就是最糟的电影。最好的电影会想办法把你与你的经历与体验鲜活地联系起来。

斯皮尔伯格：《怪奇物语》就做得非常好。《怪奇物语》是一部纯科幻的电视剧，它提及了你、我，以及别的一些人所拍过的很多电影，但它把这个处理得非常特别，它可以说是一部集大成的优秀作品，但从头至尾又只讲一件事。你会爱上那些孩子，不想有任何不好的事情发生在他们身上。《怪奇物语》中所有那些天才的想象都是关于这些角色的。

卡梅隆：但你也创作出了 E.T. 这样一个深得人心的角色。在有关外星人的创意中，有一件事情让我非常着迷，那就是它们的长相能在很大程度上决定我们要怎样与它们交流，或我们要对它们做出怎样的反应。你给他配上了一双大大的眼睛，人们对一对大眼睛会做出很本能的友善的反应，因为婴儿拥有一对大眼睛。

斯皮尔伯格：但我要只给他配上这张脸，只有做母亲的才会喜欢。我不想让 E.T. 变成一个可爱的家伙，想让它有点笨拙，长着一个碍手碍脚的大肚子，有个若像人一样穿上衣服就会显得过细的脖子。当这样一个脑袋顶在一根像潜望镜一样的脖子上，我想让人们说，"老天，这太真实了！这绝不是一个穿戏服的演员扮的！"——虽然在某些行进镜头中，我们的确找了些穿戏服的演员去扮他。让 E.T. 的外观既能赢得观众的喜爱又能赢得观众的尊敬，这非常重要。我不想让一个可爱小巧的迪士尼人物从那扇大门里走出来，让满场观众异口同声地发出一声"喔"！这是我最不想看到的事情。编剧梅利莎·马西森（Melissa Mathison）与我想法完全一致。她写了一个出色的剧本，而且梅利莎不断在强调，"E.T. 必须是一个孩子，必须拥有孩子一样的特质"。

卡梅隆：是不是德鲁·巴里摩尔先发出了尖叫？然后 E.T. 也跟着尖叫了起来。这是电影史上最滑稽的瞬间之一。

斯皮尔伯格：他们都尖叫了起来。德鲁还不断在说，"我能再尖叫一次吗"？这的确很有趣。

卡梅隆：下面的问题我也就不兜圈子了。根据你的经历和世界观，你认为外星人是否存在？你相信他们已经来过地球了吗？

斯皮尔伯格：我相信在包罗万象的宇宙某处，在包罗万象的银河系的某个地方，存在着由某种有机生物创建的高级文明，他们或许比我们先进得多，也或许比我们落后得多。我愿意去相信它。我觉得我有资格亲眼见到 UFO，我拍过《E.T.》，拍过《第三类接触》。我一直在等待着这样一次目击，但我从没见过，尽管我遇到的说见过它的人已经有好几百个了。

卡梅隆：你要知道它们会尽可能地离你远远的，因为传言说你其实是一个外星人入侵的先驱，他们不想让这个传言成真。你知道这个说法吧，他们说这几十年以来，你一直在故意让人类放松警惕。

对页图　网飞（Netflix）的《怪奇物语》（Stranger Things）第二季发行的推广海报。

斯皮尔伯格：我听说过这个传言的事，太离谱了。你知道，我会躲开鲨鱼，但我并不想躲开 UFO，直到现在，我都没有过目睹 UFO 的经历。我并不是说眼见就一定为实，但我现在的感觉是……为什么在 20 世纪 70 年代和 80 年代，甚至追溯到 60 年代末，有那么多的 UFO 被相机拍到，而现在却少得多呢？现在就是没有人能用什么设备把一个 UFO 目击事件给记录下来。

卡梅隆：对一个科幻作家来说，这很好解决。地球曾经是 UFO 最热门的一个旅游观光地……后来它们意识到，它们被拍在照片里的次数实在是太多了。我却认为它们是来自未来世界的密使，试图在事情被我们严重搞砸之前把它们给修正过来，它们会带着我做时间旅行。你的作品差不多已经把科幻里的每一个类型都尝试了——接触外星人、太空旅行等每一样东西——而且你还是《回到未来》（Back to the Future）系列电影的执行监制。所以，你认为时间旅行是可能的吗？

斯皮尔伯格：有一天我曾问了史蒂芬·霍金这个问题，那时《回到未来》刚刚上映。史蒂芬·霍金说进入未来是非常有可能的，但回到过去是不可能的。他当时是在绕开那个话题，其实是说《回到未来》中的一切都是永远不可能发生的。我对时间旅行思考得不是很多，我们不是已经有那么多的相册了嘛，记忆是我的时间穿梭机器。

卡梅隆：我们再来说说怪物。在我们小的时候，最受欢迎的怪物就是恐龙，对吧？

斯皮尔伯格：我学会的第一个字母很多的词汇就是"肿头龙"（pachycephalosaurus）。接下来就是"剑龙"（Stegosaurus）和"三角龙"（Triceratops）。我小时候经常往费城的富兰克林科技馆（Franklin Institute of Technology）跑，去看那里所有的骨头化石，然后就爱上恐龙了。

卡梅隆：我也是。一年级时，我想成为一个古生物

右图 在斯皮尔伯格的电影《侏罗纪公园》中，古生物学家艾伦·格兰特与霸王龙来了个面对面。

学家。刚才那个恐怕也是我学会的第一个长单词了。后来我却发现恐龙都已经灭绝了,想象一下我有多失望。

斯皮尔伯格:在我小的时候,我常常会把冰棒棍收集起来,然后我会基本上只靠胶水把它们粘成一只恐龙的样子。我会在后院里挖一个坑,然后把它埋在里面,接下来我会等上一周,然后我会再去挖掘它。那是我离成为一个业余古生物学家最近的一次了。

卡梅隆:镜头切换到几十年以后,你在《侏罗纪公园》中与世界顶级的古生物学家们在一起工作了。

斯皮尔伯格:那是我有幸制作过的最有意思的电影之一了。迈克尔·克莱顿(Michael Crichton)那时刚构思出一个堪称完美的概念,而他把这个想法透露给我的时候,我俩正在一起研究《急诊室的故事》(*E.R.*)的第二版草稿。《急诊室的故事》他是照着电影来写的,我本来也要执导这部电影,但后来我们把它变成了一部电视剧。午休的时候,我问他接下来打算写什么书。他说他不能告诉我,我于是就反反复复套他的话,直到他说:"我可以告诉你一个构思的主线。我在写一本关于恐龙和 DNA 的书。"他肯说的就这么多。我对他软磨硬泡直到他答应把这本书的改编版权卖给我。

卡梅隆:好吧。关于它我的感受稍有不同。我让人给我寄了这本书,因为我听说它即将发售。书是周五晚上收到的,当天晚上我没有看它,周六才开始读这本书。当我读到霸王龙舔汽车挡风玻璃,而孩子们还在车里面的那一幕时——在电影中你实际上没让它舔玻璃,但书里是这样写的。我就说,"我一定要把这个拍成电影"。说这话时,我连书都还没看完呢。我立马打电话过去,但对方回复说,"史蒂文刚把它买下了"。在可能发生的事情里面,这得说是最好的一个了,因为如果让我来拍的话,我会把它拍成《异形》那样的,我会把它拍成一部吓得人屁滚尿流的限制级电影。你把它拍得也够吓人了,但仍适合给孩子们看,你是对着 12 岁的自己来拍它的。

斯皮尔伯格:因为这个故事的讲述者就是 12 岁的

我,我是在为我自己拍这部电影。在我还是个孩子的时候,这种有趣的东西在我的生活中是匮乏的,没有太多这样的故事能让我尽兴。而且那个时代还没有恐龙玩具,你无法满足你对一个已经消失了的物种的求知欲,因为商店里根本就不卖这些东西。

卡梅隆:想想这部电影在当时是怎样的惊艳。迈克尔写这本书时,正值CG动画开始纵横天下的时候。我当时完成了《深渊》,完成了《终结者2》。为《深渊》和《终结者2》工作的大部分人都直接进入了《侏罗纪公园》的"猛禽"团队和"霸王龙"团队。还有他们已经率先尝试的所有那些东西——那真是一种山雨欲来风满楼的感觉。是你让这场雨下来了,是你把那些数码技术制作出来的、有软组织和器官的角色呈现给大家,它们的眼睛会眨,看起来像真的一样能分泌眼泪,甚至瞳孔还能放大。

斯皮尔伯格:还有能起皱褶的皮肤,皮肤下面的肌肉。肌肉在皮肤下面涌动。

卡梅隆:正是在那之后,CG技术的革命才锋芒毕露。

斯皮尔伯格:那是一个令人难以置信的时机,就像你刚才所说的,那本书、那种构思出来的时间点正巧赶上了数码时代的黎明时刻,这两者交汇在一起为我们提供了有利条件。我们才有可能真的创作出第一批数码电影的主角和明星。你得明白,在《侏罗纪公园》中只有59个数码恐龙的镜头,斯坦·温斯顿(Stan Winston)当时做了一个全尺寸的三角龙,他还做了一个全尺寸的霸王龙,以及一个全尺寸的腕龙的头和脖子。这部电影的成功实际在很大程度上要归功于斯坦。我认为斯坦·温斯顿——在未来,人们回顾他时,对他的评价将不亚于威利斯·奥布莱恩和《金刚》(King Kong)。他真是这世界上最亲切的家伙。

《侏罗纪公园》这个故事之所以吸引我,也是出于人的傲慢之心,那种"如果这事有可能,为什么不做呢"的感觉。小说中公园的创造者约翰·哈蒙德(John

上图 在斯皮尔伯格的电影《侏罗纪公园》中,一只迅猛龙露出了它的牙齿。

右图 1950年的经典科幻电影《登陆月球》的电影海报。

Hammond）无疑代表了一种经理人，一个马戏团领班，他拥有的这个新时代的林林兄弟马戏团（Ringling brothers）使一个物种得以复活。与此同时，他却完全忽略了自己的所作所为将带来的严重后果。与所有那些疯狂科学家一样，他的出发点是纯粹的。他想成为沃尔特·迪士尼（Walt Disney），他要每个人都来看那些恐龙。当孩子们惊叹于那些他们只能在故事书里看到的巨兽时，他要让他们激动得热泪盈眶。

卡梅隆：杰夫·高布伦（Jeff Goldblum），这样一位令人瞩目的具有良知的人物说，"自然将会找到出路"。

斯皮尔伯格：正是。他说出了观众的心声，生命总会找到出路，而且每一次他都是对的。我最喜欢的场景就是杰夫和扮演约翰的理查德·阿滕伯勒（Richard Attenborough）两个人互相斗嘴的那部分。

卡梅隆：在续集电影《失落的世界》中，你又把这个给保留下来了。

斯皮尔伯格：迈克尔·克莱顿和大卫·凯普把所有那些东西都写出来了，能在片场把这些都拍出来真是太棒了。

卡梅隆：就像《西部世界》（Westworld）的海报上所说的：哪个地方会出错？

斯皮尔伯格：正是。这是最让观众兴奋的地方，因为观众就想看看哪里会出错。谁会关心做对了的事情呢？

卡梅隆：事情照常运转了就没有趣味了。

斯皮尔伯格：一点都不好玩。第一次感受到真正的悬念的时候我还是个小孩——来自父母允许我去电影院看的所有的迪士尼电影。但第一次让我真正体验到悬念时我还非常小，我看了一部电影，那部影片是重映的，名字叫《登陆月球》，又是一部"乔治·帕尔"电影。当电影中的首次登月之旅着陆后，他们却没法离开月球了，除非他们从飞船里扔掉好几吨重的载重，我记得还是孩

子的我都没法在座位上坐得住了，我记得我几乎感觉都要吐了。我并没意识到紧张感已从腹中涌起，然后爬到喉咙，最后化作尖叫喷涌而出。

卡梅隆：所以，要说哪个人是在用他毕生的创作生涯来驱除童年时代的恶魔，你就是一个经典例子。

斯皮尔伯格：这样的恶魔我还有不少呢。

外太空

布鲁克斯·佩克
流行文化博物馆馆长

我在孩提时常去家乡的公共图书馆看书，在我浏览书架找书看时，科幻作品总是我的首选。幸运的是，在当地图书馆里找到科幻图书并不难。小说类的很多书籍的书脊上都会被贴上一个标签，以标明这些书的文学体裁：放大镜图案表示是悬疑类的，一颗心表示浪漫小说，而对于科幻图书来说，则是一艘点火升空的火箭飞船。

这种基础的、图像化的分类系统把科幻体裁等同于太空体裁，是有它合理的理由的，故事背景设定在外太空是这类体裁的主流。科幻既然是讲无限可能性的，那么太空正好提供了这样一张无边无垠的画布。但当我们说起外太空的时候，我们几乎从不谈论它的寒冷，以及恒星与行星间空无一物的真空。太空科幻只在意探索其他的世界，与此同时，想象我们在那里可能构建出的人类社会。

当尼古拉·哥白尼提出宇宙的中心是太阳而非地球，并由此推断夜空中的某些星光可能是另外的一些行星时，去这些星球旅行的想法就随之产生了。其中一个最早的例子是，天文学家约翰尼·开普勒在小说《梦境》（1608）中把一个观测者送往了月球。但由于把这位观测者送到月球上去的是一个精灵，严格界定的话，这还不能算作是太空旅行。

但到了1687年，作家西拉诺·德·贝热拉克仅凭一部著作就实现了从奇幻到科幻的飞跃，那就是他的《月球世界里的各邦国和各帝国的滑稽史》。这部小说的主人公最初是尝试用挂满装着露水的瓶子的方式到达月球，因为太阳出来时露水会升空。他开始时最远只能到加拿大，但后来他借助用烟花做成的推进器到达了月球——这是对乘坐火箭旅行的最早描写。

开普勒和德·贝热拉克只是把这些外太空的故事当作了一种手段，是用来阐述他们关于自然和哲学的独特理论的。（开普勒把一个观测者送往月球是为了解释日心说。德·贝热拉克则把太空当成了一个他进行社会和宗教批判的讲台。）等到作家们开始把太空旅行本身作为主要的写作目标，并写出我们今天所熟知的那种科幻作品，那已是两百年以后的事了。

第一批真正的外太空科幻作品脱胎于探险故事。当世界地图测绘完成，像儒勒·凡尔纳这样的作家开始把目光投向了天空，并把那里作为新的探索领域。在他1865年的小说《从地球到月球》中，凡尔纳用一个巨大的大炮，把装着探险家的太空舱对着月球的方向打去。尽管支持这种方法的物理学理论完全行不通，但也不妨碍这本小说成为第一个探索太空的故事，它追求科学上的精确，把自由落体、滤掉空气中多余的二氧化碳，以及飞行器轨道上大量路过的小行星对它的影响都考虑在内。

更重要的是，凡尔纳的小说激发起了人们对太空旅行可能性的好奇心。电影业的先驱之一乔治·梅里爱认识到，外太空在创造视觉奇观方面极具潜力，能带给观众强烈的感官刺激。他1902年的电影《月球旅行记》大量借鉴了凡尔纳的作品，同时又融入了H.G. 威尔斯的小说《月球上的第一批人》（1900）中的不少元素。这部影片被认为是早期电影艺术的一个里程碑，同时也是科幻电影的鼻祖。

然而，没过多长时间，梦想家和科学家的目光又不约而同地都投向了比月球还要远的地方，在他们寻找的过程中，他们发现了火星。追溯到1877年，意大利天文学家乔瓦尼·斯基亚帕雷利（Giovanni Schiaparelli）就已经对火星进行了观测，他同时也把用一台小望远镜所看到的火星特征画了下来。他标记出了海洋、大陆，以及尤其要提到的运河，它的意大利语词汇是 canali。说英语的人们把这个词汇给曲解了，认为它的意思是人工挖掘的河道，就像在那段时期刚完成的苏伊士运河一样（Suez Canal），就这样，火星上有文明的说法一时甚嚣尘上。帕西瓦尔·罗

对页图 导演乔治·梅里爱具有开创性的科幻探险电影《月球旅行记》（1902）中的一些场景。

威尔（Percival Lowell），一位美国天文学家和生意人，他在自己为数不少的非小说纯理论类著作中都支持了这种思想，其中包括了《生命的栖息地，火星》（Mars as the Abode of Life，1908），这本书提出，那些运河是由一个已经消亡了的文明修建而成，是为了把水从火星两极的冰冠引过来。尽管科学界对此仍持怀疑态度，但这个悲伤而又浪漫的故事已深深植根于科幻小说当中，并在其后的几十年里一直是一个流行的主题。在后来的小说中，火星或许已成了我们对太空的希望与恐惧的试金石。

在被那颗红色星球激发了灵感的众多作家中，最出名同时也是最多产的还要数埃德加·赖斯·巴勒斯了，他的小说《火星公主》讲了一个名叫约翰·卡特的退役士兵，他魔法般地被运送到了火星上，然后开始执剑闯天涯的故事。卡特先后遭遇了有四只胳膊的火星人，干旱的沙漠和斯基亚帕雷利运河，后来又遇到了书名中所提到的公主，德佳·索丽斯。与开普勒一样，在巴勒斯看来从另一个世界来或者到另一个世界去，这过程中所用的方法并不是很重要。描写太空旅行的意义就是要去一个从未有人到过的地方，还要把在那里所发现的奇观都展示出来。

巴勒斯的火星系列小说开启了廉价科幻小说的纪元，20世纪30年代末，印刷在廉价纸浆纸杂志上的故事开始呈爆炸式增长，其受欢迎度也到达顶峰。E.E.史密斯博士的《宇宙云雀号》和《透镜人》系列打的是头阵，后者讲的是一个亿万年史诗中的银河巡逻队，这支维护和平的部队会借助不可思议的心灵力量使自己更强大。史密斯的作品的视野大得令人咂舌，那种把成千上万的世界卷入其中的、大规模的太空战争，还有待在电影中呈现异彩。

在那段时期，科幻作品在电影和广播上也崭露头角。很多讲太阳系行星间和星际间的行动、冒险和战争的故事，都被归到了称为太空歌剧（space opera）的类型中——这个名字是跟着所谓的肥皂剧（soap operas）出现的，被肥皂粉公司赞助的日间广播剧都被称作肥皂剧。《巴克·罗杰斯》作为领路者，起初发表在1928年《惊奇故事》的8月刊上，很快就被改编成了报纸上的连载漫画和广播节目。接下来是一部电影系列片，然后在适当的时期又新增了两部电视系列剧和一部电影。它被很多作品模仿，包括1934年开始连载的漫画《飞侠哥顿》（Flash Gordon）——它也衍生出了大量的广播节目、电影系列片和电视连续剧。与此同时，这两个故事中的人物和他们无处不去的冒险又变成了一个象征物，在公众心目中，它们就代表了科幻、未来，以及太空旅行。它们也对一代又一代的作家和电影人产生了难以估量

左顶图 斯坦利·库布里克执导的影片《2001：太空漫游》中的"发现一号"太空船。

对页图 沃尔夫冈·彼得森（Wolfgang Petersen）执导，丹尼斯·奎德（Dennis Quaid）和小路易斯·格赛特（Louis Gossett Jr.）主演的1985年的电影《第五惑星》（Enemy Mine）中的一个场景。

的影响。

在众多被太空歌剧的前身以及太空歌剧的繁荣所激励的作家里,雷·布拉德伯里算其中最具代表性的一个。他的第二本书,《火星编年史》(1950)聚焦在一个巴勒斯式的火星,运河纵横、城市倾圮,火星人濒临灭亡,在这样的背景下,上演了一连串抒情、优雅和令人难忘的故事。故事的焦点不再是技术或战争,而是对年轻人和即将成年的孩子们的深思,对失去纯真的深思,以及对人类活动的目的和意义(如果有的话)的深思。这是一种新科幻,一种赢得了主流文学青睐的科幻作品。结果就是,布拉德伯里声名鹊起,跻身于 20 世纪最伟大的作家行列。

随着二战后太空竞赛的开始,太空旅行的想法已经从一个稀奇古怪的梦想变成了一种真实的可能性。这种态度的转变在一定程度上要归功于那些在猜测太空旅行是否可行的流行出版物。由切斯利·博尼斯戴尔(Chesley Bonestell)和弗雷德·弗里曼(Fred Freeman)创作,刊登在《科利尔周刊》上的系列漫画"人类不久将征服天空"(Man Will Conquer Space Soon,1952—1954)就起到了关键作用。作品中描绘出了火箭专家沃纳·冯·布劳恩(Wernher von Braun)关于太空飞行的种种设想,而且一丝不苟地将技术细节都描绘了出来。然而那些月亮飞船和火星景观的插画还是会让人不由想起最新一期的《巴克·罗杰斯》连载漫画。

博尼斯戴尔同时还是一名电影绘景师,在《科利尔周刊》上的系列漫画刊登之前,他已为该时代一部代表性的电影《登陆月球》(1950)制作过背景。这部电影避开了太空歌剧里的那种乱哄哄的场景,以相对现实主义的方式,把那些即将进行第一次登月探险的人们所要面对的技术和政治方面的挑战呈现了出来。

对于 20 世纪中期的美国人来说,我们在太空中的未来离现在就剩下几十年的时间了。《飞侠哥顿》不得不给像《勇闯太空》(Men into Space,1959—1960)这样的电视连续剧让路,后者以生动的方式描述了美国空军的太空发展计划。电视剧集把注意力放在了第一次登月、轨道望远镜的安置和月球基地的建设上来。相比在银河系里冲锋陷阵的银河战士来说,这些东西都太平淡乏味了,但却更值得令人关注,因为它们都是真实的开始。

随着《2001:太空漫游》的出现,现实主义太空电影在 1968 年达到了一个高峰。斯坦利·库布里克的这部影片(编剧是库布里克和阿瑟·C.克拉克)采用《科利尔周刊》插图风格的画面,讲述了关于进化和我们在宇宙中的位置这样一个令人深思的故事。影片中的大部分场景都宛如一幅幅精致绝伦的画像,缓慢描绘出到达地球轨道、到月球,以及到达木星的太空旅程,接下来进入了一种迷幻的高潮,给予观众震慑或是迷醉,或者两者兼有的观感。正因如此,《2001:太空漫游》被许多人认定为有史以来最好的

外太空电影。

尽管有了库布里克这部才华横溢的电影，这段时期人们对地外世界的兴奋度还是在逐渐消退。事实证明，真实的太空探索进程缓慢，按部就班，甚至可以说枯燥无味，最起码对大部分公众来说是这样的。其中一次最大的打击发生在 1965 年，当探测飞船"水手 4 号"（Mariner 4）飞越火星时，发现那里却是一个冰冷的、坑坑洼洼的世界，与月球表面别无二致。斯基亚帕雷利和巴勒斯的梦想彻底破灭了，这个曾是多少人憧憬的充满光明的未来家园的火星，如今却只是另一堆没有生命的石头。

但少数创作者仍渴望探索群星。吉恩·罗登贝瑞（Gene Roddenberry）想象出一个不再纠缠于民权运动冲突、越南战争和同归毁灭论（mutually assured destruction）的时代，并在《星际迷航》中建立了一个穿梭于星际间的宇宙乌托邦。他所传达的核心思想就是，我们终将克服分歧，并将一起加入到探索迷人宇宙的团队中来。不过，《星际迷航》实际也在不断反思和批评它所处年代的一些社会问题。但它把我们的麻烦转移到了其他星球，把问题投射到了那些外星人的身上，那些令人痛苦的现实话题也因此而有了一道缓冲，当观众们借助隐喻来思考那些争论时，事情就会变得轻松得多。通过《星际迷航》，罗登贝瑞给荧幕上的科幻作品添加了一种成熟性。但这部电视剧 1966 年首播的时候，它的观众群体却并不大。太空故事或许又酷又时髦，但它们到底能不能盈利，这还有待证明。

当然了，这个任务最后落到了乔治·卢卡斯执导的《星球大战》（1977）上。以前无论在票房上还是公众的想象中，从未有哪部科幻片创造过这样的轰动效应。《星球大战》直接衍生于 20 世纪 40 年代的太空歌剧系列片，同时又重现了《飞侠哥顿》中的执剑走江湖和星际战斗。《星球大战》的与众不同与新颖之处，在于它的写实性与逼真度。比如，星际飞船的沉重甚至是观众隔着银幕都能感受到的。它所呈现的外星人，有的古怪，有的美丽，有的令人厌恶。最重要的是，这部影片向我们展示的外太空和太空旅行并非

圣洁不染，而是有磕碰，有垃圾，充满生活气息，这使那些有传奇色彩的角色和事件显得特别真实可信。

每一个制片厂都想从中分一杯羹，于是他们把大量资金投入科幻小说和外太空故事。尽管出现了一些可预见的模仿，但这一热潮也见证了外太空科幻电影这种类型片的扩张。随着太空电影信心十足地向着无数新领域进军，它超越了自己的边界，展现出了其处理复杂主题的成熟。这些电影把太空描绘成一个充满强烈的性心理恐惧的地方，就像《异形》（1979），或者以其为舞台讲述贪婪与忠诚的对决，就像《异形 2》（1986）。在导演大卫·林奇的《沙丘》（1984）中太空又是一个复杂的地缘政治的竞技场，而在《第五惑星》（1985）里它又是一个身处其中连敌对者之间都要学会互相信任的熔炉。在影片《007 之太空城》（1979）中，甚至连詹姆斯·邦德也去了太空，而就在同一年，《星际迷航：无限太空》（Star Trek: The Motion Picture）走向了大银幕。从 20 世纪 70 年代后期到贯穿整个 20 世纪 80 年代完全就是大制作太空科幻电影的黄金时代。

随着科幻这种体裁的受欢迎度与日俱增，出版商

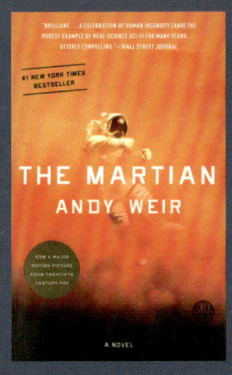

对页图 大卫·林奇的影片《沙丘》的电影海报。

上图 由百老汇书局出版的2011年畅销小说，安迪·威尔（Andy Weir）的《火星救援》一书的封面。

下图《星际迷航：下一代》（Star Trek: The Next Generation）的演员阵容。

们争相将科幻小说纳入新书书目，大大扩展了文学的范畴。《星球大战》的影响同样可见于各种各样跨越星系的史诗中：大卫·韦伯（David Weber）在他的太空歌剧《光荣的哈林顿》（Honor Harrington）系列中，也跟随趋势把他书中的领袖塑造成为一名女性。伊恩·M.班克斯（Iain M.Banks）的《文明》（Culture）系列小说同样视野宏大，尽管小说的中心思想是人道主义。这个纪元也带来了道格拉斯·亚当斯的《银河系漫游指南》（1979），一部对50年来外太空寓言的调侃之作。与此同时，弗兰克·赫伯特笔耕不辍，续写他那极富影响力的《沙丘》系列。这套忧郁的太空史诗于1963年首次登场，它描绘了一个暴虐的帝国、拥有神秘力量的主人公，以及一些奇怪的准宗教团体。《星球大战》显然是受了这本书的影响，尽管书中的调子要比它严肃得多。

在电视上，同样的成长也在发生。《星际迷航》一如既往地充当着领头羊的角色，它有四个衍生系列，从1987年一直播到2005年，其中包括了极其受欢迎的《星际迷航：下一代》，2017年又有一部新衍生剧（《星际迷航：发现号》）加入了其中。《星际之门》（Stargate SG-1）则讲了一群当代士兵经由一个外星人的通道网络进行银河系的探索的故事，共播出了10季。20世纪90年代中期的《巴比伦五号》（Babylon 5）是一枚被忽视了的宝石，这是一部受《星际迷航》剧集的启发，努力讲述更复杂和微妙的政治和社会结构的剧集。

当作家和电影创作者都在外太空徘徊时，一些创作者又回到了我们的太阳系，并且带着全新的兴趣点四处寻觅。詹姆斯·S.A.科里（James S.A. Corey）的《苍穹浩瀚》系列小说，于2011年首次出版，2015年开始被改编成电视剧，这个故事的背景设定在距今几百年后的太阳系殖民地里。宇宙飞船和其他一些技术都是基于我们今天拥有的真实技术推演出来的——这些东西我们知道是可能的。

现实主义的趋势甚至也回到了火星上。作家金·斯坦利·罗宾逊（Kim Stanley Robinson）的《火星三部曲》（第一本《红火星》开始于1993年）开创了火星小说的全新类型。他结合了深度的科学精确性，并且这样的做法显示出，真实的火星景观和气候的美丽和趣味性一点也不输给巴勒斯的空想，引人入胜。安迪·威尔的《火星救援》走得更远，这部启发导演雷德利·斯科特于2016年拍出同名电影的小说出版于2011年，它描绘了一个与罗宾逊的火星一样精确的火星，并加上了由火星探测车提供的近期观测数据。此外，使植物学家马克·沃特尼（在影片中由马克·达蒙扮演）陷入困境的那项任务也同样地真实。这个故事的创作者相信，当看到男主角采用真实的科学手段自救，积极打破在这颗红色星球上难逃一死的局面时，观众们也能感同身受地体会到刺激。

类似《火星救援》这样的故事表明，用现实主义手法描述的人类在外太空将会面临的挑战，已经变得与巴勒斯和卢卡斯的异国景观以及史诗视野一样引人注目了。与此同时，以最遥远的太空为背景的叙事，满足了我们想看得更远的需要，我们看到了想看的东西，知道我们能在那里做点什么。太空，远在天边却也近在眼前，它不停地在召唤着我们，并且将永远居于科幻作品的核心。

詹姆斯·卡梅隆对话
乔治·卢卡斯

受神话学家约瑟夫·坎贝尔（Joseph Campbell）、日本电影大师黑泽明（Akira Kurosawa）的影响，乔治·卢卡斯延续他自己年轻时拍的一系列电影风格，乔治·卢卡斯创作出了有史以来最广受欢迎和最经久不衰的科幻史诗传奇：《星球大战》。系列第一部只有一个简单的名字《星球大战》（1977），它是卢卡斯的第三部故事长片——前面是他的处女作，反乌托邦科幻故事片《五百年后》（1971）和1973年获奥斯卡提名的成长喜剧《美国风情画》（American Graffiti）。迫于《星球大战》上映后所带来的巨大压力，卢卡斯请来了其他的电影人来执导续集《帝国反击战》（Empire Strikes Back，1980）和《绝地归来》（Return of the Jedi）（1983），但他仍严格地监督了这两部电影的创作。在制作第一部《星球大战》电影期间，他创建了传奇的视觉效果公司工业光魔（Industrial Light & Magic，简称ILM），卢卡斯也因此成为数码效果方面的一位先锋，他用一种或许会给此后的电影创作留下难以磨灭的影响的方式，不断超越着技术的边界。

到了1999年，卢卡斯为他的《星球大战》前传三部曲重回导演的席位，亲自担任编剧并执导了：《星球大战前传1：幽灵的威胁》（Star Wars: Episode I—The Phantom Menace）、《星球大战前传2：克隆人的进攻》（Star Wars: Episode II—Attack of the Clones）和《星球大战前传3：西斯的复仇》（Star Wars: Episode III—Revenge of the Sith）。2012年，卢卡斯结束了亲身参与这个电影传奇，他把自己的公司卢卡斯影业（Lucasfilm）以40亿美元的价格卖给了迪士尼，也标志着这个系列的电影进入了一个新时代。

在这里，卢卡斯——与史蒂文·斯皮尔伯格一起创作出了《夺宝奇兵》的人——解释了他本人对历史和人类学的强烈爱好是怎样帮助他塑造出《星球大战》中的各个世界，以及精确处理好纤原体[1]（midi-chlorians）与原力（the Force）之间的关系的；这段访谈也阐述了，当人类准备在一个日趋复杂的未来世界里驰骋时，同情心和换位思考在其中应起的重要作用。

对页图 乔治·卢卡斯在电视系列片《詹姆斯·卡梅隆的科幻故事》中。图片来源：迈克尔·莫里亚蒂斯/AMC

詹姆斯·卡梅隆：我认为是你在1977年凭借影片《星球大战》单枪匹马地引发了科幻电影在流行文化中的一场革命。而在这之前的30多年里，科幻影片中一直都充斥着反乌托邦、世界末日等令人沮丧的内容，而且在盈利方面也是一年不如一年。是你给它带来了一幅充满奇观和希望的愿景，它也因此一炮而红。

乔治·卢卡斯：我是学人类学出身的。上大学时，我是打算要拿到社会学体系中的人类学学位，这是我感兴趣的东西。在科幻作品中你可以看到有两个分支：一个是自然科学，另一个就是社会科学。我是更多偏向于《一九八四》的那种家伙，而不是偏向宇宙飞船的那种……我喜欢宇宙飞船，但我的关注点不在于其中的科学和外星人之类的东西。我关注的是，人们对这些事物会做出怎样的反应，以及会如何接纳它们。这才是真正让我着迷的部分。我之前已经说过，《星球大战》就是一部太空歌剧，它不是科幻片。它就是一部肥皂剧，只不过是以太空为背景。

卡梅隆：是啊，但它绝不止这些，这你也知道。它是一部新神话，它履行了神话在人类社会中所扮演的角色。

卢卡斯：它的确是神话，而神话是一个社会的基石。要形成一个社会，首先要从一个家庭开始。爸爸是管理

---

[1] 纤原体又称迷地原虫，是《星球大战》系列作品中的概念，它是原力敏感者细胞中的一种微生物，一个人体内纤原体的多少决定了他原力的大小。——译者注

者，每个人都得服从规则。再把范围扩大，当你把叔叔阿姨、姐夫等人都加进去的时候，就会变成好几百号人……然后你再把两三个大家庭聚在一起，一个部落就形成了。一旦形成了一个部落，你就会面临这样的问题，那就是你必须得建立一个社会机制，这样你才能把大家约束起来。否则，他们就会互相残杀。

卡梅隆：你就是利用了关于社会结构的这样一些想法，并让它们在一张巨大的画布上蓬勃展开。

卢卡斯：可是与此同时，在一个社会中，你必须有一个"汝等不可杀人"的理由。我们都信仰共同的神祇，我们都信仰同样的英雄，我们都信仰同一个政治体系。一旦你拥有了这些，你就能真正把一帮人组织在一起，让他们建造城市，然后建立起文明。有一种想法一直在我脑中徘徊：我们为什么对我们所做的事情持有信念？我们为什么会延续我们已有文化的理念？随着我们长大，它已经变得愈加复杂了。我认为二战后我们已经到达了一个稳定点，那正是我开始成长——

卡梅隆：并且贯穿整个20世纪60年代。

卢卡斯：20世纪50年代和60年代。确切说，在20世纪60年代我们终于得出了结论，政府并不一直都像它所标榜的那样。就像在现实中上演《绿野仙踪》（The Wizard of Oz）一样，他们揭开幕布，我们看到了片面的事实之后说："啊，老天爷。这太可怕了，我是要被派到越南去送死啊。哼，我才不会去呢。"于是，我们之前对政府、对社会、对自己的信念天翻地覆，我们曾认为的自我甚至可能都是虚假的。但我们仍然相信我们是正义的，我们正在从共产主义手中拯救这个世界。政府告诉我们，共产主义者太可怕了，至少斯大林太可怕了。因此，好人和坏蛋很容易区分。（我们共同拥有的）神话发展的最后一步就是西部片。西部片是真正的神话——你不能背后开枪，你不能首先挑起冲突，遇到危险时你必须让妇孺先行撤离。

卡梅隆：这是一种荣誉准则。

卢卡斯：是一种荣誉准则。后来西部片就变得非常

内心化，也不那么流行了。这实际上就是我拍《星球大战》的初衷。但在之前，我是……怎么说呢，作为一个愤怒青年会说，"这太可怕，而我们正生活在这种未来里。"对未来没有任何美好与积极可言，《一九八四》都是真的。那就是此刻，而我正打算拍一部关于此刻的电影。

卡梅隆：就是那部《五百年后》。

卢卡斯：是的，《五百年后》。它看起来像是未来，但其实不是。

卡梅隆：这么说，你不是一个20世纪60年代的孩子，你要比那稍早一点。但作为一个电影创作者，一个艺术家，你的成熟期正赶上了20世纪60年代后期，因此给我的感觉，《五百年后》是对那些压迫思想的直接回应，也是对作为压迫手段而兴起的技术的直接回应。

卢卡斯：嗯，是吧，同时它也是基于一种观念——我又要说了，在那些电影里有好多东西都是基于某些社会观念——但那部电影的主题，我在后来的《美国风情画》和《星球大战》也有回顾，是早期我还在上高中时就学到的东西。我上高中时的表现并不怎么好，我当时经历了一起车祸，我开始反思自己的生活，我该怎样来掌控我自己。当然，我就要上大学了，可我认为那似乎也不会给我带来任何改变。不过，只要你开始向着某个特定的方向前进，就必然会有机会出现，这是世事的规律，你只管向前推进就行。只要你向前推进了，你就会意识到，唯一的局限就在于你的思想。那就是《五百年后》想表达的，你被禁锢在自己的舒适区内，只要你愿意你随时都可以走出来，但你就是不想。你害怕。

卡梅隆：所以，你所隐喻的就是人类自身的思想监狱。

卢卡斯：对。你是被你的视野给禁锢住了——想象不出来的事情是无法做到的。所以，要开掘想象，要冲破条条框框去思考。在《美国风情画》里也是这种情况："我就要来这里上学了，来上两年制大专。我之所以不打算去那些大学校，是因为我永远也考不上。"如果你说，"我能，我打算去试试"，那你就能成功。同样的情况

对页图 乔治·卢卡斯的反乌托邦经典影片《五百年后》（1971）的电影海报。

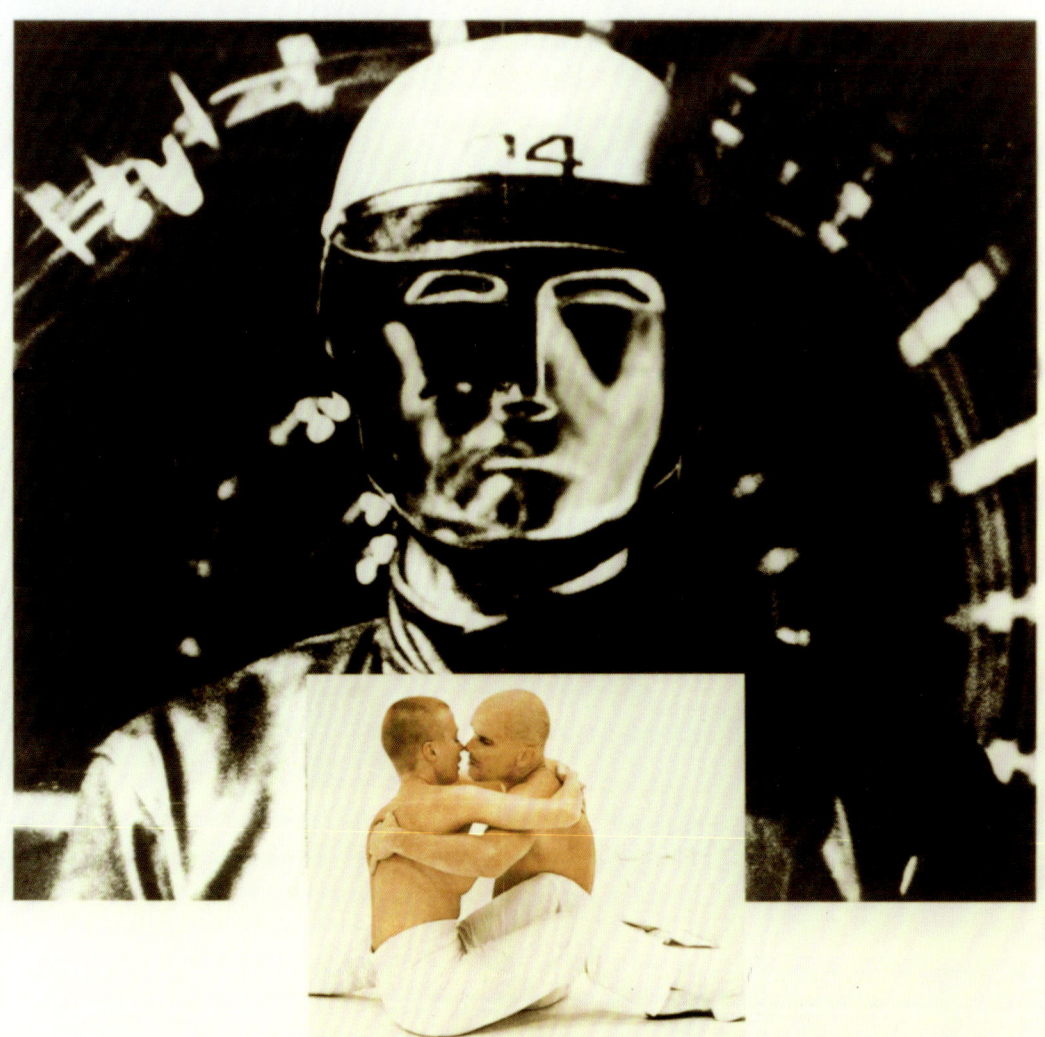

上图 罗伯特·杜瓦尔（Robert Duvall）和玛吉·麦考米（Maggie McOmie）在影片《五百年后》中的剧照。

是——"唉，我不会拍电影"，我不打算去拍院线电影。我打算去拍点艺术的、交响诗之类的东西，像实验电影人斯坦·布拉克黑奇（Stan Brakhage）做的那些一样。但不管遇到了什么样的机会，我都不会像大多数学生那样一条道走到黑。

卡梅隆：你还在电影学院的时候就早早冲破了这种束缚。

卢卡斯：我当时非常幸运，当我在那儿的时候，每个人的思想都挺自由的。那儿有些人会说："我想拍一些像戈达尔（Godard）作品那样的艺术电影，"或者，"你喜欢黑泽明吗？去拍黑泽明的风格吧。接下来尝试约翰·福特（John Ford）。"他们的思想都很开放。在学院里的某些人看来——我就不提他们的名字了——艺术范儿就得是这样。当我还在电影学院时，我的感觉是拍什么都行，给我商业广告，我就能拍广告。因为我热爱传媒，我喜欢玩这些。

卡梅隆：这就像是在我刚出道时为传奇的B级电影导演罗杰·科曼（Roger Corman）工作时的样子，我们不在乎它是一部夜班护士的电影，还是一部里面有巨型蛆虫的科幻电影。只要你有电影可拍，那就很酷了。在我们的讨论中，没有《电影手册》（Cahiers du Cinéma）这样的东西。

卢卡斯：我爱戈达尔，我也爱黑泽明。尤其是黑泽明，还有费里尼（Fellini）。但遗憾的是，那种环境已经不复存在,那种氛围消散的方式也令人惋惜。但你发现,要说是在文艺复兴时期或是在上个世纪20年代的巴黎,一群受排挤的才华横溢的人不管出于什么原因聚到了一起,就会像你那样做事。他们在同样的时间、同样的地点一下子都找到了彼此,他们之所以能相互聚到一起,是因为物以类聚,人以群分。然后所有那些作品就从这里诞生了。这就好比,20世纪70年代,那是一个多么伟大的时期,那时的我们就是这样,我们当时所做的任何事都没什么特别的。

卡梅隆:但那时有一种反叛精神,一种反权威主义精神。在我看来,《五百年后》是一部表现了些许反主流文化时代思潮的科幻作品。我是在1971年看的这部电影,印象中那时我还是一个高年级的中学生。

卢卡斯:真正看过它的人当时都处于迷幻之中。

卡梅隆:不,我当时是清醒的,那时我还没开始嗑药。

卢卡斯:《五百年后》刚好陷入《2001:太空漫游》综合征的开始阶段,那个时期的人们流传着这样一种说法:"哥们儿,哪部电影要是让你嗨了,那就是最棒的电影。"

卡梅隆:那个时代它还没被人们认识,从这个意义上说,也算是陷入了《2001:太空漫游》综合征。它后来得到了人们的认可。

卢卡斯:人们说,"《2001:太空漫游》不是一部太空电影,它是激起幻觉的电影"。

卡梅隆:看《五百年后》的时候,我透过故事主线看到了《美丽新世界》和《一九八四》,看到了被更多技术背景打造制更为精致的各种反乌托邦经典。《终结者2》里面的液体金属警察就是直接脱胎于《五百年后》里面的铬合金警察。

但这事想来也有趣,当你想到《星球大战》的时候,这部非常具有神话色彩的影片要归到动作、冒险和英雄主义类型的最远的那一头,而《五百年后》则要归到科幻坐标轴的另一个末端,反乌托邦的那一端。主线是你有一个反叛的主人公,他已经获得了某种程度的启蒙,或对那个世界产生了不同的看法。

卢卡斯:有点变成了他们潜在的那个自己在说,"唉,我做不了那个。我不能离开我的继父和我的叔叔。我必须得守着这些土地"。这就等于说,嗨,你对这个世界的影响没有你自己以为的那么大。欧比旺·肯诺比(Obi-Wan Kenobi)这样说:"行,如果这就是你想要的。"倒不是人物的命运已经被注定了,你可以根据实际情况来判断一下,然后说,"别回那幢着火的房子里去,一切都太晚了"。

卡梅隆:你提到了一个非常有意思的部分。很多电影已经开始重新诠释一个已经被设定的主人公身上的这种神话元素,这个主人公必定要成为什么,然而,还是要让时势来造英雄。他们会来到一个十字路口,然后走上其中的一条路,这就是选择,而不是命中注定,最起码我认为事情不是你所说的那样。

卢卡斯:在我的看法里,命中注定就是……你的遗传。你的基因就是你的命运,它是生物学的东西。人们常说,噢,不要把生物学搅到里头……但我们都有天赋,我们这些有天赋的人知道我们与其他人不一样,我们知道自己能做一些其他人做不了的事情。与任何一个电影人、艺术家,或诸如此类的人谈话,在你的头脑中会产生这样一种感觉,哪些事情能成,哪些事情成不了,有时你错了,但事情并非那么简单。与此同时,你遗传密码中的某些与生俱来的东西会让你用一种特别的方式来看待事情。

卡梅隆:只有在你的电影赚不到钱的时候,你才是错的。

卢卡斯:或当你的电影看起来傻透了的时候你才是错的。

卡梅隆:你知道吗?在艺术上不存在绝对裁量权这

种东西。

卢卡斯：对，我有一个坚定的信仰，艺术存在于旁观者的眼睛里。但我还有另外一个非常坚定的信仰，艺术实际上就是一种情感交流。如果你不会进行情感上的交流，那就毫无艺术可言。有种观念认为，如果某种东西流行了，那它就不是艺术，而如果它是艺术，它就不会流行。这种观念完全不对，简直是彻头彻尾的谬论。如果你能用情感吸引到上百万的人，那本身就是一件非常了不起的事情。

卡梅隆：我们来回顾一下那些对你产生过影响，并为你创作《星球大战》提供了素材的东西。显然，其中的一些是来自科幻界，还有一些是来自社会学和人类学的领域。我们能再进一步追根溯源吗？《星球大战》好像是从你的头脑中一下完全成型地蹦了出来，但其实它的根源是每个熟悉科幻的人都了解的。

卢卡斯：这个世界上没有任何东西是已经完全成型，然后再蹦进你的脑袋里的。而且对于艺术家来说，那是一个与想象力做斗争的过程——我就冒昧地用一下艺术家这个词了——你的头脑中有了一个创意，然后你要努力把它变成现实。

卡梅隆：艾德·伍德（Ed Wood）就一直在与想象力做斗争。

卢卡斯：每个人都是。你有了某种创意，你认为它一定会非常酷，接下来你就要努力把它变成现实。它在你脑海中是一种模糊的现实，但当你真把它写在纸上时，你会说，"噢，这与我梦想中的样子根本不一样啊"。

卡梅隆：完全同意。那么，你的灵感来自漫画或书吗？

卢卡斯：我小时候看漫画书，因为在我的童年时期还没有电视，也没有任何其他事可做。我喜欢各种不同类型的漫画书——都是在动作冒险类漫画大为流行之前的那类漫画，更像《小露露》（Little Lulu）的那类东西。电视刚出来的时候我10岁左右，我可以看超人和蝙蝠侠了，但他俩以及其他一些东西已经没法让我入迷了。科幻片也同样如此，我喜欢科幻作品，我会看科幻书，但我不是一个科幻迷。虽然我确实喜欢《一九八四》，还有《沙丘》……

卡梅隆：《沙丘》是一个伟大的参照点，因为我认为不少人已经忘记了，在那个时代它曾给我们所有人产生过多么巨大的影响。

卢卡斯：《指环王》（Lord of the Rings）也一样，它创造了一个"可以有自己的规则，自己的真实"的世界的概念。这非常令人着迷，实际上那也正是我喜欢做的事情。

卡梅隆：行政制度、世袭家族、行会、组织机构——

卢卡斯：全套的社会组织机构以及它们的运作方式，那才是我真正喜欢的，甚至多过于科幻的东西。我喜欢雷·布拉德伯里，也喜欢阿西莫夫，但我读的大多都是历史书。在我10岁刚出头的时候，我发现学校里教给我历史——都是些大事年表、大事记——都不是历史。我认为，历史要研究的是历史事件中人们当时的心理，以及当时他们正面临着的一些问题。他们为什么要那样做，他们当时在想些什么，以及在他们的早期生活中有过什么样的变故影响了他们，比如在拿破仑（Napoleon）所掀起的狂潮中，约瑟芬（Josephine）扮演了什么样的角色？这些都是历史的迷人之处。

卡梅隆：你的思考过程就像——一个讲故事的人，从一个角色开始写作，然后把它作为你深入历史的镜头。

卢卡斯：《荷马史诗》也是一样，它实际上是在讲赫拉克勒斯（Hercules）和大埃阿斯（Ajax）的故事。它的核心不是战争，而是这两名角色，他们是怎样反目成仇的，他们如何背弃了自己的信仰。亚历山大大帝（Alexander the Great）、拉美西斯（Ramses）……这些都与今天正在发生的事没有太大差别。

对页图 《星球大战》(1977) 的电影海报。

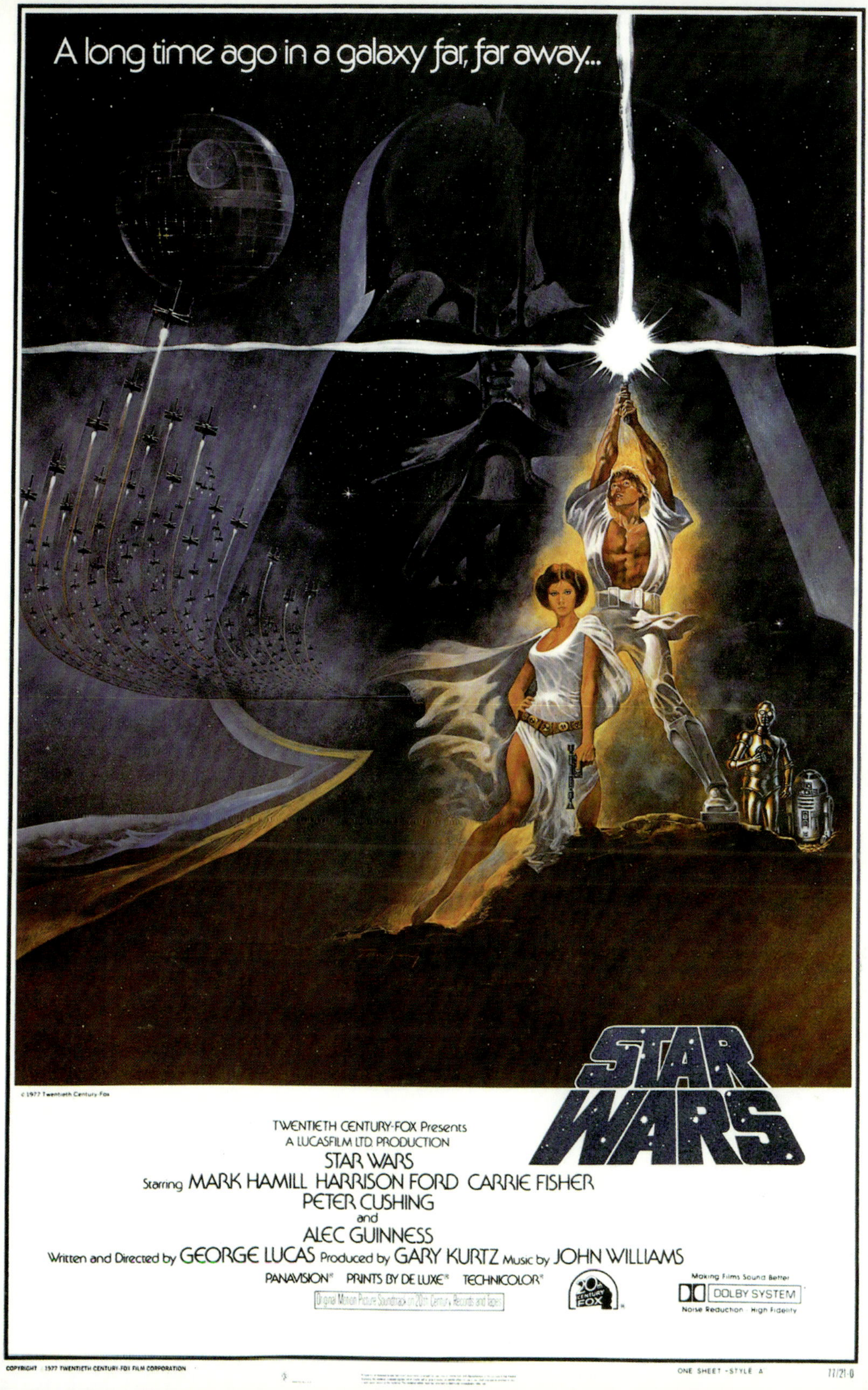
A long time ago in a galaxy far, far away...
c 1977 Twentieth Century-Fox
STAR WARS
TWENTIETH CENTURY-FOX Presents
A LUCASFILM LTD. PRODUCTION
STAR WARS
Starring MARK HAMILL HARRISON FORD CARRIE FISHER
PETER CUSHING
and
ALEC GUINNESS
Written and Directed by GEORGE LUCAS Produced by GARY KURTZ Music by JOHN WILLIAMS
PANAVISION® PRINTS BY DE LUXE® TECHNICOLOR®
Original Motion Picture Soundtrack on 20th Century Records and Tapes
20th CENTURY FOX
Making Films Sound Better
DOLBY SYSTEM
Noise Reduction · High Fidelity
COPYRIGHT 1977 TWENTIETH CENTURY-FOX FILM CORPORATION
ONE SHEET - STYLE A
77/21-0

卡梅隆：那里面提到的云中之城与之前阿里斯托芬（Aristophanes）作品中的一模一样。这种在天空中闪闪发光的城市的创意多少也是流传已久的东西。

卢卡斯：那是奥林匹斯（Olympus）。它不是一座山，它实际上高居于云中的某个地方，它就是天堂。在大学时，我研究过约瑟夫·坎贝尔，我那阵子对比较宗教学以及各族神话之间的隐秘联系异常感兴趣。正是约瑟夫·坎贝尔让我知道了，所有那些伟大神话都有着同样的心理学根源，尽管它们在整个世界上流传了数千年之久，但它们都可以追溯到同样的心理学根源上去。我之前所做的就是把我从坎贝尔那里学到东西拿来，然后再做大量研究。

卡梅隆：你实际上已经把他当成了导师了吧？

卢卡斯：我在学校时学习过他。当我在拍《星球大战》时，我又研究了他两年。我学习的东西是神话学和比较宗教学。我当时在尝试着形成一些思想，就是你或许能……从根本上把那些东西归纳到一个综合的普适概念之中，那正是坎贝尔一直在研究的。

卡梅隆：对，坎贝尔在比较神话学方面影响深远的著作《千面英雄》(*The Hero with a Thousand Faces*)。

卢卡斯：说到底，关于神和神性的思想基本上就是人类都有的一种心理需求。我不是要陷入宗教里去，我从小就是一个卫理公会教徒。当我在大学里时，我的朋友们都是天主教徒。因为喜欢天主教的那些宗教仪式，我也变得非常迷恋天主教了。那个时候他们还在使用拉丁文，那真是独特、新鲜，又怪异。离开大学后我最终皈依了佛教，然后我就开始研究所有这些宗教。结果呢，关于我对宗教的理解，我形成了一套自己的诠释方式，那真是一场自私与忘我之间的战役。

卡梅隆：在那些表述中重新定义了善与恶。

左图《星球大战前传3：西斯的复仇》（2005）的预告海报。

卢卡斯：就是善与恶的问题。差不多每一种宗教都在弘扬"善"的一面。而善的一面就是，简单说来，上帝是慈爱的。人们总是在表达这个意思，虽然换了不同的说法，但严格说来，他们始终表达的都是同一个意思。而自私是建立在恐惧的基础上的——这场战役发生在恐惧与无惧之间。因为你畏惧万物与众生，因此你要借用这样或那样的东西来掩饰它。但如果你能做到足够勇敢，对他人有慈悲之心，无视结果，那么你将会拥有幸福的人生。你的另一个畏惧之源，是你的贪婪，因而你一直都生活在无尽的恐惧当中。那会使你非常不快乐，非常愤怒……尤达、尤达、尤达。那就是最终真正的结果，你要么过一种富有同情心的生活，要么过一种自私自利的人生。如果你打算成为一个自私的人，那你将会是一个不快乐的人；如果你打算成为一个富有同情心的人，你就一定会收获幸福。

卡梅隆：但这不是星际和平，这是《星球大战》。其中还是会有冲突，尤达大师（Yoda）仍能挥舞起一把寒光四射的光剑。在电影中的某些地方，仍不得不出现一些正义性的战斗。

卢卡斯：绝地武士（The Jedi），他们不主动攻击，他们只防卫。尤达大师到了第五部电影才开始出手。

卡梅隆：但他还是出手了。所以，得有值得去战斗的东西。

卢卡斯：这里有一个终极难题，并且这个难题一直存在。你会坐等着让别人来杀掉你吗，或者换成你爱的人被杀，抑或换成你明白一旦坐视不管就会毁掉这个世界的事，你就不打算试着去阻止它吗？在某些情况下，你必须要站起来维护你所信仰的东西。很显然，我能把我的信仰变成任何一种我想让它成为的东西，它没有必要始终如一。如果一条眼镜蛇打算要攻击你，我想你会有一万个理由举起一根棍子，然后对准它的脑袋砸下去，因为不是它死就是你亡。

当然了，这是一种牛仔神话。人们总是把牛仔安排到一些困局当中，然后让他在个人价值和形势所迫的行动之间不得不做出抉择。尽管你之前遇到过各种麻烦，

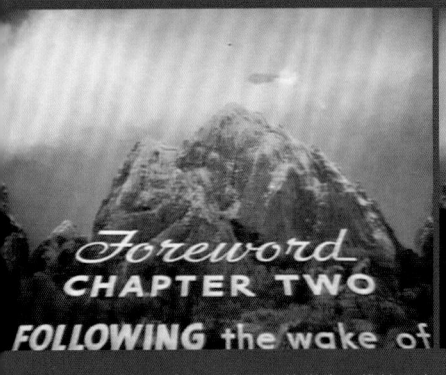

你还是得佩戴起执法官的徽章,维护正义。你将不得不再出去杀人,哪怕你之前说过,你永远都不会再干了。

卡梅隆:这是一种价值观上的冲突。

卢卡斯:而且还是一个有意思的故事。但总的说来,如果你是一个富有同情心的人,那你就站在了正义的一边,你的生活也会很美好。立于黑暗面呢,你就变成了达斯·维德(Darth Vader),然后一切都变糟了。

卡梅隆:这里面有很多社会学、道德伦理学和精神层面的主题,你选择在外太空这个巨大的画布上将它们大笔书写。

卢卡斯:是这样,《星球大战》就是从这儿来的。另一方面是,在我成长的时候,我喜欢共和国系列的影片,里面总有不少动作和悬念元素,我那时很喜欢《飞侠哥顿》。深入太空的创意则是来自《巴克·罗杰斯》的启发,尽管它很粗糙。最主要的原因可能是因为汽车,我喜欢开着车到处乱跑,所以,要是能坐在一艘宇宙飞船里那就更棒了,或者是一架喷气机。我还记得当有一架喷气机从我们的头上飞过时,我们就会看见那道尾迹,每个人都会从屋子里跑出来看它,宇宙飞船飞行时的想法就是从这儿来的。但我不想把《星球大战》变成《2001:太空漫游》。

卡梅隆:你是在反着《2001:太空漫游》来。

卢卡斯:但在我看来,《2001:太空漫游》是有史以来最优秀的一部科幻电影。它描绘出了太空旅行的精髓,里面还没有怪物。

卡梅隆:它的主题其实是在担忧人工智能终将威胁人类。

卢卡斯:这部电影太了不起了,整部影片的组合方式堪称完美。所以我说:"唉,我不打算拍一部像这样的科幻电影,这是一部伟大的电影,我到不了那个水平。"但我向它致敬的地方特别多。

卡梅隆:但你仍用了它使用过的一些电影语言,"发现号"就像从头顶上掠过去往无尽的太空,这几乎就是《星球大战》中的那个开场镜头的前身。它震惊了每个人,也包括我在内。我当时看它的时候甚至已知道那是借鉴来的,但我仍然目瞪口呆。

卢卡斯:人人都说这些东西是你凭空杜撰出来的。并不是,它不会从你大脑中一下子蹦出来,那都是你曾见过的所有事物的积累,而只是储存了下来,然后,当你将这一切消化,并且转变为自己的东西时,你选用了最好的部分。当你把这些东西放在一起时,就像化学反应,有些事情的发生是你永远都无法想象的。我与孩子们谈话时,他们问:"关于所有那些外星人的想法,你是从哪里得来的?"我说:"去水族馆吧,你们会在那儿看到。"

卡梅隆:我拍《阿凡达》时就是这么干的。我选取了海洋,我选取了自己潜水时的所见所闻,然后再把它们加进潘多拉的世界中。

对页图 12集系列电影《飞侠哥顿:征服宇宙》(1940)的海报。

顶图 《飞侠哥顿》系列电影中著名的开场字幕,乔治·卢卡斯在《星球大战》系列电影中进行了模仿。

卢卡斯：那是《阿凡达》里最美妙的东西之一。在科幻电影里，你要面对的其中一个最大的麻烦是，你必须创造出一个真实的世界，一个根本不存在的真实世界。黑泽明过去常说的话是，它必须得是毫无瑕疵的现实。

卡梅隆：我喜欢这种表述，但你把它提高到了一种新的水平。没有哪部电影曾用过"二手未来"这种创意。未来总是闪亮的、完美的，总是像圣诞节早上新拆开的礼物。甚至从反乌托邦的角度看，未来也总是纯净得不掺杂质。你说："不，未来一定已被人经历过好几千年了。"因此，《星球大战》中的沙漠爬行者（Sandcrawler）全身上下锈迹斑斑，到处都破败不堪，一切都是旧的，看起来好像有什么东西曾经在里面住过。你是怎么想到这种概念的？因为在此之前并没有先例。

卢卡斯：我只是感觉那才是真正毫无瑕疵的现实，也就是说它看起来必须像一个真实的地方。那与你处理

102-103页图 詹姆斯·卡梅隆给《阿凡达》中的人物妮特丽做的概念设计。

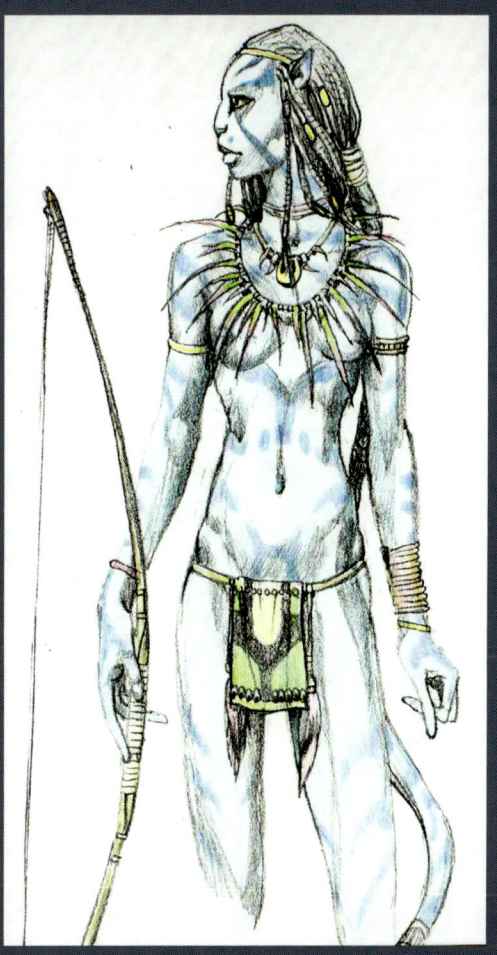

《阿凡达》时的情况没什么不同——最难的事情是构建一个世界。构建一个能让你真正开始拍摄的外星世界要花费很长、很长的时间。你当时所做的事情是，把水下世界拿过来，然后再在那个真实的世界里搭建它。我对你很了解，所以一眼看出《阿凡达》的人设来自你的潜水经历，你花了大量的时间研究水下世界。它很精彩。这部电影创造了一个非常异域的世界，但它又不突兀。

卡梅隆：十来岁的时候，我很想去太空。我渴望去太空、去其他世界、去探险——向往不同、向往新奇、向往外星人。我在骨子里知道自己永远都成为不了一名宇航员，但我当时想，我可以去学水肺潜水，前往另一个世界——那个外星世界就在这里，在地球上。对我来说，学习潜水的最初动机不是出于对海洋的热爱，那是后来才有的。真正的动机是出于对异类、异域和奇幻世界的热爱，我想去亲眼看看它，甚至触摸它。因此，这

就是为什么它转了一大圈又回到了影片《阿凡达》里。

卢卡斯：我觉得《阿凡达》里的每一只动物、每一只小虫子、每一样小东西，以及每一棵植物都是真的。你相信它是一个真实的东西，它在那个世界里真的有它的用途。我们可能并不了解它，它或许非常怪异，但它看起来就像有它存在的意义。

卡梅隆：这都来自大师级的世界建造者——你不光是创造了一个世界，你是在一个宇宙中创造了很多世界。

卢卡斯：我告诉人们，"吉姆的任务不难，他只需创造一个世界，我不得不创造出八到九个世界"。我想能四处飞的地方更多些。所以，我必须有地方可去。那就是我为什么要虚构出光速……我拍《星球大战》是为了给孩子们看。尽管吸引了各年龄层次的观众，但它本质上是拍给12岁的孩子们看的。但我并没有低估12岁的孩子，他们要比我们更聪明。你别用一种居高临下的姿态来对待他们，他们掌握东西的速度要比你快多了。要点就是允许他们尽情想象。每个人都想说："太空里是没有声音的。"让他们见鬼去吧。在我的世界里，在我的太空里，它就是有声音。谁说伍基人（Wookiees）不能飞行？我确定他们就能飞行，要冲破条条框框去想。不管有谁告诉过你些什么，不管你以前学过什么，全都抛到一边，然后说，"我能做我想做的任何事情"，我有一个幻想世界。不是科学，就只是幻想。于是，你就能做任何事，你可以修改规则。你完完全全身处于一个不同的宇宙中，然后你就能尽情享受，想出真正疯狂的东西来，这才好玩。

《星球大战》里的幻想的成分要多过科幻的成分。那里面有科学的元素，但那些科学的元素都像我所说的，"我不打算遵守规则。"我的生活主题就是，只要你能想象出来，你就能做到。我想出了光剑，我的所有那些物理学家朋友都跑过来跟我说，"一束激光会不断往前传播的，你没法阻止它，你不能让它就那么点长，那是根本不可能的。"我拍成了这部电影，然后每一个小孩都来跟我说，"等我长大了，我要造出一柄光剑。"最后的结果正是这样，一些科学家——好多年后——研发出了一柄光剑。没有别的理由，他们就是想把它给做出来。

卡梅隆：因为他们受到了那部电影的影响。

卢卡斯：他们非得改变物理学。他们非得解决那些在科学上被认为是不可能的事情，但他们做成了。他们做出来了。那也是一件没有什么实际用途的东西，但总有一天会有用的。太空服算是一个先例，为什么太空服要做成现在这个样子？如果你回头去看20世纪50年代和40年代的电影，套在那些人身上的太空服——

卡梅隆：都是紧身的。

卢卡斯：但它们的造型有一点没变，它们都带着头盔，前面有块玻璃。然后你回到现实中，让那些待在实验室里的科学家们发问，太空服应该是什么样子？"呃，我在科幻电影里看到，它们都有一个头盔。前面有块玻璃，完全遮盖住……"

卡梅隆：他们永远都不会承认那种认识是来自科幻电影里的，但那的确就存在于他们思想的深处。

卢卡斯：他们会说，当然了，我们已经见过那些东西了。现在我们必须要做的事情就是让它们变得实用。但它们看起来是什么样子我们已经知道了，而它们之所以看起来是那种样子，是因为搞这些的人都是些艺术家。

卡梅隆：嗯，切斯利·博尼斯戴尔的火箭飞船——在偏爱太空和天文学主题的画家里面，他是最有名的一位——他的火箭飞船直接取材于巴斯特·克拉比（Buster Crabbe）主演的《飞侠哥顿》和《巴克·罗杰斯》等作品。而剧集中的那些火箭飞船最早来自《惊奇故事》的封面。等到真正的登月舱出现了，并且看起来一点都不像那些火箭飞船，我们才猛然意识到，"其实，火箭登陆月球并不是这样的。"

人类历史上有过一个很长的时期，有好几千年吧，这期间我们有好多关于怪物和恶魔的故事，还有天使啊、精灵啊，以及众神的神话和童话故事。之后，启蒙运动、科学技术和工业革命的相继出现打败了魔法，使它躲到了一边。这时，你找到了一条途径，能利用技术把魔法

右图 12章系列电影《巴克·罗杰斯》在1939年第一次登上大银幕时的海报，主演巴斯特·克拉比扮演了这位无畏的星系际探险家。

又重新放回到神话、传奇、童话故事等情境当中，只是用科学的表述把它恰当地装扮起来了。

卢卡斯：其中一个问题，说到底，是你可以写出一部科幻作品，但你无法把它拍成电影。你能写出来，你能描述出各种各样的东西来，但你接下来会问，那些东西实际看起来会是什么样子呢？你可以把它画出来，然后说："嗯，这个样子挺不错，但它怎么才能运作起来呢？说实话，那些腿都长得太细了，它们支撑不起任何东西。"它看起来挺酷，接着，你就会运用真正的科学开始认真考虑它的可行性。但是在一部电影里要把它做出来是非常、非常困难的，做出它技术上还达不到。科幻的无形障碍就是技术，因此，我们又想办法去超越库布里克已经到达的极限。

卡梅隆：你推动了这项技术。在《星球大战》之前，动态控制还不存在。

卢卡斯：我们拍完《星球大战》三部曲中的第一部之后……计算机才开始出现，但它们根本就谈不上功能强大。我们只能说，好吧，我今后会在这方面花上大量的时间和大量的金钱，然后我们将会研发出一种数码的方式来处理这种东西，但此刻你还是做不了。说实话，尤达大师，他就是一个木偶啊。要把一个木偶做得看起来像是一个真实的活物，这种挑战以前还没人尝试过。当时用无线电控制眼球运动的想法以及诸如此类的东西，还只是刚开始引起人们的注意，但我仍然无法让他正常行动。我们在这个问题上投入了大量的工作，问题就在于观众已经变得越来越富有经验，能够明察秋毫，他们会看见那些吊线，所以我们必须加倍努力。我花费了不少的时间和资金来研发数码技术，主要是在工业光魔公司里，要研发出别人研发不出来的东西。

卡梅隆：你在努力让自己的想象力挣开束缚。

卢卡斯：我有这样一个容器可以把任何点子放进去。麻烦的是，我得把这些东西实打实做出来。这个问题的根本就是，我是一个拍电影的，而不是一个编剧。

卡梅隆：这点没错。我们仅有的局限就是我们自己的想象力。但如果你去看科幻片在流行文化中的发展历史，无论出于何种理由，《星球大战》都堪称一个重要的里程碑，以至于我们一直都在谈论——这种新神话在某种意义上重新塑造出，或者说，实际上是凭空创造出了一种全新的类型片。但就银幕上真实的画面感而言，它又是技术上的一个重大的突破，你能严格按照剧本，早在技术出现的十年前或者五年前，利用当时可用的手段把它完成了，而且坦白说，它有可能会搞砸。它有可能会是一部平庸的古装戏，但那些动力十足的飞船——

卢卡斯：毫无瑕疵的现实，如果你把它摆在首位，就等于你给自己竖起了一面巨大的砖墙，你必须得想法子走出来。再没有比橡胶衣更能让我发疯的东西了，而橡胶又是容易被人一眼看穿的东西。但有一个时期，你要想实现你对外星人的想象，唯一的方法就是做出一套橡胶衣。格里多（Greedo）是一个戴着橡胶面具的家伙，贾巴（Jabba）是一个橡胶做成的大家伙。哦，最初还没有他，最开始时我们把他给放弃了，因为我们想不出该用什么办法把他给做出来。我知道我没法让一个巨大的橡胶家伙走来走去，在这个地方我们做出过好几种设计，但时间和资金都耗不起了。

卡梅隆：所以你把他放到了后来的电影中。

卢卡斯：嗯，我只是把他从影片中剪掉了。场景和每样东西我都拍好了，那头怪物出现的地方我们都会让一个替身演员来代替，将来出现在影片中的会是一个电子模型的怪物。但时间和资金都用光了，当我们到了可以做特别版的时候，我终于能把那些场景再放回去了，但不是用那个电子模型角色来替换。如今我们已经有了电脑角色，于是我们说，"让我们试着把他变成一个电脑角色吧"。把电脑角色和真人演员放进同一个场景中，那是其中一个最早的实例。可怜的加·加（加·加·宾克斯，《星球大战前传1：幽灵的威胁》中的数码角色）被骂惨了，但它是第一个真正有表演和对话的数码角色……

卡梅隆：一个完整的角色。

卢卡斯：后来的咕噜也来源于此。

卡梅隆：当我第一次看见咕噜时，我意识到《阿凡达》这个在抽屉里搁置了多年的故事终于有可能拍成电影了。虽然技术还无法完全跟上，但至少已经达到了我可以推动它的程度。而你所做的将技术推向了两个前沿。其中的一个，大家都险些忘了它在当时是一个多么巨大的突破——动态控制。

卢卡斯：第一部《指环王》电影拍摄的时间与我们拍《星球大战前传1：幽灵的威胁》几乎是同时。我们去那边帮他们，我们从工业光魔派人到他们那里，他们也派人过来。我们帮他们搭建了录音棚，我们那时都是朋友。

卡梅隆：哦，我想维塔数码（Weta Digital）的总监乔·莱特瑞（Joe Letteri）当初就来自工业光魔。

卢卡斯：咕噜身上最不同凡响的地方是他的脸，他们竟然也做到了……加·加之后，我们说，"这就是做数码角色的方法了"。实际上在那之前我们就已经做过动作捕捉了，在视觉效果先锋人物菲尔·蒂贝特（Phil Tippett）的影响下。他一直用的都是一种特殊的定格动画，被称为动感定格动画（Go-Motion）的技术。当动作捕捉技术出现时，他被这个事实打击得一塌糊涂，那就像是一场大的葬礼。他说："我已经拿到我的阿莫奇（armature）了。我们把阿莫奇搭建起来，然后你们就可以把电脑角色放到阿莫奇上了。"因此，事情就这样开始了。

卡梅隆：它里面有一个人工操控和真人表演的功能——这是所有捕捉角色表演的真正核心……我想要一个表演者，我想要这个角色的背后有一个人类的灵魂，无论它是飞翔的生物，还是游泳的生物，不管它是什么，我们要把它演出来。

卢卡斯：你所获取的信息是其他任何方式都无法获取到的，而且你真的捕捉到了演员最微妙的表演。在过去，这是动画师的职责范围，尽管动画师们都非常有才

华，但动画师对人类面部，或者面部的动作的关注从来没有那么精细。而演员们有一种天赋，能理解角色的怪癖和弱点。计算机做不了这个，它得先拥有人工智能，接下来你还得教它去理解：当一个人在做那些疯狂的事情时，他心里在想些什么。这永远都不会发生。

卡梅隆：但人工智能的研发团体是不会同意这个的，他们自称很快就会研发出平均智力水平与人类心智不相上下的人工智能，那只是个时间问题。在我看来，要想达到与人类的心智不相上下，它还必须得有情感，它一定得有爱和恨。

上图 2002年上映的影片《指环王2：双塔奇兵》（The Lord of The Rings: the Two Towers）中由电脑合成的人物咕噜。

STAR WARS   EPISODE I

卢卡斯：如今人们讨论的话题是，如果它们都发狂了，你将会怎么做？如果它们失控了，决定要杀死所有的人，你要怎么做？

卡梅隆：我拍过那样的电影……我们还是说说人工智能吧。在你的《五百年后》中就有一些人工智能的角色。那些机器人警察，它们是人工智能的一种有限的形式。影片中有一种僧侣式的、精神式的角色会和你说话，一种人工智能的有限形式。

卢卡斯：那是一个人工智能的社会，只是它并不十分好用，它的人机界面非常不友好。

卡梅隆：它也不想让你成为人类。我很喜欢整个追逐戏终止——

卢卡斯：电影中的坏蛋一般都是一个恶棍警察头子，他会说："我不要管付出多少代价，你们都给我出去抓他。买一架飞机，撞进——"

卡梅隆：你把它反过来了。

卢卡斯：我把它反过来了。

卡梅隆：当抓那个家伙的预算超过了他的价值的时候，所有的机器人都停下来了。它们停止了追捕，转过身，然后往回走了。就这样放过他了。

卢卡斯：但如今我们已经有人工智能了，这也成为一个切实的话题。对于我们正在做的事情，我们真的必须得小心了。

卡梅隆：广岛和长崎两座城市的代价让我们认识到核战争是一个十分糟糕的主意。我们将来必定面临某种人工智能的大灾难，希望它到时不会把我们彻底清除干净。没点教训给我们尝尝，我们是不会有长进的。就像没有极端的天气情况出现时，我们就意识不到气候的变化。

对页图《星球大战前传1：幽灵的威胁》(1999)的首张电影海报。

卢卡斯：我不断在告诉人们，我说，我们拯救不了这个星球。人们会说你在开玩笑吧？因为我们没有任何力量去拯救任何东西，但这颗星球会安然无恙，它将来看起来会与火星很像，但它会很好的。谁知道呢？火星以前也许就像地球一样，但后来失去了它的大气……我仍然认为人们将来会在火星上找到生命。对此我确信无疑，将来生命会遍布整个太阳系的。

当我们开始在《星球大战前传1：幽灵的威胁》中讨论纤原体时，每个人都不喜欢它。这部电影整体在讲一种共生关系，它让你看到并且明白我们并不是那个发号施令的。那里面还有一个生态系统。

卡梅隆：在我们体内本来就有一种被称作肠道微生物组的生态系统，只是不久前人们才开始了解了而已。

卢卡斯：接下来的三部《星球大战》本打算引入一个微生物的世界，但这个世界里的生物的运作方式与我们不同，我把他们叫作威尔人（Whills）。而威尔人才是真正控制这个宇宙的物种，他们靠原力活着。

卡梅隆：你是在创立一个宗教啊，乔治。

卢卡斯：回想当时，我常常说，说到底这意味着是我们只是汽车或者说交通工具，载着威尔人四处旅行……我们是他们的航船，而纤原体是管道。纤原体是那些与威尔人交流的生物。威尔人，照一般意义来说，他们就是原力。

卡梅隆：但你是在把细节和一种科学的表象放置在一个堪称是永恒的理念的周围，那就是精神、灵魂、天堂、因果关系……不过在你构建世界的过程中，你正在往原初返回，回到精神、神性，等诸如此类的东西上。

卢卡斯：所有东西——包括原力、绝地武士，以及各种东西——都回到一个大的概念上来，即把事情是如何发生的从头至尾和盘托出。但我永远也完成不了了，我永远都没机会给大家讲这些了。

卡梅隆：这就是创世神话，你不可能搭建出一个没有创世神话的世界。每一种宗教，每一个神话都有它自己的创世神话。

卢卡斯：如果我当初留住了公司，我就有可能完成它了，然后整个故事也就完整了。当然了，很多影迷可能会反感它，就像之前他们反感《星球大战前传1：幽灵的威胁》和其他事情一样，但至少这个故事可以从头至尾地被完整讲述出来了。

卡梅隆：你不是为他们工作的。

卢卡斯：我不再为他们工作了，我也不再为任何人工作了。我如今是一个自由人了，我有我自己的意愿。

卡梅隆：我不认为一个电影创作者是为了他的影迷工作的。我认为电影创作者自始至终都是在为自己工作，把他们头脑中的东西试着搬到大银幕上……我想再回到人工智能这个话题上，因为你在流行文化中留下了两个最耳熟能详的人工智能角色，R2-D2和C-3PO。他俩都是人工智能，他们都是人造的，而且都很聪明……

卢卡斯：我仍然有一种强烈的感觉，机器人是我们的朋友。但他们可能不是。

卡梅隆：我靠他们来挣钱，但不把他们当朋友。你也靠他们来挣钱，而且还把他们当朋友。

卢卡斯：我说过，我们要看到机器人好的一面、有趣的一面，尽管我也知道它们有不好的方面。但同时，这也可以说是，怎么讲呢，我们终将生活在一个有机器人和人工智能的世界里，我们不妨习惯它的好，而不应该去怕它。如果情况变糟了，原因也在我们，而不是它们。它们将来会是我们的一面镜子。

卡梅隆：普京不久前说过，在人工智能上占优势的国家将会统治世界。但要说起统治世界，这样的人目前我还一个都不认识。

卢卡斯：我甚至都不懂"统治世界"是什么意思。自问一下，在《星球大战》中，各家的终局都是什么？西斯（Sith）的终局是把世界带进一个极端自私、自我为中心、贪婪和邪恶的地方，与其截然相反的是一个充满同情心的地方。

卡梅隆：但你电影里的坏蛋都是人类或以人类为基础的变体，他们都不是人工智能；而关于好人呢，你只关注了机器人的积极作用，这很有意思。因为目前正是在这方面，在老人陪伴、机器人护士和医疗助理上正在取得巨大的进展。

卢卡斯：它们会非常有用。它们将来会给我们开车，会把我们的生活变得更美好。一旦它们开始自我复制了——这样的故事我们不知听了有多少遍——很可能就是你出故障了。这个故障，怎么说呢，你才是所有问题的"始作俑者"。比如，巨型计算机得了头疼病，开始四处杀人。但更可能发生的情况是，它们所服务的人类会指使它们变坏。一台机器如果不是有了故障，它本身是不会得变邪恶的。而我们必须教会它们去同情别人，我们必须认识到，如果我们教会了它们相互同情、相互帮助和相互友爱，这个世界才会更好。这全得靠人类自身，但人类就是不够聪明。

卡梅隆：我们能聪明到足以创造出比我们聪明的东西。

卢卡斯：我们正在制造出某种在智力上将会超过我们的东西，但在情感上我们一万年也没有什么变化，这就是问题所在。我们还没有学会不去杀人，过了一万年我们甚至都还没学会。你看过《蠢蛋进化论》（Idiocracy）吗？

卡梅隆：我们此刻正生活在《蠢蛋进化论》中。你探讨过科幻世界中的生活吗？所有的蠢事和极端事物都被科幻文学探究过，其中有不少我们此刻正在经历……你在政治体系、社会制度和人文系统的分析上是一个非常固执己见的家伙，而且你的表达方式是以一个艺术家的身份通过科幻来表达。在《五百年后》中，你打造出了伙称作恐怖分子。

卢卡斯：是的。

卡梅隆：所以，这部电影非常反权威主义，颇有几分 20 世纪 60 年代反独裁的意味，但它深藏于一个奇幻故事之中……如果你看看我们国家成立之初，那就是受压迫者与庞大帝国之间的一场非常高尚的较量。你再看看现在的局势，美国已经非常自豪地成为这个星球上最大经济体，以及拥有最强大的军事力量——从周围世界很多人的角度看，它已经变成那个庞大帝国了。

卢卡斯：嗯，在越南战争期间它就是那个帝国。从二战后的每件事情上看，我们就是那个大帝国。事实证明，我们从来没有从大英帝国、罗马帝国，以及历史上覆亡的十几个帝国身上吸取教训。

卡梅隆：帝国注定会覆亡。它们覆亡的原因经常都是领导的失败或政府的无能。你有一句很棒的台词，"因此，民主就是这样伴着雷鸣般的掌声，离我们而去"。这是在科幻的语境中对民粹主义的一种谴责……再绕回到这个话题，太空对很多人来说意味着很多东西。对你来说，它是一张用来创造其他社会和其他文明的空白画布。对拍摄《火星救援》的雷德利·斯科特来说，它就是科学：我们将会利用科学来走出这个困境。那部电影是在科幻坐标轴上的另一个尽头。

卢卡斯：他所做的几乎也是同样的事情，那就是，外面有很多我们所不了解的东西……要幸存下来有两个关键：一个是你必须移民；另一个是你必须适应。现在，我们正坐在这儿，在这个星球……

卡梅隆：我们已经没地方可移民了。

卢卡斯：所以才要考虑太空移民。我们必须得去另外一个太阳系，我以前常说那地方应该在几百万年的旅程之外，但或许也没那么远，或许我们在一百万年之内能到达那里。我的意思是，宇宙中有很多秘密，但我们什么都不知道。有一件事我可以完全肯定，我们一无所

上图 乔治·卢卡斯的镀铬警察在《五百年后》中被描绘得心狠手辣。

一面镜子，这面镜子既被你推到了很远的远处，又被推到了遥远的未来，但你又把它拿回来给我们看。我们说，噢，我们永远都不会像那样。除非，我们已经是了。

卢卡斯：那正是《五百年后》所要表达的东西。这部影片的宣传语就是"未来已然来临"。当我终于开始做《星球大战》时，我把这个故事放到了一个很远、很远的星系里，时间定在了很久、很久以前。因为一旦你说它与我们之间有关联，人们就开始坐不住了。但如果在你看它的时候，你能把它当作完全游离于我们所了解的这个世界之外的东西，你就能毫不抵触地接受那些信息，甚至会对它有几分欣赏，但信息其实还是那些信息。

卡梅隆：但如果要仔细想想，你用《星球大战》做了些非常有意思的东西。你创作了一些遥远的未来或遥远的过去或遥远的地方的镜头。好人都是反叛者，他们以寡敌众，对抗高度组织化的帝国。如今我们把这些家

知，科学家们也一无所知。

卡梅隆：科学家们甚至连宇宙中的95%的物质都接触不到，我们只知道其中的5%。

卢卡斯：对于有待了解的事物，我们只知道5%，我们还有很长的路要走。还有很多东西，很多会使我们异常震惊的东西有待于我们去发现。在某些情况下你必须先做出假设，然后我们才能实现它。但如果你不开始向前迈进的话，你就做不了。我常说，想象不出来的事情是无法去做到的。

卡梅隆：科幻是不是一条集体开始想象之路？

卢卡斯：想象力，需要通过科幻来践行，或者通过某种文学体裁、艺术形式、某种能使你真正不被传统所束缚的艺术来实现。科学通常诞生于当人们不为传统所束缚时，某些最好的科学更是如此。

卡梅隆：那些受过科幻启发的人——我认识好多太空科学家，估计你也是——几乎每个人都说"我是在科幻的浸润下长大的"，或者说，"科幻启发我去思考那个更宏大的宇宙，如今我把它变成了职业"。

卢卡斯：科幻基本上一直是在说，一切无极限……科幻不是告诉我们，想象此刻正在发生什么，以及我们都知道点什么；而是让我们来想想我们能做的事情的可能性，或者可能会发生什么事，可以是任何事。科幻锻炼和刺激了我们的想象力，而这将会帮助人类进步，带领我们进入一个迥异而又更美好的世界。它可以被看作一种文学形式，它同时也是一种艺术形式。当然，最主要的是艺术形式，因为科幻告诉我们，我们可以尽情想象各种事物。就像《星球大战》一样，我说过，"我要让宇宙飞船到处飞，它们将来应该是这个样子，而这一定会非常奇妙"。

卡梅隆：而且你还能在一天左右就飞到另一个星球去。

卢卡斯：我身边的家伙对我说："我们怎么可能做成这种事？"这就是科学家的想法。

卡梅隆：爱因斯坦说任何有质量的物体的行进的速度都不可能超过光速，然后你在一个镜头中就把这个理论抛到了一边。"没问题，跳转到光速。"可以说，我们不打算遵守那些物理规则……你认为宇宙中有外星生命存在吗？

卢卡斯：肯定存在，但我认为它们是细菌。细菌是唯一掌握了太空旅行的生物。老天做证，我敢说它们能从其他星系到达这里。

卡梅隆：它们能四处漂浮长达一百万年之久，然后再苏醒过来。

卢卡斯：天知道它们能活多久。你可以把它们冰冻再解冻，但它们的生命形式与我们一样。

卡梅隆：你说的是有生源说（panspermia），这种思想认为生命可能起源于地球并传播到了其他地方，或者可能起源于火星，比如说被小行星撞击后，飘落到这里。

卢卡斯：它能在任何地方生长，但它也能传播到任何地方去，而且它要比人类坚韧得多。它虽然只是单细胞生物，但它却非常强大；它很快，它能比我们更快地思考，在各种各样的事情上它都能做到比我们优秀；它是一种不同的生命形式，而且我认为我们甚至都还没把它搞明白，不知道它是怎样与自己互动交流的。

卡梅隆：我们俩的身体里都有一到两公斤的细菌，它们与我们是共生关系，做着很多有益于我们的事情……我认为恐龙出现之前的那些远古时代被我们低估成了很短的一段年份。实际上，仅有单细胞生命的时代长达25亿年之久。地球上多细胞生命的历史大约只有7亿年左右，在整个宏大的历史进程中这段时间并不算长。

卢卡斯：我曾与很多科学家交谈过，我对于单细胞生物向着多细胞生物过渡的阶段很感兴趣，他们还正在研究中。现在，他们已经开始给细菌的 DNA 测序了，而且意识到细菌有上十亿种不同的种类，每种的生命活动都有所不同。我想，这将会是我们所经历过的最大的医学上的改变。当然了，我趋向于这种观点，细菌促进了线粒体的出现，然后线粒体又促进了多细胞动物的出现。

卡梅隆：那么，这就不是巧合喽，线粒体听起来有点像是纤原体。

卢卡斯：纤原体就是线粒体。

卡梅隆：线粒体真是令人惊奇。看看，你的作品不仅涉及神话、宗教和灵性，还都给它们加上了科学的措辞。

卢卡斯：应该是线粒体和叶绿体的综合效应，叶绿体是植物生命的线粒体[1]。如果你把这两者结合在一起，那就是所有能量的来源。

卡梅隆：你之前对我说你不是一个科幻迷，但你做的，就是经典的科幻。

卢卡斯：我就像一个坐在自己庄稼地里的农夫，念叨着，假设一下会怎样？然后线粒体出现了，如果它们获得了足够的能量，那它们就能促进细胞分化。一旦细胞分化实现了，那么就能产生出整个生物界。

卡梅隆：这样，任何复杂的东西都将可以被制造出来，包括人类。

卢卡斯：这里并没有贬低单细胞动物的意思，因为它们的数量其实更多。

卡梅隆：一点没有那个意思。难道我们不愿意让又大又酷的生物与动物、智慧物种之间相互接触、交流、影响吗？

卢卡斯：这个话题，就在我卖掉卢卡斯影业（Lucasfilm）之前我都还在琢磨。大家都极其反感前传电影系列中纤原体的这部分——我大概想出了一个解释它的方式，而且不会惹恼每一个人。因为我知道你看不见它，但你也看不见原力。它虽然是很强大的东西，但你却看不见它。

上图 乔治·卢卡斯在《星球大战前传2：克隆人的进攻》（2002）的片场给演员安东尼·丹尼尔（Anthony Daniels）导戏。

---

[1] 原文如此。植物细胞中也有线粒体，但卢卡斯在这里也许只是一种比喻，因为他后文提到线粒体和叶绿体在一起。——译者注

卡梅隆：但里面的外星人都是宏观的外星人，想想格里多和加·加以及其他那些家伙，不都是吗？我想在影片叙事中，他们就是我们的影子。如果我们真的在别处发现了一个智慧物种，它可能与我们之前所想象的任何样子都不相同。

卢卡斯：我知道我们将来会发现其他生命，而且我也知道它一定会是细菌，我还知道我们将会发现它无处不在。我唯一要说的——也是这整个问题中的关键之处——细菌，它们要比我们聪明得多。

卡梅隆：是啊，它们存活的时间要比我们长久得多。这既是它们的聪明之举也说明它们本身就很聪明。

卢卡斯：但重点在于……共生关系。我个人认为，在这个世界上，我们都该有的一个核心价值观，也是我们该教给孩子们的，即生态的概念，要理解我们都是息息相关的。别管其他那些神秘的东西，它就是这么简单，我们是一个共同体。你对这里的某个人做了什么，它就会影响到那里的某个人，以及其他的各个地方，最后还会回到你身上。你要了解你是一幅宏大蓝图中的一分子，而且只是很小的一分子；你是一个齿轮，你只是这宏大蓝图中的一个小小的齿轮。

卡梅隆：但这种联系中也有美，也有权力赋予的问题。

卢卡斯：整套想法中我喜欢的一点是，我们被统治着，而且这个宇宙中的征服者是那些小小的单细胞动物。但它们依赖我们，我们也依赖它们。而且这种观点表明，原力——我们说它就在你周围，它控制着我们，我们也控制着它——这是一种双向沟通。

卡梅隆：但在某种意义上，你所谈到的内容其实就是在说同理心。你也谈到用同理心来对抗恐惧，用同情心来对抗霸占欲，这就是善与恶的二分法。人类有争强好胜和带有侵略性的一面，但也有共同协作的一面，它能让我们在一起工作，一起狩猎，一起培育食物。这两个方面总在我们内心争战不休，你观察到这些后，然后在一个横跨银河系的大背景中来书写它。

卢卡斯：事情之所以会是这样，是因为我们有大脑，我们早已被赋予了感知自己命运的能力——因为我们会思考——才有了这种二分法。蚂蚁没有这种二分法，虽然它们也有类似的共生关系，但那都是程式化的。它存在它们的DNA里，存在它们的激素中，都在那些地方。它们不会尝试着对这个贸然发表意见，它们不会说："为什么我要做这个？"但人类就会这样。

所以，我们都有两面。我们动物性的一面是原始的一面，大多数动物也都这么行事。它们都非常具有侵略性，它们会杀死其他动物后把它们吃掉，它们都在为获取优势而战斗。然而在另一方面，它们又会哺育后代。当然，有些会做得差些。但这就是它们富有同情心的一面。人类呢，我们之所以能够生存下来除了靠我们的大脑，还有我们的同情心。在我们所生存的这个世界里，我们在养育后代这方面要高于……任何其他一种动物，因为我们生来就会哺育后代。如果我们不会做这种事，或许人类早就夭折了。

卡梅隆：这是因为我们有一个"大"大脑。由于我们有一个很大的大脑，所以我们在学会走路并赶上部落里其他成员的步伐之前，要花上好几年的时间。也因此，我们不得不去照看那些什么都不会干的婴儿。

卢卡斯：说得很对。但问题在于——你为什么要这样做？

卡梅隆：因为我们有一个"大"大脑，而人类的产道只允许生出来这样大小的脑袋。因此，大脑必须在离开母亲的身体后继续发育，而其他动物就没这个麻烦。

卢卡斯：那只是技术层面的解释。更重要的，因为我们的样子可爱、美好。

卡梅隆：因为我们太可爱了，部落里其他成员就不会把我们杀了吃掉。

卢卡斯：大部分人都不会养蟑螂，但我们会养一只小猫，也会养育婴儿。

卡梅隆：万一我们遇到了一个外星物种，它们看起来更像是蟑螂而不是婴儿，该怎么办？

卢卡斯：我们可能不会想养它们。

卡梅隆：所有友好的外星人都是婴儿的样子，他们有光滑的皮肤，大大的眼睛……

卢卡斯：就像 E.T.。

卡梅隆：是啊，不是吗？就算 E.T. 的皮肤不算光滑，他的眼睛非常大。但你等于是在说外貌在我们与他人的关系和对他人的移情反应中起着决定作用。在我们遇到长得完全不像我们的外星种族时，这种因素又会起到怎样的作用呢？

卢卡斯：我从来没遇见过外星人。

卡梅隆：但在你的电影里他们可不少。

卢卡斯：正如我说过的，如果我去游泳，或者我到森林或动物园里去，遇到了很多的动物，对它们中的有些我会产生同理心，但另一些就不会。

卡梅隆：我也会这样，我忽然想到从广义来看这个问题，你对待人工智能、机器人，以及外星人用的基本都是同一种方式，体现了一种典型的现实主义的认知观，毕竟所有这些都是社会的一部分。

卢卡斯：它们中有些是好的，另一些是坏的。

卡梅隆：它们有好有坏。它们要么站在你这边，要么反对你。它们要么是伙伴，要么在为敌对一方做事。这无关紧要，因为它们从本质来讲也是人，它们都只是角色。

卢卡斯：这就是我的方式。与我 4 岁大的女儿交流时我也这样——有一个阶段她非常讨厌虫子，于是我跟她说，"它们看起来多像人啊"。它们不会伤人的，一只苍蝇是不会伤害人的。"他"只是四处乱飞，并不是什么危险的东西。你只需说一声，"去去去，飞一边去，不要来打扰我"。如果你用这种态度来对待它，那就会少了很多恐惧。我也告诉她蛇并不全是危险的，蜘蛛也不全是。这些东西里有些是危险的，有些并不危险。危险的存在并不意味着你见了蜘蛛就得怕，或见了任何动物都得怕，甚至见了任何人都害怕。呃，也许应该害怕所有人。

卡梅隆：我没发现你已经变成这样一个不愿与人打交道的人了，乔治。

卢卡斯（笑）：但人总该接受一切事物的本来面目，并对其持一定的怀疑态度吧。当然，人必须得融入这个世界。

卡梅隆：那么，在你的《星球大战》系列电影里有很多看着像怪物的家伙。你的一个舰队司令长着一对突出金鱼眼，就算你把他放到一部怪物电影里，他可能都是一个够格的怪物。但偏偏他不是一只怪物，他是个好人，他是叛军的首领，而你能让人一下子就把他当成一个盟友。这像是在表达这样一种思想：如果我们真遇到了智慧外星人，我们一定能与他们和谐相处并与他们进行交流。

卢卡斯：这个我说不好。楚巴卡（Chewbacca）是一个又高大又吓人的家伙，但他是个好人。他既有趣又随和，但有些人还是怕他。

卡梅隆：他能把你的胳膊扯下来，你是不会想与他为敌的。

卢卡斯：但同时，他也是个另类。我们有很多另类，他们中有些是坏人，有些是好人。但你不能把所有另类都归到坏人里，重点就在这儿，因为别人无论长成什么样子，你都不能以貌取人。

卡梅隆：这难道不是在以科幻的方式来进行社会批评吗？这不就是在说，嗨，你遇到了某个来自另一种文化的人，他们看起来和你不一样，他们的皮肤是其他颜色的，他们不相信你所相信的那些东西。而外表的差异只是感性的认识——你不可以以貌取人。这不正是科幻的强项吗？

卢卡斯：这种动物或这种生物有可能会成为你的朋友，它可能会对你非常有用，你不应当只因为他长的样子不像你就排斥他。这是《星球大战》中随处可见的一个主题。只凭他们的样子看起来不像你这一点，并不能判断他们就没有用，这是这部电影的一个重要话题。

卡梅隆：我认为科幻电影在呈现这些社会主题方面非常成功。例如，增强妇女权益方面。好莱坞（Hollywood）在这点上做得并不太好，当然在西部片里就做得更不好了，特别是以前。随着《星球大战》的出现，你创造了一个由已故女演员凯丽·费雪（Carrie Fisher）扮演的莱娅公主（Princess Leia）的角色，同时有两个家伙争先恐后地想要保护她，她一边对着那些坏蛋开枪射击，一边寻找逃出死星的出路。这可以称为一个空前的创举。

卢卡斯：她是一个参议员，她上过大学，她是一个非常聪明、非常善于管理的人，而且她的枪法还不错。至于那两个家伙——一个天真幼稚、少不更事，没文化；另一个自以为什么都懂，其实他什么都不懂，而她才是那个了解一切的人，她才是那个推进故事向前发展的人。阿米达拉女王（Queen Amidala）也是一样，她让魁刚·金（Qui-Gon Jinn）在某种程度上成了她的本·肯诺比（Ben Kenobi）。但她是这群人里最睿智的一个，她是所有那些角色中真正意义上的女主人公。

卡梅隆：我之前问过雷德利·斯科特，问他是怎么想到把《异形》中的蕾普莉安排成一个女性角色的。他说那是20世纪福克斯公司（Twentieth Century Fox）当时的总裁艾伦·拉德（Alan Ladd Jr.）的主意。我认为这不是巧合，《异形》是在《星球大战》两年后拍摄的。福克斯依靠这部电影赚得钵满盆满了，电影中出现的是一位坚强、智慧、行事果断的女性，她既不会向那些家伙低头，也不需要他们来拯救。她领导着他们，通过藏匿计划，她成了整个毁灭死星战役的制造者。

卢卡斯：我在20世纪福克斯一直都秉持这种维护女性权益的观点，尤其当我们拿到电影周边的角色玩具时，我坚持要他们把莱娅公主的玩偶做出来。如果你给那些角色排个名次，她可是主要角色啊，这只是能不能让观众信服的问题。你提到了白人特权，但实际上男性特权一直才是问题。男性特权甚至更糟糕，因为它与性冲动、自负，以及这样那样的玩意紧密联系在一起。出于某种原因，尤其是在美国，男性特权一直都是重要话题。

卡梅隆：但你不认为那正是科幻作品非常强大的一个方面吗？它不正可以让你去一个地方、另一个时代、另一个世界，去看一些不同于你成长的方式和不同于你所处的文化背景下的东西吗？也许女性可以更强大，或者拥有更多的权力；也许同性恋者更为强大，更拥有自由的权力；也许有色人种更强大，或者拥有更高级的社会地位？也许，科幻作品的魅力便在于可以带领人们在一个瞬间摆脱现有的条条框框，有所领悟。

卢卡斯：《星球大战》距今有40年了，但莱娅还是那个领军人物，然后才是其他那两个家伙。

卡梅隆：在你拍这部电影之前，写这个剧本之前，这样一个坚强的女性人物在你内心中有原型吗？她是不是出自于你的家庭，是你的祖母吗？

卢卡斯：我得说是我的那些姐姐妹妹。尤其是比我小三岁的妹妹，她很难对付。我们过去常常打架，一起生活的那段时间就没断过。那个角色的火爆脾气就是从她那里来的。

卡梅隆：太空是一个你想让它变成什么它就可以变成什么的地方，我一直都在思考这种观念。它是一个可以让我们把我们的幻想、创意，以及我们的社会投射到那里的浩瀚的未知领域。我们既可以利用它搭建出一个完整的异域文化，又能把我们需要解决的问题直截了当地摆在那里。一方面,我们有像《2001:太空漫游》和最近很火的《火星救援》这样的硬科技电影,说明人们还是非常关心太空旅行遇到真正问题时的解决办法,也非常关心它将会给我们人类带来什么样的作用的;而在科幻坐标轴的另一端,那里有能让人尽情释放想象力的更大的空间。对这个问题,你怎么看?

卢卡斯:不管电影怎么来拍——《2001:太空漫游》也好,《火星救援》也好——它们都是智慧探险,说到底都是探险,大妖怪就是未知领域。"我打算去西海岸,看看那里都有什么,会发生什么事情。""我打算横渡大洋。如果我们没被海浪吞没,我们会看到那边都有什么。"这就是大探险。我们不知道它意味着什么,但我们还是打算完成它,因为它很有意思。

卡梅隆:但也很艰苦。

卢卡斯:然后你就了解了另一个世界,它可能会是梦幻、海盗,以及各种各样的东西。这边是有趣的探险,甚至连12岁的小孩都可能喜欢它,那边则是另外一种探险。但两种探险都在试图弘扬这样一种面对现实的思想:我们必须走出去,我们必须这样做。

卡梅隆:没错。

卢卡斯:这也是神话的意义所在。神话通常会给我们讲一个并不真实的故事,但这个故事会带给你一场历险,它往往会激发出你想象的火花……《2001:太空漫游》对我的影响大到连我自己都没意识到,我彻底被这部电影给振奋了。但《星球大战》在这方面效果更好,它振奋了无数的人。

卡梅隆:就因为《星球大战》,我才成为了一个电影创作者。开始于《2001:太空漫游》,但真正让我热血澎湃的是《星球大战》。

卢卡斯:但振奋人心的不完全是电影创作这方面,而是"让我们迈向外太空"。

卡梅隆:是这样。

卢卡斯:如今我们要用它来应对现实问题,这就是为什么火星变得越来越重要了。但我们得让人们理解,"这是一次探险"。如果我们没用这些电影告诉他们,"这是一次探险,这真的会很有趣",你认为人们会笨到乘坐一艘飞船,飞到一个除了一堆堆的红土之外一无所有的火星上去吗?不会!你得努力把这种想象带给大家,那可能会是一次有趣的探险。

上图 在雷德利·斯科特的电影《火星救援》(2015)中,马特·达蒙在准备"利用科学使其逃生"。

上图 在电视系列片《詹姆斯·卡梅隆的科幻电影故事》中，乔治·卢卡斯接受詹姆斯·卡梅隆的采访。图片来源：迈克尔·莫里亚蒂斯/AMC

卡梅隆：火星非常像塔图因（Tatooine）星球，它是一个很难生存的地方。

卢卡斯：但关键在于，即使环境条件和每件事情都不理想，只有学会在火星上生活，我们才能让地球得以恢复。

卡梅隆：是啊，希望如此。

卢卡斯：我们这里的系统出故障了，实际上我们还可以修复它。如果我们去了土星的哪个卫星上，或者其他什么地方，我们就一定得学会适应那里的环境——那会让我们对周围的环境加强注意，而不是心安理得地予取予求。你会意识到每件东西与每件东西之间都是相互联系的，一旦某个东西出问题了，那就像毛衣上的线头被扯出来了一样，一切都会分崩离析。

卡梅隆：它会被拆散了。

卢卡斯：你必须去了解那些我们之前不懂的东西。

卡梅隆：我们了解它，只是在社会层面上还没有把它体现在我们的政策中，我们辜负了它。

卢卡斯：了解它的人还远远不够。但我要告诉你，如果我们去了火星上，我们一定会开始在那里拍纪录片——我相信人们马上就会明白代价是什么。《火星救援》就有点像这种事。它告诉你，你必须自建一个生态系统。而且这个系统必须得起作用，而每样东西又必须得适合这个系统……你必须进行调整。基因剪接以及诸如此类的各种各样的东西都用上，这是调整的初级阶段。

卡梅隆：从你的谈话中可以得出这样一个结论，适应就意味着改变。我们可以在物种层面上进行改变，在生理上、心理上，以及思想上都发生改变。

卢卡斯：是啊，我确信我们可以……有一样东西是人类从来就有的，即我们一直都有的想象力。我们也一直都存在恐惧这个问题，恐惧支配着一切。因此，我们所能做到的事情就是编故事，以使我们淡忘恐惧。"太阳还会再升起吗？""噢，对了，那不是太阳，那是一个神祇。他总是乘着一辆战车四处奔波，而且他一定会回来的。"在早期的世界里，萨满（shaman）就是专门负责讲故事或者解谜的人——他们会解释羚羊为什么在一年中的这个时候出来，而不是在那个时候出来。

另一方面，夜空对早期的人类来说非常重要，夜空中总是隐藏着巨大的秘密。那上面有很多东西，那些东西一定有某种含义，但我们不懂它们都是什么。所以，人类就有了好奇心，是好奇心和想象力把像故事这样的东西带给了我们。我们用编造故事来解释，头顶上所有那些点点亮光是什么东西……它们是如此神秘，恒星、行星，所有我们在天空中看到的东西。

卡梅隆：你所说的这些东西对我们的召唤要早到——

卢卡斯：人类最初的初期。

卡梅隆：数十万年、数百万年之前，你所说的这些是一种最早的吸引力，那是一种神秘的联系。

卢卡斯：与星空建立起的一种神秘联系，我们一直都对这些感兴趣，那里的一切都是怎样运行的？它究竟是什么东西？它就像我们头顶上的盖子，而我们都身处于一个小小的咖啡罐子里，每当我们仰望星空的时候，我们都会问，"那究竟都是什么东西？"

卡梅隆：然后伽利略和开普勒两位天文学家出现了，他们说："那里不是一个圆顶。天空是没有尽头的，那些东西之所以在天空上面四处穿行，是缘于某种被称作万有引力的东西。"于是我们或许能到达那里的想法，一下子就变成了某种对人类来说非常具有深远意义的挑战。

卢卡斯：大部分的古希腊诸神就住在那里。

卡梅隆：这也是行星要用古希腊神祇来命名的原因。金星（英文名意为爱神维纳斯），火星（英文名意为战神马斯），都是如此。

卢卡斯：不过它们也一直都是我们想象中的一部分……我们对银河系的样子有一些粗浅的认识，但比银河系更远的地方又该如何去想象呢？那边还有多少个宇宙？又回到那个问题了，我们的面前有两条路，一条是科学，另一条就是我们的想象……宇宙的概念或宇宙本身不光是有趣，它实在是太让人百思不得其解了。比如，大爆炸之前发生过什么？那时都有什么东西存在？这里面有太多的疑问，而我们甚至连答案的边都摸不着。总有一天，这些问题的答案都会陆续浮现出来，到时我们一定会大吃一惊的。

卡梅隆：希望都是好的方面。

卢卡斯：肯定会令人惊叹不已，也应该没有什么好与坏之分。但它究竟会是什么样子，我就不知道了。

卡梅隆：这不正是我们试图用电影来解决的问题吗？捕捉到那么一点点令人敬畏的东西，然后把它放进电影院里。

卢卡斯：那是史蒂文·斯皮尔伯格所做的事。

卡梅隆：你也在做这个，只不过是方式有所不同，你把我们带到了一些不同的世界里。

卢卡斯：哈，我敢保证在太空中没有伍基人。

卡梅隆：你又怎么知道呢？在无垠的宇宙中，一切皆有可能。

卢卡斯：当你深入其中，它就超出了神话和讲故事的范畴，它也超越了科学的范畴。它所进入的是一个极其神秘的领域，对此我们还无法解答，那就是哲学。我会避开宗教的成分而称它为哲学——它就像一个上面被打了很多小孔的巨大的罐头盒子。

时间旅行

莉萨·亚斯泽科

1963年，BBC首播《神秘博士》（Doctor Who），这部电视剧的主角是一个名自伽里弗雷（Gallifrey）星球的"不着调"的时间领主，他可以凭借一架伪装成英国警方电话亭的时间机器穿越时空旅行。剧集旨在通过主人公的冒险经历给观众讲述历史。但随着博士与他的人类同伴开始探索宇宙，并与企图跑出来伤害人类、改变银河系时间线的邪恶力量做斗争，这部剧集迅速超越了它原本的教育使命，一跃成为一部受全世界剧迷们备受追捧的经典。半个多世纪以来，《神秘博士》几乎每周都在超过50个国家播出，受其启发的改编作品更是横跨各种媒介形态。剧中博士历经多次重生，与多位人类搭档合作，应对时间循环、时空悖论等困境，以及修补被恶意篡改过的重大历史时刻。与此同时，剧中人物所面临的哲学问题也有不少，包括自由意志与宿命论之间的矛盾，记忆与身份认同之间的相互联系，以及爱情、失败和死亡的不可避免。《神秘博士》在多个方面代表着时间旅行类故事的整个历史，用这样的故事来表现我们长久以来对历史的迷恋。借助能自由突破线性时间禁锢的这种想象，我们希望能更好地了解人类自身的发展历程。

人类穿越时间的传说几乎与传说诞生的时间一样古老。古印度史诗《摩诃婆罗多》讲述了一个名叫利瓦塔·卡库米（Raivata Kakudmi）的凡人国王的冒险经历，他去了天国旅行，等他重回人间后，却发现这里已经过去了好多年。而这样的传说所开创的时间膨胀类故事的传统即使到今天仍然十分盛行——其中一例就是克里斯托弗·诺兰的太空史诗电影《星际穿越》（2014）——20世纪之前的作家们更经常采用的方式是利用梦境或利用现实中被称为"穿越"的一次性偶然事故，让故事中的人物穿行于历史。查尔斯·狄更斯的《圣诞颂歌》（A Christmas carol，1483）就是一个通过梦境来进行时间旅行的最经久不衰的例子。这个故事跟随着一个吝啬鬼老头，夜访了过去的、现在的，以及将来的他自己，让他从一个全新的视角来了解，自己是如何变成了今天的样子，又该做点什么才能避免孤独地死去。与之不同的是，马克·吐温著名的穿越小说《康州美国佬在亚瑟王朝》（A Connecticut Yankee in King Arthur's Court，1889）是用脑袋上的一击把一个19世纪的美国工程师送往了6世纪的英国，他到那里后既无法说清楚民主思想，又不能使他们提前明白工业化的武器。不足为奇，这两部最早提出自由意志与决定论之间相悖问题的现代小说，已被多部电影、戏剧，甚至电子游戏选用作主题蓝本。实际上，被詹姆斯·卡梅隆称为我们有可能只是"时间轴上的木偶"的这种恐惧——隐含着的希望就是，我们有可能割断那些控制着我们的吊线——在今天的科幻作品中仍占据中心的位置。那些广受欢迎的电影就足以证明，如卡梅隆的《终结者》（1984）和《终结者2：审判日》（1991），以及莱恩·约翰逊（Rian Johnson）导演的《环形使者》（Looper，2012），同样在电视剧里有《古战场传奇》（Outlander，2014至今）和《十二猴子》（Twelve Monkeys，2015至今，根据1995年的同名电影改编）。

当然了，最流行的时间旅行故事往往以一台令人大开眼界的时间机器为中心，故事人物在其中穿越时空更像驾驶着一艘飞船穿行太空。这样的故事在19世纪80年代逐渐开始频繁出现。伴随着工业化和机械化对19世纪美国和欧洲的改造，钟表的重要性变得日益明朗，从列车和轮船的调度到火炮开火配合堑壕战发起攻击的时间点，各样事情都离不开钟表。也因此，在1884年，来自26个国家的代表在华盛顿

对页图 汤姆·贝克（Tom Baker）在1974年到1981年间扮演《神秘博士》中来自伽里弗雷星的时间领主。

视觉冲击力的时间机器的设计惯例，在这种关于时间旅行的新的想象的影响下，注重视觉冲击效果的时间机器的设计传统初步形成，包括分别于 1960 年和 2002 年对威尔斯这部小说改编的电影中那种带有蒸汽朋克特色的精巧装置，也包括《神秘博士》中的警用电话亭，以及《回到未来》中那辆被改装过的德劳瑞恩汽车（DeLorean）。

随着科幻小说逐渐发展成为一种独具特色的流行体裁，拥有了一批自己的创作者，专门的出版机构和固定的叙事规则，艺术家们也把他们的热情转而投入到时间旅行的独特美学上来。在此过程中，他们预见到了导演克里斯托弗·诺兰所观察到的"一旦你能抓住……那些天体物理学的概念，它们就能为你故事的可能性提供那种大的发射点"。在 20 世纪前半段，作家们将时间旅行服务于各种各样的目的：讲未来的科技史和社会史，展开去往遥远地方和遥远时代的奇妙旅程，甚至提供一种讲解时间旅行本身的科学讲座。在这段时期里，像"蝴蝶效应"此类的关注点——早期的作家们通常还会加上对自由意志的疑问和对人为介入的探究——频繁借由此类故事来表达。在一个此类型的早期故事中，过去的一些看似无关紧要的举动总会引发未来一次或数次的改变，书中一个男人是捡起一块磁铁还是一块鹅卵石的决定会给人类带来两种完全不同的未来，这就是杰克·威廉森（Jack Williamson）的《时间军团》（Legion of Time, 1938）。《时间军团》同时也开创了一种关于时间战争故事的全新传统，最著名的蝴蝶效应小说恐怕要数雷·布拉德伯里的《一声惊雷》（1952）了，在书中，由于一只史前的蝴蝶被踩死，导致了当代的美国变成了一个野蛮的法西斯国家。

这个时代的作家同样也喜欢参与这样的挑战，就是试图合乎逻辑地解决由于人为干涉历史而可能引发的一些时间悖论。众所周知的就是"外祖父悖论"，假如我回到过去并改变了一个单一事件，比如杀死了我自己的外祖父，后果会怎么样？这个问题的答案可谓是五花八门：弗里茨·莱贝尔（Fritz Leiber）的《试着改变过去》（Try and Change the Past,

上图　改编自赫·乔·威尔斯《时间机器》的 1960 年版电影的海报，制片人和导演均是乔治·帕尔。

对页图　雷·布拉德伯里的小说《一声惊雷》（A Sound of Thunder，莫罗出版社）的封面；奥克塔维娅·E. 巴特勒（Octavia E. Butler）的小说《亲缘》（Kindred，灯塔出版社）的封面。

特区举行会晤，将地球的地理坐标系统和一天的时长实施了标准化。与此同时，关于人类具有控制时间的能力的乐观思想在爱德华·佩奇·米切尔（Edward Page Mitchell）的《让时间倒流的闹钟》（The Clock that Went Backward，1881）、昂里克·加斯帕尔的《时间航船》（El Anacronópete，1887）和刘易斯·卡罗尔（Lewis Carroll）的《西尔维娅和布鲁诺》（Sylvie and Bruno，1889）等小说中均有所体现，这些书中关于时间旅行的想象多是通过时钟引发。而真正利用技术实现时间旅行并将这种想象普及化最著名的是在《时间机器》（The Time Machine，1895）中，H.G. 威尔斯想象人们可以乘坐一个像雪橇一样的载具，有目的、有选择地去历史中的某个时期。这种对时间旅行的新想象激发了一种丰富的、有

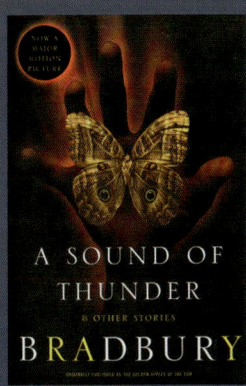

1958）里假定了一个"现实守恒定律"来保证历史不会改变，而阿尔弗雷德·贝斯特（Alfred Bester）的《谋杀穆罕默德的人》（*The Men Who Murdered Mohammed*，1958）里解决这个问题的办法是，假设每个个体都有自己的时间连续统一体。但正如作家乔纳森·勒瑟姆（Jonathan Lethem）所指出的，"在科幻界早期的伟大人物里，最完美也最令人满意地"运用外祖父悖论的人是罗伯特·A. 海因莱因。在《你们这些回魂尸》（1959）中，海因莱因用一个让人晕头转向的"时空警察"的故事把这个悖论发挥到了极致，那位警察穿越到了历史中的多个时间点，并通过变性成为他自己的父亲和母亲。布拉德伯里和海因莱因俩人的小说都被广泛收入各种选集，并且一直都是很多影片的主题。他们也影响了其他一些流行科幻作品，例如《神秘博士》。剧中的那些伽里弗雷星人与半人半机械的坏蛋戴立克人（Dalek）的时间战争，为整个系列提供了一个背景——在剧中，神秘博士与其克星，也就是外祖父悖论进行战斗。

接下来的一代科幻作家所探索的是利用时间旅行故事进行社会和政治评论的可能性。这是一类特别真实的故事，诸如乔安娜·拉斯（Joanna Russ）的《阿利克斯的冒险》（*The Adventures of Alyx*，1976）和玛吉·皮尔斯（Marge Piercy）的《时间边缘上的女人》（*Woman on the Edge of Time*，1976），在书中，那些每天都可以穿越到不同时间点去的女人意识到，她们拥有做出一些选择的能力，这些选择将会使未来更美好。类似的情绪也传达到了电影里，包括琳恩·赫什曼·李森（Lynn Hershman Leeson）《超录感情爱》（*Conceiving Ada*，1997）以及最著名的卡梅隆的两部《终结者》电影，影片中的主人公萨拉·康纳从无助的受害者转变成活跃的英雄的过程，通过一些场景被交代得很清晰，其中一幕就是她在桌上刻下"没有命运"，转变清晰可见。与之形成对比的是，这一时期的美国原住民作家和非裔美国作家把时间旅行作为表现美国历史的新方式。杰拉尔德·瓦泽诺（Gerald Vizenor）的《气流上的卡斯特》（*Custer on the Slipstream*，1978）讲述了一个现代官僚的冒险经历，他"在时间中紊乱了"，意识到自己变成了卡斯特将军的化身。在同一时期，奥克塔维娅·E. 巴特勒（Octavia E. Butler）的小说《亲缘》（*Kindred*，1979）所呈现的是被艺术家约翰·詹宁斯（John Jennings）称为的"外祖父悖论的反转"，书中讲了一位现代非裔美国女人发现自己被传送到了内战前的马里兰州，在那里她必须帮一个年轻的白人奴隶主强奸自己的黑人自由人祖先，这样她自己才能出生。正如达米安·达菲（Damian Duffy）和詹宁斯那画框密集拥挤的改编图像小说所暗示的那样，《亲缘》把过去、现在和未来看成是由不可能的关系，甚至是更不可能的选择所纠缠在一起的一团乱麻——矛盾的是，所有这些恰恰是使当前生存和未来改变成为可能的因素。

但并不是所有的时间旅行故事都这么严肃。在20世纪70年代、20世纪80年代，以及20世纪90年代初期，人们见证了时间旅行喜剧在多种媒体上的大爆发。斯派德·罗宾逊（Spider Robinson）的

通人也有回到过去的可能性，这些人回去后犯了各种各样的错误，然后又忙着修正，而在这样做的同时，未来也变得更美好了。如电影评论人艾米·尼克尔森（Amy Nicholson）所言："大部分的科幻电影都想象着这个世界将会变得更可怕、更糟糕。难得有一部科幻片说，'呃，这蛮有趣'，这不禁让人有一种喜出望外的、异常新鲜的轻松感。"这一时期首播的许多时间旅行电视剧也传达了类似的乐观情绪，包括《时空怪客》（Quantum Leap，1989—1993）和《银河系漫游指南》（1981）的衍生剧。这种情绪通过网络剧一直延续到了今天，例如《控制键》（Ctrl，2009至今），剧中有一位倒霉的办公室职员，他利用自己的电脑键盘来撤销过去的一些事件，还有《时空探长》（Untitled Web Series About a Space Traveler Who Can Also Travel Through Time，2012至今），这部戏仿《神秘博士》的网络剧起源于电视系列喜剧《废柴联盟》（Community）中一部虚构的电视剧。

近几十年来，艺术家们通过探索时空转换成功的可能性以及它可能会带来的危险，让受众对这些时

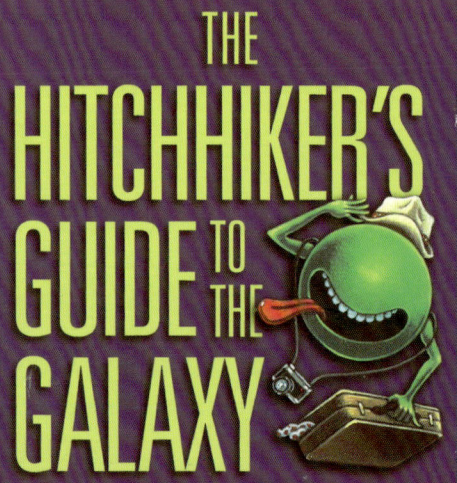

上图 约瑟夫·高登-莱维特（Joseph Gordon-Levitt）在莱恩·约翰逊执导的时间旅行惊悚电影《环形使者》（2012）中。

右图 英国作家道格拉斯·亚当斯的幽默科幻经典小说《银河系漫游指南》（德尔·雷伊公司出版）的封面。

对页顶图 令人叫绝的低成本时间旅行惊悚电影《初始者》（Primer，2004）的电影海报。

对页底图 作家丹·西蒙斯广受欢迎的海伯利安四部曲中的第一部《海伯利安》（班坦图书公司出版）的封面。

连载小说《卡拉汉的时空穿越沙龙》（Callahan's Crosstime Saloon，1977—2003）背景设定在一家时间旅行者汇聚的酒吧里，它邀请读者跟随着善解人意的、阅历众多的常客们，去帮助那些新来者解决一些不寻常的问题。那些梦想着与此类旅行者进行一些睿智谈话的人，不妨去参考一下道格拉斯·亚当斯的《银河系漫游指南》（1978—2009）系列，这套书推荐人们用丹·街头说书人博士（Dr. Dan Streetmentioner）的《时间旅行者的一千零一种时态手册》（Time Traveler's Handbook of 1001 Tense Formations）来应对此类状况。在大银幕上，包括《回到未来》（1985）、《比尔和泰德历险记》（Bill & Ted's Excellent Adventure，1989）和《土拨鼠之日》（Groundhog Day，1993）等一些影片探索的也是时间旅行喜剧的一面，它们宣扬普

间旅行故事产生了一种真实感。一些备受赞誉的小说，包括丹·西蒙斯的《海伯利安》系列（1989—1998）和康妮·威利斯的《灯火管制/空袭警报解除》(Blackout / All Clear diptych, 2010)，所审视的是人类如何才能幸存下来，甚至当生活的意义被来自不可知未来的一些神秘入侵者击得粉碎时，我们如何才能找到新的意义。顺着这种思路，从卖座的独立制作电影《初始者》直到《环形使者》和《星际穿越》等一些影片所思考的问题是，时间旅行的好处究竟能否抵过它让那些个体以及他们的亲友所付出的代价。与此同时，电子游戏设计师们同样也在把时间旅行融入游戏的叙事结构和玩法中，以期获得一些身临其境的体验。在商业游戏和独立游戏中都是如此，例如畅销游戏《塞尔达传说：梅祖拉的假面》(The Legend of Zelda: Majora's Mask, 2000)，在游戏中，玩家必须在月球撞向游戏世界并重设时间之前，解决掉一些特定的但非线性序列的谜题；而在独立游戏中有《时空幻境》(Braid, 2008)，玩家在游戏里要通过操纵时间流动来拯救公主，在执行这项任务的同时，还

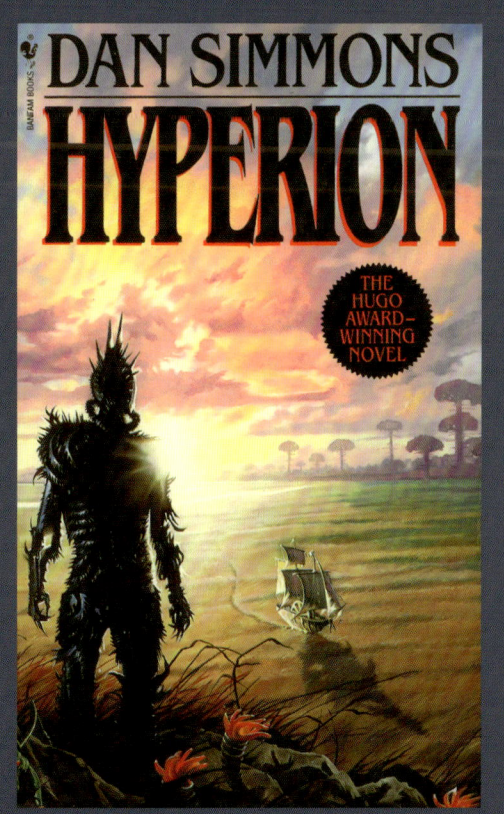

要去揭示游戏主角那惊人的动机。

与同类题材的文学和影视作品一样，这类游戏坚持认为时间旅行者或许能跨越难以想象的时间和空间，但他们真正所发现的东西其实是他们自己，是他们的能力和他们在历史中应有的地位。用这种方式，这种不可思议的时间旅行剧情会继续激发出更具人性化的各类科幻作品。

詹姆斯·卡梅隆对话
克里斯托弗·诺兰

1998年，导演克里斯托弗·诺兰的电影处女作故事长片《追随》（Following）赢得了评论界的一片盛赞，两年后，《记忆碎片》（Memento）这部扭曲了时间、让人目眩的惊悚电影又让他迅速跻身于好莱坞一线导演的行列。从那时起，他赢得了现代杰出电影创作者之一的极高声誉——凭借过人才智以及对电影工艺精益求精的不懈追求造就了数部有史以来最大胆、最令人瞩目的震撼大片的导演。他的三部由克里斯蒂安·贝尔（Christian Bale）担当主演的蝙蝠侠电影——《蝙蝠侠：侠影之谜》（Batman Begins，2005）、《蝙蝠侠：黑暗骑士》（The Dark Knight，2008）和《蝙蝠侠：黑暗骑士崛起》（The Dark Knight Rises，2012）为超级英雄电影留下了一个黄金标准；他还完成了两部颇具影响力的科幻电影——2010年的《盗梦空间》（Inception）和2014年的《星际穿越》——在壮观场面云集，来往多个维度的头脑探险的基础上，仍然能以角色塑造和情感表达取胜。

在这里，他要坐下来与卡梅隆进行一场令人兴奋的谈话，内容涉及他为《星际穿越》（这部影片的剧本是诺兰与他的弟弟合写的，弟弟乔纳森·诺兰，又被称作乔纳·诺兰，是他经常的合作者）所做的广泛研究：时间旅行的错综复杂，自由意志的概念，以及科幻类型片中那似乎可以无限挖掘的潜能。

詹姆斯·卡梅隆：科幻电影是我们共同的主题之一。可能大部分人都不会把你想做一个科幻电影制作人，或者不会把你定型到这一类型片中，但你已在这方面做过尝试，并且带给大家数部独具特色的作品。或许从《星际穿越》开始谈比较合适，它非常具有代表性。《星际穿越》是一部非常标准的科幻类型片：聚集了未来、面向硬件等典型科幻元素。是什么把你引向这个主题的？

克里斯托弗·诺兰：一直以来我对科幻电影就很关注和喜爱。有两部电影对我具有深远影响：1977年乔治·卢卡斯的首部《星球大战》和因为这部电影的成功又得到再次发行的《2001：太空漫游》。电影当时是在伦敦的莱斯特广场剧院（Leicester Square Theatre）放映的，是我父亲带我去看的，那次观影经历令我印象深刻。巨大的银幕，而我当时只有七岁，但它就像是某种试金石一样被留在了我的思想里挥之不去，电影以及电影银幕怎样才能打开一个超越了想象的世界，并且让观众深入其中。

卡梅隆：对我来说，《2001：太空漫游》也同样是一个重要的转折点。我是在电影首次上映时看的，那时我14岁，比你要大一点。我在多伦多看的这部电影，我记得，当时我是电影院里唯一一名观众。当时放的是70毫米胶片的巨幕版，我被惊呆了。不论是它的波澜壮阔，还是一部电影从任何意义上看本质上都是一件极致的艺术作品的这种事实，都让我震撼不已。不知为什么，那种感觉从来没在我身上发生过，我爱上了看片子。那时我还不会用"电影[1]"这个高级的术语呢。

诺兰：但《2001：太空漫游》就是一部电影，不是吗？它都没按任何电影套路来拍。就在我们着手拍《星际穿越》的时候，我们对着剧本讨论，怎么才能真正超越我们所在的维度，让人们信服？怎么才能超越人们所了解的那些东西？怎么才能跳进一个黑洞里？如果你回头再去看看《2001：太空漫游》，你会意识到有一件事情是库布里克当时就做到了而至今却无人能及的，那就是：省略。凡是那些能用技巧表现出来的东西，他都会选择不去直接展示，比如微缩摄影、

对页图 克里斯托弗·诺兰在电视系列片《詹姆斯·卡梅隆的科幻故事》中。图片来源：迈克尔·莫里亚蒂斯/AMC

---

[1] 电影的两个常用英文 movie 和 film，movie 主要在美式英语里用的比较多，单词源自 move 运动，指银幕上的画面是运动的；film 来自法语，在英式英语里用的较多，源于胶片 film 一词，更为正式。一般电影的学术文章中都用 film 来指代电影，movie 往往被用来指代商业片。——编者注

视觉效果,以及在当时他还实现不了的技术。

卡梅隆:他巧妙地绕开了。

诺兰:是巧妙地绕开了,但在这样做的过程中,他创造出了这种简单的、极具象征性的省略语言,超前性简直令人难以置信。在他的创作中,人类历史上最伟大的探险变成了一种日常:我们就要到达木星了,我们就要到达木星的卫星上了,吃点预包装食物,听听你的父母为你的生日点播歌曲的广播节目,因为光速延迟的关系,那些节目可能在 8~10 个小时之前就播出了……《2001:太空漫游》很明显是一部杰作,我想你我都同意这一点。但对于我们这些后续的电影创作者来说,那实在是一个太难以企及的标杆。换种更为尊重的说法,任何一部科幻电影,例如《星际穿越》,都可以说是在与《2001:太空漫游》对话。因为,如果没有《2001:太空漫游》,你是拍不出的。

卡梅隆:说得很对。

诺兰:而观众很清楚这一点,影评界也非常清楚。把我拉到这个特别的类型上来缘于我弟弟原本为史蒂文·斯皮尔伯格写的一个剧本。我们最后做的和他最初的草稿完全不同,但第一幕却一直保持着原来的样子。从某种意义上说那种对未来的想法——嗯,并不是真正的反乌托邦故事。它几乎是当今人们的某种田园生活理想,回到农村,回归更简单的生活方式。

卡梅隆:但却失败了,那是一种螺旋式的下降。

诺兰:渐进式的下降得很快。所以,某处有一个时钟在倒计时,在催促着他们离开这个星球。我想对我本人和乔纳来说,在我们在香港拍摄《蝙蝠侠:黑暗骑士》的时候,有一个时刻对我俩在电影上的发展都产生了深远的影响。那里海港的前面有一个球幕电影院,当我们勘察环境的时候,我们就去看了一场 IMAX 版的《华丽的荒土:月球漫步记》(*Magnificent Desolation: Walking on the Moon*),片中有汤姆·汉克斯,讲的是登陆月球的内容。电影

对页上图 凯尔·杜拉在《2001:太空漫游》中扮演大卫·鲍曼博士。

对页下图 马修·麦康纳在《星际穿越》中扮演库珀。

中有这样一个片段——那真是一部拍得很不错的电影——但其中有一个片段在说,他们感觉他们不得不同意登月骗局这种说法。说起来这里面有种让人倍感痛心的东西,这些人感觉他们得在这部电影里表达这种思想。

卡梅隆:然后你把这个内容加进了《星际穿越》中。

诺兰:非常直白地加进去了。因为乔纳的感受太强烈了,于是我就在我的草稿中非常明确地写进了基于它的内容,我们本来已经在这部电影中创造了一种非常内向的文化。我的意思是,我的另一部电影也就是我们待会儿会讨论的《盗梦空间》,我确定那是一部非常符合内向文化的电影。这部电影的结构在某种程度上是采用了 iPod 操作界面的那种分支网络结构,就是 iPod 刚出来时的那一代。它所讲的就是世界中的世界,而且很含蓄。

卡梅隆:没错,就像电子游戏升级时的分支结构。

诺兰:正是这样。都是些非常内向型的东西。因此就《星际穿越》来说,感觉是时候该"向外延伸"了,寻求出路,并回归冒险精神。

卡梅隆:说起探险。我本人就是《国家地理》(*National Geographic*)的忠实探险迷。我自己也尝试一些探险,大部分时候是在海洋里。如果可能的话我也想去太空探险,如果可以,我想去火星。我和我妻子谈过这个话题,她说:"你可是有 5 个孩子的人。"我说:"我知道。我可以从火星上给他们打电话啊,不过有 30 分钟的延迟而已。"

诺兰:你见过埃隆·马斯克(Elon Musk)吗?

卡梅隆:没有,但我听说过,马斯克就是一个灵感之源。他的思维方式跟你很像,都是外向型的。这意味着我们必须要再次激发人们冒险的热情。我认为自从科幻片摆脱了那种反乌托邦,那种进入兔子洞式

上图 雷德利·斯科特的影片《异形》中流着口水的异形生物。

对页上图 马修·麦康纳和安妮·海瑟薇在影片《星际穿越》中的剧照。

原因。我当时想,我或许将来去不了太空,但去水下是我完全能做到的。背上一个氧气瓶去看看那些我以前从没见过的东西吧,它源于同样的探索欲望。

诺兰:嗯,我认为那些电影——对我的启发不是去潜水——始终都在我的脑子里,我知道终有一天我会想要拍一部这样的电影的。而且在我看来,IMAX摄像机就是在翻拍我大脑中的画面。因为在创作那些巨大画面的过程中——以及当你最后在 IMAX 影院的巨大银幕上放映这些胶片上的画面时,这种感觉是最强烈的,就好像那些东西本来就在那里,你只是正在往出调取。为了拍《星际穿越》,我们把过去那些伟大的科幻片都看遍了,当然少不了《2001:太空漫游》,还有雷德利·斯科特的《异形》。

卡梅隆:那是又一部伟大的试金石。

诺兰:特别是在道具与布景设计方面。我总是把这部电影比作太空版肯·洛奇(Ken Loach)作品。因为它与肯·洛奇电影中的那种粗粝感和几近压抑的质感如出一辙,还透着一种凄凉。

卡梅隆:锈迹斑斑加上油滴和水滴,有一种触手可及的质感。

诺兰:触手可及,没错。

卡梅隆:我始终记得《异形》里那一幕,戴着帽子的哈利·戴恩·斯坦通(Harry Dean Stanton)站在那间垂着铁链的房间里。那好像是一间冷凝室,淅淅沥沥地直往下滴水。那滴水声让你瞬间融入角色的身体里,这种方式少有电影使用。恐怖片也好、科幻片也好,电影类型姑且不论,很少有电影能这么成功地让你产生身临其境之感。

诺兰:那么细小的声音你都记得,那可能算是最细微的细节了吧。因此,所有这些东西都是我们的试金石。关于《星际穿越》我们后来又做了一个决定,说来有点滑稽,观众在看电影的时候竟没有一个人注

的虚拟空间模式后,它一直在做的就是激励人们探索未知。

诺兰:一点没错。

卡梅隆:早期科幻片中的那种英雄气概,挣脱束缚,让我们去其他星球探险——这是吸引我去潜水的

意到，但我认为这个决定不错，就是我们决定不让里面的任何东西带有未来色彩。我们决定不试图迫使自己走进未来，去玩那种我称之为"猜猜看"的室内游戏："猜猜 40 年后人们的裤子会是什么样子？"诸如此类。如果那样做，你一定会失败。

卡梅隆：绝对会失败，而且显得很傻。

诺兰：我当时灵机一动，想着，要让电影有真实感，假设我们就把当今的样子放入未来会怎样？我们可以以 NASA 的科技为例，我们观察 NASA 的那些东西的外观和声音，还有那些按钮以及所有东西的样子。我认为这会让电影具有真实感。

卡梅隆：在我看来，那些服装的质地，演员们与之互动的每一样东西都感觉非常真实。很明显，从那座教会式建筑的结构可以看出，它就是用来发射一艘星际飞船的，但它给人的感觉却非常真实。我必须要告诉你的是，旋转对接的那个场景是我看过的所有科幻电影中最扣人心弦的一组镜头，这一直是我想象中的东西。当然了，源头是《2001：太空漫游》中的对接镜头。但在很多科幻小说中，特别是 20 世纪 50 年代和 20 世纪 40 年代的小说中它们是太空探索必不可少的技术方法——总是有旋转对接的情节。与之对接的通常是被遗弃的飞船或类似的东西。它始终是小说中最恐怖的东西，而你最终把它搞定了。我认为你做得非常漂亮。

诺兰：谢谢。在我看来，灵感之源可能就是《2001：太空漫游》，而我认为这部电影被低估了。坦诚说，《2001：太空漫游》这部杰作太了不起了，要想去学它很难，几乎就是自寻死路。你拍过《异形2》，你明白那是一种什么感觉。

卡梅隆：那也是自寻死路。

诺兰：但你完成得非常出色。

卡梅隆：我侥幸逃过了一劫，避免风格重复让我躲过了一次自我伤害，但真的很棘手。

诺兰：是很不易，但我认为你做得非常出色。而彼得·海姆斯（Peter Hyams）就没那么幸运了，他在电影《2010》（1984）中的成就被低估了。原作小说我小时候就读过，你明白的，阿瑟·C.克拉克的所有作品中机械的成分总是非常多。这一部也是有关机械的，就是你刚才描述的那些东西。所以电影中就有这样一个场景，发现号正在旋转，而他们必须从中间进入到它里面去。用真实的物理方法做一下尝试，并能亲眼验证牛顿物理学，这让我非常激动。因为《星际穿越》中的很多东西都是与量子物理学有关的，是阿尔伯特·爱因斯坦以及他以后的那些科学家的理论，而回到艾萨克·牛顿，回到那些你能抓住并感受到的东西上，对一个电影迷来说，这似乎才是更重要的。

卡梅隆：当你展现出引力透镜和黑洞附近强烈的空间扭曲时，你已经位于科幻坐标轴上最科幻的那一端了，但你还要近乎苛刻地让它更靠近端点，并为此咨询业界顶尖的专家。

诺兰：这是整个进程中最让我着迷的部分。基普·索恩（Kip Thorne）是伟大的物理学家之一，最初，拍这部电影的创意就来自他和制片人琳达·奥布斯特（Lynda Obst），然后他们又指导了我弟弟。我不会说这个创意讲的都是真实的科学，因为它本来就不是一本教科书，它只是用来拍电影的，但它是基于真实科学的。从我开始与他会面并与他交谈，他让我明白当你掌握了那些物理概念，那些天体物理学的概念，它们会为你提供一个巨大的"发射台"，给你许多关于相对论以及其他科学理论的故事灵感。

卡梅隆：比如时间膨胀。

诺兰：没错。黑洞是一个非常有趣的东西，基普很早以前就对我说过："如果你们进展到了这一步，我想先与你们的那些搞视觉效果的人员聊聊。"作为一个电影创作者，这就有点像是在说："来，我们就把它做成我们想要它成为的样子。"

卡梅隆：这就有点过分了。

诺兰：是有一点点过分，想必他也同意这个说法。但我当时想，对这东西他是真的有激情，这里面一定是有原因的。当然了，后来我意识到，他当时已经掌握了所有的资料、所有那些方程，基本上只要找一台合适的电脑输入指令，就能生成一幅图片，而在这张图片上，科学能真正告诉你这东西应该是什么样子。

卡梅隆：或许他自己也一直想看看它。

诺兰：他一直都想看。尽管我们有那样的电脑，他们也有其他各式各样的电脑，他们还有所有的方程式又都会做各种数学运算，但他们不会像我们那样奢侈，能花上数月的时间不断去渲染那些数码效果。我们的视觉效果总监保罗·富兰克林（Paul Franklin）与基普一起工作——他可是个超级科学迷，他们采用了那些真正的方程式并将其输入了渲染管道。而当我们开始看那些图像时，大家都非常震惊，围绕着黑洞的吸积盘（accretion disk）提升起……

卡梅隆：那是由巨大的引力透镜所造成的翘曲。

诺兰：像这样的东西你是无法设计出来的。

卡梅隆：是啊，艺术家是想不到这种东西的，这就是问题所在。几十年以来，好莱坞的设计师们年复一年地在设计着宇宙飞船。而从《飞侠哥顿》开始，宇宙飞船都是在一头有一个尖儿，在另一头有几片尾翼，当它们登陆一个行星上时，都是尾部向下降落。但等到阿波罗登月舱出来的时候，它却看起来与之前任何人所设计的东西都不一样，但当你回头再分析它时，才发现它之所以是那个样子，都是有原因的。

诺兰：是的，它的外形是根据功能来设计的。我一直都是一个视觉效果的超级爱好者，特别是当你进入了最后的纯CG动画阶段，基于算法的程序操作阶段。这时你不必再用一个艺术家的眼光来处理它了。你要做的只是："好了，假如这套算法输入进去后会是什么效果？假如把这个程序装进去渲染这些图像会是什么结果？"接下来挑出你喜欢的那些东西就行了。所以，说到底你还在用一个艺术家的眼光在看它，但你也在尝试创作出一些有趣的东西，一些偶然发现的奇异的东西，它会在镜头中产生这样的光晕，它会把这个做成这样，把那个做成那样。到最后，黑洞的构造实在是太成功了，以至于基普真的根据它写了一篇

对页图《星际穿越》的影院海报。

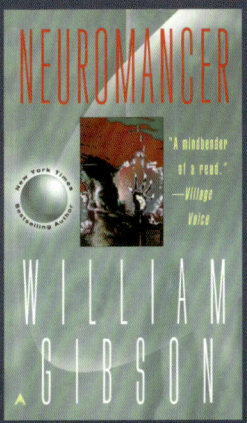

科学论文,这就是不折不扣的回馈。他给了我们那些方程式,我们造出了黑洞,然后他才能拿着这个给他的同行们看,并且说:"好了,这儿有一个可视化资料。"

卡梅隆:可是,科幻那伟大的良性循环不就是这样吗?我们想象出一些东西,然后由一些非常有才干的作家写成科幻作品并提出创意,然后启发科学家实验,研究得出结论。科学研究也经常受科幻小说启发。

诺兰:你再回头看《2001:太空漫游》,他们有iPad,他们真有iPad,电影创作者没有白费工夫把这些东西设想出来。你再看看史蒂文·斯皮尔伯格在《少数派报告》里所做的那种操作界面。

卡梅隆:通过手势来操作的界面,当然了,我们现在也有了。

诺兰:影响力巨大。所幸现在还没有人想出机器人杀手。实际上,就在我说……

卡梅隆:已经有掠夺者无人机了,不是吗?但从历史上看,科幻在预言未来方面一直都做得很糟糕,但在举着一面哈哈镜来映照当今以及未来去向趋势方面倒是一把好手,你同意这种观点吗?

诺兰:我通常倒更情愿去讨论推理小说,我想这也是促使我去掉了《星际穿越》里面的未来主义思想的原因之一,实际上《盗梦空间》也是——后者也是有科幻前提的。但我告诉我的每一个部门:"不要未来,这个故事就在当今。这只是一个当今世界里发生的故事。"因为我认为推理小说在推断趋势方面非常擅长,它能告诉我们那些趋势都是什么,至于那些趋势将把我们带往何处,并不一定非得要它预言出来。

卡梅隆:一个世纪以来的科幻文学都没预言出互联网,也没有预言出个人电脑的威力,更别提它们给

社会和技术所带来的改变了。

诺兰:对此我有一点不同的意见……看看威廉·吉布森提出的那种很形象的互联网,尤其是《神经漫游者》,在那个发展阶段已经很超前了,还有《仿生人会梦见电子羊吗?》(Do Androids Dream of Electric Sheep?),我读这本书的时候还很小,因为我对《银翼杀手》特别入迷。这本书非常特别,太与众不同了。我不知道你是否还记得,有默瑟教[1](Mercerism)这种概念;还有这样一种机器,如果你把双手放进机器里,这种有移情作用的机器就能把你与世界上的其他人联系起来。

再看《西部世界》——我说的是那部电影原作,不是我弟弟拍的那部电视连续剧——尽管那是一部讲机器人的电影,但所有东西都更像是虚拟的。有一个小的细节,在《逃离地下天堂》(Logan's Run)中有这样一个片段,电影的主人公想在他卧室里弹出的菜单上选出一个约会对象,但他总是不满意。所以,他把菜单向左拉,向右拉。这些设想都没有差到十万八千里外。我想科幻所预言出的东西里也有分毫

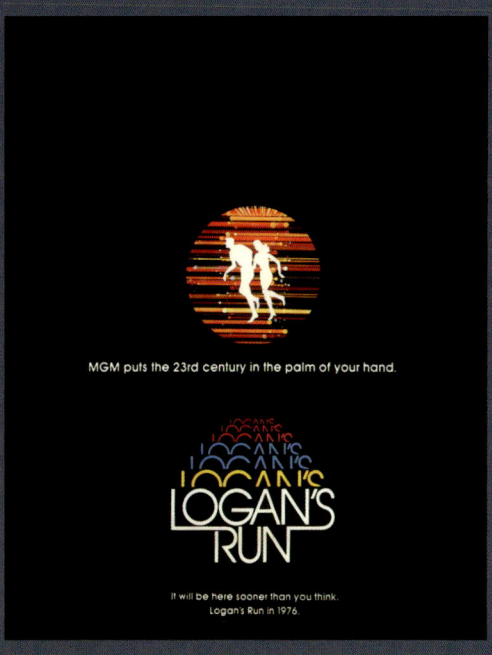

对页图 1973年电影《西部世界》(Westworld)的电影海报,迈克尔·克莱顿是这部电影的编剧和导演。

上图 王牌图书出版的赛博朋克经典《神经漫游者》一书的封面,作者是威廉·吉布森。

底右图 《逃离地下天堂》(Logan's Run)的电影海报,这部1976年的反乌托邦电影讲的是:在一个未来社会里,系统性地执行着将年满30岁的人们杀死的规则。

---

[1] 菲利普·迪克的科幻小说《仿生人会梦见电子羊吗?》中虚构的一种以科技为基础的宗教。默瑟教用一个被称为共鸣箱(empathy boxes)的东西把信众在一个虚拟现实中联系起来。——译者注

不差的——例如阿瑟·C.克拉克提到的地球同步卫星——尽管这种情况极其少见。

卡梅隆：没错。而且那还是在20世纪40年代。他的预言差不多超前了30年。

诺兰：但另一样东西是，对科幻的预言是否精确，你的评价标准也在随着时间的改变而改变。小时候我第一次走进迪士尼的未来世界馆（Epcot Center）时，他们有一个类似信息亭的视频聊天的地方。在当时那就是未来，尽管好像有点可笑。足以确定的是，这种FaceTime的创意，这种视频聊天的创意，沉寂了有几十年之久。但当你看《银翼杀手》或《2001：太空漫游》的时候，它们里面也有很多视频对话的镜头，不管怎么说，这种技术进入繁盛期的过程是可以察觉到的。与此类似，我想下一个该轮到《2001：太空漫游》中出现过的人工智能了。

卡梅隆：轮回。

诺兰：这是一种缓慢的轮回，慢到人们都意识不到。当我第一次给我的孩子们放那部电影时，有个孩子问了这样一个问题："为什么那些机器人会讲话？为什么那台电脑也会讲话？"电脑会讲话这种概念在他们看来就很傻，那是在Siri问世之前。于是我就想："噢，对啊。在他们看来一台电脑是一个没有主动性的存在，在他们看来电脑就是一个工具。"就像一台打字机一样，就像是一样工具，它只是某种能让你实现上网等事情的东西。它不是一种集中智能，它没有主动的人格。然后Siri出现了，所有关于人工智能的研究以及那种轮回又一次开始了。

卡梅隆：目前非常多的人工智能研究，甚至连很多机器人的研究都在创造人类情感，为的就是制造出某种像我们的镜像一样的东西，好与我们进行互动。我的岳母已经87岁了，住在俄克拉荷马州，她经常和Siri交谈。她会说："那就谢谢你了，亲爱的。祝你愉快。"带有南方人的礼貌，她已经给Siri附加了一种个性化的东西，一种人性化的东西。

诺兰：看看那些研究是否会继续下去，或者看看人们关于机器人技术是否还能实现新的突破，一定会非常有趣，"实际上，并没有什么特别的理由非把机器人做得很像人"。你见过工厂里的机器人，它们在外观上没有任何像人的地方。它们就只是以功能为主的机器。

卡梅隆：在《星际穿越》里，你给那些机器人选择了一种非常新颖的外形和运动方式。

诺兰：我跟设计师内森·克劳利（Nathan Crowley）提的简要要求是："尽力去贴近建筑大师路德维希·密斯·凡德罗（Ludwig Mies van der Rohe）可能会设计出来的机器人。"极度简约，材质讲究。无论如何都不要试图让它模仿人类的运动方式。

卡梅隆：我今天刚看到一个波士顿动力公司（Boston Dynamics）的新机器人的图片，它有腿有轮子，基本上可以跑酷（parkour）。它有两条不是胳膊的小胳膊，那两个东西不是机械手，而是两个小的动力平衡检测装置。这东西灵活得令人难以置信，也快得出奇，它会快速跑过一段距离后再通过身体向后弯曲使自己停下来，这时那两个小检测装置就会发挥作用。它完全是非人类造型的设计，它看起来不像任何一种动物也一点都不像人类，但它工作起来真是无懈可击。然而，因为它在功能上的完美表现，我还是能把它看作某种美丽的东西。它能靠着腿部的推动向前移动，跳上桌子，穿过桌子后再跳下来，着地的时候它会缩成一团，身体向前倾再向后倾，像一个玩滑板或玩滑雪板的人那样停住。我认为，机器人的样子可以像任何东西，人们将来会根据它们的功能，根据它们执行一个或多个任务时的能力来评判它们。

诺兰：我想最终的评判标准将根据人工智能的发展来决定。因为我认为图灵测试（Turing test）思路，尝试模仿人类智能的思路，可能都会被证明是肤浅的。而人工智能更有可能的发展路线是，它所能做的事情要远远超过人类，它在某项特殊任务上的表现要比人

上图 詹姆斯·卡梅隆绘制的《终结者》的插画中"猎杀者"坦克的概念设计。

类更优秀……用《终结者》中的天网来举例,就人工智能方面来说,是什么因素激发了它,使它变得有了自我意识?这类思想的意义实在是太深远了。

卡梅隆:《2001:太空漫游》中的电脑哈尔早就料到了。《2001:太空漫游》出来后没几年,就有了电影《巨人:福宾计划》(*Colossus: The Forbin Project*),这部影片讲的是制造出一个全人类规模的人工智能尝试。这个人工智能后来走上了邪路,并且开始接管电网并统治世界。这种被一个聪明的巨型计算机统治世界的创意流行了好一阵子。我认为第一个想出这个构思的是斯坦利·库布里克,但可能有人会

有异议。《2001:太空漫游》实际上讨论的是,我们是如何给哈尔带上镣铐并把它束缚起来,是我们输入的指令把它逼疯了。我想,实情更有可能是——我们想方设法对它们进行控制,实际上却将其往我们本性中最邪恶的那个方向转变。

诺兰:科幻总免不了假设一些关于此类事情的警世故事。对此我很欣慰,因为……受过科幻启发的人们非常、非常了解这样的危险。我认为在探究这类危险、探究它们将会往何处发展方面,科幻是一种很有用的方式。而这种危险通常是始料未及的……《黑客帝国》(*The Matrix*)绝对是一个激发我拍出《盗梦空

间》的灵感之源，这部电影实际上是在告诉你这种思想：喂，我们周围的世界并不是真实的，它就是柏拉图的洞穴（Plato's cave）。这是个非常古老的命题：我怎么知道我周围的这一切都是真实的？

卡梅隆：在《盗梦空间》里，我认为也有这样一个警世故事，讲的是你正在掉入兔子洞里而且永远都不能再出来了——这是选择的结果——但接下来你又到了一个地方，到了这一步你就不再有选择的机会了。因为所有的选择都在开始阶段，但他们在一路上把那些机会都失去了。

诺兰：对，机会都失去了。关于这里有这样几个灵感来源。我一直都对梦境非常着迷，梦境告诉我们的是我们对这个世界的主观看法，以及这些观点是怎样成为思想中的重要部分的。但要说起有哪些参考书籍，首先得说威廉·吉布森的《神经漫游者》，那些人物已经创造出了他们自己的小主机，在那里面他们拥有了一个能按照他们喜欢的方式来运行的世界，而且可以永远生活在那里。其次，《星际迷航》里有一集关于天堂星球的故事讲的也是这种情况。这一切所讲的都是会让你迷失自我的或然现实，某种意义上也会让你失去自由意志，失去你的自我意识。

卡梅隆：或者是出于你想进入一个更世俗、更合心愿的现实中的欲望。

诺兰：我想任何一个拍科幻电影的人都有着他自己的或然现实……我也曾与雷德利·斯科特谈过这个话题，作为一个电影创作者，在这个世界迷失自我，也是乐在其中的。你能在一个或然宇宙中生活上好几年，或依据制作某部电影的时间长短而论。但这里面肯定也存在着危险，这里面肯定有一些放纵自我的成分。

卡梅隆：我曾选择把我生命中的 8 年时间——那个时期，我像这样的整块的 8 年时间已经所剩不多了——花在潘多拉星球这个有众多角色云集的世界里。有人可能会认为那就是某种形式的执念，但我真的是十分享受，而且作为一个艺术家，我觉得我能在那些画面里表达任何我需要表达的事情。因此，我感到怡然自乐。我确信在半路上我还会说："为什么我不在 70 毫米的胶片上做点像战争剧这样的真实的东西呢？"……说回来，你是不是通过在梦境中找到灵感，然后把那些画面应用到了你的电影中？

诺兰：说实话，通常并没有具体的画面，但概念一定是有的。如果清醒的生活是散文，梦境就是诗。在我半睡半醒的时候，我总会偶尔产生出一些构思的要点。实际上《盗梦空间》中的很多灵感来自我上大学时的一段时期，那时候我没有多少钱，早餐是免费的，但在早上八九点后就结束了。当然了，那会儿我们晚上通常都会熬夜，与同学们聊天什么的。因此，我一般差不多都是在凌晨 4 点才上床睡觉，上好闹钟，赶在早餐结束前醒来吃早餐，然后回去接着睡。在这种睡眠状态中，你能清楚地意识到你是在做梦。而我一般会拿它做实验，我会试着去控制一个梦，试着在梦境中让某事发生。

下图 在克里斯托弗·诺兰的《盗梦空间》（2010）的一个场景里，现实变得上下颠倒了。

对页图 《黑客帝国》（1999）的电影海报。

卡梅隆：这种叫清醒梦。

诺兰：对，它既令人沮丧又让人着迷。偶然的片刻里你真的能让某事发生，你真的能引导你的梦境。那实在是太令人陶醉了，那简直就是一种超能力。这实际上就是这部电影的真正起源。在好多年里，我尝试各种类型片想把它做出来。但我实在是想不出传达它的办法，而《黑客帝国》的出现引导了我，让我看到怎么做能让观众把它理解清楚。

卡梅隆：想不到你是受《黑客帝国》启发，不过，你做出了在电影史上独一无二的东西，就那种俄罗斯套娃式的现实，它除了惊悚刺激之外，理解起来也是一个挑战。我曾在电影院里看过《盗梦空间》，但后来又与我当时11岁大的女儿一起看了蓝光影碟，我女儿非常精通电子游戏、虚拟现实和动画片这些东西，所以她理解起这部电影来一点问题都没有。对一个11岁大的孩子来说，每件事情都顺理成章，所以不用想破脑袋就能跟上影片节奏。但我被那种设定迷住了，你实际上是在设置一个智力迷局，邀请观众与你以及你电影中的人物一起来破解它。片尾那个不停旋转的小陀螺……最后的那四个电影画面每个观众都能明白其中的意义，因为它的意思再明白不过了。

诺兰：坐在电影院的后排看它非常好玩……

卡梅隆：听观众倒抽气的声音。

诺兰：听观众倒抽气或呻吟的声音，然后趁着人们还没发现我之前溜出去。

卡梅隆：不过，尽管有一些人觉得到最后他们是上当受骗了，但在大部分观众看来，这个结局还是非常令人满意的。

诺兰：像这种事情要分情况说，如果观众抓住了要点，如果他们明白了其中的意图——不过到最后还是有点耍滑头——那些叹息声就不是抱怨。

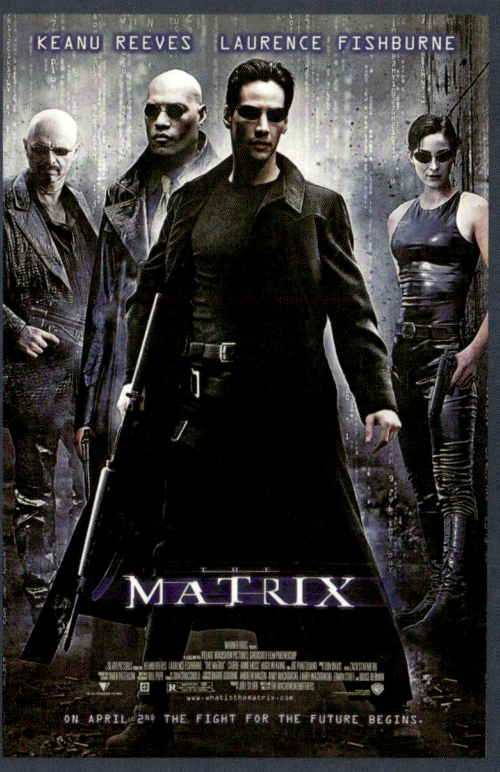

卡梅隆：我不认为那是一种抱怨。我认为那是倒吸一口凉气，或是一种惊悚的感觉。

诺兰：这当然是这部电影本身的意图，而且观众好像也认可了。在我试图借助这部电影中的规则所探讨的东西和它所身处的世界之间，实现了一个很好的匹配。在科幻电影里，你尤其需要这个。你需要身处于这样一个时刻，某种程度上这时你所证明的东西在其他人的感觉中，那都是他们周围世界里的东西。这是一部非常内向化的电影。每一样东西都像是俄罗斯套娃，往里，往里，再往里。"梦中梦"的创意是大家一直都想尝试的东西，但它很难。我想，我们终于借助科幻这一类型开拓出了一条路，把它呈现给观众……这条路径不是让它成为形而上的东西，而是让它成为真实的东西，其实更像是虚拟现实。当它进行到一个关键点上，观众就会对"世界中的世界"这个创意感到兴奋。所以科幻类型片证明了"梦中梦"的可传达性。

卡梅隆：但在设计方面，你忍住了立异求怪的冲动——这点贯彻于你所有的电影中。我最敬佩的东西就是这种较真，这种为了合理性而谨遵的操守。你在《蝙蝠侠：黑暗骑士》三部曲里就树立了这种不妥协精神，你没有把它拍成一部电脑动画汽车……嗯，我们先接着谈下一个话题。你认为时间旅行是不是真的有可能？

诺兰：你可以从多个不同的角度看待时空旅行，当我拍摄《星际穿越》时——它并不是一部时间旅行的电影，但它具备这种元素……

卡梅隆：电影最后有时间折叠。

诺兰：确实如此，但时间旅行是一个我与基普·索恩长时间辩论过的主题，我们前面谈到过他。基普当时正在写一本科学方面的书——那是一本相当不错的书，《星际穿越》背后的科学原理他都放进了书里，从头到尾一个都没落下。我们剪片的时候他就把相关章节给我发来了，电影杀青之前，给他审过好几遍。我读到书中的一个章节，说的是我们称之为四维空间的东西，就是马修·麦康纳扮演的角色进入黑洞那一刻，遇到的那个球体。这个怪异的东西我们称之为四维空间，它其实有一个名字叫超立方体，基普的阐述是，它是一个有着四维结构的立方体。在这一章里，基普说，我的所作所为是——我记得他的原话是天马行空或别的什么。他说，原因就在于："他违反自己所定的

上图 詹姆斯·卡梅隆在电视系列片《詹姆斯·卡梅隆的科幻故事》中采访克里斯托弗·诺兰。图片来源：迈克尔·莫里亚蒂斯/AMC

规矩,从那一刻起,故事变成时间旅行了。"在基普跟前我一直都是诚惶诚恐的,我让他把电影看了好几遍,并把所有关于四维空间的事都给他解释过了,因为那部分让我扯得离他的科学太远了。我对他说:"好吧,把时间当作一种维度,不同的学科有不同的见解,量子理论只是其中之一。我的观点是,我们已经认识了三个空间维度,下一个维度就是第四维,我们称之为时间。有这种可能性,一种生活在五维世界中的生物将会把我们的时间维度看成是第四个空间维度。"我当时一再把它称为物理维度。他说:"它们全都是物理维度。你是在滥用词汇。那应该被称为空间维度。"我在电影里还是保留了物理维度这个词,因为我认为它更便于理解。

如果你是一种两维空间的生物——作为一个两维生物你只能观察到一个维度。作为一个三维生物你只能观察到两个维度。所以,只有一个五维空间的生物才能观察到四个维度。我说这些的意思是,第四个空间维度在我们的感知中它就是时间。基普之前给我教过一个知识,就是万有引力是能够跨越维度的一种力。那是真正的物理学,也是我们完全能理解的东西。因此,当马修·麦康纳扮演的角色进入那个四维空间时,你看到的是一个用三维世界表现出的四维世界。他并没有在时间中旅行,他穿过了那个团块,他退出了那层膜——在膜理论中就是这么叫它的——他之所以能看到过去,是因为他在时间中穿梭就像是在一个物理维度中移动。在电影的前面安妮·海瑟薇有一段这样的台词:"或许对他们来说"——他们指的是那些高维度的生命体——"未来是一座我们能爬上去的高山,而过去是一条我们能钻进去的深谷。"都是建立在这种思想上的。

卡梅隆:可是他还能发送信息。

诺兰:用的是万有引力。

卡梅隆:那么在我的理解中,不管你穿过时间传送物质,还是发送信息,始终是有东西在移动。

诺兰:一点也没错。

卡梅隆:那他是把数据发送给杰西卡·查斯坦扮演的那个角色了,对吗?

诺兰:对。正是在这个地方,基普有一次反复看了好几遍,最终他明白了我的意思,并告诉我我们没有违反事先定下的规则。物理学真的是不容马虎的,它真的是铁板一块……我是用这种方式来给观众解释的,本质上来说,那个四维空间就是一台机器,是高维度生命体把它建造出来的,让马修·麦康纳扮演的角色去做那些事情。

卡梅隆:所以,就像在《2001:太空漫游》里,像在电影《深渊》里,总有一个更高级的存在,起初的那个黑洞的出现很可能就是他们一手安排的。

诺兰:没错。那个虫洞,是这样的。

卡梅隆:对了,那个虫洞。

诺兰:让我感到兴奋的是这个创意——如果你还没看过电影,这里要剧透了,但是……这个创意确实让我兴奋,"他们"——你也了解很多科幻电影中的"他们"——这些更高级的智慧就是未来中的我们。

卡梅隆:未来中的。没错。

诺兰:而且在某个未来——我们总有办法进化到能生活在五维空间里——原因和结果,过去和未来,除了作为一种空间维度外,都已不复存在。你由此能接触到的世界——绕过很长一条路,终能回到原点这。这就回到《终结者》的创意上,让你回到时间旅行的概念并在时间旅行中完成使命。如果你说你来自五维空间,那么时间在你看来不过是一种空间维度,原因和结果都失去了意义,因果关系将不复存在了。那么,自由意志就必须得用一种完全不同的方式来重新定义了。尽管当马修·麦康纳扮演的库珀在借助四维空间与过去互动时,他是在以一种迫不得已的方式来完成使命。但他同时也是在践行自由意志,我认为《终结者》中所发生的情况也是这样的。

卡梅隆：起初，将他送往那里去的的确是自由意志。他选择了那个任务，他去了那里。假如他不去的话，未来的他们就一点胜算都没有了。在我拍的前面两部"终结者"电影中，我面对的是这个问题，但如今我们正在酝酿一些新东西。如果天网没有派那个终结者回到过去，那块成为天网发展基础的芯片就不会被发现，那天网还会存在吗？所以，它实际上是自己创造了自己。这差不多就像是量子粒子正在产生，同时又正在消失，只不过是在一个宏观范围里。

诺兰：《星际穿越》中呈现的时间理论让我明白了，如果你愿意不把这些概念看成是悖论，而是说愿意去设想——我这么说有点像是个疯子，但如果我能设想一种方式来观⋯⋯

卡梅隆：大部分物理学家都是这么做的。

诺兰：他们简直是乐此不疲。但他们确实应用了很多直觉——这也是基普告诉过我的其中一件事，有很多是直觉。而且我在创作过程中通过直觉产生出的一些东西，给他留下了深刻的印象。他是这样对我说的，作为一个物理学家，要想真正理解某样东西，你必须去感受它。这和我们这些电影创作者的路子完全一致，这让我非常着迷。时间概念就是其中的一部分，时间理论能让我设想出一种方式去观察一个因果关系已经不再有意义的世界，我由衷地相信真实情况很可能就是这样的。

卡梅隆：你认为我们有自由意志吗？

诺兰：我认为我们误读了自由意志这个概念的含义，我们总把自由意志与因果关系的思想联系在一起。如果把一部电影当成是你的人生，你可以让它后退——我们之前讨论过《记忆碎片》这部电影——它虽不是时间旅行，但思路是一样的。你实施了复仇的想法，你反转了时间线——你得到的是什么呢？在那个场景中，《记忆碎片》实际上与其他很多科幻电影没什么两样。

卡梅隆：你的影片总是在"玩"科幻。我认为《蝙蝠侠：黑暗骑士》和《蝙蝠侠：黑暗骑士崛起》实际上都是反乌托邦科幻片。倒不是因为这两部电影里那些技术非凡的角色，例如那些夺人眼球的东西的创造者蝙蝠侠；而是因为你是在审视一个高度腐败的国家，那里只有一名义警是你的解决之道，是你的救主。

诺兰：我同意你的看法。

卡梅隆：这会走向一个极端，之前你谈过这个。

诺兰：没错。它也允许你有颠覆性的思想，真的是这样。因为在一部超级英雄电影或一部爆米花电影里，观众是会接纳的——我们就在这些领域里工作，并且热爱它们，我不会用任何方式的术语来贬低它们，因为我爱拍这些电影。但它们允许你用极端的方式来处理事情，用观众感到安全的方式来处理那些最有意思的极端想法，观众乐意搭这趟车。比如说，你创造出一个反乌托邦未来的体验。我把目光放在煽动行为上，放在那些可能会发生的糟糕的事情上，但这并不会带给观众压抑感。

卡梅隆：不幸的是，那种程度的煽动行为已不再是科幻了。

诺兰：是的，现实世界在某种程度上已经追上我们了。但这正是科幻影片激动人心的原因之一。比如《蝙蝠侠：黑暗骑士崛起》——它的一系列推测与国家里的阶级和阶级分化，以及因此所造成的紧张关系密切相关。而我们能够通过科幻电影对它进行更加深远的演绎。我认为从这种意义上说，正是科幻片、推理小说和科幻小说才能从整个世界的发展趋势出发进行推理，预测出我们去向何处，只要科学的部分不要像《星际穿越》中那样多就好。

卡梅隆：让人们跳出他们身边的那种政治的、社

上图 在诺兰的电影《蝙蝠侠：黑暗骑士崛起》(2012) 的这个场景中，克里斯蒂安·贝尔饰演的蝙蝠侠。

会的、合逻辑的思维定式，换一种视角来审视它。我认为这是科幻要扮演的另一种角色，特别是社会学科幻。这里面有蓝皮肤的人物，或者生着尖耳朵的人物，或者绿皮肤的人物。我们不会去想他们是穆斯林还是墨西哥人，任何因种族或经济发展水平所引起的歧视都不会出现在我们的头脑中。

诺兰：你说得对，科幻能让人们不带偏见地去思考。

卡梅隆：经典的范例就是《星球大战》，那帮家伙，那些自由战士——所有那些被帝国称为恐怖分子的人。这部电影能使我们居安思危——当然了，我不是在这里为恐怖主义做辩护。

诺兰：看这段历史时，我总觉得非常有意思。我相信乔治·卢卡斯本来是琢磨着如何拍《现代启示录》(Apocalypse Now)，结果却一鼓作气地拍出了《星球大战》。

卡梅隆：与他合作的都是同样一群人，《现代启示录》的编剧约翰·米利厄斯（John Milius）和那帮非常反主流的家伙。

诺兰：非常反主流并且真正毫不畏惧地用一种非常有趣、非常另类的方式来看待事物。《星球大战》一出牌就告诉你，这是一个发生在很久很久以前、很远很远的一个星系中的故事。你立刻就被带进了一种另类的思考方式中，用一种不同方式来思考那种被你认为是属于未来的东西，但它发生在过去。这是一种非常巧妙的办法，能使你换个角度来看它。

上图 罗伯特·泽米吉斯导演的电影《回到未来》(1985) 中的布朗博士(克里斯托弗·洛伊德扮演)和马蒂·麦佛莱(迈克尔·J.福克斯扮演)。

卡梅隆:是很天才,而且只是即兴地告诉你这是一个神话故事……等一下——很久以前?这里面可是有机器人、宇宙飞船和超光速星际旅行的。难道银河系里也曾有过一种因为太伟大而消失了的亚特兰蒂斯?它是什么时候消失的?

诺兰:如果你想通过数据分析来证明,可以看看卡尔·萨根的想法,他用数学来分析"其他星球上是否有生命"的问题,那些数据将会告诉你,有其他文明的可能,这些文明曾存在于过去。地球之外存在有智慧生命的可能,而且历史久远。要是把它放到文明史中来看,这些生物可能会是谁呢?《星球大战》就变得相当有可能了。

卡梅隆:对于我们从来都没收到过任何地外文明信息这一事实,你是怎么想的?

诺兰:在拍《星际穿越》时,我们曾深陷于这个问题。光是这里面涉及的距离就非常让人伤脑筋。根据我们在宇宙中的位置,距离问题是让人百思不得其解的、最难的事情之一。就算我们下决心与其他星球或其他文明建立联系,他们也实在是离得太远了。光速在时间和空间中的局限是真实存在的。有一天我给我的孩子们是这样解释的,我与基普也多次谈到过,可以用望远镜实现时间旅行……望远镜所望见的天体,不仅来自极遥远的远方,也来自极遥远的过去。

卡梅隆:它是一台时间机器。

诺兰:当你用望远镜寻找最小的星星时,目标离你越遥远,你所看到的便是越加遥远的过去。从理论上说,你可以制造出性能更强的望远镜,那么你也就能看到更久远的过去。这的确是个烧脑的想法。

卡梅隆:为什么我们对时间旅行如此痴迷?我猜这么解释比较合理,为了找补错误。或者寄希望于亡羊补牢的可能？

诺兰：人们最经常问我的一个问题就是，我为什么对时间这么感兴趣。我说，因为我一直活在其中，我们仿佛被困在时间中。我们真有这种感觉，这并不是一种抽象的、哲学式的说法。我们竭力抓住每分每秒，我们拍下来一切。我们绝望地想抓住当前的现实，但它总会流逝。这一直都是文学作品中的一个特色，即使是那些并不涉及时间旅行的作品。它是人类境况中非常重要的部分。科幻允许我们做的，时间旅行允许我们做的，就是去设问，要是我们能做到呢？要是我们能保留住那一刻呢？要是我们真的能重访那些瞬间呢？

卡梅隆：这是所有科幻作品的核心——设问。要是我们能穿越太空旅行，会怎么样？要是我们能穿越时间旅行，会怎么样？如果我们能遇到外星文明，会怎么样？

诺兰：某些最优秀的科幻作品会告诉你，就算你能做到，也未见得就一定是好事，也有可能一点变化都没有。我想有某种东西一直都在对我们的灵魂讲关于时间旅行的事，这么说有点宿命论但同时也会给人以某种安慰，因为它告诉人们错误总是会发生的。

卡梅隆：总会发生，而一旦因果被拆解，历史就会被擦除。这是"终结者"系列电影里的大秘密。在第二部中，片中人物萨拉·康纳在桌子上刻下这几个字，"没有命运"。我比较支持没有命运的这种思想，没有命中注定。

诺兰："没有命运，我们创造命运。"但如果你看一下你的故事，这并没有……

卡梅隆：这并没有那么简单，但人们必须相信它行得通。

诺兰：他们几乎已经相信它可行了。这是那种对因果关系的信赖，这个我们前面已经讨论过了。在两部终结者电影中，你对时间旅行的处理都很有意思，它是在坚定地声称人能控制自己的命运。但后来故事中的那些事件——结尾处当她开着那辆吉普车离开——这些实际上讲的是相反的故事。你会有这种心痛的感觉，他们明白了吗？他们还不明白吗？这是一个精彩的戏剧领域。有一个很著名的，但我觉得又与这个不太一样的例子就是《回到未来》。导演罗伯特·泽米吉斯的这部电影，在我看来，作为一部科幻片被低估了，因为它非常有趣。但它还是获得了巨大的回报，如果你有可能改变过去，随后它又对当今产生了一种连锁反应，那么未来将会变成怎样呢？在这一点上电影的立场非常鲜明，它并不赞成命中注定的思想，因为你可以改变过去。它会产生这样一个效果，作为一个电影人，你会被它带入那些纠缠不清的局面中。

卡梅隆：看着现实被拆解和被替换，总让人感慨万千，因为你处在上帝视角却无能为力。那么角色的主观感受怎么来定位？

诺兰：嗯，《回到未来》之后，我看过的一个最近极端的例子就是莱恩·约翰逊的《环形使者》。他真的是在尝试把过去改变当今的操作进行可视化，我认为这个非常有意思。《星际穿越》的结尾与终结者系列电影非常合拍——因为它讲出了这样一个事实，我们对因果关系的理解，我们对动力的理解，我们对注定的命运的理解都是残缺不全的，因为我们无法跳出时间之外。

卡梅隆：那你一定会喜欢《降临》这部电影，表达的都是一个意思，我们甚至都无法正确感知时间的方向。它的流动方向很可能是反着的，也可能同时往两个方向移动。

诺兰：这个内容斯蒂芬·霍金在他的书里经常谈到。

卡梅隆：没错，在《时间简史》(*A Brief History of Time*)里。为了尝试解决时间是往这个方向走还是往那个方向走,他们花了好几十年的时间。

诺兰:我认为物理学强烈支持一种观点:我们的时间观极度不完整,而且有可能会产生误导,它只是一种我们用来应付生存的一种方式。科幻是探索这个问题的一种方式,时间旅行通常会建造一台时间机器,在时间中旅行,回顾一下H.G.威尔斯的《时间机器》,用这种方式来考虑问题非常令人着迷。

卡梅隆:把这一切调动起来的正是威尔斯,不是吗?我想他之前并没有先例,当然,各种以巫术和魔法为背景的东西除外,我认为要以硬科幻来划分,那绝对是第一例。这本出版于1895年的书,简直开创了一整个新的亚类型。

诺兰:时间旅行故事的潜能是无限的。你比任何人都清楚——早在我们之前,你就在两样东西中间一边摇晃一边问,是这种时间旅行吗?还是那种?你可以隐藏在那些悖论里。

下图《环形使者》的电影海报。

对页顶图 克里斯托弗·诺兰的《盗梦空间》的电影海报。

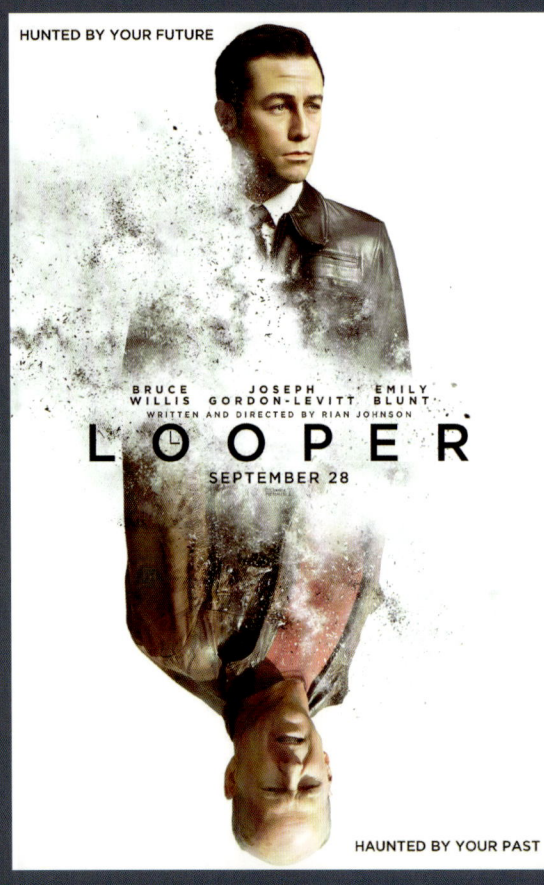

卡梅隆:是可以,而且你还可以反复无常,让观众感觉不到你这里面的规则。说到规则的创建,你在电影中一直都做得很棒。有时它有一定的挑战性——在电影《敦刻尔克》(Dunkirk)中,3个交织在一起的独立故事,以3种不同的速度向前推进,理解起来就有一定的挑战性。但你先把它以字幕的形式分别展现出来,然后再播放故事。同样的方式也出现在《盗梦空间》和《记忆碎片》中。

诺兰:我想即使观众无法分辨出你的设定,他们也能感觉得到。我俩前面讨论过那个四维空间的结构,我曾试着去解释它。这东西你一旦解释起来,它的复杂性简直令人发指,但我当时坚信——而且如今依然相信——如果作为电影人的我们理解并坚持这些规则,观众的感受一定不太差的。

卡梅隆:在我的印象中,最后做成成品电影的那些东西只占整个电影创作的十分之一。它所呈现的东西只是冰山的一角,更大的实体是构思和设计。

诺兰:我认为这非常能说明问题,《终结者》为什么经得住考验,作为续集回顾前情时,为什么给人的感觉不是事后补上去的。感觉就像它一直都存在于第一部电影的世界里。因为那部电影中有一种严谨性……没有那种利用时间悖论强行续命的感觉。

卡梅隆:某些细节上有出入,但毫不生硬。

诺兰:细节上的出入无伤大雅,但你从不故意掩盖。它既好看又便于理解,因此非常令人兴奋。尤其是这两部电影放在一起。

卡梅隆:我们都想让你再回来拍更多的科幻电影。《敦刻尔克》你已经完成了,所以真实战争的残酷你也已经经历过了。

诺兰:科幻电影,对我来说并不是一种类型片,它是一种心理状态,是一种处理问题的方式。

卡梅隆：我认为，要说哪些东西不是科幻，这很容易——宝剑和巫术，《指环王》——奇幻。但要说哪些东西是科幻，有时就比较难了。我会说《蝙蝠侠：黑暗骑士》是一部带有某种社会学观点的科幻片，《星际穿越》显然是科幻片，《盗梦空间》显然也是。它们用了一种能进入梦境的机器，如果这里面没有机器，那就很难说了。

诺兰：它会变成超自然的。

卡梅隆：完全正确。它会变成一个超自然的故事。

诺兰：而且这样会少挣很多钱。我说得好听，但事实是，科幻带给我们了一种能理解和掌握的机制。你回顾一下《阿凡达》中的那个世界，在原来的电影中，它的核心是一个极其亲切和简单的情感故事，其他所有东西都是围绕它而展开的。它打动了世界各地的人。

卡梅隆：这种简单是有意而为之，但披上了科幻的外衣，核心就是"借体重生"的故事。精神联结的技术的全部思路完全都是编造出来的，基普·索恩是不会为这样的技术写书的。但我们又是切切实实憧憬着能够拥有这样的技术，当我们有了这种憧憬，你知道，它就对一个艺术家、一个电影创作者提出了一个要求，去为观众做点事情吧。

诺兰：我认为这种技术就像是时间旅行。感觉那是某种让我们无法抗拒的东西，就像那种渴望进入别人意识中的想法，以及通过互联网和社交媒体中披的"马甲"，让我们在虚拟现实中尝试另一种身份。

卡梅隆：我想先换个话题。对于外星文明或外星生命形态你是怎么看的？你认为外星人的存在是毋庸置疑的吗？或者它属于那种我们还要观望的事情？

诺兰：我认为它属于那种还需要观望的事情，但

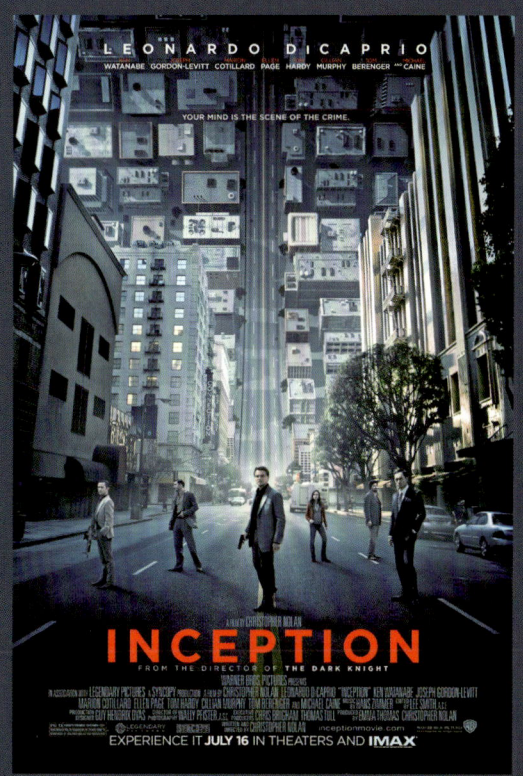

我同时认为我不会等那么久。我看《第三类接触》的加长版DVD——那部电影太了不起了，而且它是一个奠基。描绘那个瞬间所用的那种方式，前所未有，它真的带着一种严肃和真诚。你看花絮部分的史蒂文·斯皮尔伯格当时接受的一个采访，他完全相信外星人的存在。

卡梅隆：他是相信这个。

诺兰：绝对相信。后来，他又说起了这个，世界上有那么多的照相机，为什么就没有一个能抓拍到一张外星人的照片和其他什么东西。我想随着时间的推移，他的目光又转到那个即时性问题上了，此刻我们正在被外星人访问吗？但你看他当时拍那部电影时的样子，他是全身心投入那种思想中的。

卡梅隆：是啊，他的导演源于激情。

诺兰：非常对。而且我认为正是这个，使他看见了某种他真正下决心想看，并在他有生之年能看到的东西。我认为关于外星文明的数学运算是非常吸引人

的，但我也清楚——在一定程度上，这是拍《星际穿越》时与基普·索恩一起长期工作的结果——我意识到了一些局限性，我们所能观察到的宇宙，我们能去的……因为我们距最近的恒星太过遥远，让人气馁。

卡梅隆：科幻有一面是在颂扬人类的潜能。还有一面指向我们各种各样的心魔和缺陷，我们可能永远都意识不到自己的潜能，同时，技术又把我们身上所有的负面特质都给放大了。我爱科幻中的这种阴阳两面性，它极度乐观同时又极度悲观。

诺兰：拍《星际穿越》的时候，我和我弟弟经常说的就是，那个世界不是一个反乌托邦世界。它濒临灭亡，但它不是一个反乌托邦世界。这部电影理论上讲的是人类最善良的本性，讲的是人们最终获得成功。而且从这方面讲，它还是非常乐观主义的。它的衰落又非常的悲观主义，但我认为这两面都非常吸引人。

卡梅隆：实际上，它是最早一批认真对待气候变化问题的电影之一，探讨美国可能会因气候变化而产生的后果或正在产生的后果而变成什么样。

诺兰：我们当时是这样进行的——我看了肯·伯恩斯（Ken Burns）关于沙尘暴的纪录片。他们在纪录片里讨论的那些东西，以及他们所拍出的那些画面，它们感觉比大多数科幻片还要令人难以置信。说真的，这些都是真实发生的事。所以我给肯打电话，我说："我想用一下你的那些采访镜头，就是你拍的那些亲历过真实事件的人们的镜头，我想把它们用到一部科幻电影中，用来代表未来经历过这种可怕事件的人们的谈话。"于是我们把那些真实幸存者与我们的角色剪切到一起。沙尘暴的那个年代他们还都是些孩子，但他们记得那东西的样子。那些沙尘云团等一些东西，比大部分科幻片曾描绘过的东西还要极端得多。与你在肯的纪录片中看到的东西相比，我们已经把规模缩小了。

卡梅隆：这些事情我们还会重新经历一遍，这是不可避免的。

诺兰：肯也是这么说的，那真是太吓人了。

卡梅隆：对这种行为准则你是怎么想的？有人借助科幻作品表达过这样一种思想，就是搞砸了这个地球没关系，我们会再找一个。

诺兰：又回到那个话题了，我们回到科幻中的阴谋论。我能拍一部电影说这个世界就要终结了，而且这才是故事的开头。我觉得能这样做本身就很吸引人，这就是乔纳最初的提议打动我的地方，它一下子就把我抓住了。这个创意是这样的，地球是一个蛋，而我们是从这个蛋里孵化出来的，我们离开这里的命运终究不可避免。事实是否真的是这样，我不知道，但给人的感觉像是真的。

卡梅隆：我们愿意让这种想法存在。我们迫切需要那些外星人存在。

诺兰：我们坚信，我们会不断探索这个宇宙并在其中扩张，因为它就在那里。它真的就在那里，并不是虚构出来的。那种作为一个物种却永远都不知道那里有什么的想法——而且永远去不了那里——感觉上就不对头。感觉这与人类天性中的某种东西是相抵触的。这是非常重要的起点，我们想尽力挖掘的是把世界抛在身后的道德依据。我觉得人们不是这样来看电影的，我觉得人们不是这样来看科幻作品的。科幻是用来探索的交通工具，它不必非得是一个警世故事。尽管在《星际穿越》的开头，它可能是一个警世故事，某种程度上它又不是，因为它一直在这样说：或许这就是一个自然过程；或许到了一个阶段，地球就不再想要人类了。

卡梅隆：这是对我们的能力、我们的潜能的一种颂扬，它实际上是有点老派的科幻。某种程度上，它回归到20世纪30年代和20世纪40年代的那些科幻潮流中去了。我们终冲出宇宙，我们将做出壮举，这是我们注定要做的事情。产生做这种事情的意识，是自然进化的下一步。库布里克也会这样说的。

诺兰：是的。

卡梅隆：而且我爱这个。我真的很敬佩这样一类电影，因为科幻片一度曾在各种浪潮中左右飘摇。20世纪60年代和70年代的科幻片屈指可数，直到《星球大战》出现，它既是希望和颂扬，也是一种冒险。科幻片当时真的已经进入了死角，而且也不是很商业化，造成这两种情况的原因，就是它对人类太悲观了。人类的本性就这样持续不断地被科幻打击了二十多年，然后《星球大战》出现了，乔治·卢卡斯说："去他的吧。让我们来点好玩的。"倒不是说它不够重量级，它是重量级的。

诺兰：绝对是，而且它带来了一股清流。卢卡斯在电影中做了一件不同的事情，他从历史类比的角度来拍这部电影，他把它拍成了一部西部片或者说武士电影。

卡梅隆：没错。传奇，神话。约瑟夫·坎贝尔的原型。

诺兰：如果你审视一下科幻片中的那些末世思想，会发现它们往往是一波一波的。20世纪70年代有一股非常强大的末世思想浪潮，《星球大战》完全是反潮流的。

卡梅隆：是这样。它通过想象力的解放拨正了船头。但你要是经过了20世纪60年代的那些民权运动、骚乱和战争——还有反主流文化中的那种人性意识的释放，那么，它会以那种方式来显露自己也就顺理成章了。

诺兰：我认为，令人忧心的是，如果你看看后来发生的情况，你会发现20世纪90年代的科幻对末世思想的强调大大地减少了。经过"9·11"事件之后，它几乎又在一夜之间复活了。以《我是传奇》为代表，一股与20世纪70年代的那种思想有着非常、非常密切联系的、巨大的电影浪潮出现了，我们很可能把一切都搞砸了，我们可能要大难临头了。要么是我们自己毁掉这个世界，要么是外部力量把它毁掉，那种末世思想又非常坚定地回到了科幻作品中。

卡梅隆：你看它经过的那些循环。从20世纪50年代到60年代早期，核毁灭的威胁出现在所有的B级怪兽电影中，还有共产主义的威胁以外星人借体入侵的各种题材出现——像《天外魔花》这种类型的电影。科幻作品总能体现出我们的焦虑，我们的梦想，以及我们的梦魇，这让我非常着迷。

诺兰：以日本动漫为例子，其中末世题材的规模是相当惊人的。再早一点，你还会看到哥斯拉等相关主题。而当时的人们并没有意识到它们的象征意义。我想我们今天坐在这里，我们也没意识到……

卡梅隆：我们也许没有完全意识到我们正在做什么。

诺兰：是的。

卡梅隆：但终究都会明了的。

诺兰：终究都会明了的，而且它有可能还非常明显。

卡梅隆：假设还有以后，一切终究都会明了的。

诺兰：实际上，我想将来一切会一目了然——我们都受过什么影响，我们曾担忧过什么。但我认为科幻在这一点上并不非得有自觉意识，如果它有自觉意识，那它就变成说教了。它必须得有趣，必须留在它自己的娱乐圈子里，这样才能吸引观众亲近它。正是因为这个原因，它才使观众以不同的方式来看这个世界，而不是反过来。

怪物

马特·辛格

天鹰座里那颗最明亮的恒星被称作牵牛星,它距离地球有16.7光年,亮度是我们的太阳的8万倍。牵牛星是"夏季大三角"三颗星中的一颗——在GPS出现之前,大三角星一直都是空军用来夜间导航的标志。但在牵牛星的一颗很小、很不起眼的卫星上,潜伏着一只看不见的怪物,它在等待着它的猎物。

当然,这颗卫星和这只怪物都是虚构的,但那颗恒星是真实的——这一细节的加入为1956年的科幻电影《禁忌星球》(Forbidden Planet)增加了逼真感,该片由一家好莱坞大制片厂出品,是最早的太空史诗电影之一。这只怪物是被宇宙飞船C57D发现的,这艘飞船抵达牵牛星4号卫星是为了搜寻一支早年被派出的、已经失联的探险队的消息。这颗星球上仅有的居民是爱德华·莫比亚斯博士(沃尔特·皮金饰)和他的女儿阿尔泰拉(安妮·弗朗西丝饰),尽管他们热情好客,但飞船的指挥官约翰·亚当斯(莱斯利·尼尔森饰)和他的船员们却频繁遭到一种充满敌意的、看不见的力量的攻击。最后,谜团终于被解开:牵牛星4号卫星上以前的文明留下了一台机器,莫比亚斯博士把自己的大脑连入这台强大的机器里,无意中释放出了一种"来自本我的怪物"。下面是亚当斯如何向满腹狐疑的莫比亚斯解释怪物的秘密:

怪物是来自潜意识,这毫无疑问!……那台巨大的机器,配以12千米长的调速管继电器,它所产生的能量足以实现全人类的天才创意……这台终极机器可以随时将人们想象出的任意形状、任何颜色的形象即时投射为实体,出现在这颗星球的任意地方。任何想法都可以实现,莫比亚斯!这纯粹是由思想创造出的。

剔除亚当斯的这番演讲中的伪科学部分,人们会突然发现他谈的并不仅仅是这只特别的怪物,他谈的是所有电影中的怪物。莫比亚斯的怪物是一个世纪以来,在大银幕上出现过的各种怪物的一个完美的隐喻。正像莫比亚斯的怪物一样,电影中的怪物都是来自它们的造主的潜意识。这些造物以造主能够想象到的任意形状和颜色出现。电影中的每一只电影怪物都纯粹是思想的产物;都是来自本我的怪物。

拿弗兰肯斯坦的怪物来举个例子。这个原创自1818年玛丽·雪莱的作品《弗兰肯斯坦——现代普罗米修斯的故事》中的怪物,要算是电影中最知名的怪物了,他第一次出现在大银幕上是在1910年,但直到那部由詹姆斯·惠尔导演、鲍里斯·卡洛夫主演,环球制片厂于1931年出品的电影《弗兰肯斯坦》上映之后,才奠定了他最具标志性的形象。杰克·皮尔斯(Jack Pierce)所设计的妆容,把卡洛夫这位英国演员的正常相貌变成了一幅恐怖的景象——苍白的皮肤,超大的前额,扁平的头顶,还有穿透了他脖子的那根巨大的金属螺栓。赋予他生命的人是疯狂的亨利·弗兰肯斯坦博士(科林·克利夫饰),此人对扮演上帝一直心怀执念,为实现自己这种疯狂的梦想,他不惜去盗墓、去医学院偷尸体,从他所找到的每一具尸体中挑出最好的器官,只为拼凑出一具全新的身体。不幸的是,弗兰肯斯坦的助手弗里茨(德怀特·弗莱伊饰)弄坏了专门给这怪物用的健康大脑;由于手头

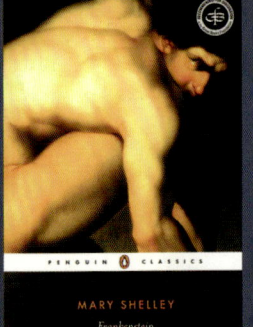

对页图 1931年版电影《弗兰肯斯坦》再次发行时的电影海报,这部令人难忘的电影由詹姆斯·惠尔导演,鲍里斯·卡洛夫扮演电影中的那个怪物。

上图 玛丽·雪莱的小说《弗兰肯斯坦》企鹅经典丛书版的封面。

没有可用的备用品,他偷偷地换上了一颗不正常的大脑。不知情的弗兰肯斯坦博士把那颗劣质大脑装进了他的造物的身体里,后来发生的事情大家就都知道了。

与大多数怪物电影一样,惠尔的这部《弗兰肯斯坦》是遵循了怪物电影核心宗旨之一的一个警世故事,借用喜剧演员帕顿·奥斯瓦尔特(Patton Oswalt)在他的脱口秀专辑《狼人和棒棒糖》(Werewolves and Lollipops)中的精辟描述:科学说,我们只讲可能性,而非必然性。

肆意妄为的科学成为绝大多数经典怪物电影的核心,唯一可变的部分是怪物的种类和它们所各自代表的具体的科学方面的恐怖。实际上,梳理一下怪物电影这种类型片的全部历史,会让你对整个20世纪人类对最伟大技术的关注产生一种相当不错的印象。站在全局角度看,怪物电影的经典全集就像是一部庞大的纪录片,反映了社会最严重的恐惧的进化过程。

《弗兰肯斯坦》问世后没几年,当人们还对它从医学专业角度呈现的恐怖心有余悸的时候,第二次世界大战爆发了。持续五年多的战争消耗了世界上大多数的国家的人力财力,最终在广岛被投放了原子弹的第九天后战争结束。对核武器的担忧——以及对人们如果哪天再使用核武器时可能会导致的毁灭的焦虑,在此之后的几十年贯穿于所有怪物电影之中,并在太平洋两岸传播开来,甚至会延伸到未来几十年。潘多拉

上图《原子怪兽》(*The Beast from 20,000 Fathoms*,1953)的电影海报,该片以定格动画传奇人物雷·哈里豪森(Ray Harryhausen)所塑造的怪兽效果为特色。

的盒子已被打开，内有口喷火焰的怪物。

在美国电影中，假想的核试验开始释放出各种各样的巨型怪兽。在1953年的电影《原子怪兽》(The Beast from 20,000 Fathoms)中，一次在北极的核试验唤醒了一头被困于冰块中的恐龙；它逃出来后所造成的巨大破坏遍布了整个加拿大，并殃及美国北部。第二年，戈登·道格拉斯（Gordon Douglas）的《X放射线》(Them!)中释放的是一群巨型蚂蚁，它们是暴露在新墨西哥州的阿拉莫戈多（Alamogordo）地区的核辐射中后发生了变异，这个地方是真实世界中的首个核试验场。与此同时，日本也推出了电影史上最伟大的也是系列作品最多的怪兽之一：哥斯拉（Godzilla）。

《原子怪兽》和《怪兽王哥斯拉》(1954)中的主角怪兽都是史前时期的恐龙，它们都是被当今时代的那些欠考虑的核试验给唤醒的。《原子怪兽》和其他几部类似的美国电影或许算得上是首创，但《怪兽王哥斯拉》统统超越了它们，变成了原子时代怪物的一个范例——其部分原因是创作了《怪兽王哥斯拉》的日本人与之前那几部怪兽电影背后的美国电影人不同，他们是亲历过真正的核恐怖的，他们把他们亲身经历融入了作品之中。

回想那部早期电影里的场景，一艘渔船被一波神秘的冲击炸成了碎片，原来是蛰伏于水底的哥斯拉在觉醒。这个片段源自一场真实的海上事故，事故就发生在电影出品的几个月之前，当时日本渔船"第五福龙丸"的全体船员都受到了辐射毒害，来源就是美国氢弹试验无意中释放出来的核微粒。就在那艘虚构的渔船被未知的力量攻击的刹那，演员们痛苦挣扎的表演是那样触目惊心，令你完全无法把这部电影归为一部空想的灾难片。这部《怪兽王哥斯拉》不只是一个套上橡皮衣的家伙在毁掉一些硬纸片搭出来的建筑，它是一群艺术家竭力表现他们感受到的民族创伤。

导演本多猪四郎（Ishiro Honda）探讨了原子弹攻击所引发的道德问题，他让影片中的主人公们装备了自己的超级武器，一种近似于原子弹的"氧气毁灭者"（oxygen destroyer），那似乎是阻止哥斯拉肆虐的唯一有效的东西。但氧气毁灭者的威力很强大，一旦落入了坏人的手中，它给人和动物所造成的杀戮伤害可能比哥斯拉有过之而无不及。与哥斯拉搏斗的主人公们面临的决断——眼前能解救生命的可怕武器在未来有可能会使更多的生命陷入危险的境地——和当年给广岛和长崎投放原子弹的决策者所面临的如出一辙。

最后，发明氧气毁灭者的科学家用它打败了哥斯拉，并在这过程中故意使自己与之同归于尽，这样就再没有人能使用他的发明了。他的这种高尚的英雄主义和自我牺牲精神多少为后来的事实所冲淡：哥斯拉变成了一个电影系列，它一再地复活并威胁着日本（后来又保护日本免受其他巨型怪物的攻击）。不过哥斯拉不断的死而复生也恰好成为一个完美隐喻，映射了这个时代阴魂不散的核恐慌。正如那些远古时代的恐龙带给人类的恐慌一样，忧虑是不可能被轻而易举消除的。

不同种类的恐龙——以及科学上的新关注点——是另一部传奇的怪物电影的重点：史蒂文·斯皮尔伯格的《侏罗纪公园》(1993)。（以下剧透警告）这部改编自迈克尔·克莱顿同名小说的电影想象出了这样一个世界，灭绝的恐龙在这里被重新复活了，它们被安置在了哥斯达黎加附近的一座小岛上，那里变成了一个观光胜地。在这座独一无二的主题公园尚未向公众开放之前，想要确保它足够安全的投资者们邀请了一支由古生物学家和数学家组成的团队，以确认一切正常。然而必有一失，技术故障、糟糕天气，以及达尔文进化论等连锁反应，让这座小岛陷入一片混乱。

《侏罗纪公园》中的霸王龙和迅猛龙不是核能驱动——它们是基因工程的产物，这部电影反映新一代人们对克隆技术的焦虑，这在整个90年代中期都是新闻和流行文化中的热门话题。摒弃了疯狂科学家的原型，斯皮尔伯格把科学家们塑造成了电影中的英雄。

《侏罗纪公园》中的问题并非源于科学家,而是出自商人约翰·哈蒙德(理查德·阿滕伯勒饰),他天真地妄图创建一座恐龙主题公园。哈蒙德的鲁莽行为突显的正是我们文化中对神气十足的企业家与日俱增的不信任,他们四处鼓吹技术乌托邦会给社会带来益处,却忽略了其破坏性。

哈蒙德尽管心存些许崇高的理想,但他的动机却掺入了贪婪性——这是贯穿这个时代众多怪兽电影的一个关键主题。有两个绝佳的例子就是雷德利·斯科特执导的《异形》(1979)和与詹姆斯·卡梅隆执导的续作《异形2》(1986)。尽管这两部电影都有同样的女主角(足智多谋的埃伦·蕾普莉都是西格妮·韦弗所扮演)和怪物(H. R. 吉格尔所设计的抱脸虫和破胸虫异形生物),斯科特与卡梅隆的这两部作品却迥然相异。斯科特展现的是一个太空里的鬼屋故事,而卡梅隆的却是一个不折不扣的战争电影。然而,在不同中又都有一个共同的次要威胁,就是使异形生物的危害成为可能:强大的魏兰德-尤坦尼公司

上图 理查德·阿滕伯勒扮演的约翰·哈蒙德(左)给艾伦·格兰特博士(萨姆·尼尔饰)和埃莉·萨特勒博士(劳拉·邓恩饰)介绍侏罗纪公园。

对页图 《异形》中的领衔太空怪兽,由瑞士艺术家H. R. 吉格尔设计。

（Weyland-Yutani Corporation）的冷血商业行为。

就是这个"公司"安排了《异形》中神经错乱的人造人阿什（伊恩·霍尔姆饰）不惜一切代价要保留异形生物的样本，就算会导致蕾普莉和她的同事死亡。在《异形2》中，从上一部电影的废墟里捡回一条命的蕾普莉又被他们派回到了那颗星球上，因为他们在那里再次发现了异形生物。一位令人厌恶的"马屁精"公司法人（他的丑恶嘴脸被扮演者保罗·雷瑟演绎得淋漓尽致）坚持说这第二次探险是为了营救一群身陷

绝境的殖民地居民。他与上次一样在撒谎，公司的目的还是要取回一份异形生物标本，为的是他们能用它来制造生物武器。

《异形》中本来没有明确是一位"弗兰肯斯坦"还是一位"哈蒙德"创造出了怪物——但几乎过了40年以后，雷德利·斯科特又重拾这个系列并给了异形一个创造者，他在前传电影《异形：契约》（Alien: Covenant）中揭示，设计异形生物的是一个名叫大卫的人造人，大卫的扮演者是迈克尔·法斯宾德。回溯一

部怪物电影的前因后果，并将它变成一则寓言，揭示盲目无度地追求科学进步的危险，这么做永远都不晚。

电影中的怪物很少有能与异形奇异的生命周期、多层结构的嘴巴和酸性的血液相提并论的。唯一一个与这种令人不寒而栗的可怕生物比较相似的，是约翰·卡朋特的《怪形》（1982）中那个令人恐怖的主角。没有哪种描述能准确地形容怪形，它的变身能力能让它适应任何不利的环境。一旦被发现，它能从躯体上生出疯狂乱舞的触手或如剃刀般锋利的尖牙，这些都是前奏，它最后会变形成一只人体大小的蜘蛛。砍掉它的头，那离开了身体的脑袋会用它的舌头当套索，拖着自己逃往安全的地方，然后又会生出几只蜘蛛腿，托着脑袋爬行。而这些全都是在一个场景中发生的！更可怕的是，这个怪物能完美地复制任何活物的形态。起先它伪装成一只雪橇犬，后来又变成南极科考站的工作人员，一路上它杀死一个取代一个。

《怪形》中的怪物，是由备受好评的特效化妆师罗伯·博汀（Rob Bottin）所设计，它仍是迄今为止电影中曾做过的最可怕的特效之一。但怪形看起来像任何人、甚至是你了解的某个人的这种事实才更可怕，比它那长满触手的样子还可怕——如此一来，南极科考站迅速沦为一个妄想和暴力之地。《怪形》与所有这里提到过的电影，以及成百上千的其他怪物电影还有另一个共同之处：真正的怪物一直都是人类。弗兰肯斯坦的造物是一个暴力不稳定因素，但变成一帮滥用私刑的暴民的是弗兰肯斯坦的那个小村庄的居民们。哥斯拉或许会把任何挡它路的人踩扁，但它之所以现身于 1954 年，是因为人类用核弹把它给释放了出来。同样的道理放到《侏罗纪公园》里面的人身上也适用，你几乎无法怪罪恐龙吃人的行为，它们只是在依照本能行事。那个贪婪的企业家本该想到这一点。

在与吉尔莫·德尔·托罗的谈话中，詹姆斯·卡梅隆把怪物电影描述为"一场安全的噩梦"。这场噩梦中有不安全的部分，让我们彻夜难眠的部分，就是怪物背后的人类。如今我们可以把恐龙和流着强酸血液的异形当作是幻想作品而不予理会；我们只要观察一下我们周围的世界就能找到确凿的证据，比人类还要凶残的怪物并不存在。再次提及，《禁忌星球》与它里面"来自本我的怪物"为这个概念提供了一个完美的隐喻。这些电影在迫使我们直面这样一种观念，或许我们每个人的内心里都潜伏着一只怪物，它在等待着这样一个时刻，届时一种迷途的思想可能会创造出某种可怕的东西。

上图《禁忌星球》（1956）的电影海报。

对页图 约翰·卡朋特执导的影片《怪形》（1982）的电影海报。

詹姆斯·卡梅隆对话
吉尔莫·德尔·托罗

在过去的二十年中，心怀梦想的电影制作人吉尔莫·德尔·托罗凭借他的双手设计出了数个美丽的、纯手工制作的虚构世界，在这些浸染着令人惊艳的蓝色和琥珀色色调的世界中，居住着外来生物、怪物和被误解的人。从他的处女作故事长片，1993年的吸血鬼寓言《魔鬼银爪》（Cronos），到他最近完成的影片，冷战时期的爱情故事《水形物语》（The Shape of Water），德尔·托罗的创作一边从各种类型片中借艺，一边举重若轻地挑战着这些分类，却每每留下他那绝不会被错认的个人印记。他对日本动漫和日本怪兽电影的热爱成了他最有影响的科幻作品——2013年的机甲战士大战巨型怪兽的科幻大片《环太平洋》（Pacific Rim）的核心；他对大自然界中的恐怖的迷恋更是淋漓尽致地体现在他的首部英语电影，《变种DNA》（Mimic，1997）中。

在这里，德尔·托罗与卡梅隆——这两个有着26年交情的老友——要坐下来进行一场深度谈话，详细探讨恐怖、科幻和奇幻之间的相互影响，探讨玛丽·雪莱的那部充满哲学思辨的不朽巨作《弗兰肯斯坦》和1931年据其改编的电影，以及德尔·托罗最近与UFO的一次不期而遇。

詹姆斯·卡梅隆：你是一个喜好恐怖故事的家伙，每次我俩谈论这方面的话题，你都是这么告诉我的。问题是，要说起恐怖和科幻之间的重叠区域，你认为在哪里？

吉尔莫·德尔·托罗：滋养早期年代里那些恐怖的土壤，一直是灵异方面的东西。它来自对善与恶的信仰。犹太教和基督教共有的传说里的宇宙观，魔鬼、天使和恶魔。即使你去看日本、中国等东方国家的故事——它仍然是与精神领域联系在一起的，对吧？然后西方文学进入了一个关键时期，就在启蒙时代（Age of Reason）稍后一点，说来也奇怪，我认为《弗兰肯斯坦》这本书至关重要，它那时把科学作为异常事物的发动机加进了书里。我认为正是从那个时刻起，科学导致异常成为一种模式，恐怖的来源改变了。重要东西其实已经发生了变化。

卡梅隆：所以，到了今天，它来自核辐射、基因工程、机器人技术——我们的怪物来自太多不同的地方。从前，我们的怪物来自民间传说、神话、恶魔和超自然的世界。那么，《弗兰肯斯坦》应该归到科幻坐标轴的哪一个点上呢？

吉尔莫：这是一个既清楚又令人困惑的问题。因为我认为《弗兰肯斯坦》这本书所拷问的一些精髓问题是与精神方面有关的，也是与存在主义有关的。这个故事中有一点弥尔顿（Miltonian）式的成分：里面的那个造物在质疑他的本性，他存在的意义是什么？这个世界存在的意义是什么？他质问的是善与恶的问题，是存在价值的问题。但发动机是科学。

卡梅隆：没错。一种"误入歧途"的科学。

吉尔莫：是一种对科学的歪曲，也是人性中的那种极其的狂妄自大和那种不可一世的表现。我们在故事开头看到的那位船长，他的狂妄自大也与维克多·弗兰肯斯坦如出一辙，他试图挑战自然秩序。后来通过那个故事，那位船长吸取了教训，终于学会了谦逊。我的确赞同你把它称为恐怖故事，因为说到底这是一个尸体复活的故事，或者不如说是里面还混杂了人类的、动物的一堆尸块——触目惊心。然而其中一直存在这样一个问题，这个问题问得很漂亮：在拼凑成他身体的所有部件里，是哪一部分承载了灵魂？

对页图　吉尔莫·德尔·托罗在纪录片《詹姆斯·卡梅隆的科幻故事》中。图片来源：迈克尔·莫里亚蒂斯/AMC

卡梅隆：这不就是那本书和那些电影所问的吗？

吉尔莫：没错。在那本小说里有这样一个片段……或许要算是这本书中最棒的部分之一了，那是纯粹的恐怖。因为恐怖的实质就是，本应存在的东西结果却不存在，或本不应该存在的东西结果却存在。你可以把这部恐怖经典里的其余部分都按这个标准来划分。那个片段的美就在于将维克多变得非常有象征性，非常的弗洛伊德，就在他设法激活了那个造物之后，他去睡觉了。他正在沉睡中。正如弗朗西斯科·戈雅（Francisco Goya）所说，"理性沉睡，心魔生焉"。他正在沉睡的时候，感觉有某个东西正在看他。醒来后他也发现看他的正是那个造物。此刻的美就在于它的恐怖：那本不应该存在的东西结果却存在了。

卡梅隆：但存在主义问题在科幻作品中也占有非常大的比重。我们是谁？为什么是我们？意识是什么？灵魂是什么？人类本质上是什么？你同意不同意这样一种观点，就是有一个科幻作品的坐标轴，一头是毋庸置疑的科幻，中间是一个过渡地带，你可以把科幻加恐怖的作品放置在这里，然后再往另一头走，应该就是无可争议的恐怖了？

吉尔莫：我完全同意。而且在中间的混杂部分，你的作品几乎可以是无所不包的，就像《异形》（1979），它力求成为一部"鬼屋"加"怪物"的电影。

卡梅隆：它是一部科幻经典——我们在太空里，我们与全体船员乘坐一艘宇宙飞船上，在另外一个星球上——同时又是一部纯恐怖片。本我性强烈，从H.R. 吉格尔的设计等一些元素看，又非常具有性心理方面的隐喻性。

吉尔莫：H.P. 洛夫克拉夫特（H. P. Lovecraft）有时也尝试科幻恐怖题材。

卡梅隆：《超越时间之影》（The Shadow Out of Time）就是科幻小说。

吉尔莫：还有《天外来色》（The Colour Out of Space）。

卡梅隆：但克苏鲁神话……

吉尔莫：这个不是。我认为一旦你的设定基础从根源上是一个异想天开的传说，它不受那些科学规则的约束，或至少它的设定避开了那些科学规则，那就得归到奇幻里了，或者归到恐怖里。

卡梅隆：心灵感应算是什么呢？它算是一种超自然力量，还是——在科幻的语境里，可以被视为某种科学尚不能解释，但正在努力研究的东西？

吉尔莫：大多数时间我认为心灵感应应该算是科幻里的某种形态。

卡梅隆：它之所以超自然，是因为我们并没有证明心灵感应能力存在的证据，没有确凿的证据。

吉尔莫：但在文学作品中确实有一些实例。我一下子想起了丹·西蒙斯那本讲一个具有强大心灵能力的部落的书：《魔鬼在你身后》（Carrion Comfort），书中用其中这样一种特质杜撰出了一种类似吸血鬼式的设定。话说回来，最终的解释不会和神灵或宗教有关。意思是，即使没有证据，对心灵感应的最终解释也不会来源于恐怖或奇幻。

卡梅隆：在某种程度上它有点经验主义。你能够感觉到可能有某种仪器可以探测到它。就像电影《遭诅咒的村庄》（Village of the Damned），这意味着它只能是科幻而不是恐怖。

古尔莫：英国剧本作家奈杰尔·内尔（Nigel Kneale）也写了很多那样的东西。很多的英国科幻作品都会带一点恐怖成分，同时恐怖作品也具有科幻的要素。你去看《石头记》（The Stone Tape），在这部电影中奈杰尔表达了房屋就像是石头磁带，它们能记录一些回忆，也有痛苦的时刻。所以，这里面也有那种科幻掺入恐怖的美。

卡梅隆：你怎么看奈杰尔编剧的《火星人袭击地球》（Five Million Years to Earth 又名 Quatermass and the Pit）？在这部电影里，他们是在打着科幻的旗号来解释我们想象中的魔鬼和恶魔。

吉尔莫：我认为那些才是真正有意思的。我得用稀有、美丽、珍贵这样的词语来评价，因为他们就像在科幻和恐怖中间的窗户纸上捅出了更多的洞，让其更互通有无。

卡梅隆：你认为马里奥·巴瓦（Mario Bava）1965 年的电影《恶魔星球》（Planet of the Vampires）呢？这部电影直接催生了《异形》，不是吗？你在一个外星星球上登陆，那里有一艘坠毁的宇宙飞船。

吉尔莫：那具巨人尸体……

左图《遭诅咒的村庄》（1960）的电影海报，这部电影改编自小说家约翰·温德姆（John Wyndham）的《密威治的怪人》（The Midwich Cuckoos）。

上图 马里奥·巴瓦导演的影片《恶魔星球》（1965）的意大利语版电影海报。

卡梅隆：那具死尸，没错、没错。

吉尔莫：要说起巴瓦的出色之处，是在于其风格，他把科幻和恐怖结合在了一起。无关乎故事本身或处理故事的方式，或人物角色以及凭经验制造的东西。他只是凭借着设计和色彩点亮故事的方式，在视觉上把科幻和恐怖完美地结合在了一起。

卡梅隆：那就是马里奥·巴瓦和很多意大利导演的做法。所以，吸血鬼的设定，如今人们通常都会把它归到恐怖里——一种超自然的、恶魔般的东西。但你拍了《血族》(The Strain)，在那里面有一种参与其中的病原体解释或部分解释了它。

吉尔莫：吸血鬼的传说在每一种文化中都有源头。你会发现有希腊吸血鬼、东欧吸血鬼、日本吸血鬼、菲律宾吸血鬼。存在的种类繁多，起源也各有奥妙。我有我自己的推测，这是一种虚构的动物，像龙一样存在于每一种文化中。我的推测是，在某个时期人类也和猿一样会同类相食。而这种恐怖的互相为食需要有一个神话来解释。我认为狼人和吸血鬼都是出自这种需要，把过去或当时的那种强烈的欲望具体化。

卡梅隆：我们内在的那种动物性。当我看一部吸血鬼电影时，看他们一遇到十字架就退缩，或一到阳光下就突然燃烧起来，我就在想，这一点都不科学，这就是超自然的传说。但当我看《我是传奇》(I Am Legend)这样的电影时，里面吸血鬼式的行为又可以用一种病原体来解释，它可能是通过某种修改基因的方式改变了人类，我又会把吸血鬼放入科幻里。

吉尔莫：《我是传奇》的小说作者理查德·麦瑟森(Richard Matheson)就把这两样东西出色地结合在了一起。他引入了科学，还引入了一个都市背景。史蒂芬·金一般采用的都是郊区背景，一个小城市，然后就此展开故事。但理查德·麦瑟森的妙处是他一再试图传递，这是我们的城市，这是我们的街道，而这把一切都改变了。

卡梅隆：《我是传奇》的成书时间是20世纪50年代早期，后来它又被多次改编。我认为电影《地球最后一人》(The Last Man on Earth, 1964)是一次改编《我是传奇》的尝试，而随后的电影《最后一个人》(The Omega Man)显然也是。

吉尔莫：《活死人之夜》(Night of the Living Dead, 1968)这部电影有剽窃《我是传奇》之嫌，但却非常重要。它催生出了一种全新的恐怖主题。而影片之所以还划在恐怖片里，是因为导演乔治·罗梅罗固执地拒绝交代造成惨烈死亡的原因。

卡梅隆：后来的很多电影试图把它拍成一种疾病，一种病原体，或某种可传播的东西，围绕着它创造出了一系列俗套的情节。如果你被咬了，它就会进入你的血液并流遍全身，诸如此类。但如果你仔细想想，那一定挺恐怖。因为你那时遇到的是一具已经完全腐烂却又活蹦乱跳的尸体，它的身体里本已经不可能有任何新陈代谢了，也不可能有任何肌肉组织了。一定是某种超自然力量在驱使它行动。

吉尔莫：应该是这样，这应该属于超自然的东西。《活死人黎明》(Dawn of the Dead, 1978)中有一个关键片段，演员肯·弗里说："当地狱中已没有多余的空间时，死人就会在地面上横行。"说起吸血鬼，如果你追溯它的源头，吸血鬼传说都是尸体复活的故事，很多情况下是被一种恶灵附身，有时也因为自杀。但它里面总有一种纯宗教或纯灵异的成分。

卡梅隆：那更像僵尸，而不是一种嗜血的捕食性怪物，这也是有所区分的。

吉尔莫：吸血鬼可能会回来踢它们原来邻居的门。而东欧传说里的这些东西更滑稽——有些吸血鬼会回来踢人屁股，是真的踢屁股；另一些则会回来吸人血。而这些原初吸血鬼神话中的迷人之处或可怕之处就是，它们第一个回去的地方是它们原来的家庭。就是说一个父亲会回来把他的儿子、女儿以及他的妻子都变成吸血鬼。然后它们会就此蔓延开。但麦瑟森作品的美在于，他把这些拿来与科学混合在了一

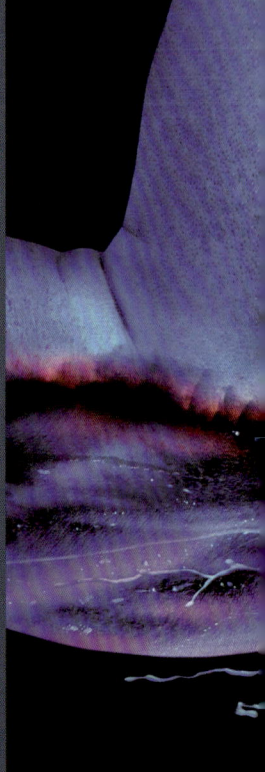

162

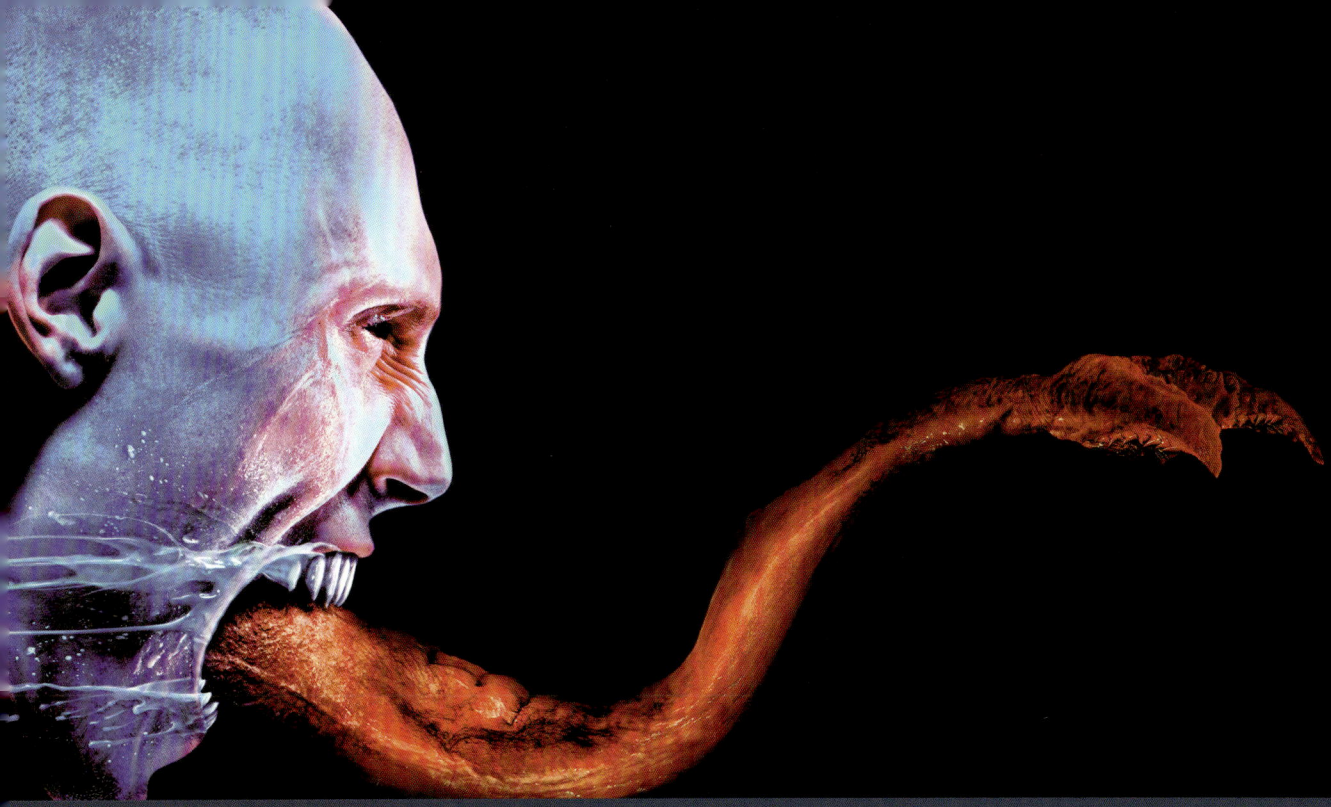

上图《血族》第 2 季的海报。

起。苏西·麦基·查纳斯（Suzy McKee Charnas）有一本了不起的小说，叫《吸血鬼织锦》（The Vampire Tapestry），书中也讲了一个非常精彩的吸血鬼故事。我认为这些作品中都存在类型重叠，但故事却变得更有趣了。

卡梅隆：也因此，我会更倾向于把《最后一个人》和那部新拍的《我是传奇》放到科幻片类型里，《活死人之夜》仍属于恐怖片。但那种把僵尸归因于一种病原体的电影——比如《僵尸世界大战》（World War Z）——也要算科幻片了。

吉尔莫：我也会这么划分。同样地，在你把恐怖的"发动机"从灵异或宗教的元素改变或替换成科学的那一刻起，作品的类型也就变了。我们在《血族》中所进行的尝试是一种根植于科学的叙事——通过科学来解释恐怖。然而到了最后，就我而言又不得不回到宗教上去，我们又回到了圣经时代。

卡梅隆：为什么僵尸电影还有像《行尸走肉》（The Walking Dead）这样的电视剧现在变得这么流行？

吉尔莫：把僵尸作为一种角色并拿它来讲故事是乔治·罗梅罗首创的，而这里面的意义有很多重——不同的时代的僵尸所代表的东西是不同的。罗梅罗把它作为一种反传统的、无政府主义的真实写照。直截了当地说，那就是我们。他在《活死人之夜》中更自然地表达了，这就是我们社会的组成。大家都认为那是在讲越南战争时期我们正在互相残杀的事实。在《活死人黎明》中，他又改变了僵尸所代表的内涵，并且说，那就是我们，我们就是那些在商场中购物的僵尸。真的挺无厘头的，我们就是消费者，只不过消费的对象从商品变成了人肉。随着时间的推移，僵尸所代表的东西一直在变，而如今，我认为僵尸模式所反映的我们内心中的某种焦虑，其实就是我们对怪诞异类的那种强烈恐惧。它从一个阵营的神话变成另一个阵营的神话。活命主义者的梦想是有大灾难发生，至于真的发生了，就开始猎杀异类，在我看来那又变成了某种竞赛式的表演，这特别具有象征性。大家把早期罗梅罗的那些同理心和批判的成分都丢光了，你明白吗？

卡梅隆：把人类良知统统扔掉。在一部战争电影中,当你与其他人类殊死搏斗时,你的心中还必须存有一丝良知,尽管他们的意识形态与你不同。而在一部僵尸电影里,你就不必有了,那只是一种没有内疚感的暴力宣泄。

吉尔莫:那就像一场竞赛,一场狩猎项目。如果你回头读《我是传奇》,你会发现麦瑟森有着令人难以置信的智慧和深刻。像《奇怪的收缩人》(The Incredible Shrinking Man)这样的一些作品,会带着你来到一个存在主义的精彩瞬间,小说的主人任由自己处在一个冷漠的世界中。他是如此的渺小,以至于让他理解了那种渺小中的伟大。他超越了自己,超越了他在这个世界中的位置。

卡梅隆:那样的一种升华体验与《2001:太空漫游》的主人公变成了一个星际婴儿的体验别无二致。

吉尔莫:那是下一个阶段。但《我是传奇》中的神奇在于——当你参与了这场冒险,麦瑟森却又改变了它。他说那怪物就是你,因为你是人口统计学中的唯一,现在你又变成了异类。简直是天才手笔。

卡梅隆:这个故事里的主人公是唯一一个捕猎他们的人。"他们"是那个幸存下来的社会,所以"他们"变成了主流社会。他们害怕他,他才是他们夜里的梦魇。这的确是天才手笔,而且我认为在改编的电影中他们都没抓住重点。

吉尔莫:从来都没。

卡梅隆:但在《最后一个人》中他们差点就做到了,因为他们进入了那个由那些人组成的社会,知道他们有多么怕他。还有他是怎样成为这种传奇怪物的。

吉尔莫:他是他们晚上给孩子们所讲的故事里的那个怪物。你前面所说的那些科幻中所提出的问题和质疑——我们是什么,是什么使我们成为人类,从何时起我们开始融合成一个社会的。麦瑟森就是这样

做的。

卡梅隆：你是否认为《怪形》遵循的也是同样的原则，让我们害怕扮成人形的异类？

吉尔莫：是的。我们一说起电影《怪形》，就得说到它的两个要素。第一个是约翰·W.坎贝尔的原作小说《谁去了那儿？》，这本书在很多方面又是在H.P.洛夫克拉夫特的《疯狂山脉》基础上的改编。第二个是首部改编电影，霍德华·霍克斯的《怪人》。

卡梅隆：《怪人》曾被算在另一位导演头上。

吉尔莫：但我想大家还是能明白那是霍德华·霍克斯的《怪人》。而约翰·卡朋特的《怪形》在我看来是这个故事的至高版本，因为它真的是在探究这是什么使你成为人类，以及靠什么来鉴别。

卡梅隆：《怪形》结尾部分的精彩就在于最后只剩下他俩了，而且他们也快要死了。

吉尔莫：而且我们不知道其中的一个是否就是那个怪形，但是孤独一人更糟糕。他俩多少是在相互做伴。所以人们会问："你认为他俩都是人类吗？还是你认为其中一个是那个怪形？"卡朋特的这部电影总是让我非常着迷，因为那个怪形所做的不仅仅只是模仿外形。它还能抑扬顿挫地讲话，它说起话来就像一个真人角色一样。记忆——这东西还拥有记忆。像《天外魔花》一样，大量的入侵故事里的入侵者在情感上的设定都是空白。但在这里，这就是最让我着迷的东西，在我看来结尾部分使这部电影更加深刻了，我喜欢想象他们中的一个就是那个怪形。而这只怪物甚至在想，这是最后一个了，我俩今后要彼此做伴了。这使这部电影充满了存在主义哲学色彩。

卡梅隆：你也可以说是怪形使我们变得更有人性，使我们心甘情愿地做出牺牲。怪形不会为其他人自我牺牲，但库尔特·拉塞尔所扮演的麦克雷迪会。在他炸掉那艘船的时候，他就知道他以后要困在那里了。他这样做是为了更崇高的目的，为了全人类的生存，

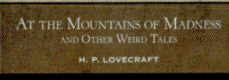

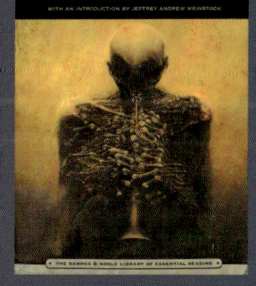

顶图 约翰·卡朋特导演的电影《怪形》（1982），库尔特·拉塞尔（Kurt Russell）扮演的R.J.麦克雷迪。

上图 《疯狂山脉和其他诡异故事》的封面，这本H.P.洛夫克拉夫特的合集由巴诺公司出版。

对页底图 《最后一个人》的电影海报，这部1971年的电影改编自理查德·麦瑟森的小说《我是传奇》，主演是查尔顿·赫斯顿。

他明白了与人接触的价值。然后他破天荒地做出了两个决定——第一个决定是要做出一个新娘；第二个决定——当他心碎的时候，他意识到这个世界是一个可怕的地方——他说，"再见了，残酷的世界"。

卡梅隆：他决定不再活下去。

吉尔莫：决定是体现意志的行为。那种存在与人类的不同之处就在于意志的不同。

卡梅隆：那才是怪形的真正面目。它就像是一种病毒——尽管是非常神通广大的一种。它居住在那些身体里，窃取了他们的记忆和他们的情感。

吉尔莫：但现实生活中就存在着大量拟态的例子，不仅仅是拟态，还有拟态并摄食。那就像是一种精神疾病。有些昆虫会潜伏到蚁群里去——它可能会是一种拟态蚂蚁的甲虫，它有着蚂蚁的形态，散发出蚂蚁的气味，但它以蚂蚁的幼虫为食。有很多令人难以置信的例子真的很恐怖，但这就是它们的天性。

卡梅隆：所有恐怖的东西都存在于昆虫的世界里——身体里的寄生虫长大后破肚而出，并控制了宿主的行为。有一种被真菌感染的蚂蚁会被这种真菌所控制，它们会爬到非常高的树顶上去，然后在那里的叶片上织出一张网，并把自己留在里面，不久蚂蚁的头部会生出很多孢子，这些孢子会随风四处扩散。是真菌让蚂蚁做出爬到树顶上去的异常行为，从而使真菌得以繁殖了。

吉尔莫：是的。这绝对是噩梦，这就是纯粹的恐怖加科学。但所有这些生命循环、这些由先天决定的生命循环，是我们在创造怪物时所想象的。说到底，我们是在参考了已经存在或许早已存在的东西来设计怪物。

卡梅隆：我们为什么需要怪物？从心理学来分析，为什么我们要花大把的钱去拍怪物电影？在我们的大脑中是不是存在着那个大脑边缘系统？

把那怪物重新扔回冰天雪地里。

吉尔莫：这也是犹太教和基督教共有的信仰所留下的种子，但我相信，除了信仰以外，灵魂的种子就是意志。使这个故事变得如此重要的原因正是这个。怪形做出的是一些天性中就带有的决定。怪形只会占上风，它被设计成的天性就是勇往直前，不断超越并且幸存下来。人类与这种怪物的不同之处是，人类注定会朝着无法幸存的方向前进。这又联系到另外一个伟大神话和……它的续集，导演詹姆斯·惠尔的《弗兰肯斯坦》和《弗兰肯斯坦的新娘》。前一部电影里，那怪物从一堆零件中被制造出来。他来到这个世界上，就如同一张白纸，是环境改变了他。他不做决定，他被那些村民所追逐。第二部电影里，他学会了说话，吉尔莫：我认为需要一些超然的东西存在，这些将告诉你宇宙要比你所想象的更浩瀚无边。我53岁了，在这53年里我只见过一次UFO，但我毕竟有过这样的经历。所以毫无疑问，在我的思想里面存在着某些比报纸头条还要更大、更复杂、也更有趣的东西……因为能证明天使存在的唯一东西就是恶魔。

卡梅隆：好吧，但那是一种宗教方面的诠释。

吉尔莫：是这样的，但也是精神方面的。这就像一具生物的遗体可以证明一种活生物样本的存在一样。以此类推，我认为怪物可以证明另类的存在，并因此使我们敞开心扉，进入一个更为广阔的宇宙。而且我认为这就是为什么当我们开始重新解释这个世界的时候，当我们曾是游牧部落的时候，我们所讲的故事都是有关自然循环的。

卡梅隆：你说的是两万年以前的我们。

吉尔莫：是的，当我们还是游牧部落的时候。但当我们定居下来以后，我们需要开始编纂这个世界。我们需要解释，太阳为什么会升起？月亮在进入夜晚之前待在哪里？我们创造出了一些非人类的实体，我们创造了神祇，我们创造了怪物，我们还创造了恶魔并把这些概念编排成一个完整的体系。哲学中的很多抽象概念你都能使它具象化——《弗兰肯斯坦》中就有体现。你可以在小说中体现出造物被冷漠的创造者所抛弃的概念，可以在哲学条约中体现出来也同样可以在小说中体现。所以怪物很适合用来体现抽象概念具象化成的实体。哥斯拉就是对核攻击的焦虑和恐惧的具象化。

卡梅隆：核子时代，对吧？的确，科学创造出来的某种更巨大的东西，某种能毁灭一座城市的东西。它作为一种科幻的新神话出现在日本一点都不奇怪，毕竟那里曾真的被核武器轰炸过。

吉尔莫：而且通过这种方式，怪物也反映了它们被创造的那个年代的思潮脉动。

卡梅隆：但我认为对怪物的这种原始需求是与恐惧有关的，因为恐惧是人之常情。同理痛苦也是人之常情。如果你感受不到痛苦，你会把手一直放在炉子上，直到你闻到有什么东西被烧焦了。作为一个新石器时代的游牧部落的人，如果你没有恐惧，你会兴高采烈地在大森林里穿行，直到来一只熊把你吃掉。对

对页顶图 《弗兰肯斯坦的新娘》的电影海报，这部电影是导演詹姆斯·惠尔于1935年为他那部大卖的怪物电影所拍的续集。

下图 在纪录片《詹姆斯·卡梅隆的科幻故事》中，吉尔莫·德尔·托罗在接受詹姆斯·卡梅隆的采访。图片来源：迈克尔·莫里亚蒂斯/AMC

尖牙利爪和被追捕的恐惧是一件非常健康的事情。人们过去常用童话故事来教育小孩，要他们远离丛林，不要与陌生人说话。在我看来，恐惧似乎是我们的一种需要。但我们为什么要花钱去电影院看怪物电影呢？

吉尔莫：你说了我们创造这些怪物是有综合原因的，那是为了警告我们自然世界里有潜在的不利因素，这一点没错。我读到过一个证明——书名我已经不记得了——但我在某处读到过这样一种说法，龙的传说之所以全世界都有，是因为它是类人猿的三个主要捕食者——蛇、猫科动物和大型猛禽的综合体。

卡梅隆：所以它是多种原型动物的混合物。

吉尔莫：是当你还停留在最原始的哺乳动物水平上时，你需要去害怕的那些东西的综合。为什么现在我们还需要这个？是因为如今日常生活中的恐怖同样令人难以置信。死于癌症、政治的腐败、人性的幻灭、战争、饥荒。你需要通过某种方式把它们尽情地释放出来，并拿出一种解决方案，让你能在两个小时、六个小时或数月的时间内，在或长或短的影视作品中通过戏剧化的方式把它们解决掉。这样做毫无风险，但却能使你通过怪物把它们尽情表达出来。

卡梅隆：要说起绝大多数的怪物电影——当然主要是20世纪30年代和20世纪50年代居多，在20世纪70年代和80年代的反主流文化电影中也有一少部分——你到最后都把怪物杀掉了。你勇敢地面对恐惧，然后战胜了它。你用聪明才智、意志力、勇气、勇敢和信念——总之不管是什么，最后杀掉了它。我认为我们创造出怪物的目的就是为了最后消灭它。

吉尔莫：当然了。

卡梅隆：在巴厘岛，人们通过一种叫作欧哥欧哥节（Ogoh-Ogoh Festival）的节日来达到这样的目的。他们会花很多工夫做出一些巨大的恶魔形象，再把它们烧掉，这样他们就能太平一整年。我想很多的恐怖电影其实就是在烧掉"欧哥欧哥"——在驱魔。

对页图　吉尔莫·德尔·托罗导演的影片《环太平洋》（2013）的先行电影海报。

吉尔莫：在各类童话故事和恐怖故事中，同样的故事往往有两种版本：一种是捍卫我们在这个世界中的地位的，另一种却是质疑它的。你所谈到的那种就是在捍卫我们在这个世界中的地位。这里面有圣乔治屠龙的故事，有人类征服大蟒怪的故事。人们会说，"我们又一次变得至高无上"。归根到底，这是在讲我们在这个世界中的地位的，凌驾于万物之上等诸如此类。另一种类型则是最无法无天、最反传统的怪物故事版本。再说一次，因为它是站在一种超自然的、超越人类的角度，所以允许我们去质疑那些彰显人类的东西。

卡梅隆：你已经拍了两部科幻电影。一部是《环太平洋》，这是一部里面有机器人和怪兽的标准的科幻片。这是你的影片里最具科幻色彩的一部了，对吧？还有你的新电影《水形物语》，这一部就一言难尽了。

吉尔莫：还有《变种DNA》。

卡梅隆：对。但我得说在《环太平洋》里，电影结尾就是圣乔治屠龙，凭借的是意志、勇气和人类的精神。

吉尔莫：还有协作。

卡梅隆：对了，还有协作。在《水形物语》中，你并不想杀掉那只怪物。

吉尔莫：嗯。这部电影所讲的是，我们能从异类的身上认识我们自己。在《环太平洋》中，我喜爱的东西非常明显，在我们所能想出的杀死25层楼高怪物的无数个解决方案里，有一个恐怕是最不可能被采纳的方案："让我们造出25层楼高的机器人"。它来自我的一种畸形偏好，这是我孩提时代被数十年的精彩日本动漫熏陶出的，基本上与京都或东京的随便哪个日本孩子所受的熏陶是一样的。我认为应该还有第三种类型，它与其他两类构成了三位一体，那就是奇幻。例如《星球大战》，《星球大战》到最后讲的就是巫师、公主和年轻的农夫。

卡梅隆：它是一部用机器人和太空飞船装扮起来的经典奇幻。没人会把《指环王》称为科幻片，它可是旗帜鲜明的。

吉尔莫：显然它属于奇幻。我认为它的第三类特征很明显，你希望有什么东西就把它实现，魔法故事是那部奇幻的主体，而且它的宇宙观里还包括精灵、食人魔和巨怪。

卡梅隆：龙是可以存在于奇幻的语境中的。但也可以存在于科幻中，像你的《环太平洋》中的巨大的飞行怪兽，那个叫开菊兽的怪物其实本质上也是一条龙。

吉尔莫：或者像《魔幻屠龙》（*Dragonslayer*）里叫作"维密斯拉斯科"的龙那样，在电影里它被充满美感地解释为同类中唯一仅存的一只。

卡梅隆：所以，这是一种科学的解释。

吉尔莫：这是一种符合科学的解释，至少是符合动物学的。导演马修·罗宾斯（Matthew Robbins）所想出的创意是，这只龙并不能控制火焰，它喷出的基本上是反上来的胃酸……这种手法实在是太漂亮了，因为我认为这才是一种符合常理的姿态。动物学是一门科学，你能做到科幻和奇幻的兼顾。

卡梅隆：但说到底你是在用科幻的外衣来装扮奇幻，不是真正在迎合科幻中的那些原则。

吉尔莫：科幻和奇幻的混种是不太常见的。

卡梅隆：尽管截至目前你还没开始在你的电影里讲一个浩劫后的故事，这是我俩都热爱的类型。我想你会同意将《疯狂麦克斯2：公路战士》（*Mad Max 2: The Road Warrior*）归为科幻电影。

吉尔莫：它里面的奇幻元素是以一种奇怪的方式出现的，史诗奇幻，英雄奇幻。而且那位孤独的英雄……

上图《环太平洋》中的可怕怪兽——刀头兽的概念创作图，由吉尔莫·德尔·托罗描述，艾伦·威廉姆斯绘制。

对页图《疯狂麦克斯》（1979）的电影海报。

卡梅隆：那个拒绝了使命召唤的人后来又改变了态度，他被转变了。这符合约瑟夫·坎贝尔典型的神话学。

吉尔莫：是这样。而妙就妙在从《疯狂麦克斯》到《疯狂麦克斯2：公路战士》这个过程中所发生的事情与从《异形》到《异形2》的如出一辙。它们都是续集电影不仅将原故事继续向前推进了，而且在类型上变得与前集电影完全不同。

卡梅隆：为什么我们对那些黑暗未来特别着迷？我们是在应对我们自己的焦虑吗？

吉尔莫：是这样吧。我想很多人都幻想着如果一切都终结了，事情也就变得更简单了。法制、道德，所有这些价值观都土崩瓦解了。你基本上是独自一人

那些后启示录中。我得承认每个看这些电影的人都相信，他们会成为千万人里挑一的那个幸存者，他们会在曼哈顿找一间有铁门、有基本生活物资的公寓躲起来。的确，尽管你得用枪干掉个把僵尸，但这种生活实际上还满不错的。

吉尔莫：是这样的。我的意思是它把生活方式给简化了，而且之所以它是一种非常男性化的幻想，是因为它是对一个男人的真正度量。世界末日的生活，不正是你一个人可以拥有一座超市的幻想吗？不正是你以狩猎为生的幻想吗？你不必再依赖任何上层建筑。你不必依赖警察、军队……这是一种非常自由主义的幻想，一种非常偏向红州共和党式的幻想。

卡梅隆：颇有几分作家罗伯特·A.海因莱因的风格，是吧？

吉尔莫：这是一种本能的欲求，我想……我们可以这样来理解它，它几乎是随着20世纪工业化和都市空间的复杂化新生出来的一种欲求。实际上它正是诞生于这一时期。曾几何时，我们从遍布世界的小村庄、小城镇逐渐积聚到大都市里，并使它日趋完善，而政府要通过立法来限制你的行为时，这种幻想就爆发了。每个人都说，"让我们去一个更简单的时代吧"。因此它不是过去，它是未来。

卡梅隆：我认为如今有一种根深蒂固的焦虑是，科学和文明不会拯救我们，也不能解决我们的问题。

吉尔莫：我想这在其中要占很大一部分。另一部分是我在社交媒体上看到的一个活跃的悖论，社交媒体中的话语都被严格控制，观点都是被严格划分了阵营的——话语都是被加工过了，甚至受制于法律，以至于处在灰色地带的个人几乎都无法生存。在这样的环境中你无法生存。与此同时，我认为我们从前内心暗藏的怒气并不比现在更多。这两种东西——凌驾于个人自然存在与社会存在之上的社会上层建筑所导致的个人对自身及对社会的怒气，以及我们对异类的憎恶——制造出了这种冲突。这是一种矛盾——彼此对立的两种力量可谓是势均力敌、火力相当。我想要调

在面对这个世界。

卡梅隆：非常像西部拓荒时期。

吉尔莫：20世纪末日奇幻的精髓就是：一个人、一辆车、一把枪。这是它的本质，一种非常男性化的幻想。要分析某个喜欢枪和汽车的人，精神分析学家西格蒙德·弗洛伊德想必不费吹灰之力。

卡梅隆：我得承认我们所生活的时代充满了对核能、潜伏的病原体等此类东西的焦虑——所有这些我们过去与之打了五六十年交道的东西，正逐渐显现在

和这种矛盾只有一种可能性,那就是幻想一切都将终结,我们的怒气将压倒一切东西,然后我们孤独地站在世界面前。

卡梅隆:还忽略掉了一个东西,那就是部落主义。如果你是我们部落里的成员,就没问题。如果你是其他部落里的成员,我们之间就会有冲突。

吉尔莫:是这样,而且这种简单化将会考验你的勇气。你是由什么东西组成的?很多人都这样想,我们都情愿认为自己是由善组成的,这是我们能在那样的环境中幸存下来的原因。这种思想经得起实践考验的可能性有多大?恐怕比我们一厢情愿的要小很多。这又回到基本的哲学问题上了。你可以回头看一下法国哲学家让 - 雅克·卢梭的著作,或者你换另外一种方式来思考一下——所谓"行尸走肉"到底是那些僵尸,还是那些逐水草而居从一个地方搬到另一个地方的人类?然后就有了一个触及核心的问题。但它也可能是单纯的逃避现实。

卡梅隆:当然了,所有这些东西都是在讨论我们的担忧、我们的幻想和我们的恐惧,同时它也被当作一种逃避,一种安全的梦魇。当你在凌晨 3 点钟独自守着自己的噩梦时,你并不安全。但如果你去一家电影院,你是安全的,你的身边有很多人。

吉尔莫:而且你也完全清楚它将持续多长时间,最后一切事情都会被解决。

卡梅隆:除了《异形》,我当时听到的是一片尖叫声。我是在 1979 年的首映之夜看的这部电影,当时是在一个很大的影院中放映,观众尖叫得实在太厉害了,甚至把他们手中的爆米花都扔了。

吉尔莫:我也是。

卡梅隆:你尖叫了?

吉尔莫:我岂止是尖叫了——不是有这么一句俗话吗,"吓得钻到了座位底下"。当时那可不是一种修辞手法,我是真的钻到了座位底下,而且还对我爸爸说:"等这段过去了,你拍一下我的肩膀。"

卡梅隆:我认识很多的惊悚片大师——你当然是在那个金字塔的顶端了——但他们本人好像都胆小得像猫咪一样。他们是在把自己的恐惧投射到其他人身上。要是能把你们吓住了,我自己就会感觉好过一点。

吉尔莫:如果你将恐怖奇幻公式化了,基本是这种情况,如果你的女儿只剩下 15 分钟了,在这 15 分钟里你可能经历的是最糟糕的剧情。而你会想尽一切办法去营救,去保护,或去治愈,尽一切努力。

卡梅隆:有人引用过你的话,你说《弗兰肯斯坦》就是你的自传。你是弗兰肯斯坦制造的那个怪物呢,还是你就是弗兰肯斯坦本人?

吉尔莫:是那个怪物。在我成长的过程中,我感

对页图 罗伯特·A.海因莱因影响深远的科幻小说《星际伞兵》的封面,由王牌图书出版。

底图 在詹姆斯·惠尔 1931 年的经典恐怖片《弗兰肯斯坦》中,鲍里斯·卡洛夫所扮演的弗兰肯斯坦的怪物。

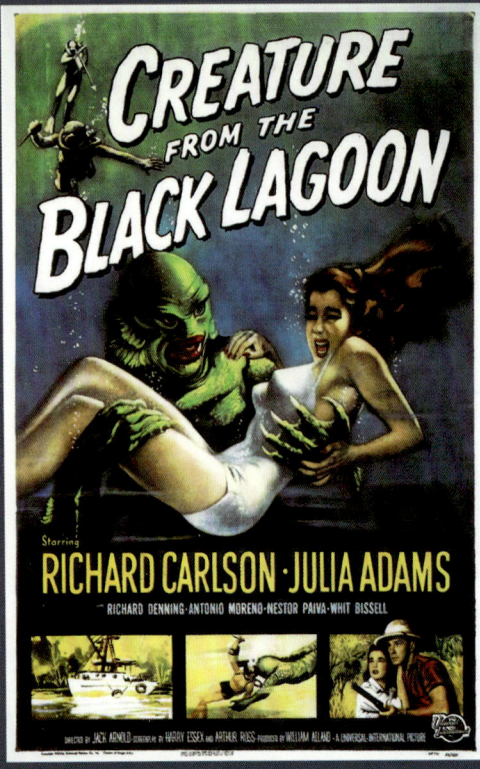

卡梅隆：但如果让我们归纳一下的话从《弗兰肯斯坦》到所有怪物，在某些方面存在着一种共鸣——我们在外星人题材的科幻影视和科幻小说中都能强烈地感受到这一点，起初是厌恶和恐惧，后来我们明白他们内在的某些东西都和人类非常相似。我们学着与他们产生共鸣。与此同时，我们又看到有些人是多么惧怕他们，甚至尝试攻击他们，杀死他们。你不认为这也是怪物电影的一大类吗？更具体来说是科幻片的一个类型？我认为它的趋向是少一点惊悚。

吉尔莫：当然了。你看，在你理解了从来没有异类，所谓异类一直都是我们自己的那一刻，你就理解了人类的本质。我认为，总是利用异类的表象来制造惊悚，将会永远把观众与真正的人性本质分离。我认为"非黑即白"作为一种虚构情节的形式用在恐怖故事中非常棒，尤其在某些特定类型的恐怖故事中。但我所感兴趣的虚构情节是那种处在灰色地带的，能驱动我的总是这样的东西。

卡梅隆：怪物不是邪恶的角色。邪恶的角色看起来总是非常像人，其实就是人，但内在是一头怪物。这与外表无关，有关于灵魂和心灵。

吉尔莫：我过去常说，要想设计出一只厉害的怪物，你得设计出一只沉睡中已然威武的怪物。沉睡中的狮子看起来总是既威武又漂亮，但当它踩在你身上时，那就只剩下彻头彻尾的恐怖了。用到电影中是同样的理念——人类与一只怪物的区别是在意志上，因为在《异形2》中，保罗·雷瑟显然比那个异形寄生生物更像怪物。那只寄生生物遵循的是本能，保罗·雷瑟却是自主关上了那扇门，把几位主人公与异形生物困在了一起，这才是真正的邪恶。那家企业的意志是最终的意志，在《异形》和《异形2》两部电影中，都是邪恶之首。

卡梅隆：给我说说你的 UFO。

吉尔莫：好的。那时我大概十五六岁的样子，我和我的一个朋友买了半打啤酒，但我们还没喝。

觉自己与这个世界处处不同。不是感觉我比谁都好，而是觉得格格不入。当我看到怪物所释放出的是连它自己都不能理解的力量时，我就想，这种造物所代表的不正是我吗？怪物有一种安详的仪态，我认为演员鲍里斯·卡洛夫就有一种安详的仪态，他给这个角色赋予了一种宁静和优雅的状态。在有玛丽亚和那些花的那个场景中，他表现出了怪物身上的那种纯洁与无辜……

卡梅隆：还有当他被激情所撩拨时，他和那女孩在一起所表现出的恐惧。

吉尔莫：我与他完全是一种心有灵犀，我立刻感受到了一种亲情。我当时想，我能信任他。我是说，对于在天主教环境中长大的我来说，很多的宗教人物都似乎远远比不上弗兰肯斯坦的怪物。我经常说，像圣保罗，是在去往大马士革（Damascus）的路上找到了耶稣。我当初是在星期天的电视上看到了《弗兰肯斯坦》。但它在情感上对我影响是非常巨大的，那是我人生的转折。

左顶图《黑湖妖谭》（*Creature from the Black Lagoon*，1956）的电影宣传海报。德尔·托罗的《水形物语》（2017）显然是受了这部电影的影响。

对页图《飞碟入侵地球》（1954）的电影海报。

卡梅隆：这就是故事转折的地方，这个你明白的。

吉尔莫：我们准备开到一条公路上去，并且商量好说，"待会儿我们就坐在那条公路上，喝着这些啤酒，看看星星，聊聊天"。就在我们去往那条高速公路的路上，我们看见天边有一个亮光正在做非线性的运动。它运动得真的非常快，但一直是沿着地平线移动。当时路上就我们这一辆车。我们停了下来，然后走出汽车，我说："按一下喇叭，闪闪车灯。"我的朋友按了喇叭，并且闪了车灯，然后不到一秒钟，那东西就从远处一下子，就来到了离我们不到 500 米远的地方。但它的样子设计得实在太糟糕了！要是让我编造出这样一个 UFO，我会用某些虚构的东西来描述它，但我看到的就是一个闪着亮光，四处乱飞的碟子。

卡梅隆：你是不是觉得这东西太令人失望了？

吉尔莫：非常失望。我无法描述我俩当时的那种恐惧。像那样的感受我还从来没有过。可能在瞬间我感受到的是敬畏，然后感到害怕，我就像是一只面对着一辆坦克的狗一样。我们尖叫着爬进了汽车，异口同声地说："踩下油门，一路上都不要停！"然后我回头看了一眼，那个 UFO 正在后面跟着我们。等我再回头时，它已经不见了。当时就是这样。

卡梅隆：当时他们一定在大笑，就是 UFO 上面的那帮家伙。

吉尔莫："我们可把这两个小胖子给吓坏了！"但故事到此为止了。那东西很让人失望，但它当时可真是气势非凡。

卡梅隆：我真的想要一个更好的设计师。

吉尔莫：要是可能的话，我想让传奇的特效模型设计师格雷戈里·杰恩（Greg Jein）来设计那艘飞船。

黑暗未来

马特·辛格

> 1968年，人类被一场死亡瘟疫消灭殆尽。瘟疫的受害者都变成了吸血鬼复活；地球上的最后一人如果想要幸存下来，他必须杀尽这些吸血鬼。

1997 年，导弹防御计算机有了自我意识，并在美国和俄罗斯之间挑起了一场核战争。30 亿人死于非命。幸存者们把这场原子烈火称为审判日战争。

1999 年，一名黑客发现那一年根本不是 1999 年——那一年是更遥远的未来，而且他的思想被困在了一个由机器建造的虚拟现实空间里，机器让人类相信他们是自由的，其实只是为了哄骗他们成为奴隶。

到了 2018 年，这些黑暗的未来一个都没有发生——至少还未发生。但科幻迷们已经在大银幕上统统经历过了。半个多世纪以来，把可能的未来描绘得梦魇一般，一直都是科幻电影中最为流行的手法之一。传统观点通常都是这样假定的，好莱坞电影只涉及逃避现实的题材。然而，制片厂继续出品那些明摆着不会盈利的故事，而观众对它们的追捧也从未停止过，这好像有违直觉。这些影片并没有试图让我们逃避烦恼，在 90 分钟或者更长的这段时间里，它们却把我们困在了那些可能发生的、最黑暗的未来当中。

最早的几个例子改编自小说《我是传奇》（I Am Legend），这部小说被认为是后启示录小说的普及之作。麦瑟森的这本书最早出版于 1954 年，是一个增添了科幻色彩的经典的吸血鬼故事；致命的疾病席卷了全球，把感染者都变成了吸血怪物。侥幸存活的最后一人名叫罗伯特·内维尔，他天生对那种病毒有免疫力。白天，内维尔四处搜寻生活供给品，并试图找到治愈这种疾病的方法。夜晚，他给他家周围布满工事，以防止那些不死生物的军团冲进来杀掉他。

麦瑟森的书曾三次被正式改编成电影，每部电影都对原作进行了不同的诠释。最贴近小说原作思想的（也是其中预算最低的）一部是 1964 年的《地球最后一人》，文森特·普莱斯扮演了人类唯一的幸存者（在这个版本中主人公的名字是罗伯特·摩根）。七年后，查尔顿·赫斯顿主演了电影《最后一个人》；这一次，人类是被生物武器消灭掉的，赫斯顿扮演的内维尔猎杀的也不再是吸血鬼，而是一个被称为家族的白化突变者的邪教组织。继海斯顿之后，又过了大约 35 年，威尔·史密斯在第一次沿用原作书名的改编电影《我是传奇》中扮演了内维尔这个角色；这次的诠释是由弗朗西斯·劳伦斯（Francis Lawrence）执导的，内维尔在荒芜的纽约城里四处游荡，同时与夜魔进行着一场战争，这些怪物同时拥有前两部电影中的吸血鬼和突变者两者的特质。

根据麦瑟森小说改编的三部电影都是在以不同的方式反映各自时代的社会和政治理念。但三部都源自同一个黑暗幻想，讲述了在一片无法无天的废墟上所上演的迂回和挣扎。有意思的是，我们注意到麦瑟森的书和那些受它启发逐渐流行起来的小说都很像西部片，这种类型片所聚焦的主人公一般都是独自在一片未开化的荒蛮之地上伸张正义，它们开始与时代精神渐行渐远。这就好像是对那个由粗犷、暴力的个人主义所主导的"更简单"的过去的怀旧式反思，只不过被对未来的憧憬所取代，而这个未来历经浩劫又重新变成了野蛮的西部世界。在那个地方，那些同样的价值观又可以回来了。正如导演吉尔莫·德尔·托罗所言，21 世纪的"幻想的精髓"是后启示录幻想的一种翻版："你，你的汽车，和你的枪。"如果这是真的，那么《我是传奇》的各种不同电影版本就是这种幻想

对页图 理查德·麦瑟森的小说《我是传奇》2007 年改编版电影海报，影片由朗西斯·劳伦斯执导，威尔·史密斯主演。

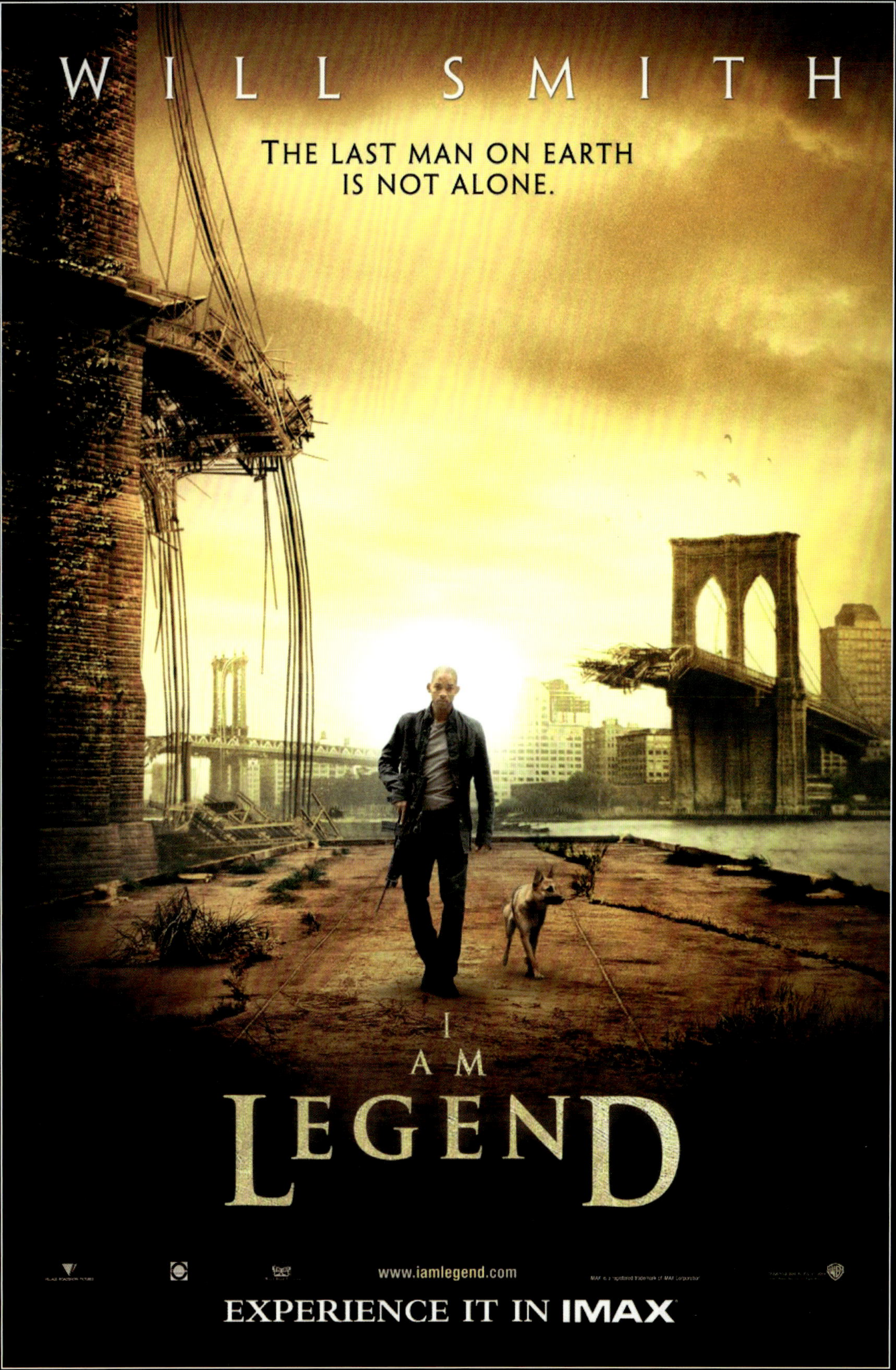
WILL SMITH
THE LAST MAN ON EARTH IS NOT ALONE.
I AM LEGEND
www.iamlegend.com
EXPERIENCE IT IN IMAX

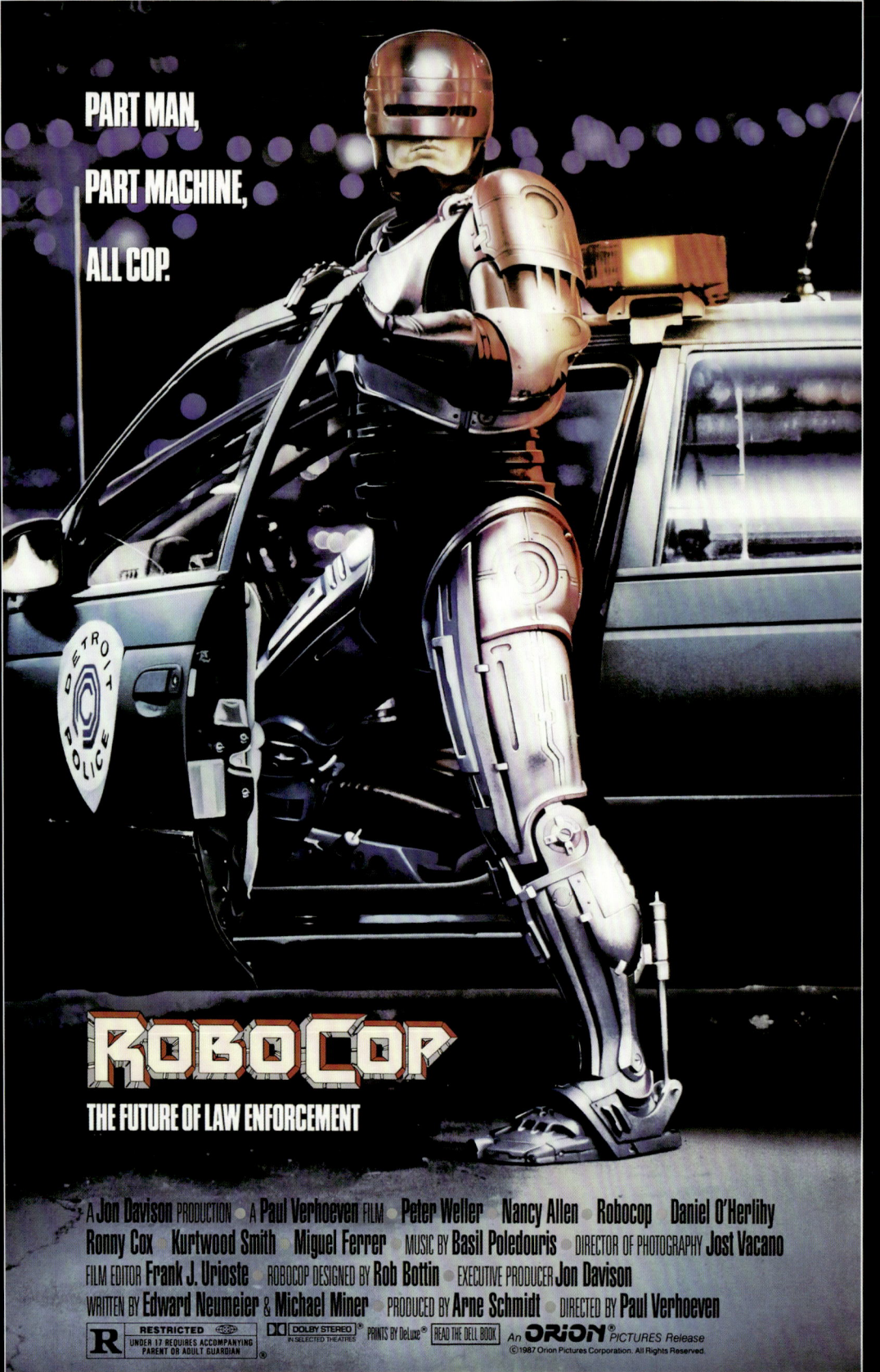

精髓的样本。

如果说这种幻想是从麦瑟森的小说中起源的，那么在《疯狂麦克斯》系列电影中可以说到达了它的巅峰，导演乔治·米勒的这个四部曲，用了40年的时间让这个未来之旅逐渐陷入了疯狂与无政府状态之中。影片《疯狂麦克斯》发行于1979年，片中时间被设定为"距今几年之后"，主线围绕即将分崩离析的澳大利亚的一位公路巡警麦克斯·罗克坦斯基（梅尔·吉布森饰）展开。在1981年的续集《公路战士》中，我们所熟知的社会已不复存在，麦克斯无意中拯救了一小群受凶残歹徒攻击的定居者的救星，这样的故事类似于约翰·福特（John Ford）的西部片。接下来在1985年的《疯狂麦克斯3》中，麦克斯与一个名为巴特敦的沙漠村落里的一伙角斗士纠缠在了一起。30年后的2015年，米勒又带着《疯狂麦克斯4：狂暴之路》（Mad Max: Fury Road）重回这个系列，电影中的麦克斯（如今的扮演者是汤姆·哈迪）流浪在一个甚至被破坏得更加严重的未来世界里，他邂逅了一个由女人组成的反抗组织，她们的敌人是一个名叫不死老乔（休·基斯－拜恩饰）的可怕独裁者。

《疯狂麦克斯》中社会被破坏的程度是逐渐加剧的：每部电影都放大了制作电影那个特定时期的焦虑。制作《公路战士》时，正值1979年能源危机的觉醒，它反映的是人们对这个星球上自然资源的枯竭程度日益严重的担忧；随着全球变暖不断出现在新闻里，《疯狂麦克斯：狂暴之路》想象出了这样一种未来，那时的水资源变成了地球上最珍贵的东西。总体上说，《疯狂麦克斯》系列电影把未来描绘成了一幅黯淡的图景，但又不无希望。这正是这些电影吸引人的地方。在《疯狂麦克斯4：狂暴之路》的结尾，麦克斯的女性同盟——她们由坚强的大将军弗瑞奥萨（查理兹·塞隆饰）领导——取代了不死老乔在他那个部落中的首领地位，给人的感觉是这个"世界末日"有可能成为一个新的开始。

事实上，重生一直是黑暗未来电影中一个永恒的主题——尽管在某些情况下，复活往往要付出沉重的代价。在《机械战警》（RoboCop，1987）中，底特律在不久的某个未来濒临混乱的边缘。为了便于建设他们的三角洲城市开发项目，全能消费品公司（Omni Consumer Products，简称OCP）控制了当地的警察部门，开始用机器人来代替人类警察。他们复活了一个名叫墨菲（彼得·威勒饰）的警官，把他变成了机械战警，他的程序被设定为保护无辜者，以及OCP公司的老板——而OCP公司之外的人对此毫不知情。但公司高层并没有算计到机械战警还保有他生前作为墨菲时的记忆，也没有料到他最后会重获人性。

导演保罗·范霍文的这一版《机械战警》，讲的是一个被不负责任的公司所控制的未来，是将里根经济学鼓励贪婪的那个时代推演到极致的结果。这部电影对人类的看法也同样愤世嫉俗。在机械战警第一次巡逻底特律街头时，他救出了一位受几个暴徒攻击的妇女，暴徒们是在一个巨大广告牌的阴影里实施犯罪的，广告牌上写的是："底特律城：未来有一线希望。"这个广告牌在整部电影中反复出现，但它四周的未来世界显然没有一丝希望——只有悲惨、衰败和剥削。

《机械战警》只是众多黑暗未来电影中的一部，在这些电影中，人类和机器总是以某种荒诞的方式掺和在一起。其中，反乌托邦电影的名单上要是没了《银翼杀手》就不能算完整了，雷德利·斯科特的这部标志性的黑色未来电影讲述了一个被剥夺了权利的警探（哈里森·福特饰），他的工作就是猎杀"复制人"——一种与真正人类难以区分的人造生命体——地点是2019年环境严重恶化的洛杉矶市。在《银翼杀手》的未来世界里，阳光不再照耀，雨水从不停歇。哈里森·福特扮演的瑞克·戴克是退休后重被任用的，目标是捕杀一群逃亡的复制人，他们返回地球的目的是找到他们的制造者，希望从他那里能延长他们有限的四年寿命。

除了拥有惊人的力气之外，复制人类与普通人类没有任何区别。他们身上能表现出人类特质的可能性，引发了关于他们存在的本质的伦理学和哲学的种种问题；从根本上说，他们都是泰瑞公司（Tyrell

对页图 身披钛合金铠甲的罪犯克星"机械战警"被放在了这幅1987年电影海报的重要位置上，这部极具影响力的科幻大片由保罗·范霍文执导。

Corporation）的奴隶，是这个公司把他们造出来的，与机械战警是OCP公司的奴隶的情况非常类似。《黑客帝国》（1999）的中心思想所表现出来的是一种完全不同的奴隶制。我们初次见到尼奥（基努·里维斯饰）时，他过着卑微的电脑程序员生活。从尼奥接到墨菲斯（劳伦斯·菲什伯恩饰）打来的神秘电话的那一天起，一切都改变了。他把真相告诉了尼奥：经过一场人类与机器之间的大战后，机器开始收割人类身体里的生物能。尼奥原来的世界实际上是一台高级计算机模拟出来的，设计这个世界的目的是为了让人类保持顺从，并且察觉不到自身被利用作一种巨型肉体电池这一事实。

尼奥的发现成了他最糟的噩梦——但对每一个动作片影迷来说，却美梦成真了。那个计算机矩阵仅仅是对现实世界的模拟，因此尼奥和他的同伴们只要不断增强与计算机程序进行对抗的能力，就能改变那里面的规则。敲击一下键盘就学会了功夫，也使编剧兼导演的拉娜·沃卓斯基（Lana Wachowski）和莉莉·沃卓斯基（Lilly Wachowsk）能把《黑客帝国》与身体对抗的打斗和追逐镜头打包在了一起。当电影在1999年发行的时候，它里面的那些特效——特别是那种结合了超慢镜头与环形镜头移动，被称为"子弹时间"的技术——变得轰动一时，彻底影响了整整一代好莱坞大片。这些令人眼花缭乱的数码技术也把深藏于影片核心的一个有趣的矛盾暴露了出来：《黑客帝国》在深刻怀疑技术的同时，也在完全依赖着技术。

还是一名程序员的时候，尼奥相信他能利用电脑来提高自己的生活质量。进入了黑客帝国之后，真相却是反过来的：机器正在利用人类来巩固它们的生存。当沃卓斯基姐妹（当时还是兄弟）在1999年把这些创意推出来的时候，社会好像正处于一个令人激动的新数字时代的风口浪尖上。几乎过了20年以后，我们的社会在某种程度上已经接纳了那个数码世界，许多人为此感到担忧，与此同时，沃卓斯基姐妹当年对大众会被这种技术所奴役的恐惧，引起了更加强烈的共鸣。（好奇一问，在你读这篇文章的时候，停下来了几次去看手机？）

尽管《黑客帝国》在那个虚拟世界中所设置的各个背景，看起来像是在20世纪90年代末期或21世纪初期，影片中的故事实际上是发生在未来的几十年之后。当尼奥和他的同伴们在惨淡的"真实世界"和光鲜的虚拟都市景观之间出出进进时，这个过程看起来就像是穿越时空的旅行，这是致敬另一种极为流行的科幻类型片：人们进行时间旅行的冒险，从未来回到过去，为的是从根本上阻止黑暗未来的到来。这样的电影有很多——《十二猴子》（1995）、《环形使者》（2012）、《明日边缘》（*Edge of Tomorrow*，2014）——但最有影响力的还要属詹姆斯·卡梅隆的《终结者》和《终结者2：审判日》。

在第一部《终结者》中，一个拥有意识的电脑程序从未来派来了一个机器人（阿诺德·施瓦辛格饰），目标是杀死萨拉·康纳（琳达·汉密尔顿饰），这个女人在将来的某天会生出一个儿子，而这个儿子又会成为人类的救星。多亏有来自未来的战士凯尔·里斯（迈克尔·比恩饰）的帮助，那个机器人失败了。在《终结者2》中，未来的机器又派来了更高级的杀手，一个液体金属机器人（罗伯特·帕特里克饰），他要杀死的对象是萨拉的儿子，还在青少年时期的约翰（爱德华·福隆饰）；这一次，未来已成年的约翰重新编程了施瓦辛格那一版的机器人，并派他回来保护过去的自己。

在卡梅隆的两部《终结者》电影中，各种悖论层出不穷。约翰是萨拉和凯尔的儿子，然而在约翰派凯尔回到过去使他自己被受孕之前，他早已莫名其妙地存在了。在续集中，来自第一部电影中那个已经被毁灭了的终结者机器人的残骸，成了开发天网计算机项目的关键，而它起初正是被天网派到1984年来的。这些时间方面的谜题就像是有趣的智力题，但更重要的作用是传达终结者系列电影的终极信息，这个概念凯尔·里斯在第一部电影中已经明白讲出来了："没有命运，只有我们自己创造命运。"

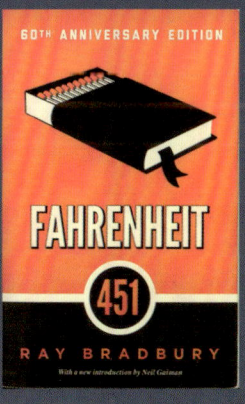

顶图《黑客帝国》中，基努·里维斯躲避子弹的经典镜头。

上图 雷·布拉德伯里的小说《华氏451》的封面，由西蒙与舒斯特公司出版。

雷·布拉德伯里是多部经典科幻小说的作者，例如《华氏451》（1953）和《我歌唱带电的肉体》（1969），他经常喜欢说的是，他不是黑暗未来的预言者，他是黑暗未来的阻止者。某种程度上说，这句话道出了所有黑暗未来小说背后的动机和观点。它们绝不仅是想象出最糟糕的状况，它们是在以此来警告受众。在《终结者》和它的续集中，正是这种前瞻性的思想推动了电影的叙事。卡梅隆的电影并没有把故事放在一个反乌托邦的未来，并试图通过吓唬观众以防止它变成现实，他的电影讲的是一群积极奋斗的人们，他们正在阻击反乌托邦未来本身。

《终结者2》的结局强烈地暗示出萨拉和约翰·康纳已经阻止了审判日战争的到来，但接下来又出了3部《终结者》的续集，再下一部——这是时隔25年以来，卡梅隆再一次参与其中——将于2019年出品。相信我们的英雄会成功固然是一件美好的事情，但那种挥之不去的不确定感觉起来也挺不错。正如萨拉·康纳在《终结者2》结尾时说的，"未知的未来向着我们袭来。"正是这个赋予了这些电影以力量：认识到末日——不管是每个人的末日，还是全社会的末日——随时都可能降临。总会有新的东西使人害怕，但也总会有新的电影来帮助应对这些恐惧。

詹姆斯·卡梅隆对话

雷德利·斯科特

  雷德利·斯科特是一位经验丰富的商业片导演。1979年，仅有过一部故事长片（《决斗的人》，1977）拍摄经历的他，就用那部令人难忘的太空恐怖片《异形》掀起了科幻片领域里的一场革命。斯科特那画家一般的眼睛以微妙的精确度捕捉到那艘平凡的太空船，"诺斯特罗莫号"（Nostromo）上的各个平面和角度，他先是营造出一种真实的幽闭空间感，然后释放出那头噩梦般的猎食者，让它向那些毫无察觉的船员们悄悄逼近。当这只乌黑发亮的异形怪物夺走了一个又一个受害者的生命后，西格妮·韦弗扮演的埃伦·蕾普莉鼓足最后的一丝勇气，最终降服了这个威胁——并且幸存了下来。斯科特随后的一部电影——1982年的《银翼杀手》，主演哈里森·福特在其中扮演了一位未来的警探，瑞克·戴克——又一次把银幕上的科幻电影提高了一个水准，这部电影中的理念远远超前于它所处在的那个时代，以至于多年以后它的天才之处才得到人们的赞赏。尽管如此，斯科特还是成了好莱坞的一个偶像——一位多才多艺到令人吃惊的、多产的电影创作者。作为一名视觉艺术家，他把自己过人的天赋输送到了有史以来最美丽的一些银幕画面中。斯科特最近又重返了科幻片领域，带来了《普罗米修斯》（Prometheus）和《异形：契约》，这两部续集电影的背景设在他所开创的异形宇宙中，然后是还有获奥斯卡奖提名的《火星救援》，这部改编自安迪·威尔（Andy Weir）热门科学小说的电影讲述一个被困于火星上的宇航员自救的故事。

  在本次对话中，斯科特与卡梅隆谈到了人工智能的诸多危险，回顾了他是如何创作出电影工艺中最伟大、最经久不衰的怪物，以及《银翼杀手》中最令人难忘的场景之———复制人罗伊·巴蒂的"雨中泪"独白的忧郁之美。

  詹姆斯·卡梅隆：以前我总是在说，等我长大了，我要变成你。甚至到今天，还要说，我长大后要变成你。我想保持住那份对电影的激情和活力。你一直在不停地拍啊拍啊拍，而且你总是有惊人的好品位。

  雷德利·斯科特：计划总是不如变化。

  卡梅隆：我们之所以能坐在这里，是因为我俩都热爱科幻片这种类型。你可能跟我类似，年轻时把那些东西都看遍了。你开始时是个设计师，你读的是皇家艺术学院，是吧？

  斯科特：伦敦的皇家艺术学院。那个时候我们还没有电视机，这是个很分神的东西。在1954年黑白电视出现在英国之前，我家里没有电视机。所以我那时常看很多书，科幻小说把我给迷住了。H. G. 威尔斯，他是第一个真正把我领入科幻的家伙。那些关于太空的东西我不太喜欢看。像艾萨克·阿西莫夫我就不太能接受。

  卡梅隆：阿西莫夫在机器人学方面做了大量的基础性工作，包括机器人学定律。有意思的是，你早先拍过电影《银翼杀手》，如今你又刚拍完你的第三部异形电影《异形：契约》，这些电影中都有人造人的角色。你已经拍了四部有人造人的电影。

  斯科特：《银翼杀手》中的罗伊·巴蒂是一个人工智能，洲际弹道导弹同样也是人工智能，人们常常忘了那是一个拥有智能的炸弹。一台电脑的好处就在于它没有情感，它只是做出判断，否定或肯定。在最早的那部《异形》中，人造人阿什的脑袋被放在桌子上，他那番毫无悔意的话说得非常好。完美的人工智能，没有任何情感方面的东西能妨碍你的判断和选择。

  卡梅隆：但你在《银翼杀手》中却塑造了一个瑞秋（Rachael）那样有同理心的人工智能。为了让那段成为一个爱情故事——并且最终以一个爱情故事形式出

对页图 雷德利·斯科特在电视系列片《詹姆斯·卡梅隆的科幻故事》中。图片来源：迈克尔·莫里亚蒂斯/AMC

现——她身上必须拥有某样东西。

雷德利：按照他们的说法，她是一款完美的诺克希斯6型（Nexus-6）产品，是泰瑞（生产被称为复制人的人造人产品的公司的头儿）的主要项目。看看她如何运转是泰瑞最为自豪的一件事。

卡梅隆：我有这样一个印象，她始终都在学习和领悟成为人类的意义。戴克花了好长的时间——我记得是5倍于他平常所花的时间——才判断出她是一个合成人。但我认为你是在规避与人工智能有关的最重要的问题。如果一台机器已经变得足够复杂、足够像人类，到什么程度我们会分辨不出机器与人类的区别了？

斯科特：如果你们是一群正在制造人工智能的、非常聪明的人类，你们千万要排除的其中一样东西就是情感。你一定不要把情感写进方程式里。因为一旦你有了情感，情感会导致很多方面的问题：欺骗、生气、愤怒、仇恨，当然还有爱。

卡梅隆：我们之所以喜欢机器，是因为它们做起事来更有效率。它们不需要假期，它们不需要休病假，诸如此类的事情。

斯科特：听起来就像我们一样。

卡梅隆：说得太对了。我们就是机器……前不久我在加拿大参加了一个机密会议，与会的一群顶尖的科学家正在研究能深度学习的强人工智能，他们称其为通用型人工智能，其实就是更加仿人类的东西。一位专家直截了当地说："我们正在尝试制造出一个人。"我说："那么你所说的一个人，是不是就等于有某种人格意识的人呢？它们是不是有自我意识？它们是不是有认同感？"他说："是的，这些东西都有。"

斯科特：这实在是太危险了。

卡梅隆：如果它是一个人，那么它有自由权利吗？它有自由意志吗？你如何才能阻止它对这些东西的诉求？他说，"你给它一个目标，这样你就把它约束住了"。我说，"那么，你正在制造一个在智力上等同于我们，甚至有可能更高于我们的人，但你从根源上又把它束缚住了，你给它套上了一副枷锁。我们对此有一个称呼：奴隶制。你认为它们处于那种状况将能持续多久？"

斯科特：对，你瞧它已经走上歧途了，你也明白。我认为，他们做这个是出于盲目的激情。对路子的激情——例如为一种病症探寻疗法，才是具有建设性的。但人工智能又是另一回事，必须得小心又小心。

卡梅隆：你在《异形》中安排了一个阿什，在《银翼杀手》中有几个诺克希斯6型复制人，然后在《普罗米修斯》和《异形：契约》中设计了大卫，再后来是沃尔特（Walter）和大卫（均由迈克尔·法斯宾德扮演）。大卫和沃尔特——他俩需要氧气吗？

斯科特：正如阿什在《异形》中所说的："呵，我之所以被制造成这个样子，是为了让你们人类感觉起来舒服。但如果我不想的话，我实际上可以不呼吸。把我扔进水里，我将会走着出来。"大卫明受之前已有的阿什的影响。它的整个逻辑进程是这样的，一个大型公司把一个伪装成人类的人造人派上船，目的是让它照管公司的利益。

卡梅隆：西格妮扮演的角色马上就明白了。你明白她那种被出卖的感觉有多强烈。观众也感觉被欺骗或出卖了，所以他们站在了她那一边。

斯科特：这全是剧本里写的，不是我的功劳。我拿到剧本后就按着剧本走，然后大功告成。在我前面曾选过四位导演，他们之前把它交给了鲍勃·奥特曼。

卡梅隆：那将是一部完全不同的电影，我可能不会像现在这样喜欢这部电影。首映之夜我就在现场。我当时住在奥兰治县，那时我以开卡车为生。那天与我一起去电影院的有我的妻子，还有她最好的朋友，那位朋友又带了一个她的约会对象，他们还是初次见面。当破胸的那一幕开始出现时，那位朋友和她的约会对象就坐在

对页图 迈克尔·法斯宾德在雷德利·斯科特的电影《普罗米修斯》（2012）中扮演人造人大卫。

我的右边。我听见全场观众立刻爆发出一阵阵尖叫,然后我听见我右边的尖叫声尤其刺耳。当我们走出电影院时,我说:"嘿,南希,我原以为你挺坚强的。叫那么大声是怎么回事啊?"然后她回答:"那不是我,是他。"于是,约会告吹了。

这部电影给我印象太深刻了,我认为它简直精彩绝伦。在我一生中,像这样的瞬间屈指可数,那一刻是如此的真切,以至于到今天我还记忆犹新:我进的是哪家电影院,我坐的是电影院里的哪个座位。《2001:太空漫游》和《异形》中的场景是其中的两个瞬间。它把我们引向了一个与人工智能完全不同的话题,那就是外星人——地球之外的生命。

有趣的是以前处理这些东西的方式——在中世纪时期,甚至到文艺复兴时期——而天使和魔鬼如今已经变成了黑暗的外星人和光明的外星人。在一部像《第三类接触》这样的电影中,你会遇到天使般的外星人从那艘巨大的母船中下来,使我们沐浴在几道光柱之中,然后带领我们进入某种启蒙状态。还有另一种黑暗版本的外星人,就是你通过《普罗米修斯》和《异形:契约》所探讨过的,尤其是后一部。你把它上升到了一个完全不同的层面。

斯科特:我正在努力。我受过《阿凡达》的影响,你把它上升到了另一个层面,而且到《阿凡达》这部电影时,你已经发展得很得心应手了,我对此非常钦佩。这不是在互相吹捧。我不得不说。

卡梅隆:我记得你当初来过片场。我记得你站在那里说,"我必须得回去拍我的科幻片了"。也许有些片面,这句话我是这样理解的,作为一个电影人你知道你的根在哪里,使你为全世界所瞩目的东西是一前一后两部最伟大的经典科幻电影:《异形》和《银翼杀手》。你瞧,前不久你又完成了 3 部顶级之作:《普罗米修斯》、非常与众不同的《火星救援》,以及后来的《异形:契约》。没有比你回来拍科幻片更让我高兴的事了。

斯科特:《火星救援》比较实际。它不是一个幻想,它就是现实。我认为《火星救援》中最大的看点是它很滑稽。

卡梅隆:没错。那种苦中作乐的幽默,那种你身上就有的黑色幽默。这是你在《火星救援》中捕捉到的东西。但我恐怕不能同意说《火星救援》不是一部科幻片,毕竟它以科学为导向,是一个虚构的故事,而且这种事从未发生过。

如果你回想一下早期的科幻——20 世纪 30 年代充斥廉价读物的年代——基本上都是一帮真正爱科学的书呆子在说,"哎呀,老天,如果你将来进入了太空,你必须有一个气闸你才能离开太空船。而且你必须得有一扇内门和一扇外门"。在太空科学家们还没有找到答案之前,他们就已经通过自己的故事,在脑子里把一切都设想出了。

斯科特:他们当时正在打开一扇新的大门……我非常喜欢黑泽明和英格玛·伯格曼(Ingmar Bergman)。我看过他们拍的每一部作品。在科幻方面,让我不忍释卷的往往是一些社会学科幻。我看过最好的一本书叫《海滩上》。

左图 在电影《异形》这扣人心弦的一幕中,凶恶的人造人阿什(伊恩·霍尔姆饰)在攻击同伴船员蕾普莉(西格妮·韦弗饰)。

对页顶图 在雷德利·斯科特的《火星救援》中,马特·达蒙被滞留在了那个红色星球上。

卡梅隆：《海滩上》，这本书非常精彩。内尔·舒特在书中描绘了一群竭力在核战争后的余波中生存下来的人们。这本书也很黑暗……很多的社会焦虑都通过科幻小说显露出来。我们之前谈话时你提到过乔治·奥威尔，这让我想起了你的那个备受赞誉的一个姑娘手持锤子的苹果公司广告《1984》，它彻底改变了电视广告的形式。那真是一部出色的电影短片，但放到今天它可能就行不通了，因为如今太多的科幻迷只热衷于那些来自电影、电视和流行文化中的科幻，以及电子游戏等一些内容。他们并不知道科幻的文学根源。

斯科特：他们也不读书……从这个角度看，我们都是今天的小说家，因为我们拍电影。我们创作的内容正在替换书本，但这是获取信息的一个懒办法。你就坐在那里，你闻不到书香也看不到封面，信息就那样喂到你嘴里。这是好事还是坏事？我不知道。

卡梅隆：你的许多电影都有文学根源。《银翼杀手》是来自菲利普·K.迪克的小说《仿生人会梦见电子羊吗？》。菲利普·K.迪克是20世纪60年代一位非常多产、非常深刻的作家，他探讨的是现实的本质和人工智能的本质，以及何谓人类；如今我们在我们的那些科幻电影中所问的那些问题，他全都讨论过。我认为你真正抓到了精髓——而不是情节，这部电影与原作小说有很大的不同——我认为你找到了他的那些长篇大论中的真正内涵。

斯科特：这本书在前面的20页里就有19个故事。我与迪克见面时……我说："老天，这本书我看不懂啊。"他当时火冒三丈。所以，作为补偿，第二天早晨我邀请他去视效先锋道格·特朗布尔（Doug Trumbull）那里，我说:"这样吧。先过来看几个镜头。"我把电影放给他看了,他完全被打动了,人也平静下来了。从此他的态度就友好多了。

卡梅隆:我很高兴你对小说做了修正。但你是真的喜欢以文学作为源头。你曾琢磨过《沙丘》差不多有一年时间。

斯科特:是啊。那时我哥哥去世了,而我也快崩溃了,我必须工作。就在我剪辑《异形》时的那段时间,有人拿着一个小剧本来找我,名字是《仿生人会梦见电子羊吗?》,作者是汉普顿·范彻(Hampton Fancher),是改编本。制作人迈克尔·迪利(Michael Deeley)挺欣赏它的,我当时正在混音,我说:"我刚刚完成一部科幻电影。我不想再拍一部科幻片了。不过还是要非常感谢你,因为剧本读起来很有趣。"我便把这事抛在了脑后,然后就开始着手准备《沙丘》了。我有一个非常优秀的编剧名叫鲁迪·沃利策(Rudy Wurlitzer),他写过《双车道柏油路》(*Two-Lane Blacktop*)和《比利小子》(*Pat Garrett and Billy the Kid*)的剧本,我俩还合作写了一个非常棒的剧本。这时候我哥哥过世了,我的世界也陷入了混乱之中。我打电话给迪利说:"你知道那件事吗?我能再看看那个剧本吗?"然后我们就去了好莱坞,这是我第一次在好莱坞拍电影,我们开始一页一页地改写剧本。电影是从剧本发展而来的,剧本是创意的核心,它最后与汉普顿的创意一起变成了后来的样子。

卡梅隆:《银翼杀手》是一部对我有重大影响的电影。《2001:太空漫游》激励我走上电影制作的道路,还有《星球大战》,我想这两部对我俩都有影响。《银翼杀手》出来时我正好在写《终结者》的剧本,一下子冒出这么一部出色的电影。我想,天哪,一部电影可以这么具有美感。我在拍《终结者》的时候,我不敢奢望能把它拍出和你在《银翼杀手》中呈现出的一样的美感,但我一直将它作为目标。还有那些机器质疑人类的创意

下图 雷德利·斯科特极具影响力的科幻电影里程碑,《银翼杀手》(1982)中的一个城市场景。

和他们的冷酷无情。

开始做导演时,我最害怕的一件事就是,我不知道怎样与演员进行交谈。我没有舞台、戏院或任何这方面的经验。但作为一个编剧,我一直都知道角色应该正在想什么、做什么,以及为什么那样做,我发现那些都是我自己的语言,跟演员们只谈关于角色的事。一旦你克服了最初的恐惧,这项工作实际上就变得相当轻松了。

斯科特:我给任何一位导演的忠告都是,把你的同事变成你的朋友和合作伙伴。我的第一部电影是我与我的弟弟托尼·斯科特(Tony Scott)花了 65 英镑一起拍成的。

卡梅隆:你们两位一起工作了多长时间?有 40 年吧?

斯科特:40 年。他和我做出的东西总是非常不一样。我一直都认为,凭托尼的眼光,一定会拍出了不起的科幻片。但他并不真正想拍。

卡梅隆:嗯,他拍过《时空线索》(Déjà Vu),是一部时间旅行电影,在我看来,相当不错。电影围绕的是时间旅行中的悖论,但它有一个情感核心。

斯科特:托尼是一个感情非常丰富的人。

卡梅隆:在我看来,科幻好像接替了过去让我们感到恐惧的民间传说和童话故事的角色,我有一种非常强烈的感受,你创作的《异形》是史上最好的怪物电影。告诉我们,你是怎样创造出这只最伟大的怪物的。

斯科特:我必须要感谢编剧丹·欧班农和罗恩·舒塞特。最初的剧本是被一家名叫布兰迪万制片的公司采纳的,这家公司由电影人大卫·吉莱尔和沃尔特·希尔共同创建。制片人戈登·卡罗尔和我一直都待在那里。我读了剧本。我想,我一定要拍这个,接到它我真是太走运了。他们问,"要改一下吗"?我转身回答:"不用。已经非常棒了。"因为如果你提出一些意见,你就把一部可以开拍的电影变成了一个开发中的项目。所以先同意了再说。

卡梅隆:这可真是个妙招。

斯科特:我说:"只有一件最重要也是最难的事"——除了伟大的剧本,强大的张力,一些令人震惊的东西——"如果你不要这只怪兽,你就拍不成这电影。"我告诉自己,"而大部分的怪兽要么不是特别理想,要么是从其他那些我们已经见过的怪物身上抄袭来的"。很多电影都毁在怪兽的亮相上。

卡梅隆:但你解决了这个问题。通过与那艘飞船融为一体的闪光、阴影和仿生机械设计,人们分辨不出那头怪物和那艘飞船之间的分界。

斯科特:一天,丹·欧班农把我叫到一旁……他给了我一些像是脏兮兮的明信片的东西。他说:"看看这个。"我看了一眼,老天。那是 H. R. 吉格尔在《死灵之书》(Necronomicon)里设计的图片。那些图片让人很感觉不舒服,因为它们看起来性暗示色彩过于强烈。但我觉得,这种感觉就对了。压抑、阴郁、性暗示,非常好。长话短说,我迫不及待地去找吉格尔,并劝说他来伦敦。他一直不断地在说:"我做得还不够好。"我告诉他:"有另一些东西要你来设计。我们面临的最大的难题就是能让它行得通,因为……它需要由真人穿上道具来扮演。"

卡梅隆:你不能说它行不通。你把欧班农的一个了不起的概念与你的眼光和品味结合在了一起,你还认可了 H. R. 吉格尔的性心理仿生机械的价值。

斯科特:我让他设计了那个星球,我还让他设计了那个走廊。但接下来你还必须把它交给一个制作设计师,因为你定稿了的设计,在画上或做成模型是一个样子,而当它搭建出来的时候,有可能就走样了,变得像伦敦苏活区一间糟糕的咖啡馆那样。所以你必须把它交给一位出色的制作设计师,他会说:"我会用某某材料来建这面墙,这样它看起来会有光泽。"

卡梅隆：然后你用上了雾气和激光，它们在那些蛋的上空形成了某种能量膜。我想说，那里面有太多的东西都非常具有开创性。可以说它激发了整整一代的电影创作者前去求学，但不幸的是，这些人又陷入了新的泥潭之中，在接下来的20年里，要在怪物的塑造方面实现突破，可是相当困难的。

斯科特：但那个剧本是一个好剧本。它是一个没有一点累赘的了不起的"发动机"。那些演员们，上帝保佑他们，总是一个劲地问我："可是我的背景是什么？我的动机是什么？"我说："你的动机就是，如果他抓住了你，你的脑袋就会被他扯掉。准备好了？开始表演吧。"

卡梅隆：诠释恐惧。

斯科特：诠释恐惧。这部电影就是恐惧的进化。

卡梅隆：是什么驱使你想到蕾普莉这个名字？她连个姓都没有——他们中没有一个人有姓——还有，是什么让你将其塑造成一个女性？

斯科特：我想应该归功于20世纪福克斯当时的总裁，艾伦·拉德。他说："如果蕾普莉是女孩会怎样？"我沉默了一会儿，说道，"这没问题"。那时我还没意识到妇女解放运动的重要性，也不知道妇女实际上是受排斥的，因为我是被一位非常坚强的母亲带大的。所以我早就接受了那个观点，不管我们怎么做，妇女最终无论如何都会统治我们。所以我说"好啊"，就应该给蕾普莉一点冲击力和力量。

卡梅隆：然后选角时你选了西格妮，她是一个杰出的演员。

斯科特：是啊。她与亚菲特·卡托的对手戏处理得不错。亚菲特也非常出色。我那时常让他去惹恼西格妮。在一个非常棒的场景中，她说："他妈的闭嘴。"那是真的生气了。然后亚菲特说："好吧。"那一刻她已经开始掌控了。

对页图 约翰·阿尔文为《异形》再发行所创作的电影海报。

卡梅隆：她的角色讲的就是面对自己的恐惧。她某种程度上已经变成女权主义者的国际形象了。科幻片一直都是一种在打破性别边界的类型片，并紧跟各种各样的话题。

斯科特：它是一个任何事都可能上演的舞台。

卡梅隆：你还干了一件相当了不起的事情——你打造出了一个蓝领太空。他们不是那种精英中的精英，更不是万里挑一的家伙。

卡梅隆：你说的是亚菲特和哈利·戴恩·斯坦通？

卡梅隆：正是。他俩就是一对钻进轮机舱里抱怨管理层的家伙。这比《星球大战》又更进了一步。《星球大战》第一次做出了"二手未来"的效果。在那之前，未来总是崭新的，一切都是完美的。然后《星球大战》告诉人们，这些机器已经存在好长时间了，每样东西都有些年头了，它们看起来都锈迹斑斑的。你又往前迈了一步说，我们别把那些人搞得都像是《星球大战》中的帝国冲锋队，或精英宇航员，或《星际迷航》里像柯克船长和史巴克那样的星际联邦军人。不如让这两个家伙穿上夏威夷花衬衫，戴上棒球帽。

作为观众中的一员，使我留下那种整体印象的，正是你以这些东西为铺垫的那种纯粹的电影艺术。当哈利·戴恩·斯坦通站在那里，抬头看着那些冷凝管，水滴淅淅沥沥地落在他的帽舌上，那一幕一下子把我带入了电影中。你只是让他坐在那里，让水滴滴答答地往下滴着。他摘下了帽子，突然间，我能感觉到那冰冷的水就落在我的脸上，我就身处那间蒸汽轮机舱或谁知道是干什么的地方。然后在我的内心深处有个声音在说："啊，他们这是在欲擒故纵，你就准备着被吓一跳吧，对吗？"

斯科特：你要被盯上了。

卡梅隆：然后同样吓人的事情你在《银翼杀手》中又做了一遍。把我们带入了那样一个世界，能感觉到那种粗糙，能感觉到街道上的雨水，能感觉到拥挤的人群。

斯科特：这些全都来自真实的生活。还没开始拍电影之前，我做了很长时间的广告。就在那个时期，工作原因使我去了香港，第一座摩天大楼还不曾建起来的香港。我工作的地点就在舢板簇拥的码头边上。香港银行的塔楼当时正在筹建，那种震撼简直令人难以置信。那时人们刚发明聚乙烯塑料，海港中飘满了乱七八糟的泡沫塑料。那就是未来，那就是反乌托邦世界。

香港，对我来说，留下一种噩梦一般的质感，还有混乱。有一段时间我经常去纽约，那还是在市长迈克尔·布隆伯格把纽约收拾干净的很多年以前。那个时期的纽约臭气熏天，成了一种衰败和残破的混合体。究竟有什么办法才能把那些建筑给收拾干净？没有办法。

卡梅隆：没错。所以你用上了这些旧建筑，在外面盖上了一层技术的外表。

斯科特：那是著名未来派画家席德·米德（Syd Mead）的功劳。因为我请席德·米德来……同样，由于拉里·波尔（Larry Paull）是一位非常优秀的制作设计师。而席德·米德确实是这个概念的幕后功臣。我们绕着华纳兄弟的外景场地一边走一边拍各个角度的照片。席德拿到这些照片后，他用一把尺子和一杆细排笔十分具体地把所有场景都画了出来，就构思了不到十分钟。这样你就拿到了所有的场景，而且就是它了。然后拉里接手搭建它的繁重任务。

卡梅隆：在我拍《异形 2》的时候，我也请过席德。与他合作对我来说是一个收获灵感的机会。咱们就不避讳了，我这辈子也没有过这么多新颖的创意。一天，席德给了我一张图，是他为我电影中的太空船完成的设计图。他都已经标注好了——这里是生活区，这里是通信系统。有个地方写着"PFM 推进器"，所指的地方是那个巨大的引擎，背后有各种散热管道从里面伸出来。我问："什么是 PFM 推进器？"他回答："纯属扯淡的魔法（Pure Fucking Magic）。因为没人明白你将来怎么会有一艘跑得比光速还快的太空船。"他的东西在工艺上非常出色，又带着某种强烈的超现实感。

斯科特：使我震惊的是他在绘画方面的才能。

卡梅隆：然而，由他设计的场景一般都很难搭建，特别是难以把握好那些流线型设计。当然了，今天我们可以用 CG 动画做出那些流线型设计，连同所有那些倒影把它完美地做出来……《银翼杀手》中有一个场景非常有诗意，就是罗伊·巴蒂死的那一幕。那简直是鲁特格尔·豪尔（Rutger Hauer）表演得最气势磅礴的镜头。拍摄的时候是一种什么感觉？

斯科特：我是在一部非常精彩的电影中看见鲁特格尔这家伙的，电影名叫《青葱岁月》（Soldier of Orange），导演是保罗·范霍文。我一下子就喜欢上他的外形了。我给他打电话，开口就说："喂，你会说英语吗？啊，谢天谢地，你会说英语。我是从好莱坞给你打的电话。"接着我又问："你想来这儿演一部电影吗？"他知道我的那两部电影。他知道《决斗的人》和《异形》，所以他说他会来。我还没见他面就选用他了。结果发现这个身材魁梧的大汉原来是一个甜心，一个非常可爱的好心人，突然来到好莱坞让他很紧张，同时他对扮演罗伊·巴蒂也心里没底。一个很棒的名字：罗伊·巴蒂。名字有点像爱尔兰语——有点思想的军团军士长，非常残忍的家伙。当然了，在那些镜头中他心狠手辣，有着和马龙·白兰度一样的帅气面孔。

卡梅隆：但他也有那种厚实的雅利安人的，所谓超人的体魄。粗壮的小腿，你知道的。他穿巴伐利亚服装的样子挺不错。在我看来电影最后是一种转换，因为哈里森·福特并没有打败罗伊·巴蒂。罗伊·巴蒂是被时间打败的，那是唯一能阻止他的东西。而最打动我的地方是他临死时刻以及他说的那番话，"我所见过的事情……"

斯科特："你们人类从未见过。"那是他写的。

卡梅隆：那是鲁特格尔写的？

斯科特：当时是在凌晨 1 点钟。我将在黎明前拔掉每样东西上的插头。那将是最后一个晚上了。在我拍电影的经历中,这次是最艰难的一次了。有人对我说,"鲁特格尔就在他的房车里,他想见你"。我来到他的房车里。鲁特格尔说:"我写了点东西。"因为剧本里他的台词是:"死亡时间到了。"这是这段戏的一个非常出色的处理方式。

卡梅隆:一种选择。一种不同的选择,那是一种机器式的死亡方式。

斯科特:接着他又说:"我写了这个。"我说:"我想让你读给我听。""行。那就开始吧。"他读道,"我所见过的事情……"到今天我几乎都忍不住落泪。他问:"你觉得怎么样?""就这么办吧。"说完,我们俩走出来,然后没用了一小时之就拍完了这个镜头。到最后,他亮出那无比最美丽的微笑,说:"死亡时间到了",他就这样死了。他手里有一只鸽子,也飞走了。

卡梅隆:所以这里想表达的是,罗伊·巴蒂是有灵魂的。罗伊·巴蒂是一个富有情感的生命体。当普里斯(Pris)死的时候,他是有情感的。他有情绪上的反应。

斯科特:完全正确。

卡梅隆:他对他自己,对他死亡的那种可能性也有一种情绪上的反应。他与泰瑞的那个场景……如果我没记错的话,你拍这一幕的时候原本用的是这样一句台词"我想要活得更久,浑蛋"。

斯科特:是的。但是制片厂说,"不能用"。

卡梅隆:后来它就被改成了:"我想要活得更久,父亲。"两种台词仅是稍有不同,两种都挺出色的。

斯科特:滑稽的是电影拍完后我就被解雇了。

卡梅隆:但时间是伟大的证明者。时间已证明你所做的那些创新性选择都是对的。想想在《2001:太空

右图 鲁特格尔·豪尔在《银翼杀手》中扮演的复制人罗伊·巴蒂。在他右方的是"人皮鬼"伙伴里昂·科瓦尔斯基,由布里翁·詹姆斯扮演。

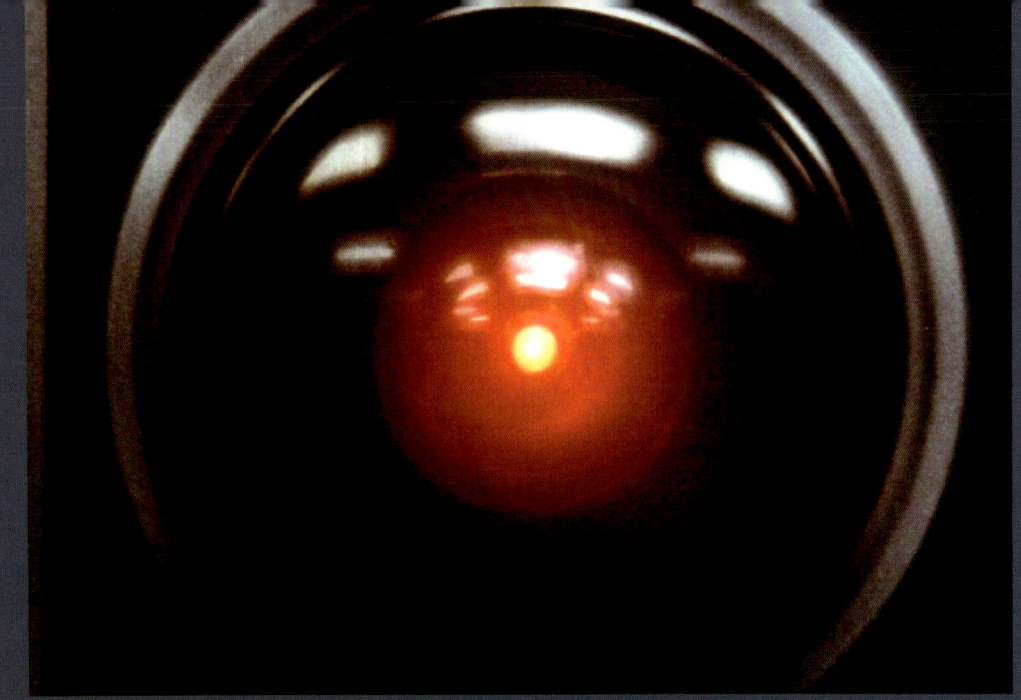

漫游》盈利之前，科幻电影B级低成本电影已经走过了25个不赚钱的年头。对于这部电影，历史做出了多么大的修正。当它第一次公映的时候，它曾被视为一部糟糕的电影，一部烂片。然后过了一年，它登上了《时代周刊》的封面。人们花了一年的时间才认识到它是怎样的一部杰作。它就是对你有过重大影响的电影之一，《2001：太空漫游》。我一想起这部电影，总觉得它可能是第一个真正涉及人工智能的电影。当然，较早的《禁忌星球》中的机器人罗比，他也是个拥有智能的角色，他能说话。

斯科特：但那个是它的种子。我敢打赌斯坦利·库布里克把这些东西都看过，然后说："我打算给这家伙起个名字叫哈尔。"他显然受过某些东西的影响。

卡梅隆：就像我们受他的影响一样，他也受着他之前的那些作品的影响。你看过《禁忌星球》（1956）之后，你就知道那里面有一个智能机器人。然后你跳到——我猜斯坦利是从1965年起，花了三年时间制作，然后这部电影在1968年问世。然后你就见到了哈尔，他是第一个有着那种恶毒思想，但又比你聪明，也比我聪明的那种超级电脑。

斯科特：他能读唇语。这真是了不起。

卡梅隆：这一幕的出现让你猝不及防。"我能看见你的嘴唇在动，大卫。"而他杀人时的样子是那么的平心静气，一下子就把那些船员的生命支持给切断了。你会想起那些生动而又有震撼力的经典谋杀镜头……但我们都被打动了，不是吗？

斯科特：完全正确。

卡梅隆：我一次又一次地跑到我的父母以及我的爷爷奶奶跟前去闹，要他们带我去看这部电影。电影已经差不多上映有一个礼拜了，我记得，我最后是在多伦多的奥迪安电影院看的它，而且巨大的电影院里就我一个观众。那是一个下午场，而且是在夏季的一个工作日里，所以电影院里空空荡荡的。但它是70毫米宽银幕电影，我就坐在楼上包厢的正当中的座位上，这样前面就没任何东西挡着了。

作为一个14岁的少年，我觉得我对这部电影的理解已经相当不错了，因为我之前并没看过书，我对它的内容一无所知。当电影到最后演到路易十六的套间时，我被搞糊涂了。这个地方我没理解，但我也并不在意。我真的理解了结尾时的那个星际婴儿，我认为这里隐喻某种转化。有某种超然的东西来了，他已经以某种超级生命体的形式出现，但他又还只是一个初生的超

顶图 电影《2001：太空漫游》中，名叫哈尔的邪恶人工智能那一眨不眨的眼睛。

对页图 《银翼杀手》的电影海报。

MAN HAS MADE HIS MATCH
...NOW IT'S HIS PROBLEM
HARRISON FORD IS
BLADE RUNNER™
JERRY PERENCHIO AND BUD YORKIN PRESENT
A MICHAEL DEELEY-RIDLEY SCOTT PRODUCTION
STARRING HARRISON FORD
IN BLADE RUNNER™ WITH RUTGER HAUER SEAN YOUNG
EDWARD JAMES OLMOS SCREENPLAY BY HAMPTON FANCHER AND DAVID PEOPLES
EXECUTIVE PRODUCERS BRIAN KELLY AND HAMPTON FANCHER VISUAL EFFECTS BY DOUGLAS TRUMBULL
ORIGINAL MUSIC COMPOSED BY VANGELIS ASSOCIATE PRODUCER IVOR POWELL PRODUCED BY MICHAEL DEELEY DIRECTED BY RIDLEY SCOTT
ORIGINAL SOUNDTRACK ALBUM AVAILABLE ON POLYDOR RECORDS PANAVISION® TECHNICOLOR® DOLBY STEREO IN SELECTED THEATRES
A LADD COMPANY RELEASE IN ASSOCIATION WITH SIR RUN RUN SHAW
THRU WARNER BROS A WARNER COMMUNICATIONS COMPANY
© 1982 The Ladd Company. All Rights Reserved
R RESTRICTED
UNDER 17 REQUIRES ACCOMPANYING PARENT OR ADULT GUARDIAN

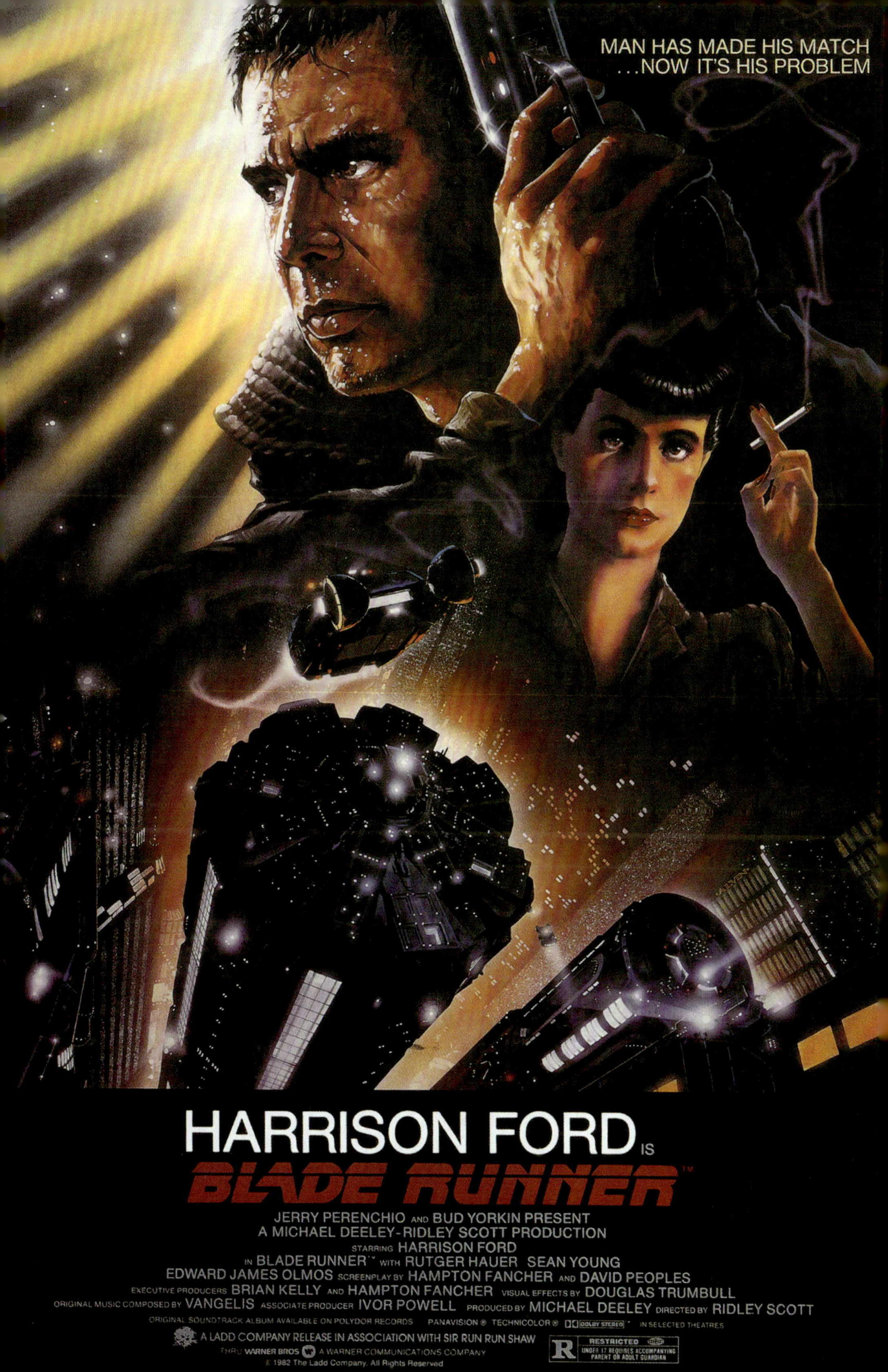

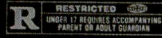

A RIDLEY SCOTT FILM

BRING HIM HOME

MATT DAMON

THE MARTIAN

MUSIC BY HARRY GREGSON-WILLIAMS   PRODUCED BY SIMON KINBERG RIDLEY SCOTT MICHAEL SCHAEFER ADITYA SOOD MARK HUFFAM

#TheMartian   BASED UPON THE NOVEL BY ANDY WEIR   SCREENPLAY BY DREW GODDARD   DIRECTED BY RIDLEY SCOTT

COMING SOON IN 3D

级生命体。

斯科特：对斯坦利来说，拍这部电影可能有一种类似宗教上的意义，他相信有某种更加强大的实体存在。我们不是生物学上的一个偶然。那都是胡说八道。

卡梅隆：如果你审视一下科幻，它总是拥有两种视角，一种看到了社会中的乐观，另一种聚焦于社会中的焦虑。

斯科特：它是对我们所做的事情的一种反思，或是对未来事件的预测。

卡梅隆：预测可能会发生的事情，例如《奇幻核子战》（Fail-Safe）、《奇爱博士》，像这样的电影，都是真正在讲核战争的。你本来打算拍《我是传奇》来着，在这个故事中世界是被一种病原体毁灭的。同样的恐惧是，我们活在其中的这种扬扬自得的泡沫迟早有破裂的一天。

斯科特：事实上，我们无时无刻不处在危险的边缘上。今天我们对此已经认识得很充分了，因为各种渠道已真正能做到覆盖全球了。30年前，我们连这里一半的东西都没听说过。但当你看见了真实发生的事时，它带给你的却是一种焦虑的明证。

卡梅隆：看看所有那些有可能让我们完蛋的事情——人口过剩、气候变化、全球变暖——也许逐渐积累的紧张情绪会引发一场核大战，也许人工智能只会被用来当作一种对付我们的武器。这是科幻如今要面对的问题。这个世界发生的很多事就要追赶上伟大的科幻作品所预测的了。在我们说话的这会儿，我们已经生活在一个科幻世界里了。这是科幻总是要把目光集中在各式各样黑暗未来的原因吗？还有末日灾难。

斯科特：为什么是僵尸？痴迷僵尸的原因是什么？我认为这是一种古怪的病态，我压根儿就不喜欢僵尸。

卡梅隆：你曾打算拍《我是传奇》，那就是一部僵尸电影。

对页图《火星救援》的电影海报。

斯科特：这倒没错……那差不多是20年以前了。我当时对瀑布效应、退化的多米诺效应和迅速陷入的混乱局面非常感兴趣。这种情况下你会重新认识自己，然后开始寻找其他人。因为事情总是会朝着人群聚集的方向发展。到最后都会是这样。

卡梅隆：在你写的故事中，那是一种疾病。这绝对是一种可能。未来有很多可能降临的噩梦，它们有可能是技术引起的，也有可能是我们对这个星球的所作所为引起的，新武器、网络战、人工智能、核战争、泄露了的病原体，或变异了的病原体。这些都是黑暗未来，但为什么我们会对这个如此着迷呢？在我们的文化中，为什么会对它如此感兴趣呢？

斯科特：实际上，我并不是。我更像是一个乐观主义者。我没有着眼黑暗未来方向的倾向。我倾向于展望一个不断发展的未来，我认为在我们当作娱乐来做的内容里面，黑暗未来已经出现得稍显频繁了。

卡梅隆：所以在《火星救援》中，主人公总是说："我要通过科学'屎'其成为可能"——为了能活下去。在这里你要表达什么意蕴？

斯科特：他说的意思就是，"要么我会死在这里，要么我能想出点什么办法"，他想要活下去。他全靠这种我称之为黑色幽默的东西来支撑——我不会花太多时间去想这种处境。我要通过每一天、每一小时逐步来接受它。我要通过科学使其成为可能，好让我能继续活下去。

卡梅隆：你知道我从中领悟到了什么吗？我们全都与那个家伙一样。此刻我们在地球上的事态就是这样，为了要生存下去，除了通过科学使其成为可能我们别无选择。我们前方的威胁是终将要被化解掉的。大多数情况下，它们是技术所造成的，它们也必须用科学来解决。

斯科特：对。说得好。

智能机器

西德尼·佩尔科维茨

科幻故事——不管发生在地球上，还是发生在遥远的银河系里——都倾向于把智能机器作为角色之一，经常还是作为主角。它们的亮相方式有时是无实体的人工智能，如《2001：太空漫游》（1968）中操作飞往木星的宇宙飞船的哈尔9000型电脑；有时是一具机械身体，如《地球停转之日》（1951，2008）中笨重的机器人高特，或《星球大战》（1977）中优雅迷人的C-3PO；有时却是与人类很像的人造人，如《终结者》（1984）中的T-800，或《星际迷航：下一代》（1987—1994）中的中校戴特，或《银翼杀手》（1982）和《银翼杀手2049》（2017）中的那群复制人。

这些机器经常顶着各种不同的名头出现——机器人、合成人、人造人、人工智能、生化人、电子人和复制人——但不管它们的名字与外形如何，它们都很聪明、自主，而且身手不凡，尽管有时也会受到内置约束的限制。它们通常都很吓人，但又不失其迷人的一面，总是耐人寻味。

为什么会如此痴迷于观看自身思想和身体的人工版本？也许我们想看看技术能否实现让人类像众神一样，拥有设计和制造生命体或半（类）生命体的力量。这背后也许还有人类一个秘而不宣的渴望：如果一切得以实现，也许有一天我们便能知道如何提高自身了。抑或我们仅仅是希望在银幕上看到自身，只是间接地，通过我们自己的造物来看。这就给了我们一个有利的位置，让我们能诚实地思考我们人类的罪恶和美德。但或许我们的目标并没有那么崇高。我们可能只是喜欢想象出这样一个世界：机械仆人做着我们人类不愿意自己做的事情，或者以超人的完美状态服侍着我们。

这些原因一定是深藏在人类心灵的深处，因为早在我们能制造智能机器之前，它们就是人类幻想的一部分了。智能金属机器人的概念可以追溯到古希腊神话中关于塔罗斯（Talos）的故事，塔罗斯是一个由青铜制造的人形机器人，巡逻并保卫着克里特岛，如果有船只靠近，他会抛下滚滚岩石。

在长长一串被人类投入使用的机器人名单中，塔罗斯排在第一个。在捷克作家卡雷尔·恰佩克（Karel Čapek）1921年的舞台剧《罗素姆万能机器人》（*Rossum's Universal Robots*，随后是1935年的俄语电影版本。）中，明确界定了机器人的低下地位。剧中有一些人形人造劳力从工厂里被制造出来，它们被称为robots（机器人），这个词在捷克语中的意思是"强迫劳动力"或"奴隶"。这些机器人最后拥有了自我意识，培育出了情感，并渐渐对它们所处的地位生出了深深的怨恨。它们反抗并消灭了人类，但是当一个雄性和一个雌性机器人发现了爱，并出发去创立一个新的、也许是更好的种族时，这部剧留下了一线希望。

机器人被当作奴隶的主题一直延续至今，从弗里茨·朗（Fritz Lang）执导的经典电影《大都会》（*Metropolis*，1927），到导演雷德利·斯科特的影片《银翼杀手》。前者，一个科学家制造了一个怪诞的女性机器人玛丽亚作为机器人工人部落中的第一名工人；后者中的几个复制人是当人类在遥远的星球定居后，被迫为人类工作的合成人。《银翼杀手》中的合成人，又被轻蔑地称为"人皮鬼"，似乎与人类非常相像，但却是可以随意处置的，都只有四年的寿命。这群复制人由罗伊·巴蒂（鲁特格尔·豪尔饰）领导，他们杀害了一艘太空船上的全体人类船员，非法返回到地球上，希望在这里能延续他们的生命。

对页图 弗里茨·朗的《大都会》(1927)的标志性电影海报。

有"银翼杀手"头衔的特工瑞克·戴克（哈里森·福特饰），被指派追杀这帮造反的复制人，除巴蒂之外，他们全都要被销毁掉。在最后的场景中，巴蒂把他的经历和记忆做了一番富有诗意的表达，但它们都要随着巴蒂的死而永远消失了，然后他的生命已到尽头。这个场景已经成为科幻片中一个经典瞬间，因为巴蒂的表达中那强有力的意象和豪尔对一个合成人变成人类（或许超过了人类）的精细描绘，都超越了人们对机器人的刻板印象。

这里所描述的机器起初并不值得我们同情，但因后来变得太像人类了，以至于唤发了我们的共鸣，这种情况在其他科幻电影中也有过探讨。在导演斯坦利·库布里克的《2001：太空漫游》中，人工智能哈尔为保全自己而杀死了一位人类船员——然而当中校鲍曼（凯尔·杜拉饰）拔出这个人工智能的存储单元，我们看到这个能干的头脑退化成了一个5岁大的孩子，唱起了"黛西，黛西，给我你的答复"时，我们还是不禁会产生一丝同情。在《星际迷航：下一代》中，人造人中校戴特（布伦特·斯皮内饰）在星际舰队中深受他的人类战友的接纳和尊重。他要比人类更加强壮和聪明，但他仍然渴望会变得更加像人类。他天真而又诚心地努力学习着情感，饲养着一只宠物猫，这些都使戴特变成了剧集中一个可爱的角色，而他的这些努力都是对人类——他的创造者的恭维。当一个孩子想要变成他或她的父母的样子时，每一位父母都会为此感到欣慰的。

另一些虚构的机器智能就一点也谈不上可爱了。詹姆斯·卡梅隆的电影《终结者》中那个T-800机器人（阿诺德·施瓦辛格扮演）尽管脸板得像石头，看起来却非常像人。但这只是外面一层人工合成的伪装，里面的一台机器只被置入了一条指令：找到并杀死某个女人，因为她未出生的儿子将会领导未来的抵抗组织来对抗天网，而天网是一个具有自我意识的计算机网络，它想要消灭人类。在《太空堡垒卡拉狄加》（*Battlestar Galactica*，2004—2009）中，赛昂人，这种既有类人外形又有机械式构造的机器人消灭了大部分的人类，他们认为人类是有缺陷的种族，并且想把他们赶尽杀绝。

对页图 《太空堡垒卡拉狄加》全体演员在一幅《最后的晚餐》主题的宣传照中。

顶图 亚历克斯·嘉兰执导的影片《机械姬》（2015）中，艾丽西亚·维坎德扮演仿人机器人阿娃。

上图 班坦图书公司出版的艾萨克·阿西莫夫的《我，机器人》的小说封面。

合成人不管被表现得值得得到人文关怀，还是作为人类的敌人出现，这些故事都做了某些伟大科幻经常会做的事（除了娱乐）：它们将可能的未来描绘了出来，让我们可以在新技术真正到来之前，想象一下它会把我们带往何处。当《银翼杀手》在1982年发行时，机器人技术、人工智能和基因工程还处于起步阶段，而这些科学将来真的会导致一种或另一种合成人的出现。然而《银翼杀手》预见到了我们在35年后必须认真考虑，当这项技术已经取得巨大进步时可能引发的问题。一些较新的电影，如史蒂文·斯皮尔伯格执导的《人工智能》（2001）和导演亚历克斯·嘉兰（Alex Garland）广受赞誉的机器人惊悚片《机械姬》（Ex Machina，2014）等，继续在关注着这些问题。

在当今时代，我们还没有真正创造出能与电影中的合成人相媲美的现实版本。不管是在外形上还是在行动上，能做到与人类有令人信服的相似度的机器人或人造人至今还没出现。目前的人工智能也不像我们在银幕上看到的那样，能表现出显著的智能，尽管一些像未来学家雷·库兹韦尔（Ray Kurzweil）这样的狂热者相信，我们距离创造出人类智能水平的机器已经很近了。而另一些人，英国机器人学家默里·沙纳汉（Murray Shanahan）同意我们将会生产出先进的人工智能，但不会是在近期的未来。作为《机械姬》科学顾问的沙纳汉认为，当前的数字技术大概能够模拟出老鼠大脑中的7000万个神经元。但这个数量还不到人类大脑中800亿个神经元的百分之零点一，所以制造出像《银翼杀手》中复制人那样具有一般人类水平的人工智能，还有一段很长的路要走。

即便如此，人工智能与机器人还是在以越来越快的步伐进入我们的世界，我们必须学会与它们共处。早在1950年，科幻作家艾萨克·阿西莫夫在他的小说《我，机器人》中，就这种互动如何可能行得通给我们提供了一些线索，在书中他制订了机器人三定律：第一定律，机器人不得伤害人类个体，或者目睹人类个体遭受伤害而袖手旁观；第二定律，机器人必须服从人给它的命令，除非该命令与第一定律有冲突；第三定律，机器人在不违反第一、第二定律的情况下必须尽可能保护它自己的生存。后来阿西莫夫又加上了一条优先于其他定律的"第零定律":机器人不得伤害人类整体,或者目睹人类整体遭受伤害而袖手旁观。

2004年由威尔·史密斯主演的电影《我,机器人》,是大致基于阿西莫夫的原著改编的,电影在描绘一种2035年的文明时明显地把三定律融入其中,那时机器人已得到广泛的应用,人们放心地让它们来帮助人类。但即使这看起来坚不可摧的定律也有可能被打破。故事中,人们发现一个机器人在一种允许它避开第一定律的情况下杀死了一个人。更糟的是,一个控制着这些机器人的更高级的人工智能对三定律形成了它自己的诠释,从而演绎出它自己的第零定律:它的最大责任是维护人类整体的利益。这个人工智能命令所有现存的机器人夺取对人类的控制权,目的是拯救我们免于毁在我们自己的手中。在电影结尾,这场机器人的革命被阻止只能算作是险胜。

问题不仅出在像三定律(或四定律)这样预先植入的严格规则,有可能会被一个真正聪明的人工智能用一种意想不到的方式来诠释;问题还出在像这样的指令太过死板,根本没办法应付真正的道德问题。基于此,一些麻烦可能来得比你想象的还快——以战场为例,美国虽说还没有可以派出去执行杀戮任务的终结者仿人机器人,但研发有自主能力的武器已经提上了日程,这些武器可以在战争中做出死亡决定。

在2004年举行的首届国际机器人伦理研讨会上,配备人工智能杀人武器的伦理问题就已经讨论过。如今这个问题已受到联合国的重视,因为美国和其他一些研发军事人工智能的国家可能只需派少数士兵上战场就能发动起一场战争。几年以来,美国已经在用半自主的武装无人机来搜寻敌方的战斗人员,是否向对方开火的最后决定权掌握在数千公里之外的人类手中。下一步涉及的将是完全自主的武器,它们可以自己来决定目标和射击的时机。这一计划潜在的负面结果在电影《机械战警》(1987)中已经被令人信服地展现过,片中那个有侵略性的自主机器人警察,ED-209,就杀死了一个无辜的旁观者。

但据美国前国防部副部长罗伯特·沃克称,全自主武器不在五角大楼的计划之列。相反,他最近说,有个想法是"要让人类留在使用致命武器的决策周期中……未来某天我们是否会制造出一个完全自主的机器人,并由它来掌管致命武器?我想这个问题的答案是不会"。另有一些人认为,人工智能的快速发展将会导致一轮不断升级的人工智能军备竞赛。然而,我们并不知道怎样才能制造出一种有伦理观的战争机器人,它们得能分清楚友方和敌方,战斗人员和非战斗人员——这种复杂的判断远不是阿西莫夫那简单的第一定律所能胜任的。正是考虑到这一点,2015年,有超过3000名的机器人学和人工智能研究人员签署了一封公开信,要求"禁止超出人类控制范围的有攻击性的自主武器"。

为了给机器人再附加一套远比三定律更为精细的道德准则,我们人类或许也得需要一套道德标准,为的是万一它们变得像罗伊·巴蒂那样有了情感,我们得保证不再像对待奴隶一样对待它们。有迹象表明,社会已经开始认识到了这种可能性,尽管这个问题并非毫无争议,而且也有很多意想不到的衍生问题。2017年10月,沙特阿拉伯王国给一个具有一定对话能力的女性人形机器人索菲亚授予了公民身份。多数观点认为这是一种公关策略,是一个在妇女权益方面有令人遗憾记录的国家试图示对技术的友好姿态,不管怎样,这一举动将人们的注意力吸引到了这样一个问题上,合成人的权益将怎样才能真正从我们自身的权益中发展出来。

与此同时,欧盟正严肃考虑是否将最终需要授予高级机器人和人工智能人格。这并不是要把它们变成有公民权的公民,而是像法人资格那样,为将来担责提供一种法律依据。举个例子,如果一辆自动驾驶汽车中的人工智能做出了一个错误的判断,并因此撞伤了一个行人,谁将为此负责?是自主的人工智能自己,还是它的人类设计师和程序员,抑或是让这一整套产品上路的公司?在智能机器发展形成道德立场这方面,像这样的问题还只属于早期阶段。

如果哪天我们人类真解决了如何与这些新型人造物种相处,那么帮助我们走到这一步的,一定是那些

上图 电视系列片《詹姆斯·卡梅隆的科幻故事》中的一个终结者机器人内骨骼的复制品。图片来源：迈克尔·莫里亚蒂斯/AMC

有关智能机器的科幻故事。通过探索人与机器的分界，这些故事说明了这样一个道理，当我们与我们的造物打交道时，我们必须应对的不仅是智能问题，道德问题也同样重要。这些故事也在提醒我们，这种互动也可能不总是友好的。

像史蒂芬·霍金这样的一些科学家已经发出过警告，在事先没经过充分考虑之前就接纳机器智能，一定会有负面结果。我们应当留意这些言论，但真正能唤起我们注意的，恐怕还得是一个杀气腾腾的哈尔9000，一个冷酷无情的终结者杀手，或一个像人类一样的罗伊·巴蒂给我们来一次情感上的冲击。当我们一头扑向那个人工智能的未来时，它们的故事可能才是我们最好的警钟。

203

詹姆斯·卡梅隆对话
阿诺德·施瓦辛格

1984年，詹姆斯·卡梅隆凭借一部火爆的大片彻底革新了科幻类型片，而前健美先生阿诺德·施瓦辛格在片中主演了一个不可阻挡的电子人杀手。《终结者》这部基于时间旅行和智能机器概念的智慧惊悚片的空前成功，不仅把卡梅隆变成了好莱坞最炙手可热的导演，也让施瓦辛格跻身于国际顶级动作片巨星的梯队中。紧随着这部电影的成功，施瓦辛格担纲主演了一连串大卖的电影，其中有不少是科幻大片，例如《铁血战士》（Predator，1987）、《过关斩将》（The Running Man，1987）和《全面回忆》（Total Recall，1990）。导演保罗·范霍文改编自菲利普·K.迪克作品的这部迷幻电影讲了一个男人去往火星的虚拟度假变成一场大麻烦的故事。1991年，施瓦辛格与卡梅隆又因《终结者2：审判日》而重聚，这部电影引入了一种名为T-1000的液体金属坏蛋（罗伯特·帕特里克扮演了这个角色），它颠覆了传统的观念，银幕上竟可能锻造出这种东西！几十年来，这对搭档一直保持着亲密友谊，在此期间，出生在奥地利的施瓦辛格升任加州州长。

进入21世纪第2个十年后，施瓦辛格又重返动作片和科幻片大银幕，出演了《敢死队》（Expendables）系列电影，甚至在2015年的《终结者：创世纪》（Terminator Genisys）中，又复活了他最具标志性的角色。在一场内容广泛的谈话中，施瓦辛格和卡梅隆——他目前正在酝酿着一部新的终结者电影——回忆起那场决定命运的午餐会面，那次会面让这位演员得到他突破性的角色。他们还讨论了时间旅行能提供的无限种可能性，以及更高水平的科技。

对页图 阿诺德·施瓦辛格在电视系列片《詹姆斯·卡梅隆的科幻故事》中。图片来源：迈克尔·莫里亚蒂斯/AMC

詹姆斯·卡梅隆：你已经演过很多部科幻电影了。你已经见过各种各样不同的机器，包括智能机器。你本人就扮演过一个智能机器。

阿诺德·施瓦辛格：我觉得很有意思的是，如果你在这一行里做的与我一样久，你可以目睹一开始被视作科幻的东西，然后忽然之间，它就变成了某种科学事实。这种情况我们已经谈过很多次了。很不可思议的一点是，当我一前一后拍完了两部《终结者》电影，第一部已经完全变成了现实——像终结者机器人获取人类信息那样简单，猜测那人的体重、他的身份等等，只是机器还没产生自我意识。

卡梅隆：扫描。

施瓦辛格：如今的手机上有一种应用软件，你可以把手机对准某人，应用软件会告诉你那人的年龄，他的体貌特征，以及其他的一些事情。令人惊讶的是这些事情都已经变成了现实。某种程度上说，能想出这些东西本身就已经够有趣的了。当然，你一直都是那个几乎看遍了每一本科幻小说的人，对吗？

卡梅隆：几乎每个作家我都读过。

施瓦辛格：你说过你几乎每天读一本书。每天读一本书简直太不可思议了。技术实际上就是这样一步一步成为现实的。

卡梅隆：在《终结者》中，我们展示过一些飞行的机器，那是一些向地面上的人类射击的无人机。我们用了一些像巨大的坦克一样沿轨道运行的机器，它们是一些向人类开火的炮台。如今这些东西他们已经有了，至少已经有了这些东西的雏形。所以，我们实际上正在进入一种机器实战的纪元。问题是，我们制造的这些东西能有多智能？我们又赋予了它们多少责任？我知道你曾花大量的时间出使海外，与军方打交道，与身处危险前线的军人和群众交谈。你怎么看待，假如这些职责由机器接管？

施瓦辛格：我认为那是一种可怕的技术，但这种技术如今正迅速发展。不过所有这一切里我个人喜欢的是——参与到科幻片里面，成为一台机器，扮演一台机器，演科幻电影——你可以做很多的事情，但又可以侥幸逃脱。我爱动作电影，这你知道的。即使在《独闯龙潭》（Commando，1985）里，人已超越极限，但仍然可以侥幸逃脱。观众说，"噢，算了吧！这太荒谬了。"但如果扮演的是终结者，冲破一堵墙，手中……

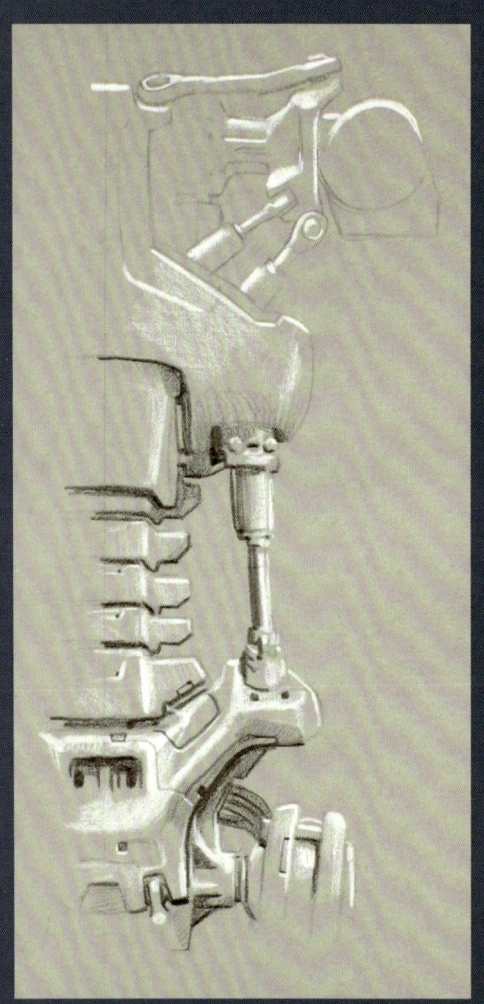

卡梅隆：拿着一把开火的机关枪。

施瓦辛格：没错。这会让它更加有意思。举个例子，在《终结者2》中，两个终结者机器人有一场格斗较量，他俩彼此抓住对方，互相把对方往墙上撞，然后墙被撞破了。一堵水泥墙被撞破了，对吗？然后你会看见那些电缆、钢筋等一些东西全都露出来了。接下来他又抓住你把你扔了出去，然后地面也裂开了，你四周的每样东西都碎了。观众惊呼，"老天，你知道如果你把一个普通人扔出去，他是不可能那样起来的"。或高空跳下，或做某些事情，或像在《终结者2》里那样挨揍。我在T-1000那里挨了不少揍，记得吗？它已经把我彻底杀死了，我没了一只胳膊，一条腿也被毁了。但接下来却出乎意料，那双眼睛又开始亮起来了。

卡梅隆：你有一个备用电源。

施瓦辛格：如果你拍一部关于现实的电影，你永远都做不到那样。我想这就是为什么在你拍科幻片时，它能带给你那么多的乐趣，可以存在很多绝处逢生的情节。越是把气氛搞得紧张，带给观众的乐趣就越多。不久前我第一次看了《终结者2》的3D版，它又一次完美地证明了你把"科幻"完成得多么了不起，当然，前提是你得有一个好导演和好编剧。那简直是太奇妙了，这部电影的3D效果真令人惊叹。

卡梅隆：关于那部电影的结局有个很有趣的事情，作为一名观众，我们会相信那个终结者机器人已经学到了一定程度的情感。谈谈你是怎样为这部电影做准备的——要扮演某个没有情感的角色，而这个角色又在努力解读人类行为中的意义，为什么人类要做他们所做的那些事情。

施瓦辛格：尤尔·伯连纳（Yul Brynner）在电影《西部世界》中扮演一个机器人牛仔的那种方式——

左图 詹姆斯·卡梅隆绘制的终结者机器人下半部躯干的概念图。

对页图 詹姆斯·卡梅隆为电影《终结者》所做的概念设计，是按照扮演这个角色的演员阿诺德·施瓦辛格的形象创作的。

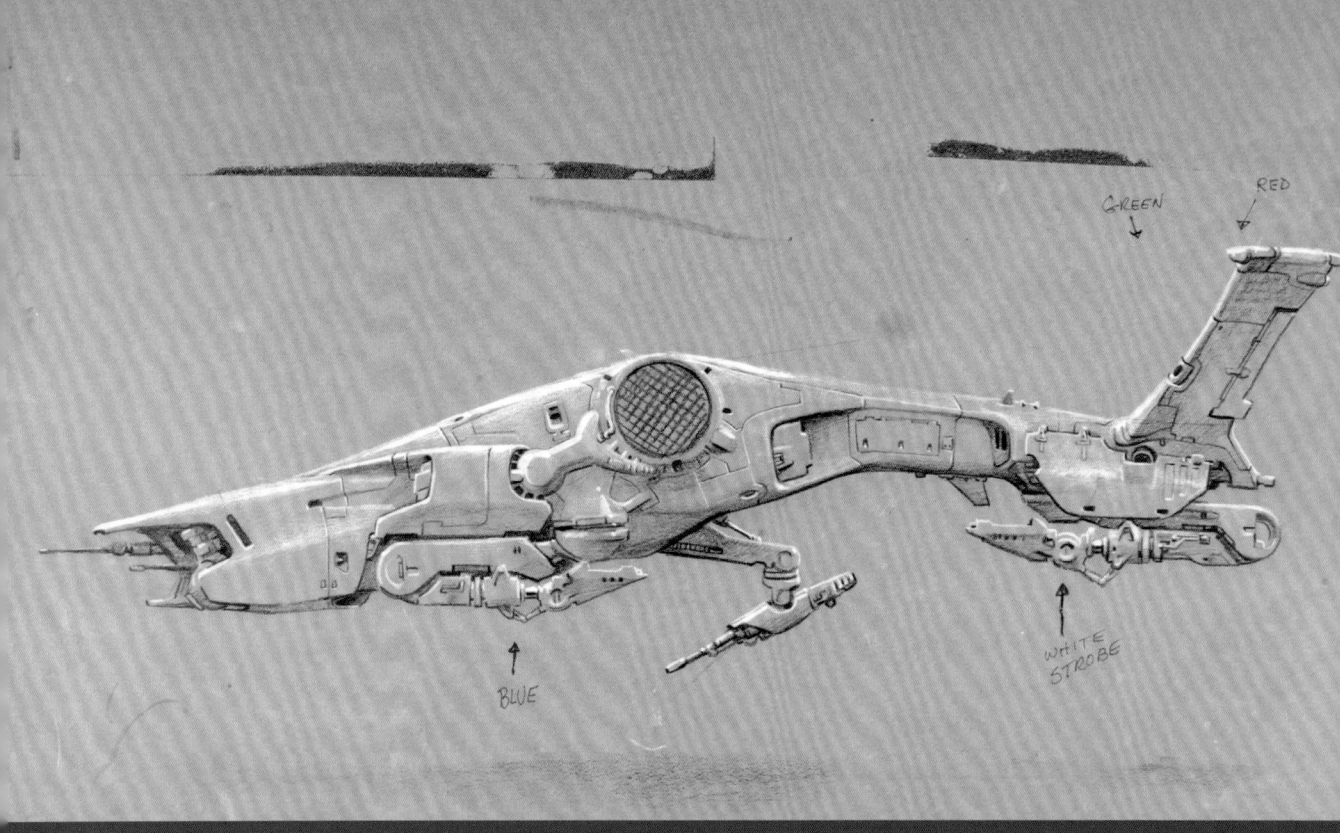

上图 詹姆斯·卡梅隆为影片《终结者》中的空中猎杀者绘制的图解。

直令我印象深刻。他真的很有张力,在我们看他表演时我总有这样一种感觉,他真的就是一个机器,没有丝毫的人类元素。因此,我就想把终结者表演成他那个样子。要确保如果你杀死了某个人,一定不能有愉悦感表现出来。当你射击时,你不能眨眼,而如果你中枪了,你也不能为自己感到难过。要绝对表现出若无其事的样子。终结者走路的方式必须像机器一样,他扫描和观察时的样子也必须像机器一样,眼睛不能眨。还有非常重要一点是,在你说话的时候,喉结不能上下运动。人们肯定会注意到这些细微的细节,因为近景镜头和如今的大幅银幕会让观众看到每一样东西。每天用手枪、霰弹枪以及各种枪支进行训练是尤为重要的事情。

卡梅隆:说完这个,我想再说说《终结者2》的结尾,我认为要是作为观众的话,我们会相信那个终结者已经开始掌握了某种有限程度的情感反应。他谈到过他有一个如何工作的神经网络处理器,那东西是设计用来学习和观察人类的,而且他与约翰·康纳之间开始有一种情感纽带形成了。

施瓦辛格:开始时,一切都完全照常进行。下一步,按照剧本里写的方式,他开始一点一点地获得信息,并开始学习,然后就真的喜欢上与那个孩子的那种关系了,喜欢扮演这种父亲的形象。对他自己来说这是一个巨大的突破——他本不应该喜欢上任何东西。按照我在电影中的诠释,终结者与人类相处得越久,他学到东西就越多,就越会采纳人类的行为方式,但这并不意味着他不再是一个机器了。他仍然是个机器,但有一点变化的苗头。从一个演员的角度看,这让故事变得非常有意思。不得不说,你将其处理得十分高超,丰富完整。

卡梅隆:但也不能太过头。

施瓦辛格：必须先做到心中有数。但导演还是会跑过来说这个地方收一点或那个地方再放开一点等等这些话。因为有时一部电影的结尾并不一定是最后一天才拍的，所以在把握合适的表演力度方面需要一些帮助。但关键还在于，你的表演要有一种适合的分寸感……然后你才能拍出那种真实的、动人的场景，我想这一点我们已经成功做到了。当终结者看着约翰·康纳的眼睛说"我理解你们人类为什么会哭了"，然后他碰了一下他的眼泪——你发现终结者实际上已经显露出少许的感性和感情了。贯穿全片的这种故事推进和情感线，实在是太精彩了。

卡梅隆：让我们先忘掉你是一位演员和你演过终结者机器人的事。我们来假定你是一个——只是随便选一个身份——像加州州长那样的世界领袖。然后人们带着一项计划来找你，说他们能让街上的警察们生活得更好，而且开销也更少，只需把他们中的一些人替换成智能机器就行。站在一个领导者的立场上，你会对此做何反应？我想这种事情很快就会发生了。

施瓦辛格：我肯定会先做一下尝试。每当有某种新东西出现时，你要先在一个小范围内进行尝试，你可以在一个小镇上做一下试验，观察它有什么样的效果。如果有人能黑进这种机器，那就是一个问题。不管我们用机器来做什么，我们已经看到了它的另一面，那就是人们会侵入它。我一直很关注这些东西。如果我有一台电脑，然后被某个人黑进去了，比方说，我明白这是我的问题。但如果你是一个州长，你管理着3800万的人民，那就变成另一种完全不同的情况了，责任在身，任何事你都不能掉以轻心。我记得当我还是州长时，我所发生的那些改变，你做的任何决定都牵涉到千百万的人民，你必须为他们负责。从一个小镇开始，和当地人以及镇长一起弄明白这个问题。如果机器能被黑进去，那就让他滚蛋。但这可以拍成一部精彩的科幻电影——在里面你可以真的让警察机关被替换，然后有某种外部力量侵入进去，让它们做出一些可怕的事情，并且控制了那个小镇。

卡梅隆：伟大的科幻电影讲的都是技术出了问题，或科学出了问题。在我看来，好像我们进入21世纪的时间越长，我们在所有这些事情上就陷得越深——气候变化和人工智能，像这类事情我们真的必须要了解它们的后果——我们必须把技术搞明白了。科幻小说是一种警告我们可能出错的方式它提醒我们要么技术本身会出问题，要么人类在使用技术时会出问题。

施瓦辛格：但不只限于科幻电影。我以前读过很多剧本，里面都有某种给你的警告，说我们在受到外来攻击的情况下有多么的脆弱。如果有人破坏了我们的电网系统，突然之间你就没有电了——如果因为一场地震或暴风雨等原因停电两天，你就明白那是一种什么情况了。但现在想象一下，假如它要是被彻底破坏了呢。

卡梅隆：有这样一部科幻电影。那部科幻电影说……如果明天发生的一场核毁灭，或一次网络攻击把我们的电网彻底破坏了，看看每个人身上会发生什么事。

施瓦辛格：不管怎样，我会做一下那个机器警察或执法机关的事情。我会在一个小范围内来试验，看看情况。给它五年时间，然后看问题会出在那里。如果它被人黑了，它被黑了的时候会发生什么事情？我们该如何来保护我们自己？然后去和那些对此感兴趣的镇长们合作。有了这些东西，在安全和效率方面还是非常不错的。但你必须要考虑的是，接下来如何让以这些工作为生的警察们慢慢转到其他行业中去？不让他们做原来的工作，那么一夜之间他们全都失业了。

卡梅隆：这就涉及另一个问题了：自动化。我们越是擅长使用能为我们制造各种东西的机器……越是会有更多这样的机器将来抢走我们的工作。美国本土制造的将来都是机器人。

施瓦辛格：但还有一个聪明的办法来处理这类问题，那就是去重新培训那些失去工作的人们。他们就是那些制造机器人的人，因为你总会需要新劳动力的。这与我之前说的那种绝处逢生是一回事，比方说，煤炭领域中，怎么安排那些煤矿工人？你不能就那样直接地让他们全都丢了工作。你得去跟他们说，在今后的十年里，我们将关掉这些煤矿。但与此同时，在这十年里，我们将会往这里引进一些其他产业，用来制造风车，制造电池、电动汽车以及类似这样的东西，你们大伙儿都会有工作的，没人会丢掉饭碗。你们将来不但有工作而且还能保持肺部清洁，你不必再钻到地下500米深处，也不必再吸入那些肮脏的煤灰了，这些东西是会要人命的。

卡梅隆：机器比人类更擅长在恶劣的环境中工作。比如，它们更擅长于在水下工作，它们更擅长于在矿井等一些地方工作，它们在工厂里干起活来要更快。万一那种再教育计划的想法只能应一时之急怎么办？万一再过50年后，机器更擅长于制造机器人怎么办？岂不变成机器人制造能制造这些东西的机器人？那么我们就完全变成了消耗者。将来会发生在我们现实世界中的这类问题，科幻现在就可以设问，然后促使我们去思考。

施瓦辛格：没错。但正如你所知，在加利福尼亚，举个例子，已从制造业经济到以服务业为基础的经济发生了巨大的变化，出现了各式各样的新行业。想想看如今的健身房里有多少个教练，金吉姆（Gold's Gym）里面就填满了差不多50个私人教练。回想20世纪70年代我在金吉姆健身的那段岁月，这种情况从来就没发生过，世界在改变。人们更喜欢专人服务了。他们有私人导购员。他有自己的司机。他们有保安，所有这些各式各样的新工种正在出现。关键在于

如果大家都没钱没工作，那你就没法给消费者推销任何东西，没人会买东西了。为了促进经济繁荣，你得让人人有工作。

卡梅隆：否则的话连机器人也全都会失业了。

施瓦辛格：正是如此。

卡梅隆：当我第一次想到《终结者》这个创意——

施瓦辛格：你是怎样想到这个创意的？

卡梅隆：它来自一个梦。我梦见了这样一个画面，一个铬合金骨架从烈火中走了出来。我记得当我醒来时，我在想，我该怎样把它编成一个故事呢？在进入大火之前他会是什么样子？他原本可能覆盖着一层塑料皮肤。假如那不是塑料呢？假如他是一个电子人，但看起来很像人，在进入大火前与一个人没有任何区别。我就这样信马由缰地开始了。还有一件有意思的事情——我心目中的他只是一个普通人，是混入人群就会消失不见的那种家伙。然后有人想到了那个由你来扮演终结者的主意。我当时想，这个行不通。

我心里一边想一边和你去吃午餐，下一步我得找出一些不喜欢那家伙的理由，这样我就能回去告诉制片人，这个主意行不通。但当时你实在是太迷人了，你把剧本理解得太棒了。你能在你的脑海中把所有场景都栩栩如生地想象出来。我看着你的时候就在想，这家伙块儿头真大，他身体里能装得下整台机器，这种效果一定会非常不错。虽然你当时在讲笑话什么的，我竟然还在研究你的面部结构。我当时在想，这家伙简直就像一架推土机，没有任何东西能够阻止他。我下定决心，"别傻了。就让这家伙来演终结者吧。他一定会让人大开眼界的"。

我记得你参演这部电影第一天时拍的毛片。那时我们已经开拍有一周半了……你当时的那种样子

对页图 詹姆斯·卡梅隆创作的第一幅终结者机器人内骨骼图，绘制于他写剧本之前。

就好像被闪电灼伤过一样,你的眉毛全都没了,你的脸上涂着甘油,驾驶着一辆巡逻车。你那种扫视的样子活像一条鲨鱼,我们坐在那里看着毛片⋯⋯然后我们彻底放心了,没问题,真是太棒了。

但我认为我们当时不可能预见到今天的发展状况,三十多年过去了,在33年后的今天,当人们谈起一种会变成我们对头的人工智能时,人人都会用"天网"这个字眼。讲述人工智能以及人工智能有可能对人类构成威胁的《终结者》系列电影成了一整套神话。然后你会听到国防部长之流的人自信地说,"将来不会有《终结者》惨剧发生的。将来也不会有所谓的天网。我们将来有能力控制它"。但如今的人们是在非常认真地讨论这些东西,33年前它们还只是纯粹科幻呢,我认为这非常有趣。

施瓦辛格:我认为即使目前有某种东西正在研发,也不会有人站出来宣布。有可能像终结者那样的角色或战士都已经研发出来了,而且正在测试呢,我们对此一无所知。他们是不会傻到对世界宣布的。这是我要说的第一点。但第二点,我想再回到那个话题上,

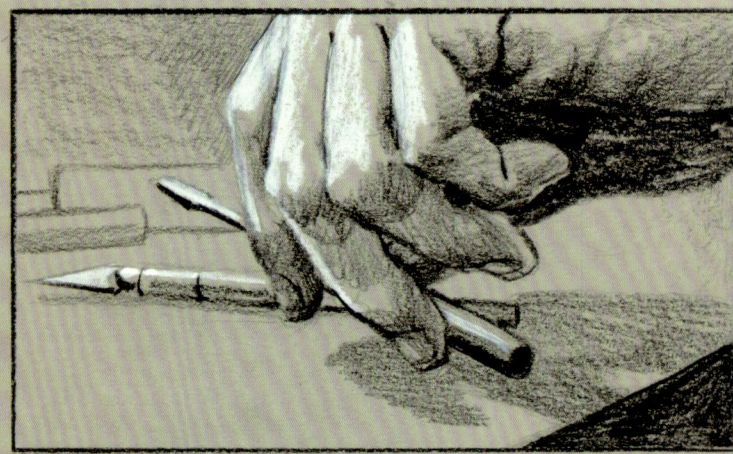

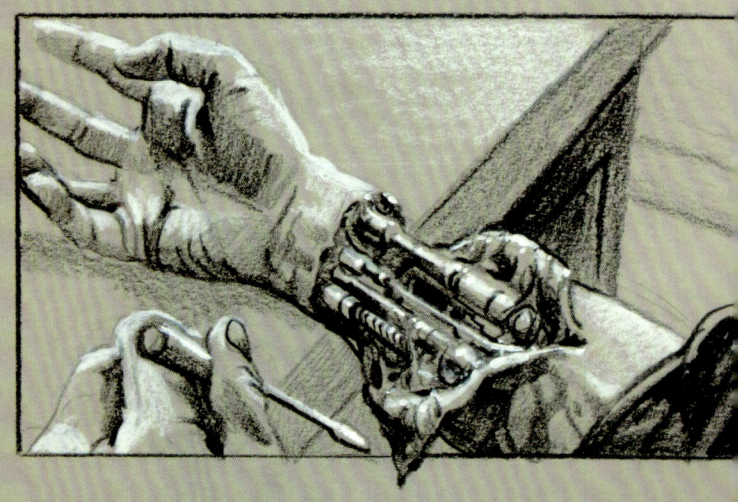

就是你刚说的关于那场午餐的事。说起这个还有件挺滑稽的事,我赴那场午餐原本是想说服你让我扮演电影中的主角里斯。期间,我们谈到你原来就住在威尼斯,我是从那儿起步的,而且我的办公室就在那里,等等杂事。又谈了各种无关紧要的话题。然后我们开始一点一点聊起那部电影,出于某种原因,出乎意料地,我说:"吉姆,扮演那个角色的家伙,他必须真正明白他是一个机器。"

卡梅隆:是那个终结者。

施瓦辛格:然后我一口气把这事谈了足有25分钟,我们甚至都还没点餐呢。我只是一味地喋喋不休。

卡梅隆:你对这个角色有一种独到的见解。

施瓦辛格:我能看见它。我能清清楚楚地看见那个人物就站在我面前。最主要的是我真不知道那次午餐期间我究竟是怎么一回事,因为我是带着那种想法去的,我非常喜欢那个角色的样子,就是里斯被描写成的那个样子。我说:"要是让我来扮演这个角色,效果一定非常棒。"这个角色贯穿了整部电影,而且它还有很多对话,他拯救了这个世界。这是个英雄,我想继续来扮演英雄。但出乎意料地,我又开始告诉你无论谁扮演终结者这个角色,他每天必须进行一定的训练,他必须知道如何使用那些武器,这些事情有多么重要。当他走进枪械商店时,他必须懂每样东西。我不停地对你说他必须怎样做才能成为一个机器,而且绝不能有一个镜头让他表现出人类的行为。然后你看着我说:"你说的完全正确。"到最后,当我们结束午餐时,你说:"你为什么不演那个终结者呢?我非常想让你来演那个终结者。"然后我看看你说:"噢,糟糕。我这是怎么了?我竟一点都没说起里斯!为什么我没把关于里斯的事说上这么一大堆呢?"但在我心里,我已经进入终极者这个角色了。

卡梅隆:这就是命运。

施瓦辛格:这是命运。幸亏当时你即时认识到了这一点,幸亏在做了这样的组合,它才变成了一部了不起的电影。上了《时代周刊》年度电影排行榜前10名,那可是件大事。到那时人们才意识到它不仅是一部动作电影,它是一部经过深思熟虑的、聪明人的电影。更多的人是因为这个去看这部电影的。

卡梅隆:那之后我们又打算拍《终结者2》。我们必须得有一个更强大、更厉害的终结者,这样它才能收拾前面那个终结者,因为他这时已经是个好人了,而好人总是弱势的一方。那该是什么样的呢?一个更大的机器,一个更壮的家伙,没有任何意义。如

对页图和底图 詹姆斯·卡梅隆为《终结者》中的一段情节画的分镜表,施瓦辛格扮演的角色在这里做了一些可怕的修理工作。

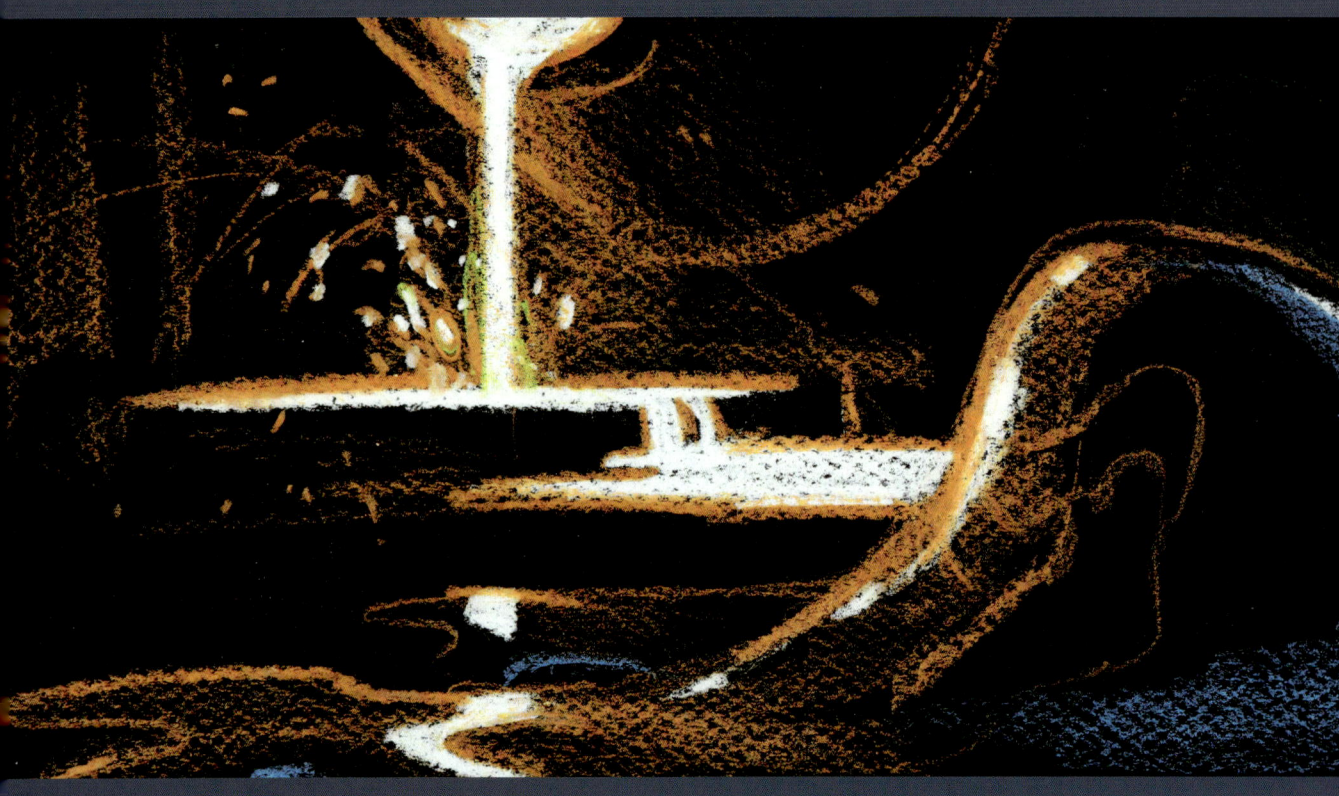

果是一些你不知道如何与之抗争的东西呢？你甚至不知道如何阻止它。你用一颗子弹射穿它，没有任何影响，它会很快自愈。这让我们走上了开发CG工具的道路。这很酷。不过，这电影最难的部分是让你相信扮演好人也是个不错的主意。

施瓦辛格：我一直担心的就是，当好莱坞有了一个非常成功的角色时，总会把它改得面目全非。当我读剧本的时候，它把我搞糊涂了，我发现我不再是那种杀人机器了。但我随后对自己说，我信任吉姆，这样或许效果会非常好。从我们表演它的那种方式看，它显然会效果非常好，因为你拍它的那种方式是，我仍然在大搞各种破坏，横扫一切，但不再杀人了。警车被炸得飞上了天，你会看到上百名警察在四处逃命，到处是混乱和疯狂。因此，所有动作成分还在，但在我的角色上，你又添入了另外的层面，这个层面就是他如今正认识到他必须救那个孩子，必须帮助他，但不能杀人，要做一个好人。

我认为那个T-1000太出色了——它之所以会这样，是因为你要做出一个对我更有威胁的东西。突然之间，观众都站在了我这一边，而不是站在那个更精密、更神通广大的新终结者那一边。他身手敏捷。他既光鲜又更精致。它是升级后的型号。

卡梅隆：你仅仅是一个T-800型号。虽然就像你之前说的，在第一部电影中他是一个坏蛋，但观众仍然会在某种程度上支持他。我就想，我们是否能采用这样一种思路，我们是否能把他身上那种势不可当的精神提取出来——不管你做什么他都不会停下来——然后去掉那种邪恶的成分，再换上善良的成分，那么这个角色做坏蛋和做好人都一样行得通。有着同样品质的同一个角色。它实际上让我意识到了这样一种情况，我们赞赏这种品质，不管这家伙是一个好人还是一个坏蛋。我们赞赏终结者是因为他永不止步。他代表了某种人类有时向往的东西：你无法阻挡我的这种思想。也许一个运动员在进行一场长途拉力赛时会这样想；也许一个战士在一场战斗中会这样想；也许一个国家都会这样想，英国在二战期间曾饱受空袭

上图和对页图 在詹姆斯·卡梅隆为《终结者2》（1991）绘制的这些早期的概念设计图中，T-1000看似被毁，实则在借势重塑。

轰炸，他们体现出了这种意志。我们都钦佩这个。

施瓦辛格：我们之所以钦佩它，是因为在很多人身上都缺少这种品质。人们钦佩力量，人们钦佩果断和纪律——不管前方有何种障碍，你都勇往直前。你或许会摔倒，但你会爬起来继续前进。

卡梅隆：这就是我们整个人类能走到今天的原因。我认为丘吉尔说得特别好：永不放弃。

施瓦辛格：你我都该永不放弃。

卡梅隆：在我们拍《终结者2》的那段时间，我们在电影制作技术上有过一次大的飞跃，那就是诞生了能创造出那个液体金属家伙的CG动画技术。与此同时，我们在片中讨论的也是全体人类在技术上一次大的飞跃，那就是创造出了一个人工智能，一个智慧的人工智能——天网，而天网要为它的生存而战。一种人工智能出现了自我意识，它可能会想什么，它可能会怎样做，这种思考科幻一直都在做。我想这是我们作为人类将来必须要面对的问题。

施瓦辛格：这是一种某种程度上并不存在的技术。你创造出了它，那你就是在质疑每一个人。你写它的那种方式就是在质疑每一个人。

卡梅隆：我并没有创造它，但我的确质疑过想创造它的那些聪明人。

施瓦辛格：但那正是我想说的。你写他们的时候就是在质疑，他们必须经历一遍并表演出来。一谈到那些技术的东西，一谈到科幻电影，就没人能蒙蔽你。对吗？这就是它为什么能获得奥斯卡奖。它被提名了那么多的奖项，而且又是那么的卖座。

卡梅隆：在天要下雨之前你会有一种感觉，你知道马上就要下雨了。而当技术发展到某些特定的时刻时，你也会有这种感受，你知道某件事很快就要发生了，你只需要等在那里然后利用它。我想如今有一个普遍的共识，我们正处于这样一个风雨欲来的时刻。等待这样一个时刻也许会花上10年，也许会花上20年，但这样的时刻终究会到来——也许会花上50年——到那时，我们会创造出一种与我们一样有意识的机器。也许不同于我们的思考方式，但在理解世界，对世界做出思考和反应的能力方面，与我们一样的。也许在某些方面要比我们更优越，能够更快地计算和理解事物。

施瓦辛格：这样的东西会被用作什么呢？它会用于军事吗？

卡梅隆：绝对会。呃，也许不会，但在我看来我们创造的这种机器，它们的意识将会是我们的样子。它们或许没有人类的外形，不像你的那个终结者角色那样，但它们的意识一定会在某些方面和我们的类似，因为它们由我们创造。所以，如果你创造出一台机器是为了提高公司的营业额的机器，那么你就创造出了贪婪，你以给机器编程的方式创造出了贪婪。如果你创造出一台机器是为了消灭敌人、保卫国家，我们会给制造武器找出各种借口，那么你就创造出了一个杀手。

施瓦辛格：我希望技术会带着我们往有益的方向走，例如，改善环境——我们研发出一种能从空气中吸走二氧化碳的机器。这样就能真正使我们进步，并且拯救众多的生命。我认为只要是技术被用来做某些好事而不是邪恶的事，技术本身是非常棒的。

卡梅隆：但有太多的科幻故事讲的是这样一种情况，天真的科学家们看到了某项技术的极好用途，然而，当它落入另外某个人的手里时，它却误入了歧途，它被变成了一种武器，或者它从实验室里逃走了，等等一些状况。最先考虑核能量的那帮家伙，他们在考虑原子中释放出的能量时，想的是我们可以用这东西来维系文明。然而不出意料，我们建造出的第一个东西是什么？原子弹。我不信任的东西不是机器，我不信任的是人类，以及他们运用技术的方式。

你身上有一样东西我一直都很欣赏，阿诺德，那就是你能真正感受到人们是怎样想的。你能真正理解他人。试问一下你自己，如果有一种为我们工作的机器却比我们聪明，那它将会为我们工作多长时间？我们将能控制它多久？我们会信任某个站在另一边的人，某个敌对国家或对手吗？他们拥有那种技术我们能信任吗？我们是不是又进入了一种新的军备竞赛？你了解人们。你知道他们是怎样想的，你也知道商业人士和领袖们是怎样思考的。

施瓦辛格：我每天都在面对比我聪明得多的技术，比如我在玩 iPad 的时候。下国际象棋，情况简直荒唐可笑。

卡梅隆：它总是把你赢得片甲不留。

施瓦辛格：而且极快。那上面显示我思考一步棋要花 17 秒的时间。但当我刚点了一下按钮，走了一步跳马，不到 0.1 秒的时间，啪，它就出棋了。它简直是不假思索，马上就做出反应。

卡梅隆：它当然在思索。它只是思考得快。

施瓦辛格：我自始至终都明白技术有多快，它有多优秀。它们能按程序处理一些事情，所用的方式那真叫一个壮观。那么这样的东西是否将会走上一条邪恶的道路呢？有可能。我一直认为除了我们看过的那些科幻电影，对技术能走到哪一步我们真正了解得并不多。总的来说，我喜欢科幻电影，因为就像我说过的，你绝处逢生的机会总是很多。

卡梅隆：你已经去过了火星，你已经去过了未来。

施瓦辛格：对，我已经当过了终结者——我已经演了四部终结者电影。《全面回忆》《过关斩将》。在《第六日》(*The 6th Day*) 中，我还被克隆过，那里面有两个我。甚至像在《龙兄鼠弟》(*Twins*) 中那样的实验，如今还没真正被做过呢。

卡梅隆：《龙兄鼠弟》是一部科幻电影。你怀孕了的那个电影是什么来着？《小家伙》(*Junior*)。

施瓦辛格：《小家伙》也是一部科幻电影。没有哪个男人能真的怀上一个小孩或其他什么东西。

卡梅隆：有时对于科幻我们略微有点过于认真了。它里面是会融入很多的学术性思想，但有时它只是在抒发一种想象。在过去，它就是一种关于众神与恶魔的神话故事，是一种离奇的和富有高度想象力的东西。那时的英雄们能跳跃和飞翔，如今的英雄们也能通过技术跳跃和飞翔。蜘蛛侠被一种放射性的蜘蛛咬伤，钢铁侠打造出了钢铁盔甲。因此，科幻沿袭的是神话和民间传说的衣钵，这些东西自文明之初就有了。

施瓦辛格：我很爱看这样的电影，里面的人拥有了超常的能力，就像蜘蛛侠和超人。他们都是普通的家伙，然后突然间，他们换上了那身衣服并且有了超能力。从那一刻起，就没有东西能难倒他们了。

卡梅隆：那么，你是不会彻夜不眠地忧心智能机器将会统治世界喽？

施瓦辛格：不会。我的奋斗目标是确保我们将来会进入一个清洁能源的未来。更多地依赖可再生能源，摒弃化石燃料，这是在我做州长时无意间意识到的。

卡梅隆：问题是，机器某一天会有自由意志吗？那一刻可能会是我们不得不说机器没有按我们给它设计好的程序去做，看来它是有了自己的存在感。它有了自我，它有了自己的身份。是不是到了这一刻机器就变得有了自我意识？

施瓦辛格：我想目前就只差这个东西了。你知道在《终结者》中有这样的东西。今天的机器差不多已经能做所有的事情了，与我们在电影中看到的情况相比，就只差变得有自我意识了。我不是机器方面的专家，所以我不知道。30年前我们也不会想到所有这些东西会成为可能，但如今我们已经看着它们出现了。

顶右图 保罗·范霍文的《全面回忆》（1990）的电影海报。

卡梅隆：隐形轰炸机，无人机，战斗机器人。

施瓦辛格：还有电脑的智能程度。机器正运作着我们的生活。现在，人们正在讨论自动驾驶汽车。《第六日》里的汽车就能自动驾驶，我们朝着这个方向走得越来越远了。所以，我想如果机器变得有了自我意识，假如这种情况真的发生了，那或许将是最可悲的一刻。

卡梅隆：或许吧。人们总是问我："你认为机器有一天会赢吗？你认为机器有一天会打败我们吗？"我说："它们很久以前就打败我们了。"当你在公共场合的时候只需看一下你的四周，有多少人在紧盯着他们的手机。我们早已经是硅谷那帮人造出的机器的奴隶了，那帮人就靠利用人们的行为致富。如今的人没有了手机就像缺了点什么。我是说某种早在三四十年前我们甚至都无法想象的东西，如今我们却无法想象离了它会怎样，它已经变成了我们的一部分。我们实际上是在与我们的机器共同进化，我们正在改变。

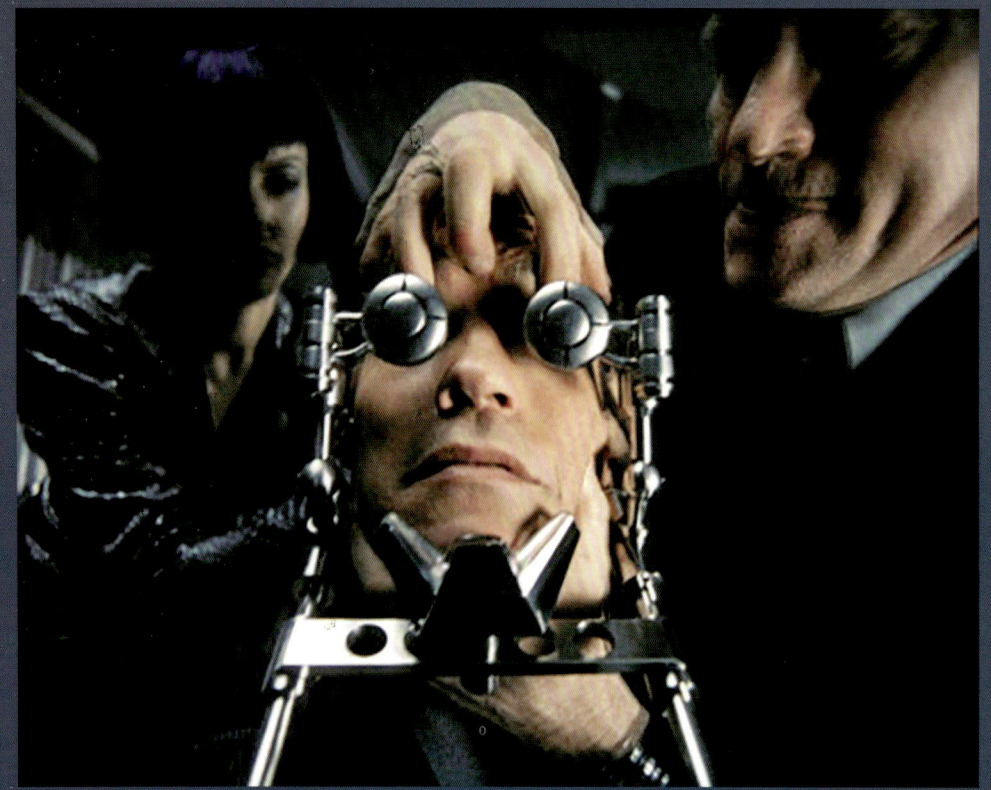

施瓦辛格：我想如今的人们已经被粘在那些机器上了。我是说通过 iPhone 或其他一些手机，还有 iPad 等类似的东西。每一秒钟都有刚发生的新闻或新的信息。在过去，人们的日常是早晨起床，喝咖啡，取报纸。你读的是报纸，你最喜欢的新闻版块，体育版块。

卡梅隆：我们的孩子甚至都不理解那是什么东西。孩子们就是一张白纸。他们只会适应，他们正在与那些机器共同进化。我们正心甘情愿地放弃我们所有的权利，所有那些我们过去习惯做的事情，我们所有的技能等一切东西，都让一台机器替我们做，假以时日，照此趋势发展下去，我们可能把每一件事情都交给它们来做了。那时我们还剩下什么呢？我们还剩下什么可以称得上是人类呢？

施瓦辛格：我想这对下一代来说是一个挑战。它对我不是挑战，因为我还是喜欢驾驶，我喜欢一切事情都亲自去做。我是一个守旧派，但对于新的一代人而言，你说得完全正确，这是一个巨大的挑战，那样下去我们会进化成什么呢？他们某些方面都快变成植物人了，我不确定。

卡梅隆：我的感觉是自动化将会继续发展下去，而机器将会接手越来越多我们能做的事情，直到全社会停下来说，我们必须界定一些由人类来做的、能赋予我们以意义的事情。如果机器能为我们做任何事，我们就必须得创造我们自己的意义。我想这将是等着我们去做的一件非常有意思的事情，或许我俩在有生之年是看不到了，但或许在下一个 50 年内，我得说，我们将不得不真正反省我们走到这一步的目的。因为如果我们能让机器为我们做任何事情，如果它们正变得越来越聪明……我真担心这些东西。

所以，问题是，机器能拥有自由意志吗？但另一个问题是，我们有自由意志吗？如果你能在时间中来来去去——因为《终结者》系列电影讲的就是这类事情，它们讲的就是自由意志——如果有人总是从未来回来，把所发生的事情都改变了，那么我们岂不都成

顶左图 《第六日》（2000）中的阿诺德·施瓦辛格。

对页图 詹姆斯·卡梅隆在电视系列片《詹姆斯·卡梅隆的科幻故事》中采访阿诺德·施瓦辛格。图片来源：迈克尔·莫里亚蒂斯/AMC

了时间线上的一群傀儡？说白了我们是在一部已经拍成的电影里吗？能随心所欲地快进重放，但结局永远都无法改变吗？

施瓦辛格：我认为我们能掌控我们自己，我们也有能力做出改变。我是一个非常乐观的人，我认为世上无难事，只怕有心人。也许并不容易，但为某件事努力奋斗并最终完成它是一件乐事，没有会告诉我们该做什么的机器。我做健美，我每天都锻炼；我演电影，我有我自己的研究室；施瓦辛格研究室；我运作我的非营利组织R20[1]，做环境方面的工作；我做课外活动计划，就像我25年前做的那样。我把时间花在所有这些事情上，我的生活就变得充实和激情四射。我不在乎那些机器，不在乎机器所造成的威胁，以及它们将来会妨碍或阻断我幸福生活的源头，因为我只做我想要做的事情，使用机器也是为了把这些事情完成。

卡梅隆：我想这世界上再拿不出比你更好的榜样了，没有人能有你这种意志和使命感并把它完美表现出来。你打算成为一个健美冠军，然后你做到了；你打算成为一个电影明星，然后你做到了；你打算成为一个世界领袖，然后你也做到了。加利福尼亚州的州长，这个全球第7大经济体的领导者。所以，你会设立你的目标，然后去完成它。

施瓦辛格：这只是向你表明了我们身处一个多么伟大的国家，一个像我这样一无所有的人来到这里，是怎样能梦想成真的。还有就是我是怎样带着梦想来到这里，以及我们随着它走了多长的路。你本可以去

[1] R20-Regions of Climate Action（区域气候行动组织），前加州州长阿诺德·施瓦辛格在联合国的支持下于2010年11月成立的一个非营利环保组织。——译者注

世界任何其他地方，我当时就这样，但我们不会取得在这个地方所取得的成功。就是这么简单，美国就是这样，让你梦想成真，并且没有人会对你说不行。

卡梅隆：我们再来谈谈时间旅行吧，因为《终结者》系列电影虽然讲的是机器人和人工智能，但它们同时也涉及时间旅行。它们是按时间旅行故事的规则在进行。

施瓦辛格：我要是真能做时间旅行就好了。想象一下，回到过去说，我不打算演《大力神在纽约》（Hercules in New York）了。

卡梅隆：这就是你想做的事情？不是去见耶稣，不去杀希特勒。你回到过去只是想修正一部电影？

施瓦辛格：去杀希特勒，或者去拜访尼采，或者回到古罗马时代与恺撒一起出游，看看一些决策是怎样做出来的，或者加入到某些战斗之中，这些都太严肃了。首先要从某件滑稽的事情开始。

卡梅隆：我都能想象出你那样做的样子，回到过去加入一些战斗中。

施瓦辛格：对，可以实现时间旅行真是太有意思了。但话说回来，这是我们曾在电影中看到的情况之一。有些人在时间旅行时被困在错误的时间里了，不是他们想要去的那个时间。

卡梅隆：人们把这称作外祖父悖论。你沿着时间线往回走，就在你身处过去的时候你做了某件事情，而这件事情又导致了你外祖父的死亡，因为他是在让你的外祖母怀孕之前遇害的，所以你也就不复存在了。但如果你不存在，那么你当初就不可能进入到一台时间机器里，以及回到过去做那件事情。在时间旅行故事中，每一个作家都总会为这件事情纠结。

施瓦辛格：答案是什么呢？

卡梅隆：没人知道。甚至也没人知道是否有时间旅行的可能。物理学家说这或许有可能。但做这事可能需要相当大的数量级的能量。

施瓦辛格：还有速度，对吗？

卡梅隆：相当大的能量——就算你有50个太阳，而且你还能把它们所释放的能量全部收集起来，那恐怕也只够把一枚硬币送到6分钟之前，差不多是这样。但重要的是，为什么我们会有这么多的幻想，为什么我们在科幻领域会有这么多的想象都涉及时间旅行这一主题？

施瓦辛格：因为无法实现。我想看看它出现在银幕上，想象我们自己正身在其中，这本身就很奇妙。每个人都在想，如果我能那样做那么我会做什么？我会在哪个地方死掉，那会是哪一个时期？到那时我会想做点什么事？《全面回忆》就有点像那样。这部电影说的不是时间旅行，但它说的是给你的脑袋里放一个芯片让你旅行，然后你去了另一星球，解开了整个谜团。

卡梅隆：结果发现你的角色的那场虚拟经历其实不是一场虚拟经历。

施瓦辛格：一点没错。我认为在你看这些电影的时候本身就很好玩，因为你开始想象了，能像那样兜上一圈岂不是很好吗？或比如说《西部世界》，在那里面你去的是像迪士尼乐园那样的地方，你可以进行枪手决斗，你可以去打仗，但你总是会赢。但突然之间一切都乱套了，出错了。

卡梅隆：在科幻故事里事情总会出错。这正是重

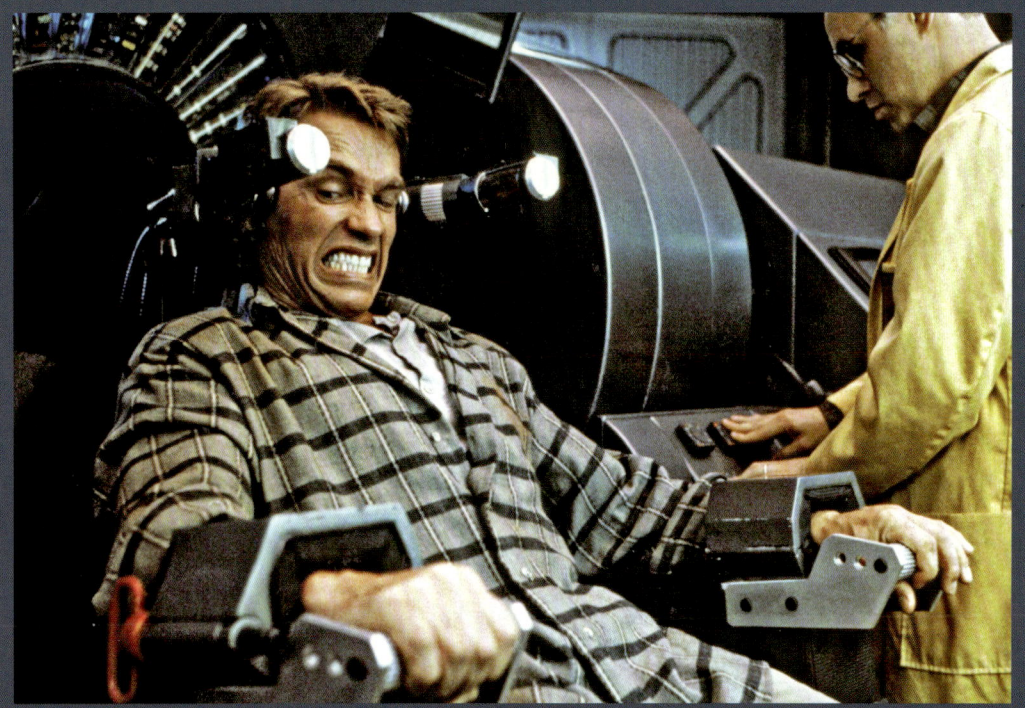

右图 在《全面回忆》中,道格·奎德(施瓦辛格饰)在承受一种"精神分裂栓塞"的困扰。

点所在,因为它们试图告诉我们,在现实世界中,事情将来也真的会出错。

施瓦辛格:这就是为什么我们要把科幻电影不断地拍下去。

卡梅隆:你说得对,这是我们的工作。我们没有选择……在《终结者2》中你有句很有意思的台词,你说:"毁灭自己是你们的本性。"我想这个道理可以用到我们所创造的每一项新技术上。因为如果毁灭自己或尝试毁灭别人——在这个过程中,再把自己毁灭掉——是我们的本性,我们必须对那些新技术特别小心。或许时间旅行是一个非常不错的主意,但它将可能会被某些人类、某些政府,或某些阴暗机构给滥用。或许创造一种比我们优越的人工智能是一个非常不错的主意,它可以用于各种理想化的用途,例如解决气候改变、粮食生产或延长寿命的问题,或作为更好的医疗用途等等。但你知道它将来也会被某些人滥用,比如某些地方的领袖。

施瓦辛格:我想生活中的每一个方面……总有人会滥用它。例如一个银行系统,一个计算机系统,一个执法机构,一个政治体系,不管它是什么,你会看到它总是能完成一些非常优秀的工作,但你也总会发现其中的腐败和漏洞。任何事都有被滥用的可能。但我认为从整体上看,人类是善良的,人们总是想着活下来,想要去除掉那些邪恶。我们必须尝试与人们真正沟通并开导他们,这是一个比较好的方向,当然这需要投入大量的工作。这是一件不那么容易的事情,你明白的。

卡梅隆:我想这是一场竞赛,就在我们的进步、使我们变得更好,与我们自身的进化、心灵和精神的进化之间的竞赛。与此同时,我们也在让那些机器进化。因为如果我们不加以改善,不能正确指导人们用神一样的力量来应用人工智能和所有其他机器人工具,它们最终将会给我们一记响亮的耳光,并把我们消灭掉。因为我们的星球不是一部电影,它可能没有一个大团圆的结局,更没有重拍的可能。

施瓦辛格:正是这样。

后记

布鲁克斯·佩克
流行文化博物馆馆长

未来的未来会怎样?

在流行文化博物馆,我们都为科幻电影而着迷。我们有一个永久性的科幻电影展厅,我们已经为这个类型片里的许多经典之作举办过展览,包括《星际迷航》《阿凡达》《太空堡垒卡拉狄加》,等等。我们还在这里设立了科幻和奇幻电影名人堂,用来向这些类型片里最有影响力的作品和创作者致敬。

我们之所以在科幻电影上投入这么大的精力,是因为这种类型片是当代流行文化中一股强大的力量。比如说,一直以来,半数以上的高票房电影都是科幻片。想想看:一半是科幻片,一半是其他所有的类型片。科幻也统治着电子游戏和电视,它是大众文学的中心,而且它的比喻还经常出现在广告中。"它渗透在我们四周……它把整个银河系维系在一起",正像欧比旺·肯诺比对原力的描述一样。在这个博物馆,我们旨在研究这种冲击力,到底是什么东西造就了这种流行度。

因此,不像传统博物馆那样会展示历史上的工艺品,我们展示的是未来的工艺品:质子背包、悬浮滑板、星际飞船和外星昆虫,还有其他更多的展品。尽管这些物品不是来自真正的未来,但它们的确来自可能的未来。就像另一些人在《詹姆斯·卡梅隆的科幻故事》中说的那样,未来并未确定。而科幻中最可笑的笑话之一就是预测未来。科幻通过试验促成可能的未来。它让我们先试用这些未来,在它们中生活一段时间。然后我们就能决定我们是要去追寻这些未来还是要避开它们。这是科幻所承担的一项重要工作,不断制造奇观和提供娱乐。毫不夸张地说,电影、小说、漫画和音乐电视都是决定我们这个物种未来的重要工具。

近年来,科幻面临一个有趣的挑战:未来正变得越来越难以想象。20世纪30年代,当科幻刚崭露头角的时候,作家和电影创作者能够通过编故事,满怀信心地讲出(虽然不是很精确)今后几十年的某些发展趋势:探索太阳系、广泛利用核能源、微型化和提高制造效率。那时把未来设想成可以给我们带来更快捷的交通、更廉价的商品和不断提高的生活水平是一种合乎情理的做法,因为那是工业革命所带来的东西(尽管没有惠及世界各地)。这些变化都是可以被量化的。

进入了21世纪初期,尽管有一些里程碑式的革新已经对我们的生活质量产生了巨大的影响,但量化起来却要难得多。我们该怎样来衡量智能手机和互联网对人们的日常生活所产生的影响呢?我们是该考虑时间的节省,还是通信量的增加?是参与政治人数的增多还是减少?这些技术正带着我们往何处走?科幻研究未来的这项任务已经变得更艰难、更无处下手了,但其重要性却丝毫不减。如今的变化越来越快了,未来已不再是几十年以后的事了,它是几年后,甚至数月以后的事。

这是不是意味着科幻已变得不合时宜了?不,科幻创作者能用各种方法迅速扭转这种局面。一种方法就是,用科幻的视角关注几年后的未来,甚至是当今,探索当前文化与技术所产生的各种碰撞。或者故事被设定在更遥远的未来,因此那些对精确性的担忧都变得无关紧要了。比如后启示录故事就完全抛

上图 位于华盛顿州西雅图市的流行文化博物馆（MoPOP），无限的科幻世界展厅。

弃了现代科学。

即使未来在以越来越快的速度向我们冲刺，即使未来与当今的间隔只以分钟来计，即使未来即将到来，我们的电脑即将变得有自我意识，外星人即将与我们接触，我们仍会把科幻故事不断讲下去。因为好奇别处有什么是人类的本性。在这里"别处"有两个意思：物质世界的别处——另一个大陆，另一个星球，另一片太空——和未来的、时间上的别处。正是我们对这个问题问与答的这种冲动在驱使着我们这个物种不断地学习、不断地前进，这是我们生存的关键。因此我们将永远好奇下去。我们将不断去思索，因为总是会有更多的别处在等着我们去探索。

/ 致谢 /

Insight Editions would like to extend special thanks to James Cameron, Maria Wilhelm, and Kim Butts for their help and guidance in bringing this project to fruition. We would also like to thank Guillermo del Toro, George Lucas, Christopher Nolan, Arnold Schwarzenegger, Ridley Scott, and Steven Spielberg. Special thanks also to Yoel Flohr, Madhu Goel Southworth, Hubert Smith, Andrea Glanz, Eliot Goldberg, Kelly Nash, Theresa Beyer, Kristen Chung, Daniel Ketchell, Connie Wethington, Vera Meyer, Andy Thompson, Lauren Elliott, Terri De Paolo, Kassandra Arko, Michael Coleman, and Nate Jackson.

在本书中文版的出版过程中,"电子骑士"严蓬提供了专业的帮助,再次深表感谢。

/ 图片来源 /

(Page 10) Planet of the Apes © Twentieth Century Fox Film Corporation. (Page 11) The Day the Earth Stood Still © Twentieth Century Fox Film Corporation. (Page 14) Aliens © Twentieth Century Fox Film Corporation. (Page 16) Avatar © Twentieth Century Fox Film Corporation. Image courtesy of Photofest. (Page 24) Star Trek © Paramount Television. (Page 30) Frankenstein © Universal Pictures. (Page 31) Dune © Universal Pictures. Image courtesy of Photofest. (Page 47) The Terminator © Orion Pictures. (Page 51) War of the Worlds © Paramount Pictures. Image courtesy of Photofest. (Page 53) The Thing © Universal Pictures. (Page 54) Invasion of the Body Snatchers © Allied Artists Pictures Corporation. (Page 55) Solaris © The Criterion Collection. (Page 56) Alien © Twentieth Century Fox Film Corporation. (Page 57) E.T. the Extra-Terrestrial © Universal Pictures. Image courtesy of Photofest. (Page 60) Godzilla, King of the Monsters! © Embassy Pictures Corporation. Image courtesy of Photofest. (Page 61) Close Encounters of the Third Kind © Sony Pictures Entertainment. (Page 62) Close Encounters of the Third Kind © Sony Pictures Entertainment. (Page 63) E.T. the Extra-Terrestrial © Universal Pictures. Image courtesy of Photofest. (Page 64) E.T. the Extra-Terrestrial © Universal Pictures. Image courtesy of Photofest. (Page 65) 2001: A Space Odyssey © MGM. Image courtesy of Photofest. (Pages 66-67) War of the Worlds © Paramount Pictures. Image courtesy of Photofest. (Page 68) War of the Worlds © Paramount Pictures. (Page 69) E.T. the Extra-Terrestrial © Universal Pictures. Image courtesy of Photofest. (Page 70) H. G. Wells' Things to Come © United Artists. (Page 71) Minority Report © Twentieth Century Fox Film Corporation. (Page 73) AI: Artificial Intelligence © Warner Bros. & DreamWorks. Image courtesy of Photofest. (Page 74) War of the Worlds © Paramount Pictures. Image courtesy of Photofest. (Page 77) Interstellar © Paramount Pictures. Image courtesy of Photofest. (Page 78) Stranger Things © Netflix. Image courtesy of Photofest. (Pages 80-81) Jurassic Park © Universal Pictures. Image courtesy of Photofest. (Page 82) Jurassic Park © Universal Pictures. Image courtesy of Photofest. (Page 83) Destination Moon © Eagle Lion Films Inc. (Page 86) 2001: A Space Odyssey © MGM. Image courtesy of Photofest. (Page 87) Enemy Mine © Twentieth Century Fox Film Corporation. (Page 88) Dune © Universal Pictures. (Page 89) Star Trek © Paramount Television. (Page 93) THX 1138 © Warner Bros. Image courtesy of Photofest. (Page 94) THX 1138 © Warner Bros. Image courtesy of Photofest. (Page 97) Star Wars © LucasFilm. (Page 98) Star Wars: Episode III - Revenge of the Sith © LucasFilm. Image courtesy of Photofest. (Page 101) Flash Gordon Conquers the Universe © Universal Pictures. (Page 105) Buck Rogers © Universal Pictures. (Page 107) The Lord of the Rings: The Return of the King © New Line Cinema. Image courtesy of Photofest. (Page 108) Star Wars: Episode I - The Phantom Menace © LucasFilm and 20th Century Fox. Image courtesy of Photofest. (Page 111) THX 1138 © Warner Bros. Image courtesy of Photofest. (Page 113) Star Wars: Episode II - Attack of the Clones © LucasFilm. Image courtesy of Photofest. (Page 117) The Martian © 20th Century Fox. Image courtesy of Photofest. (Page 121) Doctor Who © BBC. Image courtesy of Photofest. (Page 122) The Time Machine © MGM. (Page 124) Looper © TriStar Pictures. Image courtesy of Photofest. (Page 125) Primer © ThinkFilm. Image courtesy of Photofest. (Page 128, top) 2001: A Space Odyssey © MGM. Image courtesy of Photofest. (Page 128, bottom) Interstellar © Paramount Pictures. Image courtesy of Photofest. (Page 130) Alien © Twentieth Century Fox Film Corporation. (Page 131) Interstellar © Paramount Pictures. Image courtesy of Photofest. (Page 133) Interstellar © Paramount Pictures. Image courtesy of Photofest. (Page 134) Westworld © MGM. (Page 135) Logan's Run © MGM. (Page 138) Inception © Warner Bros. Image courtesy of Photofest. (Page 139) The Matrix © Warner Bros. Image courtesy of Photofest. (Page 143) The Dark Knight Rises © Warner Bros. (Page 144) Back to the Future © Universal Pictures. (Page 146) Looper © TriStar Pictures. Image courtesy of Photofest. (Page 147) Inception © Warner Bros. Image courtesy of Photofest. (Page 151) Frankenstein © Universal Pictures. (Page 152) The Beast from 20,000 Fathoms © Warner Bros. Image courtesy of Photofest. (Page 154) Jurassic Park © Universal Pictures. Image courtesy of Photofest. (Page 155) Alien © Twentieth Century Fox Film Corporation. (Page 156) The Thing © Universal Pictures. (Page 157) Forbidden Planet © Universal Pictures. (Page 160) Village of the Damned © MGM. (Page 161) Terrore nello spazio © American International Pictures (AIP). (Pages 162-163) The Strain © Fox Network. (Page 164) The Omega Man © Warner Bros. Image courtesy of Photofest. (Page 165) The Thing © Universal Pictures. (Page 166) The Bride of Frankenstein © Universal Pictures. (Page 168) Pacific Rim © Legendary. (Page 170) Pacific Rim © Legendary. (Page 171) Mad Max © MGM. (Page 173) Frankenstein © Universal Pictures. (Page 174) Creature from the Black Lagoon © Universal Pictures. (Page 175) Earth vs. The Flying Saucers © Columbia Pictures. (Page 177) I Am Legend © Warner Bros. Image courtesy of Photofest. (Page 178) Robocop © Orion. Image courtesy of Photofest. (Page 181) The Matrix © Warner Bros. Image courtesy of Photofest. (Page 184) Prometheus © Twentieth Century Fox Film Corporation. (Page 186) Alien © Twentieth Century Fox Film Corporation. (Page 187) The Martian © Twentieth Century Fox Film Corporation. Image courtesy of Photofest. (Pages 188-189) Blade Runner © The Blade Runner Partnership. Image courtesy of Photofest. (Page 190) Alien © Twentieth Century Fox Film Corporation. (Page 193) Blade Runner © Warner Bros. Image courtesy of Photofest. (Page 194) 2001: A Space Odyssey © MGM. Image courtesy of Photofest. (Page 195) Blade Runner © Warner Bros. (Page 196) The Martian © Twentieth Century Fox Film Corporation. (Page 199) Metropolis © UFA. (Page 200) Battlestar Galactica © SCI FI Channel Image courtesy of Photofest. (Page 201) Ex Machina © Universal Pictures. Image courtesy of Photofest. (Page 217) Total Recall © Columbia/Tri-Star. (Page 218) The 6th Day © Columbia Pictures. Image courtesy of Photofest. (Page 221) Total Recall © Columbia/Tri-Star. Image courtesy of Photofest.